질병 없는 세상을 염원한
조선의 히포크라테스
선비 의사 유이태(劉以泰)

지은이 한의사학박사
유 철 호

1951년 경남 산청군 생초에서 태어나 생초초등학교, 중학교 졸업, 대아고등학교를 졸업하고 생초를 떠나 동아대학교(경제학사), 고려대학교(공학석사), 경희대학교(한의사학 박사 · 韓醫史學博士) 졸업

서울에서 IT 기업을 경영하고 있으며, 韓醫學 학술단체 한국의사학회(韓國醫史學會) 정회원으로 활동

박사 논문 : 〈劉以泰 생애와 麻疹篇 연구〉

연구 논문 : 〈조선의 名醫 유이태(劉以泰 · 劉爾泰) 연구〉
〈麻疹篇 저자와 저술시기에 대한 고찰〉

저　　서 : 〈기억하고 싶은 조선의 참 의원 유이태〉, 〈조선의 名醫 유이태(劉以泰)와 허준의 스승 류의태(柳義泰)는 누구인가?〉, 〈說話 속에서 現實로 나온 산청의 神醫 유이태(劉以泰 · 劉爾泰)〉, 조선의 히포크라테스, 5道를 실천한 선비 의사 유이태

월간조선 기고문 : 〈허준의 스승이라는 柳義泰는 허구다!〉

동화 지은이 **윤 영 수**

대아고등학교 졸업, 고려대학교 국문과 졸업

1992년 방송 작가로 데뷔 이후 KBS 대하사극 〈불멸의 이순신〉 기획 및 대본 작업에 참여했으며, KBS 〈역사스페셜〉 이순신 2부작 〈영웅의 선택〉, 〈철저분석 한산대첩〉 등 다수의 이순신 관련 프로그램을 집필했다.

또한 KBS 〈역사의 라이벌〉, 〈역사스페셜〉, 〈한국사전〉, 〈역사추적〉, 〈HD 역사스페셜〉, 〈환경스페셜〉 등 250여 편의 다큐멘터리를 집필했으며 미니 시리즈 〈봄날은 간다〉, 〈명가〉, 〈소설 목민심서〉 등 다수의 드라마와 뮤지컬 〈논개〉, 희곡 〈이걸이 저걸이 갓걸이〉 등을 썼다.

저서로는 장편소설 〈광야에서(전3권)〉, 〈불패의 리더 이순신〉, 〈KBS 차마고도〉, 〈반달곰들메〉, 〈한국사를 바꿀 14가지 거짓과 진실〉 등과 한솔수북 어린이 역사서 12권 등을 집필했다.

창신대학교 문예창작과, 동국대학교 문화예술대학원에서 강의했으며 〈21세기와 이순신리더십〉 강연을 다니고 있다.

질병 없는 세상을 염원한
조선의 히포크라테스
선비 의사

유이태

劉以泰

유철호 지음

❈ 추천의 글

　조선 숙종 임금 시절에 크게 이름난 선비 의사 유이태(1652-1715)를 두고 서양의 히포크라테스에 비유한 것이 매우 적절하다고 말할 수 있습니다. 히포크라테스는 의학의 발달과 의술 윤리를 동시에 실천한 위대한 의사였고, 우리 조선의 선비 의사 유이태도 의술과 윤리적 이상을 향하여 혼신의 힘으로 나아갔기 때문입니다.

　이 책은 유철호 박사가 지은 것인데, 조선의 히포크라테스 질병 없는 세상을 염원한 선비 의사 유이태 이야기의 서사성 부분과 동화적 구성 부분을 전기문(傳記文)의 문학으로 읽어나가게 하고 있습니다.

　책의 구성은 크게 5부와 부록으로 나누어져 있습니다. 제1부는 '백성과 임금을 구한 명의 유이태', 제2부는 '백성을 구한 유이태', 제3부는 '참 의원의 길을 걸은 유이태', 인생5도 실천, 제4부는 다섯 가지 마음가짐, 인술5도 실천, 의서 저술, 의학 정신과 의학 사상, 제5부는 '유이태와 유의태·류의태, 역사와 허구', 그리고 부록(왜곡된 대한민국 인물 역사)에는 인물 역사에 관한 산청군청과 역사 왜곡의 내용을 기록하고 있습니다.

　제1부에서는 임금의 위중한 병을 치료한 사례와 효도의 길 등, 드높은 의학사상을 풀었고, 제2부에서는 백성을 아픔에서 구해낸 진귀한 사례를 들었고, 제3부에서는 5도의 정신 등 참된 의사의 길, 제4부는 인술을 펴는 다섯 가지 마음가짐(인술5도), 그리고 5

부에서는 문학 작품에 유의태로 등장함으로부터 제기되는 문제점을 짚어 보고 있습니다. 끝으로 부록에서는 우리가 반드시 알아야 할 역사에 관하여 기술하고 있습니다.

 이 책은 주제별로 이야기를 이끌어 갔기 때문에 시간 순서에 따라 쓰여지지 않았습니다. 그럼에도 불구하고 생애의 줄거리가 드러나도록 이야기를 끌고 갔으므로 전기적, 평전적(생애의 가치를 따지는 글) 특성을 지니고 있습니다.

 작가들은 〈여는 글〉(프롤로그)에서 생애를 다음과 같이 정리합니다. "지금의 경남 산청군 생초면에는 유이태라는 의원이 살고 있었다. 스스로 의학을 공부하여 탁월한 의술과 침술로 명의, 신의, 심의라 불렸는데, 임금님 병을 고쳤을 뿐만 아니라 수많은 백성의 병을 고친 진정한 참 의원이었다. 그리하여 사후에는 민간 설화에 등장하고, 방송 드라마와 소설에도 등장하는 절세의 인물이 되었다."

 이 여는 글을 하나하나 구체적으로 풀어나간 것이 제5부까지 이어진 내용입니다. 그가 의원이 된 것은 열 살 때 어머니를 잃고 그 슬픔이 커서 학문이 사람 구하는 데로부터 시작되어야 함을 절실히 깨달은 결과였습니다. 자기 삶이 '효도의 길'로 가기를 결심한 것이고, 결심이 신념으로 바뀌었고, 신념을 실천에 옮겼고, 결국 단순한 의원의 길이 아니라 의술과 애민(愛民) 윤리로 나아간 것입니다.

그러니까 유이태는 첫 단추를 제대로 꿰는 사람이었고, 그 매무새를 언제나 깨어서 고치고 자기 성찰을 게을리하지 않았습니다. 그래서, "환자가 있는 곳이면 어디든지 달려나가고", "흉년에 백성을 구하고", "선비의 논을 돌려주고", "귀천과 친소를 차별하지 않았고", "부자와 가난한 자를 가리지 않은" 것이었지요. 참 의원의 생애는 이렇게 열려갔습니다. 거기에 죽은 사람을 살리고, 독을 풀고, 귀신과 싸우는 감동의 드라마가 연출됩니다. 후세를 위해 의서를 남기고, 의원이 없어도 스스로 병을 퇴치하는 길까지 생각하는 그 생각의 깊이를 우물과 같다고 할 수 있겠습니다.

질병 없는 세상을 염원한 유이태 의원은 인생5도를 실천했습니다. 그 5도(道)는 일생을 살아가면서 인생5도(道)와 인술을 펼치면서 인술5도(仁術五道)입니다. 유이태 의원이 펼친 인생5도(道)의 첫째는 효도(孝道)였습니다. 그는 모든 일의 시작을 효(孝)라고 보았고, 의술 또한 부모를 모시는 데에 근본이 있다고 믿었습니다. 둘째는 시도(施道)인데, 의원은 의술로 봉사함은 물론, 헐벗고 굶주리는 사람들에게 가진 것을 나누고, 베푸는 일을 해야 한다고 생각하며 실천했습니다. 셋째는 정도(正道), 곧 바른 도리에 어긋나지 않았습니다. 의술을 펼칠 때 신분이 높은 사람과 낮은 사람을 구분하지 않았고, 부유한 사람과 가난한 사람을 구별하지 않았습니다. 넷째는 의도(醫道)인데, 병자를 고치는 일에 부를 탐하지 말고, 환자를 사랑하는 마음으로 정성으로 치료해야 한다고 생각하고 실천했습니다. 다섯째는 수도(壽道)인데, 오래 살며 평안하고 행복하게 살도록 이끌어 주는 것이 의원의 본분임을 자각하고 실천에 옮기는 것이었습니다.

유이태 의원은 인술을 펴면서 실천한 인술5도(仁術五道)의 첫째는 인의도(仁義道)는 어질고 의로운 마음으로 환자를 대하는 덕목으로 이는 모든 환자를 구분 없이 사랑과 정의로 보살피며, 의사로서 사명이 사랑(仁)과 정의(義)에 있다는 뜻을 포함합니다. 첫째는 인의도(仁義圖):는 의사가 어진 마음(仁)으로 환자를 대하고, 올바른 도리(義)에 따라 의술을 펼쳐야 하며, 환자의 신분을 가리지 않고 모든 사람에게 공평한 인술을 베푸는 것입니다. 둘째는 정성도(精誠圖): 진료와 치료에 정성과 온 힘을 다해야 한다는 의미로 환자의 병을 깊이 이해하고, 나을 때까지 최선을 다하는 것입니다. 셋째는 청렴도(淸廉道)는 의사가 재물이나 명예에 욕심을 두지 않고, 의사의 청렴과 순수성을 지키며, 깨끗하고 투명하게 의료 활동을 수행하는 것입니다. 넷째는 근면도(勤勉道), 끊임없이 연구하고 배우며, 환자를 위해 꾸준히 노력하고 헌신하며, 학문과 치료를 끊임없이 실천하는 것입니다. 다섯째는 화목도(和睦道)는 환자, 이웃, 동료, 가족과 화합하며 공동체 속에서 조화롭게 살아가는 인술의 실천하는 것입니다. 유이태는 이 다섯 가지 덕목을 의사들이 단순

히 병을 고치는 기술을 넘어 인격을 갖춘 의인(醫人)이 되어야 한다는 자신의 의료 철학을 전달하고자 했습니다. 이는 당시 사회에 큰 울림을 주며, 오늘날에도 의료인의 윤리적 책임과 자세를 되새기게 하는 중요한 가르침으로 남아 있습니다.

人生五道(삶의5도)와 仁術五道를 마음에 간직하고 사는 의원은 그리스의 히포크라테스 이상의 정신과 태도를 견지하는 이른바 의성(醫聖)에 가까운 삶을 살았던 것이 아닐 수 없습니다. 유이태 선생의 의학 정신은 '인술제세(仁術濟世)', 즉 "어진 의술로 세상을 구제한다."이고, 의학 사상은 제중인심(濟衆仁心), 즉, "널리 백성을 구제하는 어진 마음"과 '혜민애세(惠民愛世)', 즉, "모든 백성에게 은혜를 베풀고 사랑하며 이로운 세상을 만든다."입니다.

이 책을 읽는 독자들은 평소 의원(의사)의 길이 무엇이라 알고 있습니까? 우선 의술이 탁월하여 환자의 고통을 없애 주는 데에서 출발해야 한다고 생각하지요. 물론 그렇습니다. 그러나, 유이태 의원은 그 지향을 당시의 입신출세나 바라고 나라에 이름을 크게 얻는 것에서 출발하지 않고, 의서를 읽어 부모의 병환을 고치거나, 만백성의 질병을 고치는 것에 뜻을 두고 실사구시(實事求是: 사실에 토대를 두고 진리를 탐구하는 태도)라는 입장을 지켜내었습니다.

그러나, 여기에 머문다면 어찌 겨레의 탁월한 인재라 할 수 있겠습니까? 유이태는 여기서 나아가 앞에서 본 대로 다섯 가지 도리를

실천하였고, 그 모든 도리를 하나로 묶을 수 있는 참 의원. 곧, 명의의 자리에 올라선 것이었습니다. 이러한 유이태 명의의 생애적 실상을 감동적으로 잘 풀어준 두 작가에게는 경의를 표하고, 두 작가가 의도한 깊은 세계에 들어가는 독자 여러분들에게는 축하의 말씀 드립니다. 부디 모든 일에 있어서 유이태 의원이 이룩한 정신세계를 본받아 '그 모든 일'이 거룩한 실천이 되기를 바라마지 않습니다.

끝으로, 제5부에서 말하는 소설(허구, 픽션)과 유의태 문제인데 소설에서 꾸며 넣은 '유의태'를 역사 인물 '유이태'로 보면 안 되는 것임을 분명히 알아둘 필요가 있다는 것입니다. 아무리 소설(혹은 드라마)에서 유의태가 훌륭하다 하더라도 실제 진주유씨로 본다거나, 조선조에 있었던 역사 인물로 보는 것은 문학의 기본을 모르는 무지한 일임을 알아야 합니다. 이번에 이 책을 읽는 독자 중에서는 실명 소설이 아닌 일반 소설에 나오는 허구의 인물을 실존한 것으로 착각하는 일이 없기를 바라마지 않습니다.

문학은 문학의 역할이 따로 있고, 역사는 역사대로 역할이 따로 있습니다. 참 의원의 길에 들어선 유이태 명의가 역사 안에서 세세연년 빛나는 것은 역사의 진실이 명의(名醫)의 이름을 갈고 닦아주기 때문입니다.

강 희 근 시인, 국립경상대학교 명예교수

※ 작가의 글

유이태의 부활을 기다리며

방송작가 일을 하면서 많은 역사 프로그램을 집필했습니다.

역사 속 인물들을 만나고, 그분들을 다시 재해석해서 소개하는 일은 몹시 흥분되는 일이었습니다. 한 시대를 살아갔던 사람들의 삶을 보면 반드시 배울 점이 있기 때문이지요.

조선의 명의 유이태를 만난 것 역시 저를 흥분시켰습니다.

조선 시대에는 의술과 의원은 사대부들이 기피했던 학문이자 직업이었지요. 그런데도, 스스로 의술을 선택하고 수많은 백성과 임금을 구한 '유이태', 지금도 반드시 본받고 싶은 우리 역사 속의 우뚝한 인물이었습니다. 그래서, 우리 어린이와 청소년들이 유이태를 알게 되면 참 좋겠다는 생각으로 이 책을 썼답니다.

'유이태'를 만나면서 안타까운 점도 있었습니다.

실존 인물 '유이태'는 사라지고, 그를 모델로 한 허구의 인물 '류의태'가 추앙받고 있는 사실을 받아들이기 어려웠습니다. 명백한 역사 왜곡이라는 생각도 들었습니다. 우리가 이웃 나라들의 역사 왜곡은 비판하면서 우리 스스로 역사를 왜곡한다는 사실이 가슴 아팠습니다. 그래서, 왜곡된 사실이 바로 잡히기를 바라며 이

책을 썼답니다.

  일평생 참 의원의 길을 걸은 조선의 히포크라테스 선비 의사 유이태를 만나면서 나는 어떤 삶을 살고 있나 다시 돌아봅니다.

윤 영 수 방송 작가

지은이의 글

홍역 치료의 태두, 홍역 치료서 〈마진편〉의 저자로서 숙종 어의(御醫)를 지낸 유이태(劉以泰)가 사라지고, 가짜 유의태(柳義泰)가 어떻게 문헌에 등장하여 동의보감 편찬자 허준의 스승이 되어 한의학 성지 동의보감촌을 대표하는 의학 인물이 되었을까요?

우리나라에 박우사라는 출판사가 있었습니다. 1965년 박우사에서 한국의 유명한 인물을 모은 책 『인물한국사』 간행하려고 했답니다. 이때, 박우사에서 한의학 인물로 『동의보감』 편찬자 허준으로 결정했답니다. 그리고, 경희대학교 한방병원장을 지낸 노정우 박사에게 허준에 관한 이야기를 써 달라고 했습니다.

노정우는 허준이 양천허씨라는 것을 알게 되었습니다. 『양천허씨족보』에서 허준의 할아버지가 경상우수사를 지냈고, 할머니가 진주유씨라는 것을 읽었답니다. 그래서, 노정우는 허준이 어린 시절에 할머니의 친정 진주 근처에서 자랐을 것으로 생각했답니다. 허준의 할머니 친정은 산청군 신안면 하정리 상정(정태)가 아니고, 실제로는 경기도 금천군 서면 사성리로 현재의 경기도 광명시이었습니다. 노정우는 진주에 살고 있던 친구 한의사 허민에게 전화하여 "『양천허씨족보』에 허준의 할아버지가 경상우수사, 할

머니가 진주유씨로 기록되어 있다. 허준이 어린 시절에 할머니 친정 진주 근처에서 의학을 배운 것 같다. 진주 근처에 유명한 의원이 있었는지?"라고 물었습니다. 그 당시나, 지금도 산청에는 중국 황제를 치료했다는 전설이 전해지는 '유이태'라는 의원이 있었답니다.

이때, 허민은 명의 유이태 전설을 기억하고 "몇백 년 전에 산청에 죽었던 사람도 살렸던 신의(神醫) '유이태'라는 유명한 의원이 있었다."라고 말했습니다. 이 말을 들은 노정우는 "진주 근처의 대성 '진주 유(柳)씨', 의로울 '의(義)', 클 '태(泰)', 유의태(柳義泰)"로 이름을 지어 논문 〈허준〉에 허준의 스승으로 발표했답니다. 다시 말하면, 허준의 스승 '유의태'는 명의 '유이태' 이름에서 가져온 것이지요.

우리가 알아야 할 사실이 있습니다. 대부분 경상도 사람들은 '이'와 '의'를 정확하게 구분하여 발음하지 못합니다. 즉, '국회의원'을 '국회이원', '의사'를 '이사'로 발음합니다.

그래서, 산청의 전설적인 명의 '유이태'는 경상도 사람들에 따라 '유이태', '유의태', '유희태'로 불려지게 되었답니다. 노정우는 1965년 자신이 쓴 논문 〈허준〉에서 허준 스승 '유의태'가 허구 인물이라는 것을 알고 1968년 고려대학교의 『한국민족문화사대

계Ⅲ』에 새로운 논문 〈한국의학사〉를 발표했답니다. 이 논문에서 노정우는 '허준의 스승 유의태', '허준의 조모 친정 산청', '허준의 성장지 산청'을 뺐지요. 노정우는 '유의태'가 허준의 스승이 아니라는 것을 논문 〈한국의학사〉에서 밝힌 것이랍니다.

그런데, 문제가 발생했습니다. 문제를 일으킨 사람은 역사학자도, 한의학자도 아닌 소설가(드라마 작가) 이은성이었어요. 1975년 이은성은 MBC로부터 허준 일대기 드라마 〈집념〉 집필을 부탁을 받았답니다. 이때, 이은성은 1965년 노정우가 발표한 논문 〈허준〉에 기록되어 있는 허준의 스승 유의태를 읽고 드라마 〈집념〉에서 유의태를 살신성인의 스승으로 만들었답니다. 이은성은 〈집념〉을 바탕으로 연재 소설 동의보감을 썼고, 1990년 『소설 동의보감』이 간행되자 수백만 명이 읽은 책이 되었습니다.

그래서, 많은 사람이 숙종 어의(御醫)를 지낸 유이태 이름에서 지어낸 유의태를 허준의 스승이며, 실존 인물로 인식하게 되었답니다. 1999년 MBC에서 『소설 동의보감』을 바탕으로 최완규가 집필한 드라마 〈허준〉이 방영되었습니다. 우리 국민 63.7%가 드라마 〈허준〉을 시청했답니다.

『소설 동의보감』과 드라마 〈허준〉으로 유의태가 허준을 가르친 살신성인의 스승으로 널리 알려지자 산청군청에서 나섰답니

다. 그것은 산청군청에서 허구 인물 유의태를 산청의 의학 인물로 선정하여 산청에 한의학 성지 〈동의보감촌〉을 건립한 것이랍니다. 〈동의보감촌〉 건립은 좋은 일이었지만 산청군청에서 우리의 한의학 역사를 왜곡했답니다. 그 역사 왜곡은 산청군청이 허구 인물 유(류)의태가 중국의 명의 '화타'보다 위대한 인물이라고 말하면서 류의태의 출생지(산청군 신안면 하정리 정태), 생몰년도(1516-1580), 의술 활동지(산청군 금서면 화계리 화계), 할아버지와 아버지를 지어낸 후 류의태의 가묘를 조성하였고, 비석, 표지석, 동상과 기념비를 세웠습니다. 신의정을 건립했으며, 해부동굴을 만들었습니다. 또, 실존 인물 유이태약수터를 가짜 류의태약수터로 바꾸었답니다. 이것뿐만 아니라 실존 인물 유이태의 사적(백과사전 내용, 저서, 유적지, 설화, 논문, 문집…)을 허구 인물 류의태 사적으로 바꾸었습니다. 또, 어느 가문에서는 허구 인물 류의태를 그들 가문의 족보에 등재 시켰답니다.

그래서, 산청군청에서 왜곡한 역사를 알리고, 산청군청에서 왜곡한 우리나라 한의학 역사를 바로잡기 위하여 이 책을 썼답니다.

산청 동의보감촌을 방문하여 류의태의 동상, 기념비, 묘소, 묘비, 신의정, 해부동굴을 보면 류의태는 태어난 적도 없고, 죽은 적도 없으며, 허준의 스승도 아닌 허구 인물이라는 것을 기억해주세요. 또, 허준 동상과 허준 기념비를 보면 허준은 산청을 방문한 적

도 없으며, 산청과 아무런 관련이 없고, 류의태는 허준의 스승이 아니며, 허준은 허구 인물 류의태와 사람을 해부하지 않았다는 것을 반드시 기억해주세요.

유 철 호 한의사학박사

유이태 선생의 발자취를 따라가면서

1984년 화창한 봄 어느 일요일 아내 한정옥과 함께 남산 국립과학관을 구경하러 갔습니다. 국립과학관을 들어가지 않고 국립중앙도서관에 들어가 산청의 전설적인 명의 유이태(劉以泰) 선생을 찾아보았습니다. 유이태 선생의 이름이 책에 기록되어 있는 것을 확인하였습니다. 그러나, 1975년 MBC에서 방영했던 드라마 〈집념〉에서 허준의 스승으로 등장했던 유의태(柳義泰)를 『백과사전』과 『진주유씨족보』에서 찾아보았으나 찾지 못했습니다.

이때가 초등학교 5학년 때 방과 후 집으로 돌아가던 도중에 길가에서 모르는 어떤 할아버지께서 들려주셨던 "청나라 황제를 치료했다."라는 조선의 명의 유이태 선생의 발길을 따라가는 첫날이었습니다.

유이태 선생 관련 자료가 있을 곳으로 추정되는 우리나라의 모든 지역을 방문해 유이태 선생 관련된 자료와 전설을 수집하였습니다. 또한, 미국 Boston 소재 Harvard 대학교 도서관과 일본 오사카에 있는 행우서옥을 방문해 유이태 선생께서 남긴 책을 찾아보기도 했습니다.

태어나지도 않은 허구 인물을 학술 논문에 발표한 노정우 박사,

드라마 〈집념〉과 『소설 동의보감』 작가 이은성과 그의 친구, 드라마 〈허준〉 작가 최완규, 『선비의 고장 산청의 명소와 이야기』를 집필한 손성모, 산청군수와 실무책임자들, 학자의 양심을 판 사람, 교사로서 거짓말을 글을 쓴 사람과 대화도 나누어 보았고 편지를 보내고 받아보았습니다. 그들은 류의태가 실존 인물이라는 고증된 근거를 제시하지 못했습니다.

이 책의 역사 부문은 제가 직접 수집한 고증된 고문헌 자료, 학술 논문 내용, 직접 보았던 내용, 들었던 내용, 그리고 유이태 선생의 사우들이 남긴 글을 연구하여 글을 썼습니다.

유이태 선생께서는 일생을 살아가시면서 효도(孝道), 시도(施道), 정도(正道), 의도(醫道), 수도(壽道) 등 5가지 도리(道理) 인생5도(人生五道·삶의5도)와 인술을 펼치면서 인의도(仁義道), 정성도(精誠道), 청렴도(淸廉道), 근면도(勤勉道), 화목도(和睦道) 등 5가지 도리(道理) 인술5도(仁術五道)를 실천한 인물입니다. 또, 유이태 선생의 의학 정신은 '인술제세(仁術濟世)', 즉 "어진 의술로 세상을 구제한다."이고, 의학 사상은 제중인심(濟衆仁心), 즉, "널리 백성을 구제하는 어진 마음", 과 '혜민애세(惠民愛世)', 즉, "모든 백성에게 은혜를 베풀고 사랑하며 이로운 세상을 만든다."입니다.

이 책의 부록에 유이태 선생 약력, 산청군청에서 허준의 스승이

라며 실존 인물로 만든 류의태의 진실, 허준과 허준 조모의 친정 관련 내용과 숭모제 인사말, 역사 왜곡에 관여한 단체들에게 보내는 말을 수록했습니다. 이 책은 유이태 선생의 일대기입니다. 왜곡된 역사를 바로잡기 위하여 부록에 역사 왜곡을 주도한 산청군수와 실무 책임자, 학자, 단체의 실명을 공익을 목적으로 밝혔습니다.

2025년은 유이태 선생의 발자취를 따라갔던 만41년 되는 해입니다. 그러나, 현재도 산청군청에 의하여 허구 인물 류의태(柳義泰)에게 빼앗긴 이름과 사적을 바로 찾아오지 못했고, 역사는 왜곡되어 있습니다.

혹시, 산청과 동의보감촌을 방문하셨을 때 류의태를 기리는 가묘, 묘비, 동상, 기념비, 해부동굴 등의 유적지와 허준을 기리는 동상, 기념비, 해부동굴, 순례길, 구암루, 벽화, 허준 정원, 안내판,... 등 유적지를 보시면 산청군청에서 역사를 조작하여 만든 것이라는 것을 기억하여 주시길 부탁드립니다.

유 철 호 한의사학박사
2025년 7월 31일

차례

추천의 글   4
작가의 글   10
지은이의 글   12
유이태 선생의 발자취를 따라가면서   17

1부   백성과 임금을 구한 명의, 유이태   25

프롤로그   26
조선의 명의 유이태, 감옥에 갇히다.   27
임금님을 만나다.   36
임금님을 구하다.   42
열 살 소년, 어머니를 잃다.   52
의학은 효도의 길   57
환자가 있는 곳이면 어디든지 달려가다.   62
흉년에 백성을 구하다.   69
선비의 논을 돌려주다.   77
귀한 사람, 천한 사람을 가리지 않다.   83
드높은 의학사상   90

2부   백성을 구한 명의, 유이태   95

프롤로그   96
죽은 사람을 살렸던 신의(神醫)   97

죽은 사람을 살리다.	106
찬새미에 얽힌 심리치료 이야기(마음병치료약수터)	110
산신령이 준 의서	115
낙반비벽토(낙상벽상토, 중국 황제 치료이야기)	118
유이태와 여우 처녀	126
천년두골만년수 이야기	132
효녀와 유이태탕	139
지네에 물린 소년을 구한 이야기	143
뱀 독을 풀어주다.	147
뱀이 선물한 은침(침대롱바위 전설)	151
닭의 몸에 아홉 개의 침을 꽂다.(구침지희)	156
귀신과 싸우다.	162
노인의 가려움증을 고쳐준 명의, 유이태	168
조선 명의 유이태, 오가피 술로 무릎 병을 고치다!	173

3부 참 의원의 길을 걸은 유이태   181

프롤로그	182
홍역 치료서, 『마진편』을 남기다.	183
홍역에 걸린 여자 아이를 구하다.	189
홍역에 걸린 스님들을 구하다.	194
다리가 먼저 나오는 태아	199
이 책을 영원히 감출 수 있게 하라. - 『인서문견록』	203

차례

유이태 의서, 건강 관리법을 담다.	209
환자의 마음을 움직이는 심의(心醫)가 되어라.	213
유이태, 5道 정신을 실천하다.	218
벼슬을 거부하다.	225

4부 다섯 가지 마음가짐, 인술5도(仁術五道)를 실천하다. 233

프롤로그	234
어질고 의로운 마음으로 환자를 대하다. 인의도(仁義道)	235
정성을 다하여 환자를 치료하다. 정성도(精誠道)	242
오로지 의학 연구에만 매진하다. 근면도(勤勉道)	250
사사로운 이익을 취하지 않다. 청렴도(淸廉道)	258
환자의 마음을 평안하게 하다. 화목도(和睦道)	265
드높은 유이태의 의학정신(醫學精神)	273
영원한 명의(名醫)로 남다.	277

5부 유이태와 유의태·류의태(柳義泰), 역사와 허구 285

프롤로그	286
한의학 성지 산청과 지리산, 그리고 명의(名醫)!	287
소설과 드라마로 재탄생한 유이태 그리고 뮤지컬이 공연되다.	300
사적이 빼앗긴 유이태(劉以泰), 산청 동의보감촌의 허구 인물 류의태(柳義泰)와 허준 그리고 역사를 왜곡한 산청 군수	305

부록 왜곡된 대한민국 인물 역사   353

왜곡된 대한민국 인물 역사를 보면서   354

부록 1. 산청군청에 의하여 사적이 빼앗긴
　　　유이태(劉以泰)는 누구인가?   358

부록 2. 산청군청에 의하여 실존 인물이 된
　　　류의태·유의태(柳義泰)는 누구인가?   402

부록 3. 산청군청에 의하여 산청 인물이 된
　　　허준(許浚)는 누구인가?   430

부록 4. 산청군청에 의하여 친정이 바뀐
　　　허준 조모의 실제 친정은 어딘가?   434

부록 5. 태어나지도 않은 허구 인물 류의태(柳義泰)가
　　　허준의 스승으로 학술 논문에 발표된 후
　　　산청군청과 진주류씨 토계에서 실존 인물이 된 과정   438

부록 6. 역사 왜곡 시작에서부터 바로잡기까지 과정   444

부록 7. 류의태 숭모제 인사말 전문   454

부록 8. 산청군청에 보내는 고언, MBC에 보내는 고언,
　　　산청 동양당 약방과 대한한약사협회에 보내는 고언,
　　　산청 신안 진주류씨 가문에 보내는 고언   458

1부

백성과 임금을 구한 명의, 유이태

프롤로그

조선 후기, 지금의 경남 산청군 생초면에는
유이태라는 의원이 살고 있었습니다.

스스로 의학을 공부하여 탁월한 의술과 침술로
명의(名醫), 신의(神醫), 심의(心醫)라 불린 유이태!

그는 숙종 임금님의 병을 고쳤을 뿐만 아니라
수많은 백성의 병을 고친 진정한 참 의원이었는데요,

그가 남긴 발자취와 수많은 일화는
나중에 소설가 이은성이 쓴
〈소설 동의보감〉과 MBC 드라마 〈허준〉의
소재가 되었답니다.

과연 유이태는 어떤 인물이었을까요?
우리 역사 속의 우뚝선 봉우리,
명의 유이태를 만나 봅니다.

조선의 명의 유이태, 감옥에 갇히다.

"죄인 유이태는 당장 오라를 받으라!"

한밤중이었어요. 한 무리의 포졸들이 횃불을 들고 유이태가 머무는 집안으로 들이닥쳤습니다. 갑자기 들이닥친 포졸들 탓에 집안의 모든 사람이 깜짝 놀랐답니다. 방 안에서 막 잠자리에 들려던 유이태가 마루로 나섰습니다.

"아닌 밤중에 웬 소란들이오?"

"네가 유이태더냐?"

포도대장이 앞으로 나서며 물었습니다.

"그러하오만, 무슨 일이시오?"

"시끄럽다. 당장 오라를 받으라!"

"내가 무슨 잘못을 저질렀다고 오라를 받는단 말이오?"

"여러 소리 할 것 없다! 여봐라, 뭣들 하느냐? 저 자를 어서 묶지 않고!"

포도대장의 호통에 포졸들이 마루로 뛰어올라 유이태를 밧줄로 묶었습니다. 워낙 포졸들의 기세가 등등하여 유이태가 머물던 집의 사람들은 아무 말도 할 수 없었답니다. 꼼짝없이 포졸들에게 끌려간 유이태는 그만 감옥에 갇히고 말았답니다.

유이태가 한양에 도착한 것은 날이 저물 무렵이었습니다. 날이 너무 어두워서 유이태는 하는 수 없이 아는 사람 집에서 하룻밤 신세지고 있던 중이었답니다.

유이태가 감옥에 갇힌 때는 1713년 12월 중순 조선의 숙종(1661년 10월 7일 ~ 1720년 7월 12일) 임금님 때 였습니다. 그런데, 숙종 임금님이 병에 걸리고 말았습니다. 당시 53세였던 임금님은 잠을 잘 자지 못했고, 음식도 잘 먹지 못했으며, 몸에 한기와 열기가 있었고, 종기가 났으며, 몸이 부어 있었습니다. 요즈음 말로 종합병동이었지요. 그런데, 우리나라에서 최고의 실력을 자랑하는 내의원 어의(御醫)들도 임금님의 병을 치료하지 못하였답니다.

그래서, 오랫동안 임금님의 병이 낫지 않자 조정에서는 전국에 있는 유명한 의원들을 한양으로 불러 모으기 시작했습니다.

산음현에 살던 유이태도 임금님의 병환을 고치기 위하여 한양으로 올라오라는 어명을 받았습니다. 어명을 받자마자 유이태는 임금님이 보내준 말을 타고 곧장 고향인 산음현 생림을 떠났습니다.

그런데, 유이태가 산청 생초 생림 혜민국을 나설 때는 날씨가 흐리고, 바람이 쌩쌩 부는 차가운 겨울이었답니다. 혜민국을 출발한 유이태는 늘비를 지나 본통고개를 넘어 수동(사근)을 경유하여 함양으로 갔습니다. 함양에서 전라도 인월로 넘어가는 팔영재(경남 함양과 전북 인월 경계)라는 고개에서 유이태는 눈보라를 맞고 말았습니다. 거센 눈보라와 매섭게 차가운 날씨에 그만 유이태는 독감에 걸리고 말았는데요, 그때, 유이태의 나이는 예순두 살로 당시로서는 아주 많은 나이였답니다.

1713년 12월초 눈내리는 날 선비 의사 유이태가 말을 타고 넘어간 〈팔영재〉

 아픈 몸을 이끌고 천신만고 끝에 역참로를 따라 팔령치, 인월, 여원치, 남원, 오수도, 관촌을 지나서 전주에 도착한 유이태는 전라도 관찰사 유봉휘(1659~1727)를 찾아갔습니다. 관찰사는 요즘의 도지사와 같은 직위였습니다. 독감에 걸린 유이태를 본 관찰사 유봉휘는 깜짝 놀라면서 유이태에게 전주 객사의 방을 내주며 쉬도록 했답니다.

전주 객사 〈풍패지관〉

그렇게 3, 4일 정도 전주 객사에서 몸을 추스린 유이태는 다시 한양을 향해 길을 나섰습니다. 그러자, 전라도 관찰사 유봉휘가 말했습니다.

"아니, 그 몸으로 어딜 간단 말씀이오? 며칠 더 쉬도록 하시지요."

"전하의 환후가 위중하다는데 잠시도 지체할 수 없습니다."

유이태는 독감이 다 낫지 않은 몸으로 서둘러 전주 객사 〈풍패지관〉을 출발하여 역참로를 따라 삼례, 여산, 이성, 공주, 수례재(차령), 천안삼거리, 직산, 성환역, 아주교, 소사점, 진위, 수원, 과천을 지나서 남태령 고개를 넘어 지금의 한강 동작대교 부근의 동작진에 도착했습니다. 동작진에서 하인, 말과 함께 배를 태고 꽁꽁 얼어 얼음 사이로 한강을 건넜답니다.

1713년 12월 중순 선비 의사 유이태가 한강을 건너는 모습

그리고, 한강을 건넌 유이태는 숭례문 앞에 도착했습니다. 한양에 왔지만, 도착하기로 한 날짜보다 며칠 늦어지고 말았답니다.

한양에 도착하자마자 곧바로 대궐로 가야 했지만, 너무 늦은 시각이라 숭례문 밖에서 하룻밤을 머물기로 했는데, 그날 밤 바로 포졸들이 들이닥쳤던 것이랍니다. 그래서, 포졸에 잡혀서 감옥에 갇히게 되었답니다.

다음 날, 유이태는 국청으로 불려 나갔습니다. 국청이란 무거운 죄를 지은 죄인들을 심문하는 곳이었답니다. 유이태는 임금님의 명령을 어긴 중죄인이라 특별재판이 열렸던 것입니다.

"네 이놈! 어찌하여 주상의 어명을 어기고 늦게 한양에 도착했단 말이더냐?"

높은 의자에 앉은 대감이 엄하게 유이태를 나무랐습니다. 유이태는 생림을 출발하여 한양으로 가던 길에 함양 팔령재에서부터 엄청난 눈보라를 맞으며 전주까지 쉬지 않고 강행하던 도중에 독감에 걸렸던 사실을 이야기했습니다.

"감히 누구 앞이라고 거짓말을 하느냐?"

"거짓이 아니옵니다, 대감!"

"내 어찌 너의 말을 곧이곧대로 믿을 수 있겠느냐?"

유이태는 다시 감옥에 갇히고 말았습니다. 임금님의 병환이 위중하다는데 치료는커녕 감옥에 갇혀 있어야 하는 유이태는 답답하기만 했습니다.

유이태가 전주에서 병을 핑계로 산음 집으로 돌아갔다는 내용이 『조선왕조실록』 숙종 39년 12월 16일에 기록되어 있습니다.

사헌부(司憲府)에서 논핵하기를,

영남의 의인(醫人) 유이태(劉以泰)는 내의원에서 재촉하여 전주에 이르렀는데, 병을 핑계대어 오지 않다가 끝내는 집으로 돌아가 거드름을 피우면서 편하기를 도모했으니, 엄한 벌에 처해야 마땅합니다. 청컨대 죄인을 잡아다가 심문하여 엄중히 조사하여 처리하소서. 관찰사는 마땅히 재촉해 올려 보냈어야 하는데도, 내의원에 사고가 있음을 말하고는 그가 곧바로 돌아가도록 맡겨두었으니, 청컨대 엄중하게 캐물어 죄과를 엄중하게 물어야 합니다.

하니, 그대로 따랐다.

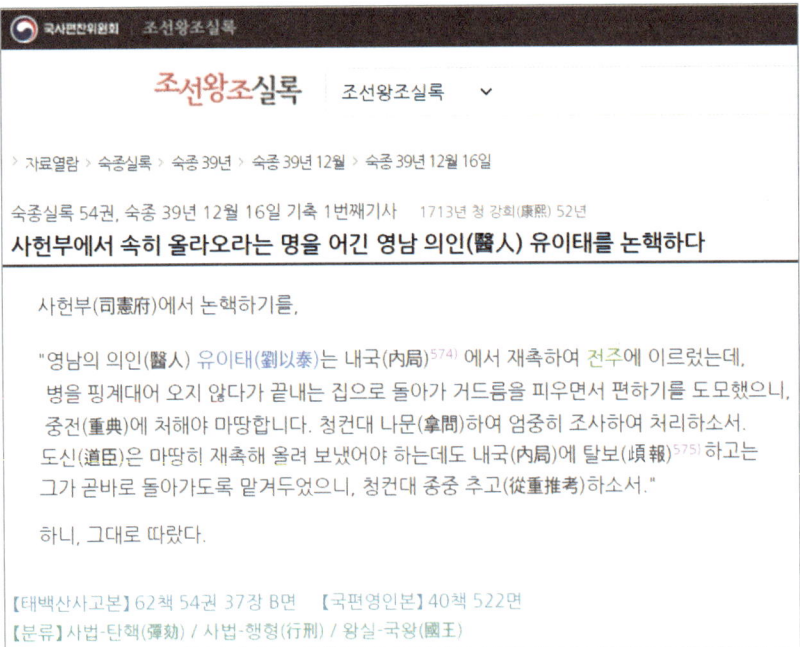

숙종실록 39년

참봉 정중원(1659 ~ 1734)은 유이태가 임금의 부름을 받고 대궐에 간 사실을 기록으로 남겼습니다.

우리 임금님이 지난날 (병세를) 예측하지 못하였을 때
공(公, 유이태)이 말을 달려 서둘러 갔다.
눈이 내리는 매우 차가운 날씨에 강행하다가
병에 걸려 기한이 정해진 여행길이 지체되었다.

황급히 관청(대궐)에 도착하여
(늦게 도착한 잘못의) 용서를 받고
큰 은혜 입었고,
서반(종9품)의 관직을 받고 내의원 돕는 책임 맡았네.

임금님을 만나다.

전하, 산음의 劉以泰 이옵니다.

유이태가 감옥에 갇혀 있는 동안 임금님의 병은 좀처럼 낫지 않았습니다. 당시에 임금님의 병은 밤에 잠을 잘 자지 못하였고, 한기가 났으며, 온몸에 열이 났고, 몸의 여러 곳에 종기가 생긴 병이었습니다. 임금님의 병을 전문적으로 치료하는 어의(御醫)들도 몇 달째 임금님의 병을 고치지 못하고 있었습니다.

어의들은 우리나라에서 가장 뛰어난 의술을 가진 사람들인데도 임금님의 병은 몇 달째 차도가 없었답니다. 그러자, 나라에서 특별 명령 '의약동참'을 발표했습니다. '의약동참'이란 내의원에서 의술이 높은 의원과 전국의 유명한 의원을 대궐로 불러 임금의 병을 치료하는 것을 말합니다.

"나라 안에서 용한 의원들을 대궐로 불러들여라!"

어의(御醫)들이 임금님의 병을 고치지 못하자, 민간 의원 중에서 뛰어난 의원을 궁궐로 불러들이라는 것이었죠. 이때, 왕실의 종친 유천군 이정, 유학 정창주, 종묘 봉사 황처신이 의약에 동참했습니다. 또한, 이미 영호남 지방에서 의원으로 이름을 떨치고 있었던 유이태도 궁궐로 불려오게 되었는데, 도중에 그만 독감에 걸려 한양에 늦게 도착하고 말았던 것입니다.

유이태는 3년 전에도 숙종 임금님의 병을 돌보라는 어명을 받은 적이 있었답니다. 그때는 유이태가 지체없이 한양으로 올라왔으나, 마침 임금님의 병이 다 나아서 다시 고향인 산음현 생림으로 돌아간 적이 있었답니다. 그러니까 유이태는 민간인 의원으로 두 번이나 임금님의 병을 고치라는 어명을 받을 정도로 이름 높은 의원이었답니다. 그런데, 첫 번째는 그냥 돌아갔고, 두 번째는 대궐에 늦게 도착했다는 죄로 감옥에 갇힌 신세가 되었던 것이죠.

유이태가 감옥에 갇힌 후 몇일이 지난 어느 날이었어요. 유이태를 심문했던 높은 대감이 감옥으로 찾아왔습니다.

"어서 나오시오. 전라도 관찰사가 『장계』를 보내왔는데, 유의원 말이 모두 사실로 밝혀졌소. 고생 많았소. 어서 가서 전하의 환후를 돌보도록 하시오."

감옥에서 풀려난 유이태는 곧바로 내의원으로 달려갔습니다. 내의원은 조선 시대 임금님의 약을 짓고 병을 돌보던 관청이었는데요, 어의(御醫)들도 모두 내의원 소속이었죠.

"소인, 산음현에서 올라온 유이태라 하옵니다."

"그래? 그쪽에 앉아 있으시게나."

유이태가 어의(御醫)들에게 인사를 했지만, 그들은 유이태를 본 체만체하고는 자기들끼리 임금님의 병에 관한 얘기를 하고 있었습니다. 어의(御醫)들은 시골에서 올라온 유이태를 무시하는 것이

분명했습니다. 잠시 후, 유이태는 다시 조심스레 물었습니다.

"상감마마의 증상이 어떠하신지요?"

"우리가 말한다고 시골에서 온 그대가 알아 듣기나 하겠는가?"

유이태가 아무런 참여도 하지 못하는 사이 또 며칠이 지났습니다. 어의(御醫)들이 약을 바꿔 가며 임금님을 치료했지만, 조금도 나아지지 않았습니다. 유이태는 계속 옆에서 지켜볼 수 밖에 없었습니다. 그래서, 유이태가 용기를 내어 말했습니다.

"송구하오나, 단 한 번만이라도 상감마마를 뵐 수 있게 해 줄 수 있겠는지요?"

어의(御醫)들이 유이태를 돌아봤습니다. 그러나, 유이태는 주눅 들지 않고 말을 이어갔습니다.

"저는 오랫동안 많은 환자를 치료해 왔습니다. 상감마마를 직접 뵙게 되면 혹시라도 치료법을 찾을 수 있지 않을까 생각합니다."

유이태의 말을 들은 어의(御醫)들은 자기들끼리 한참이나 의논을 했습니다.

"좋다. 상감마마를 뵐 수 있게 해주겠다. 단, 딱 한 번만이니라. 한 번만 뵙고 치료법을 찾아야 한다. 알겠느냐?"

"최선을 다하겠습니다."

"그러나, 일반 백성이 전하를 뵐 수는 없으니, 너에게 임시로 벼슬을 내리도록 하겠다."

『승정원일기』 숙종 39년 12월 20일에는 나라에서 유이태에게 종9품 부사용이라는 벼슬을 주었다고 기록하고 있습니다.

병조가 구두 명령으로 부사용에 유이태를 임명하였다.

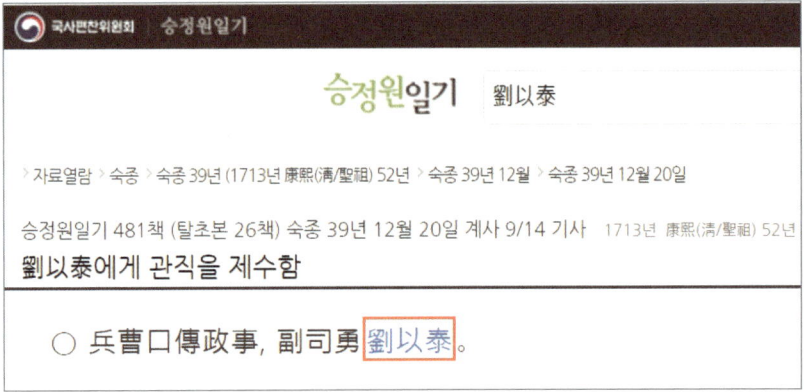

『승정원일기』 숙종39년 1713년 12월 20일 : 임금이 유이태를 관직에 임명한 기록

이때의 병조판서는 박건왈이었답니다.

종9품은 조선 시대 벼슬 중에서 가장 낮은 품계였답니다. 다음 날 유이태는 임금님 앞으로 다가갔습니다.

"그대는 누구인고?"

"신은 부사용 유이태이옵니다."

유이태가 대답하자 옆에 있던 제조 조태구(1660-1723)가 말했습니다.

"산음현에서 올라 온 유이태라는 유의이옵니다, 전하."

유의(儒醫)란 유학자로서 의술에도 뛰어난 사람을 일컫는 말이었습니다.

"그래? 경인년(1710년)에 왔었던 유이태 아닌가? 그대가 내 병을 고칠 수 있겠는가?"

"성심을 다하겠나이다."

유이태는 임금님의 용안과 옥체를 찬찬히 살펴본 후, 한참 동안 진맥을 했었는데, 임금님의 상태는 생각보다 심각했습니다. 임금님 앞을 물러난 유이태는 깊은 생각에 잠겼습니다.

어떻게 하면 임금님의 병을 고칠 수 있을까? 어떤 약을 써야 할까? 유이태의 고민은 깊어만 갔습니다.

임금님을 구하다.

  오랜 생각 끝에 유이태는 다시 어의(御醫)들을 만났습니다. 그리고, 자신이 생각한 처방을 말했습니다.

"상감마마께 도수환을 올려보면 어떨까 합니다."

"뭐라고? 도수환?"

"그러하옵니다."

그러자, 어의(御醫)들이 일제히 유이태를 비웃기 시작했습니다.

"하하하, 고작 생각해낸 게 도수환인가?"

"영남지방 명의라고 하더니 쯧쯧…"

"그냥 짐을 싸서 고향으로 돌아가게."

유이태도 지지 않고 말했습니다.

"주상께서 도수환을 복용하시면 침수(잠을 자는 것)가 편안해지며, 부기도 빠지고, 한기도 없어지며, 몸에 열이 내릴 수 있으니 치료될 수 있습니다."

"도수환이라니?"

"주상께서 도수환을 복용하시면 환후가 쾌차할 것입니다."

1부 백성과 임금을 구한 명의, 유이태

"여러 소리 할 것 없네. 그만 돌아가게"

어의들이 유이태를 비난하자 경인년에 만났던 왕실의 종친으로 의술에 조예가 깊은 유천군 이정(1674-1718)이 말했습니다.

"아니오, 더 들어보십시다. 계속해보시오."

유이태는 목소리를 가다듬고 말했습니다.

"제가 볼 때 지금 전하를 괴롭히는 한기와 높은 열은 한 군데만 머물지 않고 온몸으로 돌아다니고 있으며, 몸이 부어 있을 때는 도수환으로 효과를 볼 수 있습니다."

"그게 사실인가?"

"예, 예전에도 소인이 도수환으로 비슷한 환자를 고쳐보았던 적이 있습니다."

의약동참의(議藥同參醫)와 어의들이 임금님의 환후에 대한 회의를 끝내고 퇴근하는 길에 유이태가 유천군 이정에게 말했습니다.

"대감, 전하의 환후에는 반드시 도수환이 처방되어야 합니다. 왕실의 종친이신 대감께서 주상께 직접 주청해 주셨으면 합니다."

"그렇게 해 봅시다."

다음날, 임금님의 병 치료에 대한 회의가 있었는데, 어의가 유이태에게 재차 말했습니다.

"다시 묻겠네, 그게 사실인가?"

"감히 상감마마의 옥체를 두고 거짓을 고하겠습니까?"

"좋다. 그대의 처방을 허락하겠다. 만약 잘못되면 목숨을 걸어야 할게야!"

여러 어의(御醫)는 유이태에게 의뢰하여 시험했고, 유이태는 자신의 처방대로 도수환을 빚었습니다. 그리고, 하루에 두 번씩 임금님께 도수환을 올렸습니다. 며칠이 지났을까요? 어느 날 유이태와 어의(御醫)들을 맞이한 임금님께서 말했습니다.

"오늘 아침은 마치 날아갈 것처럼 내 몸이 가볍구나. 어젯밤에는 잠도 아주 잘 잤다네."

"감축드리옵니다, 전하. 전하의 쾌차는 산음현에서 올라온 유이태의 도수환 처방 덕분이옵니다."

"그러한가? 참으로 고맙도다."

숙종 임금님이 유이태를 보며 말했습니다.

"황공하옵니다. 전하."

『조선왕조실록』숙종 40년(1714년) 5월 04일에

임금이 도수환을 복용하고 설사를 하니, 포만증이 약간 줄어들었다.

라고 기록하고 있답니다.

> 국사편찬위원회 조선왕조실록
>
> **조선왕조실록**
>
> 〉자료열람 〉숙종실록 〉숙종 40년 〉숙종 40년 5월 〉숙종 40년 5월 4일
>
> 숙종실록 55권, 숙종 40년 5월 4일 갑진 1번째기사   1714년 청 강희(康熙) 53년
> **임금이 도수환을 복용하고 설사를 하다**
>
> 임금이 도수환(導水丸)을 복용하고 설사(泄瀉)를 하니, 포만증(飽滿症)이 약간 줄어들었다.

『숙종실록』 40년 1714년 5월 4일 : 도수환을 처방한 기록

또, 참봉 정중원이 남긴 글에도 도수환이 기록되어 있답니다.

> 인사를 하고 약의 순서를 의논하였는데.
> (임금님 병 치료에 대한) 근심과 걱정은 날마다 더욱 깊어갔다.
> (이때 유이태가) 도수환이라는 기이한 처방을 내놓아
> 주머니 속의 송곳처럼 (뛰어난) 재능을 드러내 보였다.
> 그러나, 여러 노의(老醫)가 주저하며 결정하지 못하고
> 오래도록 의견이 일치되지 못하였다.
> 이윽고, 공자(유이태)에게 (도수환 제조를) 의뢰하여 시험하였는데
> 도수환을 복용하니 화기(和氣)가 임금의 얼굴과 눈썹에 돌아왔다.

도수환을 계속 복용하니, 임금님은 잠도 잘 자고, 부기가 점차 사라졌으며, 얼굴빛이 돌아왔고, 병의 차도가 있었습니다.

『조선왕조실록』 숙종 40년(1714) 5월 20일에

> 임금의 환후가 근래에 와서 침수가 가장 나아지고 여러 가지 증후도 모두 차도가 있어 부기가 날마다 점차 사라지니, 도수환의 효험 때문이었다.

라고 기록하고 있습니다.

> 국사편찬위원회 | 조선왕조실록
>
> # 조선왕조실록
>
> 조선왕조실록 ∨
>
> > 자료열람 > 숙종실록 > 숙종 40년 > 숙종 40년 5월 > 숙종 40년 5월 20일
>
> 숙종실록 55권, 숙종 40년 5월 20일 경신 1번째기사   1714년 청 강희(康熙) 53년
>
> **도수환의 복용으로 임금의 환후가 점차 나아지다**
>
> 임금의 환후가 근래에 와서 침수(寢睡)가 가장 나아지고 여러 가지 증후(症候)도 모두 차도가 있어 부기(浮氣)가 날마다 점차 사라지니, 도수환(導水丸)의 효험 때문이었다.

『숙종실록』 40년 1714년 5월 20일 : 도수환을 처방 후 기록

　유이태는 임금님 앞에 깊이 몸을 숙였습니다. 무려 7개월이나 임금님을 괴롭히던 병을 산음현, 지금의 경남 산청에서 대궐로 올라간 명의 유이태가 고쳤던 것입니다. 그래서, 임금님은 자신의 병을 고친 어의(御醫)들에게 상을 내리면서 경상도 산음현 생림(지금의 생초)으로 돌아가는 유이태에게 말 한 마리와 비단을 주었답니다.

1부 백성과 임금을 구한 명의, 유이태

『승정원일기』 숙종 40년(1714년) 6월 24일 임금님은 자신의 병을 고친 어의(御醫)와 유의(儒醫)에게 "말 1필을 하사였다."라고 기록하고 있습니다.

이때 현제강, 이득영, 유이태, 변삼빈, 김수규, 백흥전, 정문익, 이장백, 정지현에게도 각각 애기 말 1필을 하사(下賜)하셨다.

유이태의 의술 명성은 어떻게 한양의 대궐까지 알려졌을까요?

조선 시대에는 조선 8도에서 한양의 대궐로 공물을 바쳐야 했답니다. 공물이란 중앙 관서와 궁중의 필요한 물건을 충당하기 위하여 여러 군현에 부과하여 상납하는 특산물이지요. 산음현에서도 공물을 나라에 상납했답니다. 산음의 공물들은 인삼, 꿀, 백작약, 오매, 구기자. 백복령, 시호, 당귀, 오미자. 과루인, 석류, 곶감 등이 호조의 앞마당에 도착했지요.

호조의 앞마당은 전국 각처의 사람들이 떠드는 소리와 바쁘게 왕래하는 모습은 사람들이 가득 찬 5일장을 방불케 하였답니다.

"내 모친이 많이 아프요.

혹시, 용한 의원을 아는 사람이 있는지요?

"용한 의원이 있소!"

"정말 용하요? 그 의원은 어디에 있소?"

"경상도 산음 땅이요."

"어디서 오셨소?"

"나는 전라도 남원에서 왔소."

"전라도에서는 어떻게 들었소?"

"우리 동네 어르신이 죽을 병에 걸렸다오. 연재와 팔령재를 넘어 함양을 거쳐 산음의 명의를 찾아 갔다오. 거기서 병을 낫우고 돌아 왔다오. 그런데, 전라도뿐만 아니라, 조선8도의 환자들이 와서 그 의원한테 치료를 받고 집으로 돌아간다오. 정말 명의요. 한 번 모친을 모시고 가보시오."

"경상도 산음에서 오신 분 있소? 산음에서 오신 분 있소?"

"왜요? 내가 산음에서 왔소. 무슨 일인교?"

"산음에 용한 의원이 있다는데 사실이요?."

"그렇소."

"산음의 어디쯤에 있소?"

"생림에 있소."

"생림은 어디쯤 있소."

"함양에서 진주로 내려가면 수동면 화산리에 사근도 역참이 있소. 사근도 역참에서 남강천을 따라 내려가면 까막섬이 있고, 까막섬 옆 태봉산 아래 절벽을 넘어가면 분통고개가 있소. 분통고개를 넘어가면 경호강이 있다오, 경호강 절벽 위에는 〈독녀성(獨女城)〉이 있다오. 경호강 옆 도로를 따라가면 초곡면 늘비가 있고, 늘비에서 진주 쪽으로 5리가면 생림면 신연이 있소. 신연에 죽었던 사람을 살린다는 명의가 있다오."

"그 의원 이름이 무엇이오?"

"유이태(劉以泰)요. 유이태! 호는 신연당이요. 우리는 신연당 의원으로 부르오."

"그 집이 오래전부터 의원을 했소?"

"아니요. 그 집안은 양반인데, 그분만이 의원을 하고 있소."

"양반이 의원질을 해요? 그렇게 용하요?"

"하모, 말도 마소. 진짜 용하요. 혼자서 의학을 공부하여 의원이 된기라. 죽었던 사람도 살리는 신의(神醫)요!"

산음의 공물을 운송하는 사람들이 예조에 도착하여 예조의 관리들과 전국 각지에서 공물을 운반해 온 사람들에게 유이태의 높은 의술 명성을 말했던 것이랍니다.

이와같은 유이태의 의술 명성이 한양에까지 알려진 사실이 기록으로 전해지고 있답니다. 그 기록을 남긴 사람은 함양 수동의 유학자 권희(1664-1729)랍니다.

> 유이태의 이름은 해마다 지방에서 나라에 바치던 공물을 따라 궁궐까지 이르렀네.

이렇게 해서 유이태의 이름은 해마다 산음에서 나라에 바치던 공물을 운반한 사람에 의하여 궁궐까지 알려졌고, 전국에 널리 전파 되었답니다.

열 살 소년, 어머니를 잃다.

 유이태는 1652년 지금의 경상남도 산청군 생초면 신연마을에서 태어났는데요, 유이태의 외가 마을이었답니다. 신연 마을의 앞으로는 지리산에서 내려온 맑은 경호강이 흐르고, 강 건너로는 필봉산과 왕산이 있어요. 또, 멀리에는 지리산 자락이 펼쳐져 있어 지금도 매우 아름다운 곳이랍니다.

 유이태의 조상님들 중에는 훌륭한 분들이 아주 많았다고 해요.

유이태의 고조할아버지 유명개(1548~1597)는 영남의병대장으로서 영의정을 지낸 정인홍(鄭仁弘, 1535~1623)으로부터 사사(師事)하였고, 왜구가 쳐들어 왔던 1597년 정유재란 때 경남 함양군 안의에 있는 황석산성에서 의병장으로 왜적과 싸우다가 순국했는데, 나라에서 감찰이란 벼슬을 주었답니다.

유이태의 증조할아버지 유의갑은 아버지 유명개의 원수를 갚게 해달라며, 한양의 대궐 문 앞에 나가 열두 번이나 울부짖었다고 합니다.

이조참판을 지낸 동계 정온(鄭蘊, 1569~1641)으로부터 학문을 배운 유이태의 할아버지 유유도(1600~1683, 통정대부)는 효자로 이름이 높았습니다. 13살 때 아버지

고조부가 왜적과 싸웠던 황석산성(함양군청 제공)

가 돌아가시자 얼굴빛이 흙빛이 되도록 눈물을 흘렸으며, 어머니도 극진히 모시고 시묘살이도 했었는데, 효성이 지극하다고 나라에서 복호와 상을 내리고, 벼슬을 주었답니다.

유이태 외가도 훌륭한 집안이었습니다. 외증조부 이의립(1562~1642)은 1597년 정유재란 때 의병장으로서 왜적과 싸웠으며, 1594년 무과에 급제하였고, 1628년 유효립과 정심의 반란을 평정하여 영사원종공신 1등에 봉해지고, 첨지중추부사에 올랐어요.

1636년 청나라가 우리나라를 침범해 왔을 때, 한성 방어의 책임을 지고 청나라 대군과 맞서 전공을 세웠다고 합니다. 이후 많은 벼슬을 하였고, 경상도 합천의 초계현감을 지낼 때 백성을 잘 보살핀 공로로 임금님이 이의립을 경상좌도 수군절도사에 임명하여 경상좌도 수군절도사까지 지냈다고 합니다. 경상좌도 수군절도사는 부산 지역을 방어하던 해군사령관이었답니다. 이의립이 죽은 후에는 임금님이 그에게 병조판서에 추증했는데, 병조판서는 요즈음의 국방부 장관이랍니다.

외증조부 경상좌수사 이의립 장군 묘소(1970년대 유철호 촬영)

이처럼 나라에 충성하고, 부모에게 효도하는 집안에서 태어난 유이태는 어릴 때 거창군 위천에 있는 할아버지 댁에 가서 공부했다고 합니다. 옛날 어린이들의 공부는 과거에 급제하기 위한 공부였지요. 유이태도 열심히 공부했답니다. 그런데, 어린 유이태는 몸이 매우 약했답니다. 그런 유이태를 바라보는 집안 어른들의 걱정이 컸답니다.

"저렇게 영특한 아이가 몸이 약해서 큰일이야."

"그러게, 몸이 튼튼해야 공부도 잘하고 과거에 급제해서 나라의 큰 인물이 될텐데 말이야!."

손자를 사랑했던 할아버지 유유도는 어린 유이태에게 항상

"사람을 위하는 마음이 가장 중요하다.
　항상 남을 먼저 생각해라.
　이치(理致)에 어긋난 말과 행동을 하지 마라.
　불의(不義)에 빠지지 마라.
　남의 장단점을 논하지 마라."

말했답니다. 이 말은 제천군수를 지낸 정기수 선생이 쓴 글에 기록되어 있답니다.

어른들의 기대와 걱정 속에 자라나던 유이태, 열 살 때 아주 큰일을 당하고 말았는데요. 유이태의 어머니 합천이씨가 돌아가셨답니다. 몸이 약한 자신을 유난히 걱정해주고 감싸주던 어머니였습니다. 어린 나이에 어머니의 죽음을 본 유이태는 큰 충격을 받았답니다. 슬픔 속에 어머니의 장례식을 치른 유이태는 3년간 시묘살이(묘소 옆에서 움막을 지어서 산소 옆에서 기거하는 것)하는 동안 깊은 생각에 잠겼습니다.

'어머님도 구하지 못하는 공부가 무슨 소용이 있을까?'

'내가 공부하고 있는 학문이 세상과 사람들에게 어떤 도움이

되는 것일까?'

 그렇게 고민에 빠져 있던 어느 날, 유이태는 할아버지의 서재에서 매우 오래된 낡은 책을 한 권 발견했는데요. 책장 맨 위 구석에서 먼지를 수북하게 뒤집어 쓰고 있던 책, 그것은 바로 의서였답니다. 의학에 관한 책을 의서라고 하는데요. 그 책을 한 장씩 넘겨보던 유이태는 곧바로 의서에 빠져들고 말았답니다. 그 책에는 지금까지 유이태가 몰랐던 놀라운 내용이 담겨 있었습니다.

 지금까지는 옛 어른들의 말씀을 담은 사서삼경 같은 책들만 읽었답니다. 그런데, 의서에는 사람의 병과 병을 낫게 하는 방법과 건강을 지키고 되찾는 방법들이 쓰여 있었습니다.

의학은 효도의 길

"가만, 네가 뒤로 감춘 것이 무엇이냐?"

어느 날이었어요. 유이태가 할아버지 서재에서 책 읽기에 푹 빠져 있을 때, 갑자기 문이 열리면서 할아버지께서 들어오셨답니다. 식사 때가 지나도 서재에서 나오지 않는 손자를 이상하게 여긴 할아버지가 들어 오신거지요. 갑자기 들어온 할아버지를 본 유이태는 깜짝 놀라며 읽고 있던 책을 등 뒤로 감췄답니다. 무언가 이상한 낌새를 느낀 할아버지는 유이태를 다그쳤답니다.

"무슨 책을 읽고 있었느냐?"

"…."

"이리 내놔 보거라!"

유이태는 할아버지께 읽고 있던 책을 보여드렸습니다.

"아니, 이것은 의서가 아니더냐?"

"네, 그러하옵니다."

"네가 의서를 읽는단 말이냐? 사서삼경 대신 의서를 읽는다고? 어허…"

할아버지는 크게 실망하신 표정이었습니다. 할아버지의 눈치를 보던 유이태가 용기를 내서 말했습니다.

"할아버님, 저는 의학을 공부하고 싶습니다."

"의학이라니? 어찌 양반 가문에서 태어난 네가 의학을 공부하겠다고 하느냐?"

조선 시대에는 의학은 양반 사대부가 하는 학문이 아니라, 중인들이나 배우는 학문이라고 생각했답니다. 양반 사대부들은 유학을 공부하여 과거에 급제하는 것을 목표로 하고 있었지요.

"할아버님, 저의 생각은 다릅니다. 의학은 아픈 사람들을 돕고 살릴 수 있는 실용학문이라고 생각합니다."

"안된다. 앞으로는 절대로 의서를 가까이 하지 말거라!"

그러나, 유이태는 날이 갈수록 의서에 더 빠져들었답니다. 유이태가 의서에만 빠져 지내자 할아버지는 유이태를 산음, 지금의 산청 생초에 있는 집으로 돌려보냈습니다. 아버지 유윤기도 유이태가 의서만 읽고 있다는 사실을 알고 있었습니다.

"정말로 의학을 공부하고 싶으냐?"

"예, 아버님!"

"도대체 이유가 무엇이냐?"

"의학은 효도를 실천할 수 있는 학문이기 때문입니다."

"효도라고?"

"만약, 소자가 의학을 일찍 알았더라면 어머님을 그렇게 먼저 돌아가시게 하지 않았을 것입니다."

어머니 말을 꺼낸 유이태의 눈에는 눈물이 고였습니다. 유이태는 울먹이는 목소리로 아버지께 말했습니다.

"아버님, 지금도 많은 사람이 병으로 고통을 받고 있습니다. 저는 의학을 공부하여 사람들에게 도움이 되는 일을 하고 싶습니다. 또, 병 때문에 가족을 잃는 일이 없도록 하고 싶습니다."

아버지는 한동안 아무 말이 없었습니다. 이윽고, 아버지가 말했습니다.

"너의 뜻이 그렇다면 나도 어쩔 수 없구나. 이왕 의학을 공부하

려거든 정말로 열심히 하거라. 그리고, 네가 말한 것처럼 세상 사람들에게 큰 도움이 될 수 있는 그런 의원이 되거라."

유이태는 아버지께 큰절을 올렸습니다. 그것은 의학 공부에 온 힘을 다 쏟겠다는 유이태의 다짐이었답니다.

유이태는 과거에 급제하여 출세하겠다는 뜻을 접고 의학을 공부하여 사람의 병을 고치겠다고 마음 먹었답니다. 이 말은 함양에 살고 있던 유이태 친구 선비 권만적(1652~?)이 라고 쓴 글에 있답니다.

유이태가 나라를 고치겠다는 뜻을 접고, 사람을 고쳤네.

환자가 있는 곳이면 어디든지 달려가다.

선비 의사 유이태가 환자의 병을 치료했던 〈혜민국〉(산청군 생초면 신연리 679)

아버지의 허락을 받은 유이태는 의학을 가르치는 스승도 없이 혼자서 의서를 더욱 열심히 공부하여 3년 만에 의술이 통달하게 되었답니다. 그리고, 유이태의 의술은 날이 갈수록 늘어났습니다. 또, 자신이 앓고 있던 병의 치료약을 스스로 지어서 고쳤습니다. 주변의 아픈 사람들을 고쳐나가기 시작했습니다.

유이태의 이름은 생림에서 산음, 함양, 거창, 합천, 단성, 진주, 남원, 무주, 전주로 금방 널리 알려졌습니다. 그래서, 다른 지방의 많은 환자가 생림에 있는 유이태의 혜민국을 찾아오기 시작했습니다.

또한, 유이태는 환자가 있는 곳이면 어디든지 달려갔답니다.

참봉 정중원(鄭重元, 1659-1734)은 유이태와 어릴 때부터 친하게 지냈답니다. 정중원은 청나라가 우리나라를 침입했을 때 청나라와의 화친을 강력히 반대했던 척화파로 이조참판을 지낸 동계 정온(鄭蘊, 1569~1641)의 증손자이고, 영조 무신란의 거창 주모자 정희량(鄭希亮, ?~1728)의 아버지랍니다. 정중원은 유이태가 독학으로 공부한 사실과 유이태의 혜민국에 수많은 환자가 찾아오는 것을 보고 이렇게 말했답니다.

> 어릴 때 우환(병)을 겪은 후
> 팔을 꺾어 의사가 되리라고 결심하였다.
> 보서 1권을 품에 안고
> 낮에는 읽고 밤에는 거듭 생각했네.
> 3년만에 의술이 통하여
> 어느 듯 헌원(황제)과 기백을 엿보았을만 했네.

경험하여 마음으로 깨우치는 것을 귀하게 여겼고,
전수 받은 것은 외부로부터 배운 것이 아니었네.
처음엔 큰 마을에서 시험하게 되었고
마침내 전국으로 널리 알려졌네
창공(倉公)의 집문 앞에 사람들이 모이듯
환자가 어쩌면 그렇게도 많았던가?
들어서면 집안(혜민국)에 사람이 넘쳐나고
나서면 말이 먼지를 일으키며 달려왔네
치료한 기록들을 적은 글이 전폭(牋幅)에 쌓이고
차례대로 늘어선 줄은 늘어 놓기에도 번거롭네.
사람마다 명의라고 이리저리 전하니
간절하고 급하게 부탁과 호소를 다투네.
요란하기가 사무가 바쁜 읍의 정청(政廳)을 방불하며,
가득 찬 뜰에는 청(請)하는 소리가 많도다.

어느 날 멀리 인동에 있는 어떤 관리가 병이 났으니 와서 도와달라는 편지가 왔습니다. 인동은 요즈음의 경상북도 구미시입니다. 유이태는 산음 생림에서 인동까지 한달음에 달려가 손씨 성을 가진 그 관리의 병을 낫게 해주었습니다.

다시 산음으로 돌아온 유이태는 손씨라는 관리에게 편지와 함께 요대와 석류를 보내 주기도 했습니다.

이처럼, 유이태는 한번 맡은 환자는 말끔히 나을 때까지 정성을 쏟았답니다. 그때 유이태가 인동에 있는 관리에게 보낸 편지는 지금도 그 원본이 남아 있답니다.

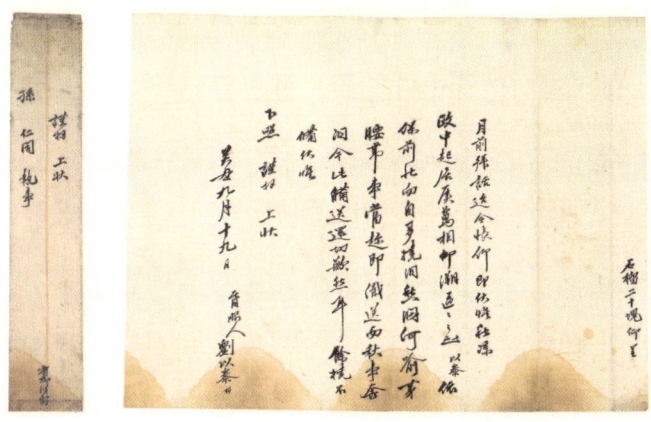

1673년 9월 19일 선비 의사 유이태가 경상도 인동의 관리에게 보낸 편지

또, 한번은 한양에서 사람이 왔습니다. 주인이 심부름을 보낸 하인이라고 말했습니다.

"의원님, 우리 나으리께서 의원님을 기다리고 계십니다."

"무슨 일인데 한양에서 여기까지 왔는가?"

"저희 나으리께서 병이 났는데, 낫지를 않아 산음까지 의원님을 찾아왔습니다."

"아니, 한양에서 어떻게 나를 알고 왔단 말인가?"

"영남의 명의 유이태라고 하면 한양에서 알만한 사람은 다 알고 있습니다."

사실이었습니다. 유이태의 이름은 한양까지 알려져 있었답니다.

"자네 나으리께서는 무슨 일을 하시는 분인가?"

"저희 나으리는 우의정 조사석 대감의 장남입니다."

"조상공 자제분께서 나를 찾으신단 말인가?"

"예, 꼭 좀 저와 함께 가 주시지요. 의원님을 모시고 가지 못하면 소인이 크게 혼이 날 것입니다."

유이태는 하인을 따라 한양으로 갔습니다. 한양에 가서 유이태가 만난 환자는 조태로(1658~1717)라는 사람이었답니다. 하인의 말대로 조태로의 할아버지는 형조판서를 지낸 조계원(1592~1670), 아버지는 우의정 조사석(1632~1693)이었고, 환자인 조태로는 과거에 급제한 관리였습니다. 유이태는 조태로를 정성껏 치료했고, 조태로는 유이태의 의술에 진심으로 감탄했습니다.

"유의원님, 의술은 누구한테 배웠소? 스승이 누구시오?"

"송구하오나 저 혼자 터득했습니다. 그러다 보니 더디게 깨쳤습니다."

"허어, 혼자 터득한 의술이 이 정도라니, 정말로 그대는 하늘이 보내신 귀인이오!"

"과찬이십니다."

이후 산음의 유이태와 한양의 조태로는 편지를 보내고, 받으면서 매우 친하게 지내게 되었답니다. 물론, 조태로의 병도 말끔히 나았답니다.

나중에 유이태와 조태로의 동생이며, 내의원 제조이었던 조태구(1660~1723)는 함께 숙종 임금님의 병을 치료했습니다.

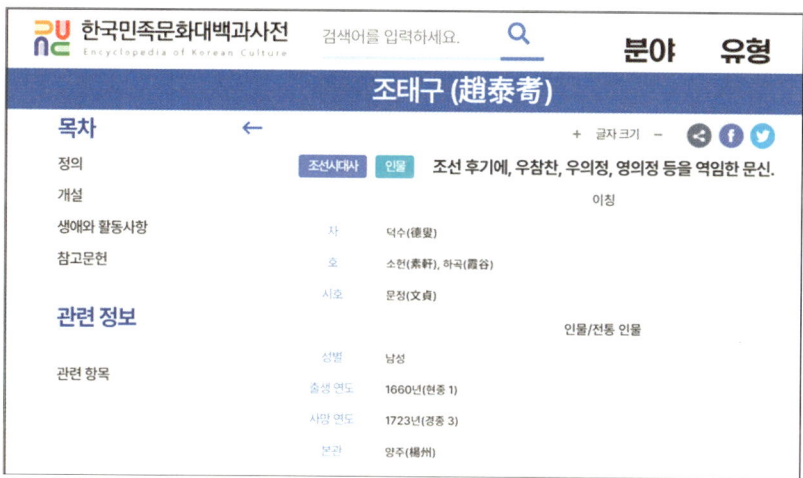

조태로는 좌윤 시절에 산음에 있는 유이태가 1715년에 세상을 떠났을 때 편지를 보냈답니다.

한번 보아도 큰 인물이란 걸 알 수 있었으니
영남의 높은 명망은 향촌 사람들에게 드러났네.
행실은 장중경을 미루어 집안에서 효도하고

의술은 주단계를 택하여 사람들에게 인술을 베풀었네.
옛날부터 알고 지냈으며, 지난해에 다시 만났는데
흉한 소식 들은 오늘 마음의 상처가 더욱 크네.
지난날의 높은 뜻이 마음속 깊이 느껴져
오직 언덕을 향해 눈물이 수건을 적시네.

흉년에 백성을 구하다.

"의원님, 아랫마을 돌쇠 아버지가 오늘 아침에 죽었다고 합니다."

아침 일찍 동네를 돌아보고 온 하인이 유이태 혜민국 앞에서 말했습니다. 약재를 썰고 있던 유이태는 그 말에 가슴이 덜컥 내려 앉았습니다.

"또 다른 소식은 없느냐?"

"어제 하루만 하더라도 산음현에서 스무 명 이상이 목숨을 잃었다고 합니다."

크게 한숨을 쉰 유이태는 들창을 열고 하늘을 올려다봤습니다. 구름 한 점 없이 쨍쨍하고 뜨거운 날씨였습니다. 함께 하늘을 올려다 본 하인이 말했습니다.

"하늘도 무심하시지. 어떻게 몇 달 동안 이렇게 비 한 방울 내려주지 않을 수 있단 말입니까?"

1686년 유이태가 서른네 살이던 해, 산음현을 비롯한 여러 고을에 큰 흉년이 들었습니다. 지난 해부터 시작된 흉년이 2년째 이어지고 있었답니다. 가뭄으로 논밭이 타들어가서 곡식이 제대로 자라지 못해 그 바람에 수많은 사람이 굶주림에 고통받았으며, 심지어 목숨을 잃는 사람들도 적지 않았습니다. 굶주린 사람들은 산으로 몰려가 나무껍질을 벗겨 먹고, 풀뿌리를 캐 먹었지만, 그것으로는 턱없이 부족했습니다.

"부인, 의관을 준비해 주시오"

"이렇게 흉흉한 때에 어디로 가시려고 하십니까?"

유이태가 외출하려고 하자 부인이 물었다.

"며칠 걸릴 듯하니 제법 넉넉히 챙겨 주시오."

"조심하십시오! 흉년에 각지에서 도적떼가 들끓고 있다지 않습니까?"

"그들이 도적이 되고 싶어서 되었겠소? 모두가 흉년 탓이겠지요."

유이태는 부인의 걱정을 뒤로하고 집을 나섰습니다.

직접 눈으로 본 광경은 참혹했습니다. 길거리 곳곳에는 제대로 먹지 못해 퀭한 눈으로 힘없이 앉아 있는 아이들이 즐비했습니다. 노인들도 젊은이들도 모두 굶주림에 지쳐 간신히 숨만 쉬고 있었습니다.

유이태는 오랫동안 알고 지내던 사람의 집으로 찾아갔습니다. 그 집은 농사 지을 땅이 많은 아주 부잣집이었습니다.

"의원님께서 저희 집에 어쩐 일이십니까?"

유이태가 찾아가자 주인이 의아한 눈으로 물었습니다.

"내 긴히 부탁드릴 말씀이 있어 왔습니다."

"무슨 일이신지요?"

"나한테 곡식을 좀 꾸어주지 않겠소?"

"아니, 의원님 댁에도 곡식이 떨어졌습니까? 그럴리가 없을텐데요?"

"내가 먹을 것이 아니라 사람들을 돕고자 합니다."

"나라에서도 가난을 구제 못하는데, 유의원님께서 어떻게 사람들을 돕는다구요?"

"그렇소, 아시다시피 연이은 가뭄과 흉년으로 많은 사람이 굶주림에 시달리고 있소. 그들에게 곡식을 빌려주고 싶은데 내 힘만으로는 부족해서 이렇게 부탁드리는 겁니다."

"흉년은 하늘의 뜻이 아닙니까?"

"흉년은 하늘의 뜻일지 몰라도 그것을 이기는 것은 사람의 힘이 아니겠습니까?"

"허어, 그것 참…"

주인은 선뜻 곡식을 빌려 줄 마음이 없는 듯 했습니다.

그러자, 유이태가 다시 말했습니다.

"내가 처음 의술을 배울 때 사람을 구하고, 돕겠다는 마음이었소. 그런데, 지금 당장 눈앞에서 사람들이 굶어 죽어가고 있는데, 아무 일을 안 한다면 내 어찌 의원이라 할 수 있겠습니까? 혹시, 그들이 갚지 못하면, 내가 대신 갚을테니 좀 도와주시지요."

한동안 유이태를 바라보던 주인이 말했습니다.

"알겠습니다. 의원님, 제 힘껏 돕겠습니다."

이렇게 유이태는 산음, 함양, 거창, 합천, 단성, 단계, 진주, 의령,… 등 경상좌우도의 부유한 사람들을 찾아다니며 곡식을 빌렸는데요, 평소에 유이태를 좋아하고 존경하던 많은 사람이 유이태와 함께 뜻을 같이했답니다. 유이태는 빌려온 곡식을 굶주리는 사람들에게 골고루 나누어 주었습니다.

"역시, 유의원님은 하늘이 내리신 분이야!"

"암, 그렇지. 우리들 사정을 알아주는 분이 유의원님 말고 또 누가 있던가?"

"유의원님이야말로 우리 자식들 생명의 은인이야."

"내년에는 풍년 농사를 지어 반드시 갚아드리도록 하세."

유이태의 노력으로 굶주림에 시달리던 많은 사람이 살아갈 희망을 가질 수 있었습니다.

그런데, 한양에 살고 있었으며, 훗날 공조판서를 지냈던 승지 한배하(韓配夏. 1650~1722)라는 사람이 유이태가 굶주리고 있는 사람들을 도와주었다는 선행이야기를 들었습니다. 승지는 임금님의 비서로서 요즈음의 대통령 비서이지요. 한배하는 임금 숙종의 곁을 오랜 기간 모셨지요. 한배하는 청주한씨 양절공파로서 고조부는 우의정 청평부원군 한응인, 증조부는 동지돈녕부사 청녕군 한덕급, 조부는 상주목사 한수원, 아버지는 남원부사 한성보, 어머니는 이준성의 딸입니다. 명문 가문의 후예로, 선대는 경기 안산에 세거하였고, 경기도 안산시 상록구 사사동에서 태어났답니다.

한국민족문화대백과사전	
	한배하 (韓配夏)
목차	
정의	조선시대사 인물 · 조선 후기에, 지의금부사, 내의원제조, 공조판서 등을 역임한 문신.
개설	이칭
생애 및 활동사항	자 · 하경(夏卿)
참고문헌	호 · 지곡(芝谷)
	인물/전통 인물
	성별 · 남성
	출생 연도 · 1650년(효종 1)
	사망 연도 · 1722년(경종 2)
	본관 · 청주(淸州)
	주요 관직 · 충훈부당상(忠勳府堂上)|지의금부사|내의원제조|공조판서

한배하는

인정이 두터운 유이태가 사람들의 굶주림을 면하게 하였다.

라고 글을 남겼답니다.

유이태가 살고 있던 지금의 산청군 생초면의 유학자 박수곤(1677~1756)은 유이태가 의창(곡식을 저장하여 두었다가 흉년이나 긴급한 일이 있을 때 가난한 백성들에게 대여하던 기관)을 주관하여 굶주림에 있는 사람들을 도와주는 모습을 보고 글을 남겼답니다.

> 공(유이태)은 또한 이 마음을 미루어 의창을 주관하여 친척에게 미치게 하였고, 풍속이 아름다운 마을에 벽을 열어 마을의 이웃들에게 빛을 주었네. 덕(德)을 세상 곳곳의 메마르고 초췌해진 곳에 널리 펴니, 멀고 가까운 곳의 사우(士友)들과 크고 작은 고을의 수령들이 누구인들 그의 의로운 행동을 높이 보고 그 심덕(心德)에 감복하지 않을 수 있겠는가?

유이태는 먹을 것이 없는 가난한 사람들에게 자신의 곡식을 나누어주는 시도(施道)를 실천했지요.

선비의 눈을 돌려주다.

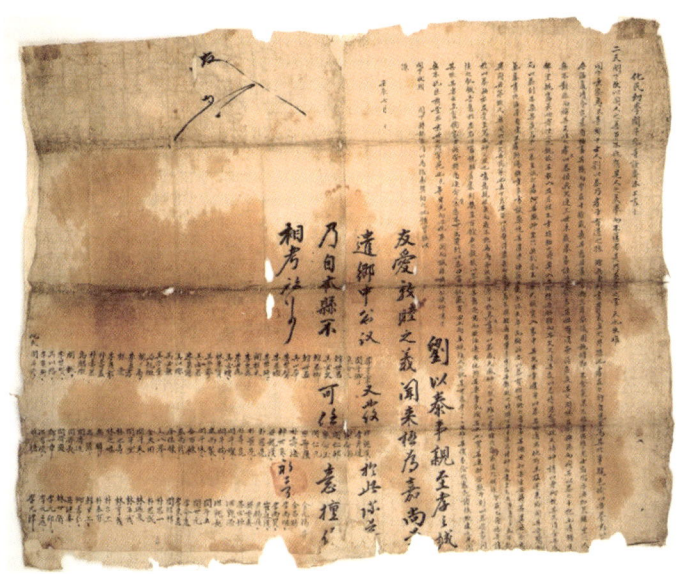

〈예조정장〉: 1712년 산음의 선비 99명이 유이태의 효행과 선행을 기록하여 예조에 올린 장계 산음현감 서종치의 서명이 있다.

흉년으로 고통받는 사람들을 돕기 위해 유이태가 팔을 걷어붙이고 나서자, 많은 친구가 유이태와 함께 뜻을 같이하기 시작했습니다. 유이태는 가까운 곳과 먼 곳을 가리지 않고 찾아 다니면서 곡식을 빌려와 굶주리는 사람들을 도왔답니다.

어려운 사람을 돕고 베푸는 것은 유이태가 평생 간직했던 정신이자, 실제로 실천했던 행동이랍니다. 이렇게 유이태가 사람들을 돕기 위해 바쁘게 다니는 동안에 정작 유이태 집안에서는 엉뚱한 일이 생기고 말았답니다. 유이태가 오랜만에 집으로 돌아오자 아내가 싱글벙글 웃으며 말했습니다.

"부인, 무슨 좋은 일이라도 있소?"

"있고 말고요."

"무슨 일이오?"

"마침, 싸게 나온 논이 있어서 제가 샀습니다. 땅도 좋고, 우리 집에서 가까워 아주 좋은 논입니다."

"싸게 나온 논이라니? 그게 무슨 말씀이오?"

"선비가 금년 흉년을 이기지 못해 논을 시세보다 싸게 판다길래 제가 샀습니다."

"뭐라고요? 남의 땅을 샀단 말이오?"

"그 선비는 돈이 생겨서 좋고, 우리는 논이 생겨서 좋고. 서로 좋지 않습니까?

부인의 말을 들은 유이태는 눈을 꼭 감은 채 말이 없었습니다.

"왜 그러시는지요?"

부인은 유이태를 이해할 수가 없었답니다. 싼 가격에 좋은 논을 샀으면 기뻐해야 하는데 오히려 유이태는 화를 꾹 참고 있는 것처럼 보였으니까요. 이윽고, 유이태가 낮은 목소리로 말했습니다.

"부인, 흉년에 가난한 선비의 땅을 헐값에 산 것은 사람의 도리가 아니오."

"저는 그 선비네를 도와줄 마음으로 샀답니다."

"물론 내가 부인의 착한 심성을 모르는 바 아니오. 그러나, 흉년에 고통받고 있는 선비의 논을 헐값에 사는 것은 도리가 아닌 듯하오."

"…"

"그 선비의 심정을 잠시라도 헤아려 보셨소? 흉년이 들어 조상 대대로 물려받은 논을 파는 심정이 어땠겠소?"

"…"

"정말로 그 선비를 돕고 싶었다면, 곡식을 그냥 꾸어 주고, 내년에 자기 논에서 풍년 농사를 짓도록 도와줘야 하지 않겠소?"

유이태의 말에 부인은 천천히 고개를 끄덕였습니다.

"제가 생각이 짧았습니다. 제가 어떻게 하면 좋을까요?"

"논을 돌려주고 논값을 받아오시오. 그리고, 그 집에 넉넉히 양식을 보내주도록 하시오."

"말씀대로 하겠습니다."

부인은 논을 판 선비를 만나 자초지종을 이야기한 다음 논 문서를 돌려주고 돈을 되돌려 받아왔답니다. 물론, 유이태는 그 집에 넉넉하게 곡식을 보내 주었는데, 선비는 유이태에게 진심으로 고마워했습니다. 돈을 받아온 부인이 유이태에게 물었습니다.

"이 돈은 어떻게 하면 좋겠습니까?"

"부인 생각은 어떠시오?"

"우리한테 이 돈은 당장 필요하지 않으니 양식이 급한 사람들을 돕는 것이 어떻겠습니까?"

유이태가 부인의 손을 덥석 잡았습니다.

"내 생각도 부인과 똑같소. 그렇게 합시다."

유이태와 부인은 돌려받은 논값으로 쌀을 사서 어려운 사람들에게 쌀을 나누어 주었답니다.

1712년 산음현에 살던 민두삼(1657~1740), 이초형, 오이격 등 선비 99명이 유이태의 이러한 선행을 알리는 글을 나라에 올리기도 했고, 산음에 사는 이언경이라는 선비가 1719년(기해년) 음력 8월 28일 경상도 관찰사에 올리는 장계에 유이태가 의창을 주관하여 굶주림에 있는 사람들을 도와준 사실을 기록한 내용이 전해오고 있습니다.

이와 같이 유이태는 의술로 사람들을 구하는 것뿐만 아니라, 재물로도 사람을 도왔답니다. 처음 의술을 공부할 때 가졌던 마음을 끝까지 지키면서 실천한 것이랍니다.

귀한 사람, 천한 사람을 가리지 않다.

"약은 꼬박꼬박 챙겨 먹고, 미지근한 물을 많이 마시도록 하시오."

"꼭, 미지근한 물이어야 하는지요?"

"그렇소, 내가 시키는대로만 하면 몸이 빨리 회복될 것이오."

"알겠습니다. 의원님!"

"그 다음이 더 중요하오."

"예?"

"건강은 건강할 때 지켜야 하는 법이오. 몸이 회복됐다고 해서 또다시 술을 가까이하고, 음식을 함부로 먹으면 또 탈이 날 것이오. 아시겠소?"

"명심하겠습니다. 감사합니다."

중년의 남자 환자가 방문을 열고 나가자 유이태는 크게 한숨을 내쉬었습니다. 유이태는 날마다 아주 바쁘게 지내고 있었답니다. 유이태가 명의라는 소문이 널리 퍼지면서 생림에 있는 그의 혜민국 앞은 매일 환자들로 북적였습니다. 마당을 지나 대문 밖까지 환자들이 길게 줄을 늘어서 있기가 허다했습니다. 비가 오거나, 무더운 날, 추운 날에도 환자들은 끊이지 않았습니다.

참봉 정중원은 유이태의 혜민국에 수많은 환자가 찾아오는 광경을 보고 이렇게 기록하고 있습니다.

> 중국 제나라 의사 창공(倉公)의 집문 앞에 사람들이 모이듯이
> 환자가 어찌 그렇게 많았던가?
> 들어서면 집안에 사람이 넘쳐나고
> 나서면 말이 먼지를 일으키며 달려왔네.
> 치료한 처방들이 전폭(牋幅)에 쌓이고
> 차례대로 늘어선 줄은 늘어놓기에도 번거롭네.
> 사람마다 명의(名醫)라고 이리저리 전하니
> 간절하고 급하게 부탁과 호소를 다투네.
> 움직임이 사무 바쁜 읍의 사무실과 같았고
> 가득 찬 뜰에는 청(請)하는 소리가 많았도다.

"다음 분을 들어오시게 해라!"

유이태가 말하자, 방문이 열리면서 환자 대신 그의 아내가 쟁반에 하얀 그릇을 받쳐 들고 들어왔습니다.

"부인이 왜 들어오시오?"

"좀 쉬어가면서 환자를 돌보시지요."

"아픈 사람과 그 가족의 심경을 생각하면 잠시도 쉴 수가 없소."

"그렇게 무리하시다가 몸에 탈이라도 나면 어쩌시려구요?"

"부인. 환자를 돌보는 것은 나의 가장 큰 기쁨이자, 보람이오.

기쁘고 보람 있는 일을 하는데 어찌 몸에 병이 생기겠소?"

"이제야 알 것 같군요."

"아니, 뭘 알겠다는거요?"

"기쁘고 보람있는 일이라는 마음을 갖고 계시니까 항상 환자들에게 친절하게 대하시는군요."

참봉 정중원은 유이태가 환자를 정성을 다하여 치료하는 모습을 보고 다음과 같은 글을 남겼답니다.

혹, 드리워 끊어진 혈맥을 회복시키고
혹, 아직 식지 않은 시신을 일으켰네.
닦고 깨우친 유이태의 의술은
석고(石鼓)에 주시를 새긴 듯하네.
그의 곧은 성품은 이익(재물)을 멀리했고
때에 맞춰 자신을 크게 던졌다네.
중요함과 중요하지 않음을 스스로 헤아려
저울처럼 공평하게 처리했네.
나아가 앞일을 미리 분별해서
치료하기 어려운 상황까지 염려했네.
그 예측이 딱 맞았는데
마치 서죽을 가지고 점치는 것과 같았네.
대체로 사람들을 구하겠다는 뜻으로
노력하여도 피곤함을 알지 못했네.
이름을 얻은 지 30년에 그 은혜가 얼마나 많은 사람에게 미쳤던가?

모두 말하네. "이런 의술은 어진 것이니
지금 세상에 다시 누가 있겠는가?"라고 했네.

그때였습니다. 갑자기 마당에서 요란한 소리가 들려왔습니다.

"당장 비키거라, 이놈아!"

"아이구, 나으리 왜 이러십니까?"

"네 이놈! 네까짓게 감히 여기가 어디라고 들어와 있는게야?"

유이태는 무슨 일인가 싶어 방문을 열어 봤습니다. 마당에는 한바탕 소동이 벌어지고 있었는데요, 커다란 갓을 쓴 어떤 젊은 양반이 남루한 차림의 나이 많은 환자에게 큰 소리로 호통을 치고 있었습니다. 다른 환자들은 젊은 양반의 서슬에 놀라 모두 뒤로 물러나 있었습니다.

"무슨 일이시오?"

유이태가 마당으로 내려서면서 젊은 양반에게 물었습니다.

"당신이 의원이오?"

"그렇습니다만…"

"아니, 어쩌자고 저런 천한 것들까지 받아들인단 말이오? 이거야 원 불결해서 치료를 받을 수가 있어야지! 쯧쯧"

젊은 양반은 남루한 환자를 흘겨보면서 소매를 탈탈 털었습니다. 유이태는 젊은 양반 대신 남루한 환자를 바라보며 말했습니다.

"자, 들어갑시다!"

그러나, 남루한 환자가 젊은 양반의 눈치만 볼 뿐 움직이려 하지 않았습니다. 그러자, 젊은 양반이 다시 나섰습니다.

"이보시오. 의원, 지금 뭐하는거요? 저런 천한 것을 치료하겠다고? 그것도 나보다 먼저?"

그러자, 유이태가 젊은 양반을 바라보며 나지막하게 말했습니다.

"저 바깥세상에는 양반과 상놈 구분이 있고, 귀하고 천한 신분이 있는지 모르겠으나, 내 집에 찾아온 이들은 모두 똑같은 환자요, 사람이오. 환자 앞에서 어찌 귀하고 낮음이, 친하고 친하지 않음이 따로 있겠소? 보아하니 글 공부하는 분 같은데 사람을 차별하는 공부가 무슨 소용이 있겠소?"

그러면서, 유이태는 남루한 환자를 직접 부축해서 방 안으로 들어갔답니다. 그 모습을 본 젊은 양반은 아무 말도 하지 못했답니다.

이처럼, 유이태는 귀한 신분이나, 천한 신분이나, 차별하지 않고 정성껏 치료했답니다. 가까운 사람이나 잘 모르는 사람도 구분하지 않았다고 하는데요. 이런 유이태를 두고 그를 아는 많은 사람이 유이태를 칭찬하는 글을 남겼답니다.

참봉 정중원은 친구 유이태가 환자를 치료하는 모습을 보고 글을 남겼답니다.

> 평소에 친하지 않은 사람도 배척하지 않았을 뿐만 아니라,
> 신분이 낮은 사람도 내버려 두지 않았고,
> 병들어 찾아오는 사람이 물으면 대답하고
> 하나하나 증세에 따라 처방했네.

제자 노세흠(1672~1729)도 스승 유이태를 존경하는 글을 남겼는데요.

> 사람들이 공의 높은 의술을 칭송할 뿐만 아니라, 병자를 치료할 때 지위가 높은 사람이나 낮은 사람, 친한 사람이나 평소에 가깝게 지내지 않는 사람들을 구분하지 않고, 환자들을 사랑하는 마음으로 정성을 다하여 치료하는 심의(心醫)의 모습에 감동하였다.

제자 박계량도 역시 스승 유이태를 칭송하는 글을 남겼답니다.

> 공께서는 사람들의 요청이 있으면, 싫은 내색하지 않고 항상 친절히 응대하였으며, 지위의 높고 낮음을 가리지 않았다. 공께서 일생을 어질고 너그러운 마음으로 실천한 덕행은 사람들을 감동시키기에 충분하였으니, 이것이 바로 도(道)이다.

드높은 의학사상

 차별 없이 모든 환자를 친절히 대하고 정성껏 치료한 유이태. 그래서, 유이태는 의술만 뛰어난 의원이 아니었답니다. 유이태가 남다른 생각으로 환자를 평등하게 대한 것은 높은 의학사상을 가진 덕분이었답니다.

사상이란 무엇일까요?

바로 그 사람의 행동을 결정짓는 근본 생각이겠지요. 그렇다면, 유이태는 어떤 의학 사상을 가지고 있었을까요? 유이태는 스스로 "나는 이런 사상을 갖고 있다."라고 말하지 않았답니다. 나중에 후세 사람들이 유이태의 행적을 연구하면서 그의 의학 사상을 정리했는데요. 유이태의 의학 사상을 여덟 글자로 표현하면 제중인심(濟衆仁心), 즉, "널리 백성을 구제하는 어진 마음", 과 '혜민애세(惠民愛世)', 즉, "모든 백성에게 은혜를 베풀고 사랑하며 이로운 세상을 만든다."입니다. 그리고, 의학 사상을 인생, 정신, 수기, 학문, 병(病), 약(藥) 등 여섯 개로 분류했답니다. 모두 여섯 개로 분류했답니다. 환자가 있어 약간 어렵게 여겨질 수도 있겠지만 함께 살펴보도록 할까요?

유이태의 의학사상 중에서 첫 번째는 인생에 대한 것인데요,

'사친지의(事親知醫) 제중인심(濟衆仁心)'이었다고 해요. '사친지의'는 부모님을 공경하기 위해서는 반드시 의학을 알아야 한다는 뜻이며, '제중인심'은 내 가족이나 자손보다는 다른 사람을 먼저 돌봐서 질병 없는 세상을 만들어야 한다는 뜻이랍니다. 부모님께 최선을 다하여 효도하고, 내 가족보다는 남을 먼저 생각하는 마음, 이것이 유이태의 의학 정신 핵심이었답니다.

> 의학으로 효도하고 사람들을 보살펴라!

두 번째는 정신에 대한 것인데요,

'무귀무천(無貴無賤) 무친무소(無親無疎)'랍니다. 앞에서도 말

했듯이 '무귀무천'은 남녀노소, 귀한 신분과 천한 신분을 차별하지 않는 것이며, '무친무소'는 친하거나, 친하지 않거나를 구별하지 않고, 누구에게나 차별 없이 정성껏 환자를 치료해야 한다는 것이 유이태의 생각이었답니다. 이것은 백성은 평

> 신분을 가리지 말고 모든 백성을 사랑하라!

등하므로 바로 백성을 위하고, 백성을 사랑하는 위민, 애민사상이랍니다.

세 번째는 수기에 대한 것인데요,

> 몸과 마음을 갈고 닦아 성실하게 실천하라!

'존양천리(存養踐履) 성실불구(誠實不苟)'라고 합니다. 이는 몸과 마음을 갈고 닦아 다른 사람을 존중하여 편안하게 하고, 본래의 마음을 잃지 말고, 옳은 일을 변함없이 성실하게 실천하는 것을 말한답니다. 유이태의 생애를 보면, 이와 같은 그의 생각을 끝까지 실천했다는 것을 알 수 있는데요, 알고 있는 것도 중요하지만, 실천하는 것이 더 중요하다는 것을 일깨워 주고 있답니다.

네 번째는 학문에 대한 것인데요,

'공리후세(功利後世) 보상일신(補償日新)'이라고 합니다. '공리후세'는 열심히 공부하고 연구하여 그 공과 혜택은 후손들이 가질 수 있게 해주는 것이며, '보상일신'은 후학들이

> 새로운 치료법을 만들어 의학을 발전시켜라!

새로운 치료법을 만들어 의학이 나날이 발전하기를 바라는 마음

이라고 합니다. 그래서, 유이태는 스스로 열심히 의학을 공부했었고, 많은 저술을 남겨 후세 사람들에게 도움이 되도록했답니다.

다섯 번째는 병에 대한 유이태의 생각인데요,

> 병의 근원을 치료하고 건강을 지켜라!

'미병절선(未病節宣) 선조후치(先調後治)'라고 합니다. '미병절선'은 건강할 때 절제하는 생활로 병을 예방하고, '선조후치'는 만약 병이 생기면, 그 근원을 찾아서 빠르게 치료하며, 병이 다 나은 후에는 철저한 건강관리로 또다시 병에 걸리지 않도록 해야 한다는 것 이었답니다. 유이태의 이런 생각은 지금도 유효한 건강법이 아닐 수 없겠지요?

마지막으로는 약에 대한 생각인데요.

'향정비약(鄕井備藥) 단방수록(單方隨錄)'으로 요약할 수 있는데요, '향정비약'은 자연에서 구할 수 있는 여러 종류의 약재를 보관하며, '단방수록'은 집 근처에서 구한 약재로 치료법을 개발하여, 환자를 치료한 경험을

> 치료법을 기록하여 후세에 전하라!

기록으로 남겨 후세에 전해 우리의 전통의학을 지켜나가야 한다는 생각이었답니다.

이처럼 유이태는 탁월한 의술뿐만 아니라, 남다른 의학사상까지 가졌던 의원이었답니다. 또한, 자신의 사상을 일평생 실천했던 진정한 명의였답니다.

2부

백성을 구한 명의, 유이태

프롤로그

어려운 사람들을 도우며 의술을 펼쳐 나가던 유이태,
이제 그의 이름은 전국적으로 널리 알려졌습니다.

유이태는 남녀노소를 가리지 않고
신분이 높은 사람과 낮은 사람,
친한 사람과 친하지 않은 사람,
벼슬을 가진 사람과 벼슬이 없는 일반 사람,
가난한 사람과 부자인 사람을 차별하지 않고
많은 사람의 목숨을 구했습니다.

그래서일까요?
전국 곳곳에는 명의 유이태에 관한
수많은 이야기가 전해 내려오고 있습니다.
유이태에 얽힌 신비롭고 신기한 이야기들을
만나보기로 합니다.

죽은 사람을 살렸던 신의(神醫)

　유이태 의원이 치료한 환자들은 참 다양했답니다. 오래 앓던 병을 가진 사람들도 있었고, 갑작스레 아픈 사람들도 적지 않았습니다.

　어떤 환자이든 유이태 의원은 병의 원인을 잘 살폈고, 그에 맞는 처방을 내렸지요. 그런데 급한 환자 중에는 그 원인이 무엇인지 금방 알아차리기 어려운 경우도 있었답니다. 특히 멀쩡하던 사람이 갑자기 아프면 환자도 환자 가족도 심지어 의사도 당황할 수밖에 없었겠지요. 이런 경우 그 원인을 재빨리 그리고 정확하게 찾아내는 것이 명의(名醫)와 보통 의사와의 차이였답니다.

사람들은 유이태 의원을 '죽었던 사람을 살리는 의사, 즉, 신의(神醫)'라고 불렀지요. 마치 마법사처럼 "죽어가는 사람도 다시 일으켜 세우는 놀라운 신통력을 가졌다."라고 전해져 왔습니다. 유이태 의원의 친구 참봉 정중원이 쓴 책에 유이태 의원에 관한 신기한 이야기가 적혀 있답니다.

유이태 의원은 사람의 병을 고칠 때는 옛날 방식만 고집하지 않고 늘 새로운 치료법을 생각했지요. 유이태 의원은 사람의 타고난 기운을 튼튼하게 하여 나쁜 기운이 몸에 들어오지 못하게 막았다고 해요. 마치 나쁜 사람을 착하게 만드는 것처럼 유이태 의원은 여러 가지 병을 신기하게 고쳤다고 합니다. 때로는 병을 무섭게 공격하기도 했지만, 그 솜씨는 마치 손바닥을 뒤집듯 쉬웠다고 하네요. 마치 나쁜 도둑들을 깨끗하게 없애는 것처럼 말이에요.

참봉 정중원이 유이태 의원에 대하여 쓴 글을 볼까요?

단지 옛것 만이 법칙이 아니니 종종 새로운 것을 좋은 규칙으로 삼았네.
혹 먼저 사람 몸의 원기를 부여잡아 사악한 기운이 넘볼 수 없게 하였네.
비유하자면 그 옳지 못한 사람을 덕행으로 교화하여 도움은 여러 병을 다스렸다.
혹, 공격함에도 꺼리지 않았으니, 손바닥을 떨어버리듯 하였네.
비유하자면 여러 도둑을 없앰은 한관의 옛 위의를 회복하듯 하여 혹 드리워 끊어진 혈맥을 회복시키고, 혹 채 식지 않은 시신을 일으켰네.

가장 놀라운 이야기는 바로 숨이 끊어지고, 차갑게 식어가는 사람을 다시 살려냈다는 이야기랍니다. 끊어진 혈맥을 다시 이어 붙이거나, 아직 따뜻한 기운이 조금이라도 남아있는 시신(屍身)을 일으켜 세우는 것과 같았다고 전해집니다.

유이태 의원이 죽은 사람을 살렸다는 실제의 신기한 이야기가 있습니다. 그 이야기는 유이태 의원이 저술한 의서 『인서문견록』에 기록되어 있답니다.

유이태 의원이 충청도 공주에 가게 되었습니다. 논산 근처를 지나가는데 해가 저물었지요. 유이태 의원은 마을의 부자집을 찾아갔답니다. 그리고, 집주인에게

"산음에 사는 유이태라는 의원이요. 하루 밤 자고 가게 해주세

요."

라고 부탁했습니다.

집 주인은 유이태 의원이란 말을 듣고 말했답니다.

"아이고, 산음의 그 유명한 유의원님이 어디로 가시는지요?"

"공주에 갑니다."

집 주인은 유이태 의원에게 잠을 잘 방을 주었습니다. 그리고, 저녁 식사를 대접하였지요. 유이태 의원이 왔다는 말을 들은 마을 사람들이 찾아와 병 치료를 받았답니다.

이 마을에는 가난하지만, 부모를 공경히 모시면서 마음씨 착하고 부지런한 젊은 아낙네가 살고 있었습니다. 젊은 아낙네는 하루

종일 일을 했답니다. 해가 지고, 저녁이 되어 집으로 돌아와 밥을 먹었습니다. 그리고, 잠시 방바닥에 앉아 있었는데, 갑자기 숨을 쉬지 못하고 쓰러지고 말았습니다. 흔들어도 젊은 아낙네는 반응이 없었답니다. 가족들은 모두 놀라서 어쩔 줄 몰랐지요.

"아이고, 어쩌면 좋아!"

울음소리가 마을 전체에 울려 퍼졌어요. 그 울음소리는 유이태 의원이 머무는 집에까지 들렸답니다. 집 주인이 유이태 의원이 머무는 방으로 급히 달려왔습니다.

"유의원님, 우리 마을 젊은 아낙네가 죽었습니다. 살려 주세요."

유이태 의원은 그 집으로 얼른 달려가 아낙네의 손목을 잡고 진맥했답니다. 그 아낙네는 맥이 뛰지 않았지요. 코 밑에 손대어 보았는데 숨이 쉬지 않았습니다. 그 아낙네의 팔과 다리 등 온몸이 얼음을 만지는 것 같이 차가웠습니다. 그런데, 명치 아래쪽에 미미한 온기(溫氣)가 남아있는 것을 느꼈지요.

유이태 의원은 짚이는 데가 있었습니다. 남편에게 말했습니다.

"혹시 차가운 곳에서 베를 짰는가요?"

"그, 그걸 어찌 아시는지요? 예 찬 마당에서 종일 베를 짰습니다."

"저녁밥은? 더운밥을 먹었는가요? 찬밥을 먹었는가요?"

"예?"

"얼른 대답해 주세요!"

남편은 잠시 머뭇거리더니 말했습니다.

"더, 더운밥을 먹었습니다."

"평소에는 찬밥을 먹었겠지요?"

"그, 그러합니다. 워낙 가난한 살림이라 늘 찬밥만 먹었는데 오늘은 길쌈한 품삯을 받아 오랜만에 새로 잡을 짓고 따뜻한 국과 함께 먹었습니다."

그리고는 유이태는 몸의 여기저기에 가만히 손을 대봤답니다. 하루 종일 찬 마당에서 베를 짰다는 여인의 몸에는 차가운 기운이 번져 있었습니다. 그런데 오직 명치 아래쪽에는 약하게나마 온기가 느껴졌습니다.

"찬물을 가져 오세요!"

"얼마나 필요하신지요?"

"많이 가져 오세요. 큰 대야도 함께!"

차가운 물동이를 가져오자 유이태 의원은 아낙네의 양쪽 발을 차가운 물이 들어 있는 대야에 담궜습니다. 발이 담기자 사람들은 모두 깜짝 놀라 숨을 죽였습니다. 유이태 의원은 아낙네의 팔과 다리를 주물렀습니다. 여기서 멈추지 않았지요.

"얼른 먹일 차가운 물 한 사발과 숫가락을 가지고 오세요."

유이태 의원은 가족이 가져온 물 한 사발에서 숟가락으로 물 한 숟가락을 떠 아낙네의 입에 흘려 넣어주었습니다. 차가운 물의 반은 입안으로 들어가고, 반은 입 밖으로 흘러나왔습니다. 계속했더니 목구멍에서 막힌 것이 내려가는 소리가 났습니다.

'꼬르륵'

얼마를 지났을까 갑자기 환자의 입에서 신음 소리가 나더니 호흡이 돌아오기 시작했습니다. 아낙네의 목에서 소리가 나더니 감았던 눈을 뜨는 것이었습니다. 마치 깊은 잠에서 깨어난 것처럼 말이지요. 가족들은 다시 숨을 쉬기 시작한 아낙네를 보며 모두 기쁨의 눈물을 흘렸습니다.

"유의원님, 어떻게 이런 놀라운 일이!"

가족들은 유이태 의원의 신기한 의술에 감탄하며 물었습니다. 유이태 의원은 말했습니다.

"차가운 땅에서 오랫동안 일하면 차가운 기운이 몸에 쌓여지지요. 따뜻한 밥을 먹으니 따뜻한 기운이 몸에 쌓여집니다. 차가운 기운과 따뜻한 기운이 서로 부딪혀 병이 되고, 죽게 된 것입니다. 그래서,

차가운 물로 그 차가운 기운을 다스렸습니다."

한의학에서는 이것을 이한치한(以寒治寒), 즉, 추위는 추위로써 다스림입니다. 추울 때 알몸으로 눈 위를 구른다든지, 차가운 겨울에 바닷물에 들어가는 행동을 이를 때에 흔히 쓰는 말이랍니다. 비슷한 말로 이냉치냉(以冷治冷)이 있답니다. 겨울에 찬 음식이나 찬 성질의 방법으로 추위를 극복하는 지혜를 담은 표현이며, 같은 성질로 문제를 해결하는 것이지요.

반대로 이열치열(以熱治熱)이란 말이 있답니다. 이 말은 "열을 열로써 다스린다."입니다. 뜨거운 음식이나 약재로 속을 데워서 열의 순환을 돕는 원리이지요. 더운 여름날 시원한 계곡에서 뜨거운 삼계탕을 먹거나, 뜨거운 물로 샤워를 하는 행위가 이에 해당 된답니다. 유이태 의원은 죽었던 사람을 다시 살린 것이랍니다.

유이태 의원처럼 때로는 우리가 생각하는 것과 반대로 하는 것이 놀라운 결과를 가져올 수도 있답니다. 유이태 의원은 정말 신기하고 존경스러운 분이었어요!

그러면, 유이태 의원이 저술한 저서 『인서문견록』에 기록되어 있는 글을 볼까요?

> 어떤 부인이 차가운 땅에서 하루 내도록 쉬지 않고 베를 짰다. 저녁밥을 먹은 뒤에 잠시 앉아 있는데, 곧바로 죽었다. 팔다리와 전신을 만져보니 모두 차가웠다. 오직 명치 아랫부분만 약간의 온기가 있었다. 즉시, 찬물에 양쪽 발을 담그고, 다시 찬물 1술을 입에 흘려 넣어주었다. 반은 입안으로 들어가고 반은 입 밖으로 흘러나왔다. 한참이 지나자 목구멍에서 막힌 것이 내려가는 소리가 크게 났다. 그리고, 그 부인은 다시 살아났다. 이 증상은 따뜻한 음식과 차가운 기운이 부딪혀서 죽게 된 것이다. 차가운 것으로 차갑게 된 것을 치료한 것이다.

이와같이 죽었던 젊은 아낙네를 살렸기에 유이태 의원이 죽었던 사람을 살리는 신의(神醫, '죽은 사람도 살리는 의사')라고 널리 알려지게 됐답니다.

죽은 사람을 살리다.

옛날에 충청도 영동에 효자로 이름난 관리가 있었답니다. 이 관리는 늙으신 어머니를 정성껏 모셨는데요, 하루 세끼를 꼬박꼬박 따뜻한 밥을 지어 올리고 어머니의 잠자리도 늘 세심하게 돌봐드리는 등 효심이 아주 깊었답니다. 효심만 깊은 것이 아니라 가난한 사람들에게는 쌀을 나눠주고, 아픈 사람들에게는 약을 구해 주는 등 백성들도 몹시 아끼는 관리였답니다.

'저렇게 효성이 깊고, 백성을 잘 돌보는 분은 내 평생 처음일세'

'저 분의 절반만 해도 효자 소리를 들을텐데……, 참 훌륭한 사람이야.'

그 관리를 두고 사람들의 칭송이 끊이지 않았답니다.

그런데, 그만 그 관리의 늙으신 어머니가 돌아가시고 말았습니다. 어머니가 돌아가시자 효심이 깊은 관리는 너무나 슬퍼하며 오래오래 울었답니다. 그의 통곡 소리가 얼마나 애절했던지 듣는 사람들도 눈물을 흘릴 정도였다고 합니다. 밥도 먹지 않고, 물도 마시지 않으며 밤낮으로 통곡을 한 관리. 어느 날 마을 사람들이 그 관리가 걱정이 되어 집으로 찾아가니, 그 관리도 그만 세상을 떠나고 말았더랍니다.

그날 이후부터 영동 지방에는 거센 바람이 불기 시작했는데요, 막 농사를 시작해야 할 계절에 나무가 뽑혀 나갈 정도로 거센 바람이 날마다 불자 사람들의 걱정이 이만저만이 아니었답니다.

어느 날 어떤 여인이 영동 고을의 원님을 찾아와서 말했습니다.

"효성 깊은 관리의 넋이 바람이 되어 불고 있으니 그의 넋을 위로하는 제사를 지내면 바람이 멈출 것입니다."

원님이 그 말대로 사람들과 함께 제사를 지냈더니 거짓말처럼 바람이 잦아들었습니다. 그 이후 해마다 음력 2월이 되면, 전국 곳곳에서는 바람이 그치기를 바라는 제사를 올렸는데요, 이를 영동할미 제사라고 한답니다. 영동할미는 바람의 신(神)이었답니다.

어느 해 음력 2월 초하룻날이었습니다. 영동할미 제사를 지내는 시기였는데요, 유이태가 길을 가다 보니 사람들이 웅성웅성 모여 있는 것이 보였습니다. 무슨 일인가 해서 유이태가 다가가서 보니 어떤 젊은이가 지게를 진 채로 앞으로 쓰러져 죽어있었답니다. 사람들은 어쩔 줄 몰라 당황하고 있었는데, 유이태가 그 젊은이 옆으로 다가가 이리저리 살펴보았답니다. 그리고는 유이태가 쓰러져 있는 젊은이의 지게를 벗기더니 등을 몇 차례 강하게 때렸답니다. 그런 다음 젊은이의 입을 벌리고 손을 넣어 뭔가를 꺼냈답니다. 사람들이 의아해하는 사이 쓰러져 있던 젊은이가 크게 숨을 쉬면서 깨어났답니다.

"와아, 살아났다."

"역시, 유이태 의원님은 명의 중의 명의이시다. 죽은 사람을 살려 놓으셨다."

사람들이 감탄하는 사이 젊은이도 유이태에게 인사를 했습니다.

"고맙습니다. 의원님, 저의 목숨을 살려주셨습니다."

유이태는 젊은이를 흐뭇하게 바라보며 고개만 끄덕였습니다. 그러자 누군가가 물었습니다.

"아니, 의원님은 젊은이를 어떻게 살려내셨습니까?

그러자, 유이태가 젊은이한테 물었습니다.

"영동할미 제사를 지냈느냐?"

"예? 예 그렇습니다."

"제사를 지내고 쑥떡을 먹었느냐?"

"아니, 그걸 어떻게 아셨습니까?"

유이태가 사람들에게 말했습니다.

"이 젊은이가 제사를 지내고 쑥떡을 먹고는 나무를 하러 가다가 목이 마르니까 여기 물을 마시려고 몸을 숙였소. 그런데, 갑자기 몸을 앞으로 숙이는 바람에 쑥떡이 다시 넘어와 목을 막는 바람에 숨이 막혀 죽을 지경에 처했던 것이오. 그래서, 등을 두들기고 쑥떡을 빼내자 다시 숨을 쉴 수 있게 된 것이오."

유이태는 젊은이의 목에서 꺼낸 쑥떡을 사람들에게 보여주었습니다. 그러자 사람들은 유이태를 경이로운 눈으로 바라봤습니다. 쓰러진 사람을 살펴만 보고도 그가 무엇을 먹었는지, 왜 숨이 멈췄는지 알 수 있다는 게 놀랍기만 했지요. 사람들이 감탄하는 사이 유이태가 젊은이에게 말했습니다.

"앞으로 떡을 먹을 때면 꼭꼭 씹어서 잘 삼키고, 물을 마실 때는 급히 몸을 숙이는 대신 물을 떠서 바른 자세로 마셔야 하느니라, 알겠느냐?"

"예, 명심하겠습니다. 의원님."

유이태는 사람들을 남겨놓고 유유히 그 자리를 떠났습니다.

쑥떡을 먹고 죽을 뻔한 젊은이를 살린 이야기는 충청남도 논산에서 전해오고 있습니다. 이는 경상도 산음에 살던 명의 유이태의 이름이 논산에까지 알려져 있었다는 증거겠지요. 이처럼 유이태의 이름은 전국적으로 알려져 있었답니다.

찬새미에 얽힌 심리치료 이야기
(마음병치료약수터)

구연자 : 이호원(1928-2005, 前 오전초등학교 교감)
채록일 : 2000년 4월
채록지 : 경남 산청군 오부면 오전리 902

어느 집안의 머슴이 갑자기 병에 걸려 시름시름 앓기 시작했답니다. 병에 걸린 머슴은 먹지도, 마시지도 않고, 죽을 날만 기다리고 있었답니다. 그런데, 특별히 몸에 이상이 있는 것은 아니었답니다.

"도대체 왜 이러느냐? 어디가 아픈게냐?"

걱정이 된 주인이 물었지만, 머슴은 멍한 눈으로 아무 대답도 하지 않았답니다. 온갖 약을 구해 먹여봤지만, 머슴의 몸은 날로 야위어만 갔답니다. 그러자, 마을 사람들이 마지막으로 유이태를 한번 찾아가 보라고 했답니다. 주인은 싫다고 하는 머슴을 억지로 끌다시피해서 유이태에게 데려갔습니다. 머슴을 본 유이태가 물었습니다.

"그래, 어찌하여 네 몸에 병이 생겼느냐?"

한참을 주저하던 머슴이 말했습니다.

"제 뱃속에 뱀이 들어가 있으니 이제 죽을 수밖에 없습니다."

"뱃속에 뱀이 들어갔다고?"

"예, 의원님..."

그런데, 유이태가 아무리 생각해봐도 사람의 입속으로 뱀이 들어갈 수는 없었습니다.

"그래, 뱀이 어떻게 네 몸속에 들어갔느냐?"

"가마실에서 지게를 지고 집으로 돌아오다가 찬새미 약수터에서 물을 마시려고 입을 벌려 물을 삼키자, 샘 안에 있던 꽃뱀이 물과 함께 제 목 안으로 들어갔습니다."

"그래? 그렇다면 나와 함께 찬새미에 가 보자꾸나."

유이태는 머슴을 데리고 찬새미 약수터로 갔습니다. 그런데, 앞서가는 머슴은 길다란 댕기머리를 하고 있었습니다. 걸을 때마다 좌우로 흔들리는 그 댕기머리를 본 유이태는 뭔가 짚이는 것이 있었습니다.

찬샘이에 도착하자, 유이태는 머슴의 댕기머리 끝에 수건을 길다랗게 말아서 매달았습니다.

"자, 이제 그때처럼 물을 마셔 보거라."

그러자, 머슴이 물을 마시려고 상체를 숙이며 엎드렸습니다.

그 순간, 머슴의 댕기머리가 앞으로 흘러내렸습니다.

"잠깐만, 혹시 지금도 샘 안에 뱀이 보이느냐?"

"예, 배, 뱀이 샘 안에 있습니다. 의원님!"

"잠시 그대로 있거라!"

그러면서, 유이태는 머슴의 댕기머리에 달린 수건을 잡아당겨 올렸습니다.

"아직도 뱀이 있느냐?"

"어, 없습니다."

"됐다. 방금 네 몸에서 나온 뱀이 샘 안으로 사라졌느니라!"

"저, 정말입니까요?"

"보거라, 샘 안에 뱀이 없지 않느냐?"

머슴은 물에 비친 자신의 댕기머리를 뱀으로 착각했던 것이랍니다. 처음 물을 마실 때, 샘에 비쳤던 댕기머리가 머슴이 일어나자 보이지 않으니까 자신의 몸으로 들어갔다고 생각했던 것이지요. 그래서, 머슴은 두려운 마음에 병이 생겼더랍니다. 이를 알아챈 유이태가 다시 물에 비친 댕기머리를 보여줬다가 그것을 위로 당겨 없어지게 하자, 머슴은 정말로 자신의 몸에서 나온 뱀이 사라졌다고 믿었답니다.

"이제, 너의 몸에서 뱀이 나갔으니 괜찮을 것이다."

자기 몸에서 뱀이 빠져나갔다는 것을 믿게 된 머슴은 금방 건강을 되찾게 되었다고 합니다. 머슴의 몸이 완쾌되자 머슴의 주인은 유이태를 찾아왔습니다.

"의원님, 몸에 들어간 뱀을 어떻게 다시 빼내셨는지요?"

"애초에 뱀은 없었소."

그러면서, 유이태는 자초지종을 이야기해 주었답니다. 유이태의 말을 다 들은 주인은 무릎을 치면서 말했습니다.

"역시, 의원님은 명의이십니다. 사람의 마음을 살펴 병을 낫게 하시다니 말입니다."

"무릇 병이란 몸에서 생기기도 하지만, 마음에 병이 먼저 들어 몸으로 나타나는 경우도 적지 않다오."

이처럼, 유이태는 머슴이 착각한 상황을 추리하여 그 머슴의 심리를 이용해서 병을 고쳤던 것입니다. 사람의 마음까지 읽어서 심리 치료를 한 유이태는 진정한 명의였던 것입니다.

〈마음병치료약수터〉(1970년대)   〈마음병치료약수터〉(2000년대)

　머슴의 심리를 치료한 이야기가 전해지는 찬새미는 지금은 '유이태약수터', '마음병치료약수터'로 불리고 있는데요, 지금도 산청군 오부면 내곡리 황새봉이라는 산 중턱 아래 있답니다. 샘 앞으로 새로운 도로가 넓게 생기면서 옛 모습은 달라졌지만, 샘은 그대로 남아 있답니다.

유이태 〈마음병치료약수터〉 이정표 (산청군 오부면 내곡리 산2임, 황새봉 아래)

산신령이 준 의서

구연자 : 유우윤(1897-1976)
채록일 : 1963년 1월
채록지 : 경남 산청군 생초면 월곡리 624

젊은 날 유이태는 정말로 열심히 의학 공부에 힘썼답니다. 그러나, 의학은 공부하면 할수록 더 어려워져만 갔습니다. 하나를 알았다 싶으면, 또 모르는 것이 나타나기를 거듭했습니다. 마치 술래잡기를 하는 것처럼 유이태가 다가가면, 의학은 또 저만치 도망가는 것 같았습니다.

의학이라는 것이 외운다고 되는 것도 아니고, 단순히 지식만 쌓는다고 되는 학문이 아니랍니다. 같은 병이라도 사람에 따라 증상이 다르고, 치료법도 다르니, 그 넓이와 깊이가 한이 없었겠지요. 열심히 공부했지만, 유이태도 가끔은 힘이 들었나 봅니다.

어느 화창한 봄날, 공부에 지친 유이태는 뒷동산으로 바람을 쐬러 올라갔습니다. 햇살은 따듯했고, 여러 가지 봄꽃이 활짝 피어 있었습니다. 한참을 걷던 유이태는 따듯한 양지쪽에 있는 소나무에 등을 기대고 앉았습니다. 그리고, 얼마 후 유이태는 자신도 모르는 사이 깜빡 잠이 들고 말았답니다. 그런데, 유이태의 꿈속에 어떤 백발의 노인이 나타났답니다. 백발의 노인은 유이태에게 두터운 책을 한 권 보여주면서 말했습니다.

"너는 하늘이 내려 준 사람이다. 너의 성품이 어질고, 효성이 지극하여 많은 사람에게 도움을 줄 것이다. 그러나, 부귀영화와 재물이나 공명심을 탐내지 말거라. 이 책을 너에게 줄테니, 열심히 공부해라. 사람들은 모두 평등하다. 병자들의 신분을 따지지 말고, 친한 사람, 친하지 않은 사람, 모르는 사람, 부자이거나 가난한 사람, 남녀노소를 구분하지 말고, 모든 병자의 치료에 정성으로 힘쓰거라.

그러면 너의 명성은 먼 후대에까지 길이길이 전해질 것이다."

그리고는 백발노인은 홀연히 사라졌습니다. 깜짝 놀란 유이태가 잠에서 깨어나서 보니, 정말로 그의 머리맡에는 꿈속에서 백발의 노인이 보여준 두꺼운 책 한 권이 있었습니다. 유이태가 그 책을 집으로 가져와서 읽어 보니,
정말로 놀라운 의학 지식이 담겨 있는 책이었습니다.

이 책의 새로운 내용에 재미를 붙여 수년 동안 집에서 쉬지 않고 이 책을 읽었습니다. 그랬더니, 병에 관해서는 거의 모르는 것이 없게 되었답니다.

유이태가 말하며 지어주는 것은 모두가 약이 되었답니다. 그래서, 산음의 유이태 집에는 수많은 환자들이 찾아 왔지요. 유이태가 가는 곳곳 마다 많은 환자가 모여서 유이태로부터 병 치료를 받았지요. 유이태가 지어준 약을 먹은 환자들은 모두 병이 나았답니다. 유이태의 의술 명성은 조선 전국에 널리 알려지게 되었고, 그 소문이 중국에까지 알려졌답니다.

이 이야기는 산청지방과 유이태 후손들 집에 전해오고 있고, 누구의 도움 없이 의서를 공부하여 의원이 되었다는 기록이 『유이태유고』와 『천옹유고』에 전해오고 있습니다.

낙반비벽도
(낙박벽상도, 중국 황제 치료 이야기)

　유이태 의원이 환자에게 주는 것은 모두 약이 되었고, 지어주는 약을 먹은 모든 환자는 병이 나았습니다. 그래서, 유이태 의원은 병을 잘 고치는 명의(名醫)로 이름이 조선 전국에 널리 알려졌습니다. 명의라는 소문에 산음현 생림면 신연에 있는 유이태 의원의 혜민국에는 많은 환자가 찾아 왔습니다.

참봉 정중원이 남긴 〈천옹유고〉에는 유이태 의원의 혜민국에 많은 환자가 찾아오는 모습을 보고 남긴 글이 수록되어 있답니다. 그 글을 볼까요?.

"중국 제나라 창공(倉公)의 문 앞에 사람들이 모이듯이 (유이태를 찾는) 환자가 어찌 그렇게 많았던가? (유이태가) 들어서면 집안(혜민국)에 사람(환자)들이 넘쳐나고, 나서면 말이 먼지를 일으키며 달려왔네. (유이태의 혜민국에는) 치료한 처방들이 전폭(牋幅)에 쌓이고, 차례대로 늘어선 줄은 늘어놓기에도 번거롭네. 사람마다 (유이태를) 명의라고 여기저기 전하니, (유이태에게) 간절하고 급하게 부탁과 호소를 다투었네. 움직임이 사무 바쁜 읍의 사무실과 같았고, 가득 찬 뜰에는 청(請)하는 소리가 많도다."

유이태 의원이 죽었던 사람을 살린다는 신의(神醫)로 조선 전국에 널리 알려졌습니다. 이때, 이웃 나라 청나라 황제가 죽을병에 걸렸답니다. 청나라의 모든 명의가 모여서 황제의 병을 치료했지요. 그런데, 청나라의 명의들도 황제의 병을 치료하지 못했답니다. 그래서, 중국 황제는 다른 나라의 유명한 명의를 찾게 되었답니다.

그러던, 어느 날 청나라 사신이 한양에 왔답니다. 사신이 우리나라 임금님을 알현하고 말했습니다.

"우리 황제께서 중병에 걸렸습니다. 황제께서 '청나라의 모든 유명한 의원들에게 황제의 병을 치료하라.'라고 말했지요. 그런데, 아무도 황제의 병을 치료하지 못했소이다."

"죽을 날을 기다리고 있던 우리 황제께서 조선의 경상도 산음에 유이태라는 의원이 죽었던 사람도 살린다는 신의(神醫)라는 이야기를 전해 들으셨소. 황제께서 대신들에게 '조선에 가서 신의(神醫) 유이태를 청나라로 모셔오라.'"

라고 말했습니다.

"그래서, 제가 이렇게 한양에 왔소이다."

이 말을 들은 임금님은 경상도 산음(山陰)에 살고 있던 유이태(劉以泰)의원에게 청나라 황제를 치료하라는 명령을 내렸지요. 임금님의 명령을 받은 산음의 신의 유이태는 1년을 기한으로 말을 타고 청나라에 갔답니다. 청나라의 대궐에 도착하니 장마가 시작하는 우기(雨氣)이었습니다.

조선의 신의 유이태는 청나라 황제를 알현했지요. 황제를 진맥한 후 황제에게

"폐하, 어떻게 아프신지요?"

라고 여쭈었답니다.

황제는 윗옷을 벗은 후 아픈 부위를 보여주었습니다. 황제의 등에는 커다란 종기(腫氣), 즉, 등창(嶝瘡)이 있었답니다. 이 병(病)은 당시의 의술로 치료를 할 수 없는 피부가 곪아서 죽는 병이었습니다.

객관으로 돌아와 등창 치료 방법을 생각하니 처방이 떠 오르지 않았습니다. 깊은 고민을 하였지요. 어느 날 아침에 식사하던 도중에 밥 수저에서 밥알이 밥상 아래 떨어졌습니다. 밥상 아래 떨어뜨린 밥알을 벽에 으깨어 붙였습니다. 한 달을 반복했답니다.

객사에서 밥 먹으면서 밥알을 떨어뜨리며 생각하는 모습

청나라 대궐에서는 조선에서 온 명의가 치료 방법 생각하지 않고 밥알을 으깨어 벽에 붙이고 있다고 난리가 났습니다. 대신들은 조선의 명의 유이태를

"황제의 병을 치료하지 않고 놀고 있으니 엄벌을 내려야 한다."

라고 황제에게 진언했답니다. 또한, 황제도 화를 내며 대신들에게 병 치료를 독촉했지요.

그러나, 유이태 의원은 태연하게 매일 밥알을 으깨어 벽에 붙이고 있었지요. 며칠이 지나가자 벽에 붙은 밥풀에 푸른곰팡이가 조금씩 피었습니다. 한 달이 되자 유이태 의원은 푸른곰팡이가 핀 밥알을 모아 가루로 만들었습니다. 그 푸른곰팡이 가루를 가지고 궁궐로 들어가 청나라 건륭제의 등창에 푸른곰팡이(페니실린) 가루를 환부에 뿌렸습니다. 하루가 지나니 황제의 환부에서 진물이 조금 덜 흘러나왔습니다. 수일을 반복하니, 환부에서 진물이 나오지 않고 환부에 새살이 돋으면서 등창은 치료되기 시작했습니다. 얼마 후, 황제의 등창은 완전히 치료되었지요.

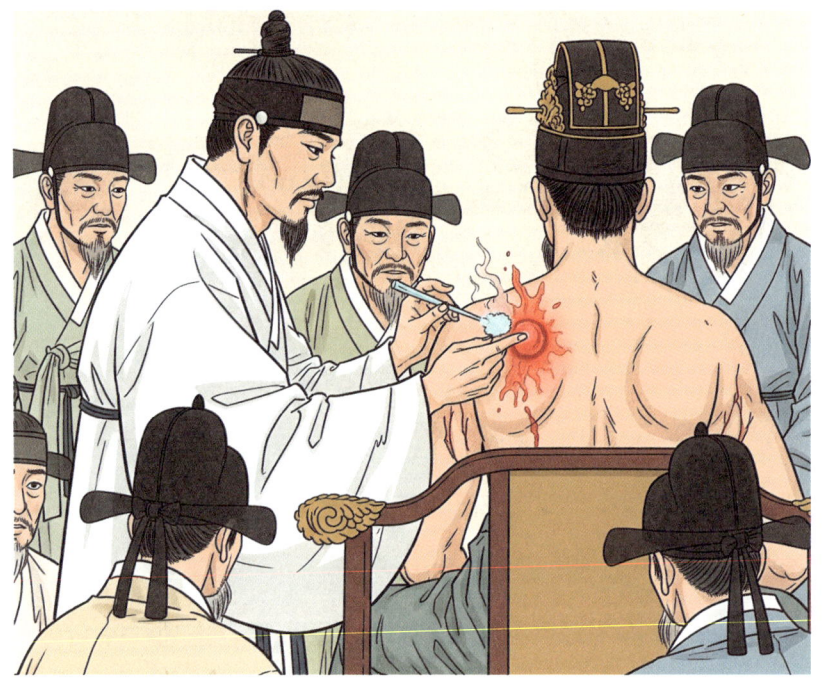

황제는 자신의 병을 고쳐준 조선의 명의 유이태에게

"내 병을 고쳐주어 정말 고맙구나."

라고 말했지요. 또한,

"내가 너를 곁에 두고 싶어 벼슬을 내리겠다."

라고 말하면서 관직을 내렸습니다.

그러나, 유이태 의원은 황제가 내린 관직을 사양했답니다.

유이태 의원은

"고국에는 늙으신 부모와 저를 애타게 찾고 있는 환자들이 기다리고 있습니다. 소신은 조선으로 돌아가야 합니다."

라고 말했지요.

황제는 조선으로 돌아가려는 조선의 신의에게

"내 목숨을 구해 준 공(功)이 너무나도 크다. 소원 하나를 꼭 말하라."

라고 말했습니다.

유이태 의원은

"환자를 치료하는 것이 의원의 도리(道理)입니다. 소신(小臣)은 소원이 없습니다."

라고 말했지요.

청나라 황제가

"아니다. 나의 목숨을 구한 그대에게 내가 반드시 상(賞)을 주어야겠다. 소원을 꼭 말하라."

라고 했답니다.

유이태 의원은 황제의 요청을 뿌리치지 못했지요.

"소신은 가난하여 선영에 석물을 마련하지 못했습니다. 석물을 주시면 좋겠습니다."

라고 말했답니다.

황제는 자신의 병을 고쳐주고 떠나가는 조선의 명의 유이태에게 자신의 병을 치료한 공로(功勞)로 말 1필과 석물을 보답으로 주었지요.

유이태 의원은 황제가 준 석물과 말 1필을 가지고 부모와 환자가 기다리고 있는 조선 경상도 산음으로 돌아왔답니다. 황제가 준 선물 석물은 거창군 위천면 선영(先塋)에 있다고 합니다.

식사하면서 밥상 아래 떨어진 밥알을 벽에 으깨어 붙였고, 벽에 붙은 밥알은 우기(雨氣)에 푸른곰팡이(지금의 페니실린)가 피었지요. 그 푸른곰팡이를 모아 가루를 만든 후, 중국 황제 종기(등창에 푸른곰팡이 가루를 뿌려 종기를 치료한 것이지요.

유이태 의원은 병마에 고통받고 있는 환자를 치료하기 위하여 높은 관직을 사양한 진정한 참 의원이랍니다.

1931년 간행된 「조선환여승람」 산청편에 중국 황제를 치료했다는 내용이 기록되어 있고, 산청군청 홈페이지에 낙반비벽토 설화가 게재되어 있답니다.

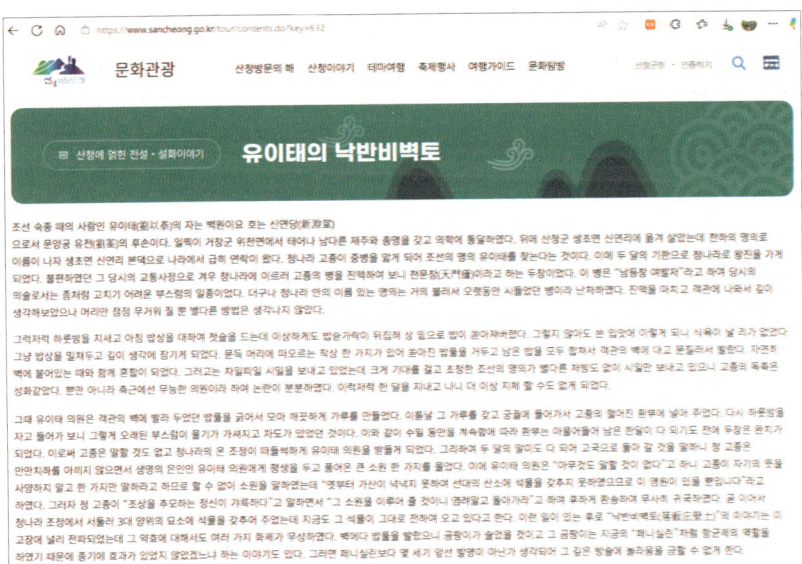

출전: 산청군청 홈페이지

유이태와 여우 처녀

출전 : 한국구비문학대계, 거창군사,
위천면지, 거창의 역사와 전설

　아직 어렸던 유이태가 거창 위천에서 서당을 다닐 때 이야기입니다. 유이태는 혼자 밤늦게 서당에 남아 글을 읽는 날이 많았다고 해요. 그만큼 공부에 열중하던 때였답니다. 그런데, 언제부턴가 혼자 밤에 공부하고 있으면 누군가가 자신을 지켜보고 있다는 느낌을 받기 시작했답니다. 뭔가 이상하고 약간 두렵기도 했지만 그럴때일수록 유이태는 더욱 목소리를 높여 책을 읽곤 했습니다. 그러던 어느 날이었답니다. 그날도 책을 읽고 있는데 누군가 문밖에서 유이태를 부르는 소리가 들렸답니다.

"도련님, 도련님…"

어린 소녀의 목소리였습니다. 유이태는 정신을 가다듬고 서당 방문을 열었습니다.

"누구요?"

그러자, 서당 마루 아래에는 아리따운 처녀가 다소곳이 서 있었답니다.

"아니, 뉘신데 이 밤중에 여기에 서 계시는거요?"

유이태는 두렵기도 하고 궁금증이 일기도 했습니다.

"도련님, 잠시라도 시간을 내주시지 않겠습니까?"

"시간을 내달라니, 무슨 말씀이오?"

"도련님과 이야기를 나누고 싶어요. 무슨 이야기든 함께 나누고 싶답니다."

유이태에게 간청하는 처녀는 너무나 아리따웠습니다.

순간 유이태도 그 처녀와 함께 시간을 보내고 싶다는 생각이 들 정도였답니다. 그러나, 유이태는 마음을 다잡고 말했습니다.

"보시다시피 나는 글공부를 하는 사람이오. 다른 일에는 신경 쓸 겨를이 없으니 그만 돌아가시오."

그렇게 말한 유이태는 서당 방문을 닫아 버렸습니다. 그런데, 그날 이후 유이태가 밤늦게 서당에 있을 때마다, 그 처녀가 나타나서 유이태를 찾았지만, 유이태는 공부에만 전념했습니다.

그러다가 어느 달 밝은 밤이었습니다. 밤늦게 공부하던 유이태는 달빛이 너무 좋고 달빛에 비친 서당 앞의 계곡이 너무 아름다워서 척수대 바위 위에 올라 잠시 밤공기를 쐬기로 했습니다. 유이태가 공부하던 서당은 거창 위천에 있는 수승대와 아주 가까운 곳이었답니다. 수승대는 기암 괴석 사이로 맑은 물이 흐르는 아주 아름다운 곳이지요.

유이태가 수승대 옆 바위 위에 올라 물소리를 들으며 달을 바라보고 있는데, 그 아리따운 처녀가 또 나타났습니다.

거창군 위천면 〈수승대〉 거북 바위

"도련님, 한번만 입맞춤을 해주시면 다시는 도련님 앞에 나타나지 않겠습니다."

"이, 입맞춤이라구요?"

유이태는 깜짝 놀라 그 처녀를 바라봤습니다.

"소원입니다. 한번만 들어주시면 다시는 귀찮게 해드리지 않겠습니다."

처녀는 눈물까지 그렁그렁하며 유이태에게 간청했습니다. 유이태는 너무나 간절한 그녀의 요청을 끝까지 거절할 수 없었답니다.

"좋소, 딱 한 번만이오. 나는 글 공부를 해야 할 몸, 지금은 다른데 눈을 돌릴 겨를이 없습니다. 알겠습니까?"

그렇게 해서, 유이태는 아리따운 아가씨와 살짝 입맞춤했답니다. 그런데, 그 처녀는 유이태의 입안으로 작은 구슬을 하나 밀어 넣었답니다. 그 구슬은 너무나 부드럽고, 너무나 향기로워서 유이태는 정신을 잃을 정도였답니다. 그러자, 그 처녀는 다시 구슬을 자신의 입안으로 가져갔답니다.

알 수 없는 아리따운 처녀와 입맞춤을 한 유이태는 다시 서당으로 돌아와서 공부를 이어갔습니다. 그런데, 밤이면 밤마다, 그 아리따운 아가씨가 입안에 넣어 주던 구슬의 느낌과 향기를 잊을 수 없었답니다. 결국, 유이태는 그 아리따운 처녀를 그리워하게 되었고, 그런 날들이 계속되자, 유이태의 얼굴빛은 창백해지고, 몸도 야위어 갔답니다. 어느 날 서당 훈장님이 유이태를 불렀습니다.

"요즘 너의 안색과 행동이 예전 같지 않구나. 혹시, 무슨 일이 있었느냐?"

유이태는 쉽게 대답할 수 없었습니다.

"괜찮으니 무슨 일이 있었는지 말해보거라."

그래서, 유이태는 훈장님께 그동안 처녀와 있었던 일을 모두 말했습니다. 가만히 듣고 있던 훈장님이 한참 동안 생각하다가 말했습니다.

"혹시, 다시 그 처녀가 나타나서 구슬을 너의 입안으로 밀어 넣으면, 그것을 꿀꺽 삼키도록 하거라."

며칠 후, 달이 밝은 밤이었답니다.

유이태가 예전의 그 바위 위에 올라 달을 바라보고 있는데, 그 처녀가 나타나 다시 입맞춤을 요구했답니다. 그리고, 유이태의 입안으로 구슬을 밀어 넣었는데요, 그 순간 유이태가 그 구슬을 꿀꺽 삼켜 버리고 말았답니다. 그러자, 그 처녀가 갑자기 세 번이나 공중에서 몸을 돌리더니, 그만 꼬리가 하얀 여우로 둔갑했더랍니다.

"내 너의 기운을 모두 빼앗아 사람이 되려 했건만, 내 구슬을 삼키다니, 분하고 원통하다!"

그러면서, 여우는 크게 울부짖은 후 숲속으로 사라졌답니다.

신기한 이 이야기가 펼쳐진 곳은 경남 거창군 위천면에 있는 수승대인데요, 지금도 수승대에 가면 유이태가 여우 처녀와 만난 바위가 남아 있지요. 거창 위천 사람들은 이 바위를 '이태사랑바위'라고 한답니다.

또한, 이 이야기는 유이태가 주변의 유혹을 뿌리치고 공부에만

〈이태사랑바위〉(거창군청 제공)   〈이태사랑바위〉 안내판 (거창군청 설치)

열중했다는 것을 말해주고 있답니다.

그리고, 이 바위에서 공부가 잘되도록 소원을 빌면 공부가 잘된다는 전설이 전해오고 있다네요.

'백여우와 사랑에 빠진 유이태'의 전설, 척수대
〈이태사랑바위〉

유이태가 서당에서 글을 배우던 어느 날 밤, 허전한 마음 달랠 길 없어 하염없이 달빛만 보고 있는데 갑자기 아름다운 여인이 나타나 입맞춤을 해 달라 유혹하였다. 달콤한 유혹에 빠져 그녀의 입술을 훔치자 입속으로 구슬이 굴러왔다. 구슬의 쾌감에 흘린 유이태는 그녀와 사랑에 빠졌고 몸은 점점 쇠약해져 갔다. 이를 눈치챈 훈장은 '구슬을 그냥 삼켜 버려라.'라고 시켰다. 다음날 훈장의 말대로 구슬을 삼키자 아름다운 여인이 백여우로 변해 산으로 도망가 버렸다. 삼킨 구슬을 빼내 몸에 지니자 건강이 회복되고 총명해져 명의가 되었다고 한다. 전설처럼 〈이태사랑바위〉에서 소원을 빌면 연인은 사랑이 이루어지고, 자식은 훌륭한 인재로 성장한다고 전해진다.

명의 유이태(劉以泰, 1652(효종 3)-1715(숙종41년)

경상남도 거창군 서마리에서 출생한 조선 후기 명의(名醫)로 인술이 극치에 달하여 중국에까지 명성을 떨쳤으며 홍역과 천연두 치료 의서인 『마진편』을 저술하였으며 소설 동의보감 허준의 스승 '유의태'의 모델이다.

천년두골만년수 이야기

출전 : 한국구비문학대계, 산청군지, 거창군사

 전라도 어느 마을에 효성이 지극한 어떤 청년이 살았답니다. 그런데, 어머니가 그만 병이 들고 말았습니다. 효성이 깊은 아들은 좋은 약이란 약은 모조리 써 봤지만, 어머니의 병은 낫지 않았습니다. 용하다는 의원들을 찾아다녔지만, 역시 어머니 병은 호전되지 않았답니다. 그러자, 이웃의 어떤 사람이 말했습니다.

"경상도 산음현에 가면 유이태라는 명의가 있다고 하니 한번 찾아가 보게."

그 사람은 마지막 희망을 걸고 어머니를 업고 경상도에 있는 유이태를 찾아왔습니다. 전라도에서 산음현까지 험한 고개를 몇 개나 넘으며 어머니를 모시고 왔지요.

"의원님, 저희 어머니를 꼭 살려 주십시오."

유이태를 만난 그 사람은 간절하게 말했습니다. 유이태는 속으로 놀랐습니다. 무더운 한여름에 어머니를 업고 그 머나먼 길을 걸어 온 그 사람의 효성과 정성이 유이태를 놀라게 했던 것이지요.

"어디 한번 봅시다."

유이태는 환자를 꼼꼼하게 살펴보고 진맥을 했습니다. 한참 동안 환자를 살펴본 유이태가 말했습니다.

"어머니를 모시고 그냥 돌아가시오."

"예? 그게 무슨 말씀입니까. 의원님?"

"그냥 모시고 돌아가라고 했소."

"의원님께서 용하다는 소문을 듣고 전라도에서 여기까지 어머니를 업고 왔는데, 약도 주지 않고 그냥 돌아가라니요? 안됩니다. 어머니 병이 낫는다면 무슨 일이든 하겠습니다. 제발 약을 알려 주십시오."

"이 병에는 약이 없으니 그냥 돌아가시오."

매정하게 말한 다음 유이태는 돌아앉아 버렸습니다. 하는 수 없이 그 사람은 다시 어머니를 업고 전라도 집으로 돌아오게 되었는데요, 어느 고갯마루 위에 올라서자, 그 사람의 어머니가 말했습니다.

"얘야, 목이 너무 마르구나. 어디 물 한 방울 마실 수 없겠니?"

"예, 어머니 잠시만 기다리세요."

그 사람은 어머니를 나무 그늘 밑에 내려놓고 사방으로 물을 찾아 나섰답니다. 그러나, 산꼭대기라서 그 어디에도 물을 찾을 수 없었답니다. 그래도 그 사람은 포기하지 않고 구슬땀을 흘리며 산속을 헤매고 다녔는데요, 그러기를 얼마나 했을까요? 마침내, 깊은 산 속에서 작은 그릇에 고여 있는 물을 발견했답니다.

비록 깨끗하지는 않지만, 그래도 어머니의 갈증을 조금이라도 풀어 드릴 수 있을 것 같아 그 사람은 물그릇을 조심조심 들고 어머니께 돌아와 물그릇을 건넸답니다.

"어머니, 썩 깨끗하지는 않으니 입술만 조금 적시세요. 동네근처로 내려가면 맑은 물을 구해 드리겠습니다."

"오냐, 애썼구나."

그런데, 어머니는 아들이 건넨 물그릇을 들고 벌컥벌컥 깨끗하지 못한 물을 모두 마셨습니다. 잠시 후 어머니가 말했습니다.

"얘야, 이 물이 무슨 물이냐? 이 물은 마시고 나니 배속이 시원하고, 통증도 가라앉으니 이상도 하구나."

집으로 돌아온 다음 어머니의 병은 거짓말처럼 깨끗하게 나았답니다. 어머니의 병이 다 낫자, 그 사람은 약을 지어주지 않은 유이태가 괘씸해졌습니다. 그래서, 그 청년은 다시 산음의 유이태를 찾아가서 따졌습니다.

"의원님, 전에 제가 어머니를 모시고 왔을 때, 약이 없다면서 그냥 돌아가라고 하지 않았습니까? 그런데, 이제 저희 어머니 병이 깨끗이 나았습니다. 혹시, 의원님의 의술이 가짜가 아닌지요?"

그러자, 유이태가 웃으며 말했습니다.

"당신의 어머니의 병은 약이 없는 것이 아니라, 구하기가 너무나 어려운 약이었소. 그런데, 하늘이 당신의 효성에 감동하여 그 약을 내려 주신게요."

"도대체, 그 약이 어떤 약입니까?"

"천년두골만년수(千年頭骨에 萬年水)란 약이오."

"예? 천년두골만년수라구요?"

"천년 묵은 해골에 만년동안 고여 있던 물을 말하오. 세상 어디에서 그런 물을 구하겠소?"

그제서야 그 사람은 유이태에 대한 오해를 풀었고, 천년두골만년수라는 약을 알고 있는 유이태야말로 명의 중의 명의라고 생각했답니다.

"돌아가서 어머니를 잘 모시도록 하시오."

그 사람은 유이태에게 절을 하고 집으로 돌아갔다고 합니다.

이 이야기는 『한국구비문학대계』에 채록되어 있고, 산청군 생초면, 거창군 위천면 등 여러 지역에서 전해오고 있답니다. 부모에게 효도를 다해야 한다는 유이태의 의학사상을 보여주는 이야기라고 할 수 있겠지요. 또한, 구하기 힘든 약으로 환자의 가족을 힘들게 하기보다는 그 아들의 효심을 치료에 연결시킨 유이태의 지혜가 돋보이는 이야기라고 할 수 있겠지요.

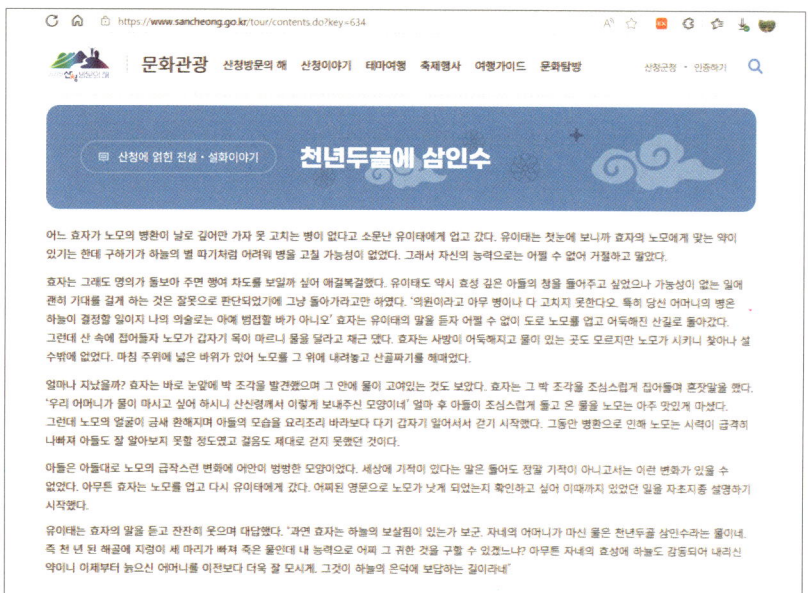

출전: 산청군청 홈페이지

이와 비슷한 이야기가 또 있답니다. 역시 효성과 관련된 이야기랍니다. 언젠가 유이태의 누나가 병이 들어 앉은뱅이가 되고 말았답니다. 모든 병에 효험있는 약을 만드는데 탁월한 유이태가 누나와 누나의 아들에게 말했답니다.

"누님의 병은 저의 재주로는 고칠 수가 없습니다."

크게 낙담한 누나의 아들은 어머니를 지게 위에 모시고 팔도강산을 구경시켜 드리기 위해 집을 나섰습니다. 그렇게 오랫동안 여기저기를 여행 다녔는데, 하루는 어머니가 "목이 마르다."라고 말했답니다.

우물을 찾아 돌아다니던 아들은 우연히 오동나무 밑에 죽어있는 암탉 한 마리를 발견했답니다. 아들은 이 암탉을 깨끗이 씻어 푹 삶아서 어머니께 드리니 몸이 기적적으로 회복되었답니다. 몸이 다 나아 고향으로 돌아온 유이태의 누나가 유이태를 찾아갔습니다. 그리고는 호통을 쳤다고 합니다.

"네 이놈, 유이태야! 보거라. 네가 못 고친다던 내 병이 깨끗이 나았다!"

"누님, 저도 약이 있다는 것은 알고 있었지만 너무나 구하기 힘든 것이라 말씀을 못 드렸던 것입니다."

"그럼, 내가 그 구하기 힘들다는 약을 먹었단 말이냐?"

"혹시, 오동나무 밑에 죽어 있었던 닭을 삶아드셨는지요?"

"엉? 아들이 주워온 닭을 삶아 먹긴 했다만…"

"바로 그 닭이 특효약이었습니다. 세 번 알을 깐 닭이 오동나무 밑에서 죽은 경우라야만 특효약이 됩니다."

이 이야기도 가족의 지극한 정성이 환자의 병을 낫게 할 수도 있다는 것을 말해주는 것이랍니다.

효녀와 유이태탕

출처 : 한국구비문학대계,
한국민족문화대백과,
국어국문학사전, 산청군지

　어느 마을에 혼기를 놓친 노처녀가 살고 있었답니다. 어려서 어머니를 여읜 그녀는 혼자서 늙은 아버지를 모시고 살아가고 있었습니다. 주변 사람들은 그녀를 볼 때마다 걱정했더랍니다.

"시집을 가야할텐데 쯧쯧..."

"저러다 더 늦어지면 혼인하기가 더 어려워질텐데..."

그때마다 그녀가 말했습니다.

"제가 시집을 가면 늙은 아버지 혼자 남게 되는데, 어찌 제가 혼인을 생각하겠어요?"

그러면서, 그녀는 늙은 아버지를 정성껏 모시고 있었답니다. 그런데, 그만 아버지가 병에 걸리고 말았습니다. 그녀는 가까운 동네의 의원들을 찾아다니며, 온갖 약을 지어 아버지께 드렸지만, 아버지의 병은 조금도 나아지지 않았답니다.

'유이태 의원님이라면 아버지 병을 고칠 수 있을텐데...'

그녀도 명의 유이태 의원의 소문은 들어서 알고 있었지만, 아버지를 모시고 찾아갈 엄두가 나지 않았답니다.

그러던 어느 날, 유이태가 우연히 그 마을을 지나가게 되었답니다. 유이태가 마을 길로 들어서자 어디선가 약 달이는 냄새가 풍겨왔습니다. 무슨 약인가 해서 궁금해진 유이태가 냄새를 따라가보니, 싸리나무 울타리가 있는 작은 초가집이었답니다. 유이태가 울타리 안을 보니 담장 옆에 약탕기가 있고, 김이 무럭무럭 나고 있었습니다. 열려 있는 사립문을 밀고 안으로 들어간 유이태는 자신도 모르게 약탕기 앞으로 다가갔습니다. 그런데, 약탕기 옆에 놓인 약봉지를 본 유이태가 깜짝 놀랐습니다. 약봉지에는 '유이태탕'이라고 쓰여 있었던 것이죠. '나는 이런 약을 지은 적이 없는데 이게 도대체 어떻게 된 일일까?' 유이태가 궁금해하고 있는 그때 빨래터를 다녀오던 그 노처녀가 마당으로 들어섰습니다. 그녀는 유이태를 보고 물었습니다.

"누구신데 남의 집 마당에 서 계시는지요?"

유이태는 대답 대신 궁금한 것을 먼저 되물었습니다.

"이 약봉지에 '유이태탕'이라고 쓰여 있는데, 이게 도대체 어찌 된 연유인가?"

그러자, 그녀가 떨리는 목소리로 대답했습니다.

"저의 아버지가 병에 걸렸는데 어떤 약도 듣지 않고 있습니다. 제 아버지의 병을 고치려면 유이태 명의님을 만나야 하는데, 그분을 만날 길도 없고, 돈도 없어서 찾아갈 수가 없었답니다. 그래서, 대신에 약봉지에 '유이태탕'이라고 써서 아버지께 약을 다려 드리고 있습니다."

"'유이태탕'이라고 쓴 이유가 무엇인가요?"

"명의님의 성함을 쓰면 혹시 아버지가 병이 완쾌되지 않을까 생각했습니다."

유이태는 처녀의 정성과 효성에 속으로 놀랐습니다.

"내가 유이태이오."

"예? 정말입니까?"

"하늘이 너의 효성에 감복하여 나를 만나게 해준 것 같습니다.

내가 너에게 아버지가 드실 약을 지어 줄테니 걱정하지 마세요."

유이태는 그녀의 아버지를 진맥한 다음, 약을 지어 주었습니다. 유이태가 지어준 약을 먹은 늙은 아버지는 금방 완쾌했는데요. 그 처녀와 아버지가 유이태에게 사례를 하려고 했으나, 역시 사양하고 가던 길을 갔다고 합니다.

이 이야기는 명의 설화 중에서 가장 널리 알려진 것으로, 효성은 부모의 병을 고치게도 한다는 내용인데요, **'유이태탕'** 이야기는 경북 월성군, 서부 경남 등 여러 지역에서 전해오고 있답니다.

이것은 평소에도 효도를 강조하던 유이태 정신이 이야기에 담겨 오랜 기간 전해져 오는 것이 아닐까요?

지네에 물린 소년을 구한 이야기

구연자 : 유우윤(1897-1976)
채록일 : 1963년 1월
채록지 : 경남 산청군 생초면 월곡리 624

　어느 날 유이태가 마산으로 가기 위해 길을 가던 중이었습니다. 어느 큰 마을 앞을 지나게 되었는데요, 군데군데 기와집이 있는 마을은 풍요로워 보였습니다. 마을을 구경하며 천천히 걷고 있던 유이태의 귀에 울부짖는 어떤 여인의 목소리가 들려왔답니다. 자신도 모르게 소리 나는 쪽으로 다가간 유이태. 어느 골목길에 들어서자 어느 큰 대문 앞에 마을 사람들이 몰려 있고, 여인의 울부짖는 소리는 그 집에서 들려 나오고 있었답니다.

"무슨 일이오?"

유이태가 다가가 마을 사람들한테 물었습니다.

"글쎄요, 잠시 전까지만 해도 멀쩡하던 이 집의 어린 손자가 죽을 지경에 처했다고 하는군요."

"그래요? 길 좀 터 주시오!"

유이태가 사람들을 헤치고 큰 기와집의 대문 안으로 들어갔습니다. 유이태가 집안으로 들어서자 그 집 하인이 막아섰습니다.

"누구신데 남의 집에 함부로 들어오십니까?"

"집 주인 좀 보자고 하시오."

"안됩니다. 지금 이 집에는 큰일이 생겨 손님을 맞을 형편이 못됩니다."

"나도 들은 말이 있어 그러니 주인장 좀 보자고 합시다."

"안됩니다."

그렇게 하인과 실랑이를 하고 있는데, 뒤에서 집 주인 노인이 나타났습니다. 유이태가 집 주인에게 물었습니다.

"집안에 무슨 일이 있습니까?"

"누구신데 남의 집안 일을 물으시는겁니까?"

"나는 산음현에 사는 유이태라하오. 듣자하니 아이가 많이 아프다던데…"

"아이구, 그 유명한 유이태 의원님이시군요! 의원님, 제발, 우리 손자 좀 살려주십시오!"

집주인 노인은 유이태를 안채로 안내했습니다. 안채로 들어가 보니, 아이 하나가 의식을 잃은 채 쓰러져 있었고, 어머니인 듯한 젊은 여인이 그 옆에서 울부짖고 있었습니다. 유이태가 아이를 진맥해 보니, 온몸에 독이 퍼지고 있는 상태였습니다. 유이태가 아이의 어머니에게 물었습니다.

"잘 놀던 아이가 왜 갑자기 이렇게 되었소?"

그러자, 아이 어머니가 대답했습니다.

"마루 구석에 있던 함지박 안에 피리가 있었는데, 그 피리를 불다가 갑자기 이렇게 되었습니다."

유이태는 피리 안에 독이 들어 있었을거라고 생각했습니다. 잠시 생각하던 유이태가 말했습니다.

"살아있는 닭 한 마리와 잘 드는 칼을 가져오시오. 서두르시오."

그러자, 집주인이 하인에게 말했습니다.

"뭣하느냐? 얼른 시키는대로 하지 않고!"

급히 달려간 하인이 잠시 후, 살아있는 닭과 날카로운 칼을 갖고 왔습니다. 유이태는 살아 있는 닭의 목 아래를 칼로 자른 다음, 아이 입을 벌리고 닭의 피를 아이 입안으로 흘려 넣었습니다. 그러자, 잠시 후 아이 입안에서 지네가 한 마리 튀어 나왔습니다. 사경을 헤매던 아이는 점차 의식을 되찾기 시작했습니다.

"아휴, 우리 아이가 살아났어요. 감사합니다. 감사합니다. 의원님!"

아이를 껴안은 어머니가 눈물을 흘리며 유이태에게 인사를 했습니다.

"고맙습니다. 정말 고맙습니다. 의원님!"

집주인 노인도 인사를 했습니다. 유이태는 아이에게 먹일 약을 지어주고 그 집 대문 밖을 나섰습니다. 그러자, 집주인 노인이 따라 나오며 유이태의 소매를 잡았습니다.

"의원님은 저의 손자를 살려주신 생명의 은인입니다. 무엇이든 원하는 것이 있으면 말씀해 주십시오. 어떤 것이라도 다 들어드리겠습니다."

"환자를 돌보는 것은 의원에게 하늘이 내린 소임이오. 그럼 이만…"

유이태는 아무런 사례도 받지 않고 가던 길을 갔답니다.

닭은 지네를 잡아먹는 천적이랍니다. 천적을 이용하여 지네에게 물린 소년을 구해준 이야기는 경남 산청군에 전해지는데요.

사례하겠다는 주인의 제안을 거절한 유이태, 재물을 탐하지 않는 진정한 참 의원의 길을 걸었던 유이태의 진면목을 보여주는 이야기입니다.

뱀 독을 풀어주다.

옛날에 유이태와 가까운 마을에 젊은 부부가 살았는데요, 어느 날 아침, 갑자기 그 아내의 몸이 퉁퉁 붓기 시작했습니다. 그리고, 아내는 온몸이 아프다며 앓아누웠답니다. 깜짝 놀란 남편이 유이태를 찾아갔습니다.

"의원님, 큰일 났습니다. 저희 아내를 살려 주십시오."

"무슨 일인가?"

유이태가 물었습니다.

"지금 제 아내의 몸이 갑자기 퉁퉁 부었습니다. 낫게 해주실 수 없겠습니까?"

남편의 다급한 말을 들은 유이태는 잠시 생각에 잠겼습니다.

그러자, 남편이 다시 말했습니다.

"의원님, 제발 저와 함께 저희 집으로 가시지요."

"내가 굳이 갈 것까진 없을 것 같네."

"예? 제 아내를 보지도 않고 병을 낫게해 주실 수 있단 말입니까?"

남편이 의아하게 물었습니다.

그러자, 유이태가 말했습니다.

"집으로 돌아가서 자네 부인한테 아침에 물을 길러 가서 샘 옆에 있는 대추를 먹었는지 물어보게?"

"예? 대추 말씀입니까?"

"대추를 먹었다면 주워 먹었는지, 따먹었는지, 물어보게. 어서!"

남편은 영문을 모른 채 후다닥 집으로 돌아가서 아내에게 물었습니다.

"여보, 혹시 아침에 우물가에서 대추를 먹었소?"

"아니, 그걸 어떻게 아시는지요?"

"나무에 있는 것을 따먹었소? 아니면, 떨어진 대추를 주워 먹었소?"

"주워 먹었습니다만..."

"알겠소!"

남편은 다시 유이태에게 달려가서 아내가 우물 옆에서 대추를 주워 먹었다고 말했습니다. 그러자, 유이태는 약을 세 첩을 지어 주었습니다.

"이 약을 달여 먹이면 금방 나을걸세."

집으로 돌아온 남편은 유이태가 지어 준 오령지, 석웅황, 쓸개, 감초, 검정콩이 들어있는 약을 달여서 아내에게 먹였습니다. 그러자, 아내의 몸은 거짓말처럼 부기가 빠지고, 통증도 사라졌습니다. 아무리 생각해도 신기하게만 여겨졌던 남편이 다시 유이태를 찾아가 물었습니다.

"의원님께서는 어찌 제 아내가 우물가에서 대추를 먹은 것을 아셨습니까?"

"그 샘가에 오래된 대추나무가 있다는 것은 이 근처 사람은 누구나 알지 않는가? 대추는 음력 초하룻날이 되면 더욱 붉어지는데, 그날이 음력 초하룻날이었으니, 자네 아내도 잘 익은 대추 하나를 먹었겠지."

"그런데, 대추를 먹고 그렇게 몸이 붓고 아프다는게 이해가 안 됩니다. 의원님."

"자네 아내는 땅에 떨어진 대추를 주워 먹었다지 않았는가?"

"예, 그렇습니다."

"아무도 없는 이른 아침에 대추가 떨어졌을 것이고, 그것을 옆에 있던 독사가 꽉 깨물었겠지. 그런데, 뱀은 대추를 먹지 않으니 다시 뱉었겠지만, 그 대추에는 이미 뱀의 독이 들어갔다네. 그것을 모르고 자네 아내가 주워 먹었다가 뱀독에 중독이 된 것일세."

"그럼, 의원님께서 주신 약은 뱀독을 푸는 약이었군요."

"그렇다네. 말끔히 나았다니 다행일세. 다음부터는 함부로 뭔가 주워 먹지 말라고 이르시게!"

남편은 진심으로 감탄하면서 집으로 돌아갔답니다.

이처럼 유이태는 환자가 아프게 된 상황을 추측하는 능력도 뛰어났답니다. 환자 병의 원인을 따져보고 그 원인에 맞는 약을 지어서 환자를 낫게 했던 유이태, 명의 중의 명의였답니다.

뱀이 선물한 은침 (침대롱바위 전설)

구연자 : 윤한거(1921-2002)
채록일 : 2001년 3월
채록지 : 경남 산청군 생초면 월곡리 311

유이태가 명의로 이름을 얻고 있을 때였습니다. 어느 날 집에서 창문을 열고 책을 읽고 있는데, 사람 크기만한 아주 커다란 구렁이가 마루로 기어 올라왔답니다. 커다란 뱀을 본 유이태가 침착하게 말했습니다.

"너는 야생에 사는 짐승인데 어찌하여 사람의 집으로 들어오느냐?"

그러나, 뱀은 유이태를 가만히 바라보기만 했습니다.

"네가 나를 잡아먹으려고 하는 것이냐?"

유이태가 다시 말했습니다. 그랬더니, 뱀은 아니라는 듯이 고개를 옆으로 흔들었습니다.

"그렇다면, 네가 어디 아픈 곳이 있느냐?"

그러자, 뱀이 입을 크게 벌렸습니다. 유이태가 뱀의 입 안을 살펴보니, 이빨 사이에 여자들이 머리에 꽂는 비녀가 꽂혀 있었습니다. 그리고, 비녀가 꽂힌 곳에는 상처가 나 있고, 고름이 가득 차 있었습니다. 커다란 구렁이가 사람을 잡아먹은 흔적이었습니다.

"네 이놈! 사람을 잡아 먹었느냐?"

구렁이는 눈을 감더니 고개를 숙였습니다.

"너는 사람을 잡아먹었으니 나쁜 뱀이다. 그러니, 내가 너를 치료해 줄 수 없느니라!"

그러자, 뱀은 마치 용서를 구하듯 더욱 머리를 낮췄습니다. 유이태는 그런 뱀을 가만히 바라봤습니다. 뱀의 눈에는 슬픔이 가득 고여 있는 듯했습니다. 이윽고, 유이태가 말했습니다.

"다시는 사람을 잡아먹지 않겠다고 약속을 하면 치료를 해주마."

그러자, 뱀은 마치 약속이라도 하는 듯이 꼬리를 흔들었습니다.

"입을 크게 벌리거라!"

그러자, 뱀은 입을 크게 벌렸고, 유이태는 뱀의 잇몸에 깊숙이 꽂혀 있는 비녀를 빼주고, 고름을 짜냈습니다. 그리고, 고름을 짜낸 자리에는 고약을 발라주었습니다.

"이제 됐으니 네가 사는 곳으로 돌아가거라!"

뱀은 몇 번이나 머리를 조아리고는 사라졌습니다. 그 후, 한 달쯤 지났을까요? 어느 날, 치료를 받은 그 뱀이 다시 유이태의 집 마당에 나타났습니다. 그런데, 이번에는 혼자가 아니라, 새끼 뱀 몇 마리를 데리고 왔습니다. 유이태는 뱀의 사정을 알 수 있었습니다. 새끼를 길러야 했던 뱀은 잇몸의 비녀 때문에 목숨을 잃을 위기에 빠지자 유이태를 찾아왔던 것이고, 지금은 덕분에 새끼들을 잘 키우고 있다는 것을 보여주고 싶었던 것이었죠. 그래도, 유이태는 뱀을 꾸짖었습니다.

"치료를 해줬으면 되었지, 사람들이 놀랄 수 있는데 왜 다시 나타났느냐?"

그랬더니, 뱀이 길다란 혀를 내밀었습니다. 유이태가 자세히 보니, 뱀의 혀에는 반짝반짝 빛나는 은침이 아홉 개나 있었습니다. 뱀은 자신이 물고 온 침을 유이태에게 바치려는 듯 더욱 혀를 길게 내밀었답니다.

"이 침들을 내가 가지란 말이냐?"

뱀은 고개를 크게 끄덕였습니다.

"고맙구나…"

유이태가 뱀의 혀에서 아홉 개의 침을 집어 들자, 뱀은 다시 한 번 고개를 크게 숙이고는 데려온 새끼 뱀들과 함께 사라졌고, 그 후 다시는 유이태 집에 나타나지 않았다고 합니다. 뱀은 자신을 치료해 준 유이태에게 침을 선물하는 것으로 은혜를 갚은 것이었죠.

이후, 이 침을 〈사침(蛇鍼)〉이라고 불렀는데요, 사침은 뱀의 침이란 뜻이랍니다. 유이태는 이 침으로 많은 환자를 치료했습니다. 그런데, 뱀이 준 침을 환자의 몸에 꽂으면 환자들은 전혀 통증을 느끼지 못했고, 사침을 맞은 환자들은 모두 곧바로 병이 나았다고 합니다.

뱀을 구해주고, 침을 선물 받은 신기한 이야기는 유이태가 뛰어난 침술까지 가지고 있는 의원이라는 것을 말해주는 것이겠지요. 그리고, 비록 짐승이라 하더라도 그 생명을 귀하게 여긴 유이태의 정신까지 엿볼 수 있게 해줍니다.

선비 의사 유이태가 뱀으로부터 9개 침을 받았다는 〈침대롱바위〉(거창 위천 사마리, 사진 : 거창군청)

구렁이와 사침(蛇針) 유이태(劉以泰)의 전설
〈침대롱바위〉

〈침대롱바위〉는 홍역 치료로 이름난 명의 유이태(劉以泰, 1652~1715) 선생이 나라에서 내린 침을 받았던 자리라고 전해지는 곳이다. 한편으로, 뱀의 이빨 사이에 사람의 비녀가 꽂혀 있는 것을 빼어내 어주고 치료해주니 이에 대한 고마움으로 뱀이 9개의 침을 전해주었다고 한다. 이 침을 사침(蛇針)이라고 불렀으며, 이 사침으로 환자에게 침을 꽂으면 아프지 않고 모두 나왔다고 한다.

사침에 대한 전설이 전해진 이 바위를 〈침대롱바위〉, 〈침바우〉로 부른다. 이곳 주변이 유이태 선생 생가터로 전해지며 척수대의 〈이태사랑바위〉 등 선생의 유적지들이 이 일대를 중심으로 곳곳에 있다.

유이태 선생은 여기 거창 위천 서마(사마리)에서 출생하여 거창, 산청 등에서 의술을 펼친 조선 후기 명의(名醫)로서 인술로 유명하며, 중국에까지 명성을 떨쳤다. 특히, 홍역과 천연두 치료 의서 『마진편』을 저술하는 등 우리나라 한의학 발전에 크게 기여하였다.

지금도 경남 거창군 위천면에 가면 〈침대롱바위〉라는 바위가 있는데요, 유이태가 뱀으로부터 침을 선물 받은 곳이 바로 이곳이라고 합니다. 한번쯤 〈침대롱바위〉에 가서 옛이야기를 떠올려 보는 것도 흥미롭지 않을까요?

> 第2篇 歷史的인 變遷
>
> **침대롱바위(針岩)** : 마을 동남쪽 100미터에 있다. 숙종 때의 명의 유이태(劉以泰)가 나라에서 내린 침을 받았던 자리라고 한다.
>
> —210—

〈침대롱 바위〉 설명문(출전 : 『거창군사』)

닭의 몸에 아홉 개의 침을 꽂다.

구연자 : 유우윤(1897-1976)
채록일 : 1963년 1월
채록지 :채록지 : 경남 산청군 생초면 월곡리 624

뱀으로부터 9개 침을 선물 받은 유이태는 의술뿐만 아니라 침술로도 이름이 널리 알려지기 시작했답니다. 유이태가 꽂은 침은

통증이 전혀 없었으며, 침을 맞은 환자들은 곧바로 아픈 증세가 없어졌답니다. 그래서, 유이태의 집 앞에는 침을 맞기 위해 날마다 사람들이 길게 줄을 설 정도였답니다.

이렇게 유이태의 침술이 점점 그 명성을 얻어갈 무렵, 유이태가 대구에 갈 일이 있었답니다. 산음 생림에서 대구로 가기 위해서는 합천을 지나야 했는데요, 유이태가 합천의 어느 마을 앞을 지나가다가 보니, 정자나무 아래 많은 사람이 모여 있었답니다. 날도 덥고 해서 잠시 쉬어갈까 하고 유이태는 사람들이 모여 있는 정자나무 아래로 다가갔습니다. 그런데, 마을 사람 중에서 누군가가 유이태를 알아봤습니다.

"혹시, 산음현에 사는 유이태 의원님이 아니신지요?"

"그렇소만…"

"아니, 이름 높은 의원님께서 저희 마을에 어쩐 일이신지요?"

"대구에 볼 일이 있어 가는 길에 내 잠시 쉬어 가고자 하오."

마을 사람들은 명의로 이름난 유이태가 옆에 앉자 깜짝 놀랐습니다. 그러자, 한 사람이 용기를 내어 말했습니다.

"의원님, 소인의 다리가 아파 제대로 걸을 수가 없으니 침을 좀 놓아 주십시오."

"저는 허리가 아픕니다요, 의원님"

"집에 계신 어머니를 모셔 올테니 좀 봐주십시오."

마을 사람들은 너도나도 아픈 곳을 말하며, 유이태에게 침을 놓아 달라고 부탁했습니다.

"한 분씩 차례로 합시다."

유이태는 지니고 다니던 침통을 열어 마을 사람 한 사람 한 사람 차례로 침을 놓아주었습니다.

"의원님 침은 하나도 아프지 않네 그려."

"소문이 사실이었구만."

"허어, 신통하네. 침 한번 맞고 나니 아픈 곳이 싹 나았어."

침을 맞은 사람들은 한결같이 유이태의 침술에 감탄했습니다.

그런데, 이런 유이태와 마을 사람들을 가만히 지켜보던 어떤 사람이 있었습니다. 그는 이 마을의 의원이었습니다. 마을 의원은 사람들이 유이태를 존경하는 것을 보자, 은근히 질투가 났습니다. 유이태가 마을 사람들에게 침놓기를 마치자 그 의원이 말했습니다.

"역시 유의원님의 침술은 탁월하십니다. 그래서, 제가 제안을 하나 하고 싶습니다만…"

"제안이라니? 무엇이오?"

"저기 마당에 다니는 닭의 몸에 침을 아홉 개 꽂아보시겠습니까?"

"예? 닭에 침을 놓으란 말씀이오?"

"만약, 닭이 아홉 개의 침을 맞고도 멀쩡하다면, 그땐 제가 명의로 인정해 드리겠습니다. 어떻습니까?"

자기네 마을 의원이 뜻밖의 제안을 하자, 마을 사람들은 유이태를 흥미롭게 바라봤습니다. 정말로 유이태가 닭의 몸에 아홉 개의 침을 꽂을 수 있는지 궁금하기도 했겠지요.

유이태가 마을 의원을 보며 말했습니다.

"침은 내기를 하는 물건이 아닙니다. 오로지, 아픈 병자만 치료하는 데 사용하는 물건입니다."

유이태는 마을 의원의 침술내기 제안을 정중하게 사양했습니다. 그러자, 마을 의원이 의기양양하게 말했습니다.

"보시오들, 정말로 유이태 의원이 명의라면, 내가 제안한 내기를 받아들여야 하지 않겠소? 자신이 없으니까 하지 않겠다는 것 아니겠소? 유이태 의원은 명의가 아니라 겁쟁이일 뿐이오."

마을 사람들은 유이태와 마을 의원을 번갈아 보며, 유이태가 어떻게 나올지 궁금해했습니다. 한동안 그대로 있던 유이태가 말했습니다.

"어쩔 수 없군. 누가 저 닭을 좀 잡아주시겠소?"

마을 사람들이 나서서 마당에 있던 닭을 잡아 왔습니다. 살아 있는 닭을 건너 받은 유이태는 닭의 몸 이곳저곳에 9개의 큰 침과 작은 침을 번갈아 놓기 시작했습니다. 사람들은 침을 꼴깍 삼켜 가며 유이태와 침을 맞는 닭을 번갈아 바라봤습니다. 온몸에 침이

들어가고 있었지만, 닭은 '꼬끼오' 소리 하나 내지 않았습니다. 눈도 말똥말똥하게 뜨고 있었습니다. 마침내, 닭의 몸에 아홉 개의 침을 다 꽂은 유이태는 닭을 마당으로 휙 던졌습니다. 그러자, 닭은 아무렇지도 않은 듯 마당을 걸어 다니며 여기저기에 있는 모이를 쪼아 먹기 시작했습니다.

"와아! 역시 명의야! 아니, 신의야 신의!"

사람들은 몸에 아홉 개의 침을 꽂고도 멀쩡한 닭을 보며 유이태의 침술이 얼마나 대단한지 그대로 알 수 있었답니다.

"선생이야말로 천하의 명의이십니다. 저의 무례를 용서해 주시기 바랍니다."

침술내기를 제안했던 마을 의원이 유이태에게 고개를 숙이며 정중하게 사과했습니다.

닭의 몸에 아홉 개의 침을 꽂은 유이태의 이 침술내기 이야기는 거창유씨 가문에 오래전부터 전해 내려오는 이야기인데요, 이 이야기는 나중에 MBC 드라마 〈허준〉과 이은성의 『소설 동의보감』에 등장하는 구침지희(九鍼之戲) 장면. 즉, 과거 의과 시험보러 한양에 간 허구 인물 버들유 유의태와 『의림촬요』 저자로서 내의원의 태의였던 양예수(楊禮壽, 미상-1597년)와 남산골 어느 기방에서 있었던 침술내기의 소재가 되었답니다.

> 258 소설 동의보감 상
>
> "내가 양예수니라. 네 이름이 무엇이냐?"
> 유의태의 눈 속에 적의가 불타올랐다.
> "내 이름은 유의태요."
> "유의태라…… 암, 네가 써낸 걸 보았지."
> "긴 얘기가 필요없소. 내가 원하는 건 나으리 또한 침술의 대가라니 우리 두 사람 구침지희(九鍼之戲)로 상하수(上下手)를 겨루길 원하오이다."
>
> 구침지희(九鍼之戲).
> 아홉 개의 침술이 펼치는 재주.

이은성의 『소설 동의보감』 구침지희

이 이야기는 유이태의 침술이 얼마나 뛰어났는지, 사람들이 유이태를 얼마나 존경했는지를 보여주는 이야기입니다.

귀신과 싸우다.

 옛날 어느 고을에 이생원 부부가 살고 있었답니다. 그런데, 이 들 부부는 늦도록 자식이 없어 애를 태웠는데요, 그러다가, 부부 가 꽤 나이를 먹은 다음에 아들이 태어났답니다. 늦게 아들을 얻 은 기쁨도 잠시, 부부의 아들은 스물세 살이 되도록 일어나 앉지 도 못하고 걷지도 못했다고 합니다. 머리도 영특하고, 말도 잘하고, 모든 것을 잘했지만 일어설 수가 없었답니다. 늙은 부부는 아들의 병을 고치기 위해 모든 노력을 다했지만, 효과를 보지 못했다고 합니다.

어느 날 누군가 와서 말했답니다.

"산음현에 사는 유이태라는 신의가 있는데, 만나보면 병을 낫게 해 줄 수 있을걸세."

"그래? 어떻게 하면 그분을 만날 수 있을까?"

"워낙 유명하고 바쁜 의원이라서 쉽게 만나기 어려울걸세."

"그래도 무슨 수가 있지 않을까?"

"나한테 좋은 생각이 있네! 그냥 물을 끓이면서 유이태 의원이 지어준 약이라고 소문을 내게."

"그렇게 하면?"

"혹시 소문을 듣고 유이태 의원이 찾아올 수도 있지 않겠는가? 그때 자네 아들을 부탁하면 되지 않겠는가?"

"다른 방법이 없으니 해보긴 하겠네."

그렇게 해서 늙은 부부는 약탕기에 약을 끓이면서 유이태 의원이 지어준 약이라며 소문을 내기 시작했답니다. 그리고, 그 소문은 삽시간에 널리 퍼져 나갔답니다.

"아니, 그 유명한 유의태 의원을 어찌 만났단 말인가?"

"그러게 말일세. 나도 꼭 뵙고 싶은데…"

석 달이 지난 어느 날이었답니다. 늙은 부부의 집에 어떤 사람이 찾아와서 물었답니다.

"내가 지어주지도 않은 약을 어떻게 구했소?"

"누구신지요?"

"내가 유이태요!"

그제서야, 부부는 유이태에게 처음부터 끝까지 있었던 일을 말했습니다.

"의원님을 뵙기 힘들어 가짜로 약을 끓였습니다. 부디 용서해 주십시오."

"아들의 증세가 어떻소?"

"스물세 살이 되어도 일어나지도 못하고, 앉지도 못하고, 누워서 지내고 있습니다. 부디 불쌍한 우리 아들의 병을 고쳐 주십시오."

"아들의 방문 앞으로 가 봅시다."

유이태는 늙은 부부와 함께 아들이 누워있다는 방 앞으로 갔습니다. 그리고는 부부에게 말했습니다.

"유이태가 왔다고 말을 하시오. 그러면, 아들의 뱃속에서 무슨 말이 들릴 것이니 잘 듣고 나한테 알려주시오."

"예? 아들의 뱃 속에서 무슨 말이 들린다구요?"

"틀림없이 사람 말소리가 들릴 것이오!"

부부는 반신반의하며 아들이 누워있는 방 안으로 들어갔습니다. 그리고, 아들에게 말했습니다.

"얘야, 유이태 의원님이 오셨다. 유이태 의원님이 오셨으니, 이제 너는 곧 나을 것이다. 아무 걱정 말거라."

그렇게 말한 다음, 부부는 아들의 배에 귀를 갖다 댔습니다. 그때였습니다. 정말로 아들의 뱃속에서 사람 말소리가 들리기 시작했습니다.

"아이고, 유이태 의원이 왔다니 큰일 났다. 우리는 죽었다. 어디 숨을까?"

"너는 간 옆에 숨고, 나는 쓸개 옆에 숨자."

아들의 뱃속에서는 여자 둘의 목소리가 들려왔습니다. 부부는 유이태에게 아들의 뱃속에서 들린 말소리를 그대로 알려줬습니다. 그제서야 방 안으로 들어간 유이태는 누워있는 아들의 배 위에 침을 두 대 놓았습니다. 그러자, 아들이 벌떡 일어나 앉았습니다. 무려 23년 만에 바로 앉은 아들을 본 늙은 부부는 깜짝 놀랐습니다. 그런 부부에게 유이태는 특별한 당부를 했답니다.

"내년 이때까지 이 침이 꽂혀 있을 것이니, 거추장스러워도 절대로 빼서는 안 되오!"

"예? 일 년 동안 침을 꽂고 있으란 말씀인지요?"

"그렇소! 만약에 빼게 되면 큰일이 날 것이오. 반드시 명심하시오!"

그렇게 단단히 이른 다음, 유이태는 그 집을 떠났답니다. 유이태가 침을 꽂은 지 열흘쯤 지났답니다. 아들은 배에 꽂혀 있는 침이 거추장스럽기 시작했습니다. 옷을 입을 때도 불편했고, 잠을 잘 때도 불편했겠지요. 그래서, 아들은 그만 유이태가 꽂아 둔 침을 뽑아버리고 말았답니다. 침을 뽑으니 걸을 수 있고 아무 불편이 없었답니다. 그러자, 아들의 뱃속에서 또다시 여자의 목소리가 들렸습니다.

"휴우, 이제 살았다."

"유이태한테 가서 복수를 하자!"

아들이 침을 뽑아버리는 바람에 뱃속에 숨어 있던 귀신 둘이 아들의 몸에서 빠져나오고 말았답니다. 그리고, 두 귀신은 하나로 합체하여 아주 예쁜 미인으로 둔갑했답니다.

어느 날 유이태가 부인에게 말했습니다.

"곧 절세미인 한 사람이 나를 찾아올 것이오. 그러면 멀리 여행을 갔다고 말해 주시오."

그런 다음 유이태는 장독 안으로 몸을 피했다고 합니다. 얼마 지나지 않아 정말로 미인이 유이태를 찾아왔는데요, 미인으로 둔갑한 귀신이었답니다. 부인은 유이태가 시키는 대로 먼 곳으로 여행을 갔다고 말했습니다.

"어머나, 야속하셔라! 저와 만나서 즐거운 시간을 보내자고 약속하셨는데…"

"우리 바깥 양반을 잘 아시나요?"

"호호호…그럼요! 의원님께서 저한테 얼마나 잘해주시는데요."

미인의 그 말에 부인은 그만 질투를 느끼고 말았습니다. 그래서, 미인한테 말했습니다.

"여행은 무슨 여행! 저기 장독대에 숨어 있다오!"

이 말을 듣자마자, 미인은 마당에서 세 번 재주를 넘더니, 아주 큰 구렁이로 변하여 유이태가 숨어 있는 장독을 꽁꽁 감아 버렸답니다. 그 바람에 유이태는 죽음을 맞게 되었다고 합니다.

이 이야기는 경남 창원지역에서 전해오는 이야기인데요. 다른 이야기들과 달리 유이태가 죽는 결말을 갖고 있어 아주 이채로운데요. 유이태가 죽게 된 것은, 유이태의 말을 어기고 끝까지 치료하지 않은 환자 탓이겠지요.

의원의 말을 제대로 듣지 않으면, 비극이 생길 수 있다는 교훈을 담은 이야기가 아닌가 싶군요.

노인의 가려움증을 고쳐준 명의, 유이태

옛날, 옛날 아주 오랜 옛날 경기도 평택 근처의 어느 마을에 마음씨 착한 60세 노인 부부와 아들이 살고 있었지요. 마음씨 착한 노인은 정강이와 팔, 손이 몹시 가려워 밤잠을 설치곤 했습니다.

"아버지, 어디가 그렇게 가려우세요?"

"응, 다리, 팔, 등허리 여기저기 다 가렵구나. 가려워서 잠을 잘 수 없다."

가족들은 노인의 피부에 붉은 은진(두드러기) 같은 것이 돋아난 것을 보고 걱정스러워했습니다. 노인의 가려움증 병을 고치기 위해 인근 마을의 의원에게 약을 지어 달이어 먹어도 소용이 없었답니다.

어느 겨울, 유이태 의원이 임금님의 병을 고치러 한양을 가게 되었습니다. 한양으로 가는 도중 평택 근처의 시골 작은 마을 앞을 지나가게 되었습니다. 해가 저물어 초가집에 들렀습니다.

그 집에는 마음씨 좋은 60세 노인 부부와 아들 부부가 살고 있었습니다.

유이태 의원이

"주인장, 하루 밤을 자고 가게 해 주실 수 있는지요?

라고 말했습니다.

그 노인 부부는 방을 내어 주면서 말했습니다.

"시장하실텐데 저녁을 드시지요."

저녁 밥을 먹을 먹고 나니, 노인이 유이태 의원에게 물었습니다.

"선비님은 어디서 오시는지요?"

"경상도 산음에서 왔습니다."

"어디로 가시는지요?"

"한양에 갑니다."

"무슨 일로 가시는지요?

"임금님이 불러서 병을 치료하러 가는 중 입니다."

"혹시, 함자가 어떻게 되시는지요?"

"유이태라고 합니다."

"아! 죽었던 사람을 살리는 산음의 유이태 의원님이시군요. 뵙게 되어 반갑습니다."

노인이

"의원님, 제가 병이 있습니다. 한번 진맥하여 주실 수 있는지요? 겨울만 되면 정강이와 팔, 손목 등 온몸이 몹시 가려워 밤잠을 못 잡니다. 여러 의원에게 약을 지어 먹었지만 낫지 않았습니다."

라고 하소연했답니다.

유이태 의원은 노인의 팔과 다리 등 온몸을 살펴보았습니다. 가려운 곳을 긁어서 온몸에 토득 토득한 은진(두드러기)이 솟아나 있었지요. 유이태 의원은 노인의 몸에 솟은 은진을 보고 평혈음 약을 지어 주었지요.

"평혈음이라는 약을 지어 드리겠습니다. 밥을 먹고 한참 뒤에 이 약을 드십시오. 그러면, 가려움증이 나으실 것입니다."

노인은 유이태 의원의 말대로 밥을 먹은 뒤 한참을 기다렸다가 평혈음 약을 복용했답니다. 평혈음을 복용하니 신기하게도 가려움이 사라지고 붉었던 피부도 깨끗해졌습니다.

"의원님, 덕분에 밤마다 편히 잘 수 있게 되었어요. 정말 고맙습니다."

가려움증이 없어진 노인은 유이태 의원에게 물었습니다.

"겨울만 되면 왜 이렇게 가려운 병이 생기는 것입니까?"

유이태는 노인에게 친절하게 설명해주었습니다.

"겨울 날씨가 건조해 피부를 마르게 하고, 또, 혈액 순환이 잘 되지 않아 가려움이 생깁니다. 몸에 습기가 있도록 하시고 피부를 잘 보호해야 합니다."

그리고, 유이태 의원은 미소를 지으며 말했습니다.

"병을 고치는 것도 중요하지만, 마음을 편히 하시고, 계절에 맞는 음식으로 몸을 잘 돌보는 것이 더 중요합니다. 앞으로 건강을 잘 지키세요."

노인 부부는 병을 고쳐준 유이태 의원에게 사례를 하려했습니다. 유이태 의원은 웃으며 말했답니다.

"사람의 병을 치료해는 주는 것이 의원의 도리입니다. 저는 의원의 도리를 다했습니다. 제가 잠을 자고, 식사까지 대접받았습니다. 사례가 웬 말입니까?"

유이태 의원은 사례를 뿌리치고 한양으로 길을 떠났습니다. 노인 부부와 아들은 유이태 의원을 배웅했습니다. 노인은 유이태 의원의 말을 마음에 새기고 가족들과 함께 겨울을 보냈습니다.

이처럼 유이태 의원은 환자의 증상에 맞는 약을 처방하고, 환자의 마음까지 어루만지는 따뜻한 의사였습니다. 유이태 의원은 재물을 탐하지 않고, 올바른 길을 걸으며 박애 정신을 실천했습니다.

평혈음 치료 처방은 유이태 의원의 저서 『인서문견록』에 기록되어 오늘날까지 전해집니다.

> **유이태가 처방한 평혈음 약재는 다음과 같습니다.**
>
> 강활 각7푼, 건갈 각7푼, 당귀 각7푼, 독활 각7푼, 목단피 각7푼, 방풍 7푼, 백작약 각7푼, 백지 각7푼, 생지환(술로 씻다) 각7푼, 숙지황 각7푼, 승마 각7푼, 선퇴 10개, 시호 각7푼, 적현삼 각7푼, 전호 각7푼, 천궁 각7푼, 형개 각7푼, 홍화 2푼, 황금 각7푼, 대추 2알, 생강 3쪽

『동의보감』과 다른 의서에서 평혈음(平血飮)을 찾아보았으나 어디에도 평혈음과 동일한 약재가 보이지 않네요. 평혈음은 유이태의 창방(創方)으로 추정됩니다.

조선 명의 유이태,
오가피 술로 무릎 병을 고치다!

 유이태 의원은 아픈 사람을 그냥 지나치지 못하는 따뜻한 마음을 가진 분이었지요. 하루는 전라도 무주부사 한배하(1650-1722, 내의원제조, 공조판서)의 방문 요청을 받았지요 무주에는 아픈 사람이 많다는 한배하부사의 전갈을 받고 산음현 생림을 출발하여 수동(사근도), 안음를 거쳐 육십령 고개를 넘는 길을 떠났답니다.

험준한 육십령 고개를 넘어 깊은 산속 마을에 도착했을 때였어요. 이 산골 마을에는 마음씨 착한 할아버지가 손자, 손녀와 함께 살아가고 있었습니다. 유이태 의원이 지팡이를 짚고 힘겹게 걷는 할아버지 한 분이 집 안으로 들어가는 모습을 보았어요. 이 할아버지는 다리가 너무 아파서 늘 "아이고, 아이고!" 하고 한숨을 쉬면서 살아가고 있었답니다.

"이 다리만 안 아프면 우리 손주들 마음껏 업어줄 텐데…."

라고 말했지요. 마을 사람들도 할아버지를 보며 안타까워했어요.

유이태 의원은 보통 사람이 아니었어요. 아픈 사람을 알아보는 특별한 눈을 가졌거든요! 할아버지의 다리가 매우 아프다는 걸 한눈에 알아차리고 지팡이를 집고 들어간 할아버지 집으로 들어갔습니다. 그리고, 꾀를 냈어요.

"할아버지, 목이 마릅니다. 혹시 물 한 사발만 얻을 수 있을까요?"

할아버지는 친절하게 물을 가져다주셨어요. 유이태 의원은 물을 마시면서도 할아버지 다리에서 눈을 뗄 수 없었지요. 그리고 조심스럽게 물었어요

"할아버님, 왜 다리를 절뚝이세요?"

할아버지는 또 한숨을 쉬며 대답했어요.

"아이고, 정강이가 너무 아파서 걷기가 힘들어요. 뼈마디가 시

리고 쑤셔서 밤에 잠도 잘 못 잔답니다."

유이태 의원은 웃으며 자신을 소개했어요.

"저는 산음에 사는 유이태라는 의원입니다. 할아버님의 아픈 정강이를 제가 치료해 드릴게요!"

할아버지는 반신반의했지만, 유이태 의원의 따뜻한 말에 작은 희망이 생겼어요. 유이태 의원은 할아버지의 다리를 꼼꼼히 살핀 후, 고개를 끄덕이며 말했어요.

"할아버님, 이 병에는 오가피라는 약초가 아주 좋습니다. 혹시 술은 좋아하세요?"

할아버지 얼굴에 오랜만에 환한 미소가 번졌어요!

"네! 술이라면 마다하지 않아요!"

"그렇다면 제가 특별한 오가피주를 만들어 드리겠습니다!"

유이태 의원은 다리를 절고 있는 할아버지를 대신하여 지게와 낫을 들고 뒷산으로 향했어요. 산에서 오가피는 물론, 할아버지 다리에 좋은 귀한 약초들을 직접 캐왔지요.

마치 보물을 찾는 약초꾼 같았어요! 캐온 약초들을 집으로 가져와 샘에서 깨끗하게 씻었습니다.

유이태 의원은 할아버지에게 부탁했어요.

"할아버님, 집에 누룩이 있는지요? 있으면 곱게 가루로 만들어 주시고, 쌀로 꼬들꼬들한 밥을 지어 주세요!"

할아버지는 유이태 의원이 시키는 대로 꼬들밥과 누룩 가루를 준비했어요. 유이태 의원은 넓은 그릇에 밥과 누룩을 정성껏 섞기 시작했어요.

잘 섞은 다음 커다란 항아리에 넣고 맑은 샘물을 부었죠. 마지막으로 잘게 썬 오가피와 약초들을 넣고 뚜껑을 꼭 닫았어요.

며칠 뒤, 온 마을에 향긋한 오가피주 냄새가 솔솔 풍겼답니다. 유이태 의원은 할아버지에게 당부했어요.

"할아버님, 이 오가피주를 아침과 저녁 식사 후 한 종지를 꾸준히 드세요."

그리고, 유이태 의원은 할아버지에게 당부했습니다.

"병을 낫게 하려면 환자에게 가장 중요한 것은 마음을 편안하게 갖는 것입니다. 두 번째로 음식을 골고루 잘 드시는 것이에요. 우리 몸은 마음과 연결되어 있어서 마음이 편해야 병도 빨리 나을 수 있답니다. 몸과 마음의 조화가 병을 치료하는 데 가장 큰 도움이 돼요!"

할아버지는 유이태 의원의 말을 굳게 믿고 며칠 동안 오가피주를 꼬박꼬박 마셨어요. 놀랍게도 며칠이 지나자, 아프던 정강이

통증이 거짓말처럼 사라지기 시작했지요! 할아버지는 이제 지팡이 없이도 마당을 자유롭게 걷고, 마을 길을 힘차게 걸을 수 있게 되었답니다. 할아버지 얼굴에는 활짝 핀 웃음꽃이 만발했지요.

무주 부사 한배하를 만나고 돌아오는 길에 유이태 의원은 그 할아버지 댁에 다시 들렀어요. 할아버지는 한달음에 달려 나와 유이태 의원께 깊이 고개 숙였어요.

"유의원님! 덕분에 아프던 정강이가 하나도 아프지 않습니다! 다시 제 두 발로 설 수 있게 되었어요! 이제 지팡이도 필요 없답니다."

유이태 의원은 따뜻하게 웃으며 설명했어요.

"할아버님, 오가피는 산속에서 자라는 아주 귀한 약초예요. 예로부터 우리 몸의 기운을 북돋아 주고, 뼈와 근육을 튼튼하게 해 주는 아주 좋은 효능이 있다고 알려져 있답니다. 특히 할아버님처럼 정강이가 아프거나 무릎이 시큰거리는 등 관절 건강에 아주 좋아요. 마치 우리 몸의 뼈대를 튼튼하게 지탱해 주는 기둥 같은 역할을 하지요."

할아버지는 거듭 감사하며 병을 고쳐준 고마움에 대하여 사례하려 했었답니다. 그러나, 유이태 의원님은 단호하게 고개를 저으며 말했어요.

"병을 고치는 의원이란 백성들의 아픔을 덜어 주는 일이 가장 중요한 도리(道理)입니다. 사례는 받지 않겠습니다. 몸 관리를 잘하시고, 늘 건강하게 지내시는 것이 저에게는 가장 큰 보답입니다."

이때 유이태 의원은 할아버지께 아주 중요한 당부를 잊지 않았어요.

"할아버님, 꼭 명심하세요!
술은 약이 될 수도 있고, 독이 될 수도 있어요.
오가피주가 할아버님께 약이 되었지만, 예전처럼 술을 너무 많이 드시면 오히려 몸을 해칠 수 있답니다.
술은 먹지 않은 것이 가장 좋습니다.
꼭 술을 드실 때는 항상 적당히 드셔야 합니다.
그리고, 건강을 생각하시며 드셔야 합니다.
매일 마시거나, 과음하시면 몸에 병이 생깁니다.
과음하시면 절대 안 됩니다.
우리 몸은 매우 소중하니까요.
마치 꽃에 물을 주듯이 너무 많이 줘도 시들고, 너무 적게 줘도 시드는 것과 같아요."

할아버지는 유이태 의원의 따뜻한 마음과 진심 어린 조언에 다시 한번 감동했어요. 유이태 의원은 할아버지의 감사를 뒤로하고 다시 고향 산음을 향해 길을 떠났답니다.

이 오가피술로 병을 치료한 이야기는 유이태 의원이 직접 쓴 의학책 『인서문견록』에 기록되어 오늘날까지 전해지고 있어요. 유이태 의원은 평생을 아픈 사람들을 먼저 생각하며 사랑과 정성으로 병을 고치는 참된 의사였답니다.

그날 이후로도 유이태 의원은 조선 8도 곳곳을 다니며 아픈 사람들을 돌보았어요. 어린아이든, 가난한 사람이든, 부자든 누구에게나 똑같이 정성을 다해 치료했지요. 효도와 사랑, 그리고 올바른 길을 실천하는 유이태 의원의 이야기는 할아버지와 할머니 입에서 손자 손녀의 입으로 전해져 조선 8도에 널리 퍼졌답니다.

이처럼 유이태 의원은 아픈 사람들의 몸과 마음을 치료하며 진정한 명의(名醫)로서 사랑을 펼쳤어요. 그의 의술은 병든 사람들에게 희망을 주었고, 그의 따뜻한 마음은 후대 의원들에게 좋은 본보기가 되었답니다.

오가피주 약재를 여러 의서에 조사해 보았습니다. 유이태의 오가피주의 약재는 다른 오가피주와 달랐더군요.

건강을 위한 오가피 상식을 잠시 알아볼까요?

오가피는 예로부터 다양한 효능으로 사랑받아온 약재입니다.
- 오가피는 뼈와 근육을 튼튼하게 하는 효능이 뛰어나 관절염, 신경통, 정강이 통증 등 근골격계 질환에 전통적으로 사용되어왔습니다. 특히 성장기 어린이의 뼈 성장과 어르신들의 골다공증 예방에도 도움을 줄 수 있습니다.
- 오가피는 기운을 북돋우고 신체의 활력을 증진시키는 데 도움을 줍니다. 또한, 면역력을 강화하여 잔병치레를 줄이고 질병에 대한 저항력을 높이는 데 기여할 수 있습니다.
- 혈액 순환을 원활하게 하여 몸속 노폐물 배출을 돕고, 손발 저림이나 냉증 완화에도 긍정적인 영향을 줄 수 있습니다.
- 간 기능을 보호하고 피로 해소에도 도움을 주는 것으로 알려져 있습니다.
- 오가피는 차, 술(오가피주), 환, 진액 등 다양한 형태로 섭취할 수 있습니다.
- 아무리 좋은 약재라도 과하게 섭취하거나, 개인의 체질에 맞지 않으면 부작용이 있을 수 있습니다. 특히 오가피주는 약주이므로, 과음은 건강에 해로울 수 있습니다. 특정 질환이 있거나 임산부, 수유부 등은 섭취 전 반드시 전문가와 상담하는 것이 중요합니다.

3부

참 의원의 길을 걸은 유이태

프롤로그

수많은 일화를 남길 정도의 의원으로서
명성을 떨쳐 나간 유이태!
그러나, 그는 단순히 병을 고치는
의원에만 머물지 않았습니다.

사람들이 미리 건강을 지킬 수 있도록
자신이 알고 있던 병을 치료하는 모든 방법을
모아 의서를 썼습니다.

조선 시대 가장 무서웠던 전염병인 홍역을
물리칠 수 있는 책도 썼습니다.

그리고, 무엇보다 그는 참 의원이 걸어야
할 길을 강조했습니다.

과연, 조선의 명의 유이태가 남긴
업적과 정신은 무엇일까요?

홍역 치료서, 마진편을 남기다.

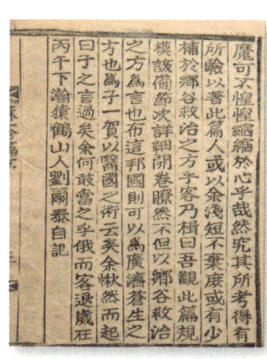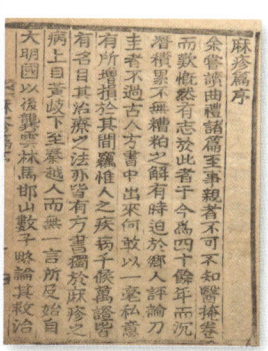

1696년 조선인 최초로 유이태가 저술한 홍역 치료서 〈마진편〉

"유 의원 계시는가?"

"누구신가?"

어느 날 유이태의 사랑채 방문 앞에서 누군가 유이태를 불렀습니다.

"어허, 이 사람 내 목소리까지 잊었는가? 날세!"

유이태가 방문을 열어보니, 단성에 살고 있는 오랜 친구 강헌세(진주강씨 첨사공파)가 와 있었습니다.

"어서 들어오시게!"

방안으로 들어온 친구가 자리에 앉으면서 보니, 유이태는 종이를 잔뜩 펼쳐 놓고 뭔가 글을 쓰고 있는 것이었습니다.

"아니, 뭣 한다고 그렇게 얼굴도 보여주지 않는가? 요즘은 환자도 잘 만나지 않는다면서?"

"좀 바빴다네."

그러면서 유이태가 쓰고 있던 종이와 붓을 자리 옆으로 슬쩍 밀었습니다.

"뭔가? 뭘 쓰고 있는 중인가?"

친구가 억지로 유이태가 쓴 종이 한 장을 당겨 읽어 보더니 눈이 휘둥그레졌습니다.

"이건, 의서 아닌가? 마진에 대한 의서이구만"

"그냥 그동안의 경험을 기록해보고 있다네."

친구는 몇 장의 종이를 더 읽어 보더니 말했습니다.

"어허, 내 이렇게 체계적인 마진 치료법은 보지 못했다네. 역시 명의 유이태다운 일이야!"

어느덧 그의 나이 40대 중반, 유이태는 『마진편』이라는 책을 쓰고 있었습니다.

조선 시대에도 전염병이 수많은 사람을 괴롭혔습니다. 요즘처럼 의학이 발달하지 않았던 조선 시대에 전염병이 한번 돌기 시작하면 온 나라가 공포에 빠졌습니다. 가족 중에서 누군가가 홍역에 걸리면 가족이 홍역으로 죽기도했습니다. 많은 사람이 제대로 치료도 받지 못한 채 목숨을 잃고 말았답니다. 마을에 홍역이 발생하면, 사람들은 홍역을 피해서 다른 지방으로 피난 가기도 했지요. 또, 옆 마을에 홍역이 발생하면, 마을 입구를 막아 사람들이 들어오지 못하도록 했습니다. 그래서, 어려운 일을 당했으면 "홍역을 치렀다."라고 말합니다. 홍역이 무섭다는 뜻입니다.

조선 시대에 전염병 중에서 가장 무서운 호흡기 감염병은 홍역이었습니다. 지금은 거의 정복된 전염병이지만, 조선 시대에는 홍역이 자주 발생했답니다. 『조선왕조실록』에도 홍역 발생에 대한 기록이 많이 남아 있는데요, 숙종 임금님이 나라를 다스리고 있던 1707년에 홍역이 발생하여 평안도에서만 죽은 사람이 1만 수천 명이라고 기록되어 있습니다.

> 평안도에서 홍역(紅疫)으로 사망(死亡)한 사람이 전후로 모두 1만 수천 명이라고 장문(狀聞)하였는데, 경외(京外)가 대략 같았으니, 전에 없던 재려(災沴)라고 할 만하다.

『숙종실록』 1707년 4월 26일 : 홍역으로 1만 수천명 사망

또, 정조 임금님 때에는 나라에서 홍역(紅疫)을 물리치기 위한

제사도 지냈고, 홍역 치료 약재의 처방을 발표했지만, 홍역으로 수많은 사람이 죽었답니다. 그래서, 나라에서 홍역 치료에 나서기도 했습니다. 이처럼, 홍역은 국가가 앞장서서 치료해야 할 정도로 무서운 병이었습니다.

조선 시대에는 홍역, 홍진을 마진이라고 했는데요, 마진에 걸리면 피부에 반진이 생기고, 열이 나고, 기침, 콧물 등 다양한 증상이 나타났으며, 심하면 목숨을 잃기도 했답니다. 마진의 전염성은 매우 빠르고, 죽을 수 있는 경우가 많아서 정말로 무서워했던 질병이었답니다. 홍역은 요즈음의 메르스, 코로나와 같은 무서운 호흡기 감염 전염병이지요.

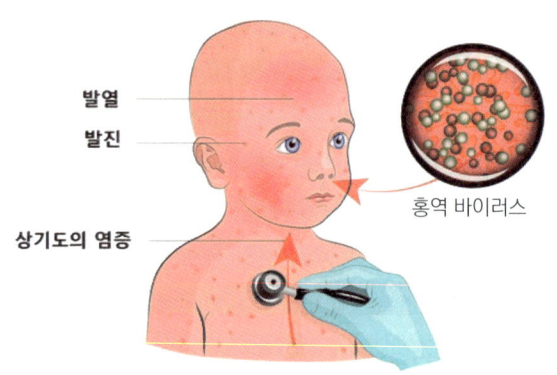

인용 : 서울대 병원 그림

유이태가 의원으로 활약하던 1668년, 1680년과 1692년에도 홍역, 즉, 마진이 전국적으로 유행했습니다. 마진으로 많은 사람이 고통을 받고 목숨을 잃는 것을 보았던 유이태는 마진을 치료할 수 있는 방법을 기록한 의서를 펴내기로 합니다.

그리하여, 1696년에 유이태가 펴낸 홍역 치료서는 『마진편』이랍니다. 이 『마진편』 서문에 유이태가 책을 펴낸 이유가 잘 담겨 있답니다.

> 이것(홍역)이 해마다 이어져 어느덧 세상이 어수선하고 두려운 지경이 되고 말았다. 이와 같은 때 조금이나마 남을 사랑하고, 가엽게 여기는 사람이라면 어찌 널리 홍역을 구제할 마음을 갖지 않겠는가?

마진, 즉, 홍역으로 고통받는 사람들을 더 이상 두고 볼 수 없어 『마진편』을 쓴다고 스스로 밝히고 있답니다. 그러면서, 유이태는 자신을 내세우지도 않았답니다. 『마진편』 서문을 보면 유이태의 겸손한 마음을 다시 한번 엿볼 수 있는 문장이 있답니다.

> 이 책은 천하에 나누어 주고 후세에 전하고자 함에 있는 것이 아니고, 우리 가문에 전하고자 이 책을 저술한다.

자신이 쓴 책이 널리 읽히어져서 사람들이 홍역의 두려움으로부터 벗어나기를 바라는 마음은 간절했지만, 그래도 그냥 집안 사람들을 위해 쓴다고 했던 것입니다. 그만큼, 유이태는 겸손한 명의였던 것이지요.

마침내, 1696년 홍역 치료서 『마진편』을 펴낸 유이태, 그는 과연 어떻게 『마진편』을 썼을까요? 이 책은 그가 홍역 환자들을 치료한 경험을 바탕으로 씌여졌답니다.

유이태가 저술한 『마진편』을 책으로 출판한 의원이 있답니다. 그 사람은 진주의 회춘헌 약방 박주헌이고, 1931년 『마진편』을 목판본으로 간행하면서 명의 유이태에 대하여 이렇게 말을 했답니다.

> 유선생은 우리 조선반도의 명의이다. 세상을 떠난지 몇백 년이나 되었는데도, 천민이나 아이들까지 아직도 그의 명성을 말하고 있으니, 당시 선생의 덕망과 의술을 상상할 수 있다. 그러나, 나는 늘 선생의 유적이 보존되지 못했음을 한스럽게 여겨왔다. 지금부터 20여 년 전 어떤 손님이 나를 찾아와 소매에서 한 권의 책을 꺼내 보이면서 말하기를 "이것은 우리 선조의 유적이며, 의원에게는 참으로 귀중한 것이므로, 그대에게 전해주는 것이오. 나 같은 사람은 불초한 후손으로 집안은 가난하고 무식하오. 선조의 유고(遺稿)가 어떤 물건인지도 모르오. 먼지 쌓인 상자에 넣어두어, 낡고 좀먹은 책이 되게 할 뿐이지요. 만약, 집안에서 보존할 수 없을 것이라면, 차라리 뜻 있는 의원에게 주는 것이 나을 것이니, 오늘 특별히 선생을 만나러 온 것이오."라고 하였다.
>
> 경오년 동지달 후학 박주헌(朴周憲) 삼가 씀

홍역에 걸린 여자 아이를 구하다.

출처 : 마진편

"의원님, 제발 저희 집부터 좀 가주십시오. 제 딸아이가 목숨이 위태롭습니다."

"알겠소. 잠시만 기다리시오."

홍역에 걸린 일가족을 치료하고 있던 유이태에게 어떤 중년 남자가 달려와 애원했습니다. 유이태도 마음이 급했습니다.

이때는 1692년 임신년(壬申年) 겨울 전국적으로 홍역이 유행하고 있었습니다. 온 나라에 홍역이 번져 수많은 사람이 고통을 받았고, 심지어 목숨을 잃기도 했습니다. 그러나, 제대로 된 홍역 치료약이 없던 시절 사람들은 홍역이 저절로 없어지기만을 기다리며, 죽음에 대한 공포로 고통스러운 시간을 보내고 있었습니다. 유이태가 사는 산음도 마찬가지였습니다. 동네마다 홍역이 번져 환자들이 속출하고 있었죠. 유이태는 그런 환자들을 돌보느라 정신없이 바빴습니다.

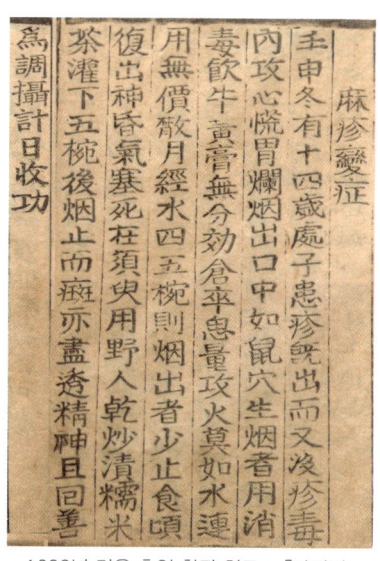
1692년 겨울 홍역 환자 치료 : 『마진편』

"가봅시다."

유이태는 자신을 찾아온 중년 남자와 함께 그의 집으로 갔습니다. 한겨울이라 쌩쌩 부는 찬바람을 맞으며 그의 집에 도착하자 열네 살 소녀가 홍역을 앓고 있었습니다.

"언제부터 이랬습니까?"

"사나흘 전부터 증상이 나타났습니다."

유이태가 살펴보니 소녀의 상태는 심각했습니다. 소녀는 정신을 잃은 듯 가끔 알아 들을 수 없는 헛소리를 내기도 했습니다. 그리고, 소녀의 온몸에는 좁쌀 같은 반진이 생겨나고 있었습니다. 반진은 돋았다가 가라앉았다가, 다시 돋아나기를 반복하고 있었습니다.

"의원님, 어찌하여 피부의 반진이 사라졌다가 다시 생겨나는지요?"

"아마도 마진의 독이 몸 속 깊숙이 퍼져서 그럴 것이오."

"마진의 독이 몸속 깊이 퍼졌다면 제 딸아이는 가망이 없는지요?"

그 순간이었습니다. 신음을 내뱉는 소녀의 입에서 김이 모락모락 나오기 시작했습니다. 그것을 본 소녀의 아버지가 비명을 지르듯이 말했습니다.

"의, 의원님 아이의 입에서 기, 김이…"

"나도 보고 있소. 아마도 아이의 위에 열이 너무 차서 그럴 것이오."

"야, 약이 있는지요?"

"몇 가지 약재를 써봅시다."

유이태는 소녀에게 몇 가지 약재를 섞어 달여 먹였으나, 소녀는 나아지지 않았습니다. 갈수록 소녀의 몸은 마치 불덩이처럼 뜨거워졌습니다.

'열을 내리는 약을 써 봤는데, 어찌하여 열이 내리지 않는단 말

인가?'

　유이태는 좋은 해열제를 써 봤지만 효과가 없자, 깊은 생각에 잠겼습니다. 그러다가 자신의 무릎을 탁 쳤습니다. 기본부터 생각하기로 한 것입니다. 열을 다스리는 것은 차가운 물! 물을 먼저 쓴 다음 약을 쓰면 열을 내리게 할 수 있을 것 같았습니다.

"마을에 좋은 약수가 있소?"

"예, 뒷산에 오래 전부터 마시던 샘이 있습니다."

"어서 가서 그 물을 떠오시오!"

　소녀의 아버지가 뒷산으로 달려가 깨끗한 약수를 떠 왔습니다. 유이태는 소녀에게 차가운 약수를 먹이고, 몇 가지 약재를 달인 약을 먹였습니다. 그러자, 소녀의 입에서 나오던 김이 줄어들기 시작했습니다.

"의, 의원님 효험이 있는 것 같습니다."

　그러나, 곧 소녀의 입에서는 다시 김이 나오고, 소녀의 정신도 다시 혼미해지고 있었습니다.

"약수를 더 가져오시오. 그리고, 약수로 찹쌀 미음을 끓이도록 하시오."

유이태는 소녀에게 약수를 더 먹이고, 약재를 달인 차와 함께 찹쌀 미음도 먹였습니다. 그러자, 소녀의 입에서 나오던 김이 줄어들기 시작했습니다. 그리고, 점차 소녀의 정신도 돌아왔습니다.

"계속 차가운 약수를 먹이도록 하시오."

유이태는 소녀의 아버지에게 부탁하고 돌아왔습니다. 며칠 후, 소녀의 홍역이 완전히 나았다는 소식이 들려왔습니다.

유이태는 홍역은 열과 화기가 많은 병이라 이것을 다스리는 데는 깨끗하고 차가운 물이 매우 중요하다는 것을 알게 되었습니다. 물과 함께 좋은 약도 함께 써야 홍역을 치료할 수 있었답니다.

한의학 상식

유이태가 홍역 치료에 처방한 승마갈근탕(升麻葛根湯)

갈근(葛根)【2돈】, 승마(升麻)·백작약(白芍藥)【술에 축여 볶은 것. 각 1돈 5푼】, 감초(甘草)【5푼】, 생강(生薑) 3쪽, 총백(蔥白) 2뿌리를 물에 달여 따뜻하게 먹되 시간에 구애받지 않는다.

이는 표(表)를 풀어 발산시키는 좋은 처방이다. 어른이나 아이가 계절병이나 온역(溫疫)으로 머리가 아프고 열이 날 때 및 두진이 의심스러울 때 복용해야 한다. 만약에 표의 열이 성하여 실사(實邪)가 표에 있다면 더욱 복용해야 한다.【경(經)에 "가벼운 것으로 실한 것을 제거한다."라고 하였다.】

출전 : 『마진편』

홍역에 걸린 스님들을 구하다.

 홍역은 전염성이 아주 강한 호흡기 질병이었답니다. 그래서, 옛날에는 홍역이 발생하면 그 지역을 봉쇄하고, 환자들은 격리하는 것이 거의 유일한 대책이었답니다. 또, 환자들이 살던 집을 모조리 불태우기도 했답니다.

유이태가 살던 산음에서 홍역이 발생하자, 역시 봉쇄와 격리 조치가 곳곳에서 벌어지고 있었답니다. 그런데, 유이태에게 또 다른 환자가 발생했다는 소식이 전해졌습니다.

"의원님, 금서 화계 왕산에 있는 절의 스님들이 모두 홍역에 걸렸다고 합니다."

"아니, 깊은 산속에 있는 절의 스님들이 왜 홍역에 걸린단 말인가?"

"누군가 자신이 홍역에 걸린 줄 모르고 절을 다녀간게 아닌가 싶습니다."

"병이 창궐할 때는 모두가 스스로 조심해야 하거늘, 쯧쯧…"

유이태는 왕산의 절로 달려갔습니다. 가서 보니 스님들의 상태는 매우 심각했습니다. 유이태를 본 스님들이 말했습니다.

"이제 명의께서 오셨으니 안심입니다. 부디, 저희들을 보살펴 주십시오."

"약이 있습니까? 의원님!"

"송구하오나, 마진을 단번에 낫게 하는 약은 없소이다."

유이태가 사실대로 대답했습니다.

"그럼 저희들은 어떻게 해야 하는지요?"

"제가 시키는대로만 하면 혹시 효과를 볼 수 있을지 모르겠습니다."

"그것이 무엇인지요? 마진만 낫는다면 무슨 일이든 하겠습니다."

유이태는 승마갈근탕과 맑은 깨끗한 물로 마진에 걸렸던 열네 살 소녀를 치료한 경험을 떠올렸습니다. 약재와 함께 차갑고 깨끗한 약수를 마신 다음 마진이 완치된 소녀를 떠올린 것이지요.

"평소에 스님들이 마시는 샘이 있겠지요?"

"예, 저희 사찰 바로 뒤에 사철 마르지 않는 석간수가 있습니다."

석간수란 바위 틈에서 솟아나는 맑고 깨끗한 물이랍니다.

"잘 됐군요. 그 물을 마시도록 하십시오!"

"예? 물을 마시라고 하셨습니까?"

"그렇습니다. 그냥 마시는 것이 아니라 온몸이 흠뻑 젖을 정도로 마셔야 합니다. 배가 불러도 마시고, 배가 터질 것 같아도 마셔야 합니다."

"샘물을 마시는 것이 처방인지요?"

"물론 약재도 드리겠지만, 제일 중요한 것은 물을 마시는 것입니다."

스님들은 내색은 하지 않았지만, 은근히 유이태에게 불만이 생겼습니다. 천하의 명의라는 유이태가 내놓은 치료법이 고작 물이나 많이 마시라는 것이니 그럴 만도 했겠지요. 유이태도 스님들의 속마음을 알아챘습니다.

"명심하십시오! 물을 많이 마시는 스님만 살아 남을 것입니다!"

유이태는 사물탕 처방전과 몇 가지 약재를 남겨두고 산을 내려갔습니다.

유이태가 절을 떠나자 반신반의하던 스님들이 하나둘씩 샘물을 마시기 시작했습니다. 갈증이 나지 않아도 스님들은 앞다투어 샘물을 마셨답니다. 그리고, 유이태가 건네고 간 약재로 달인 약도 함께 마셨습니다. 그렇게 이삼일 지나자, 스님들의 홍역이 호전되기 시작했습니다. 그러더니, 마침내 모든 스님의 홍역이 완치되었답니다. 이처럼 홍역에는 맑고 깨끗한 물을 많이 마시는 것이 무엇보다 중요하다는 것을 경험으로 깨달은 유이태의 치료법이 효과를 거둔 것이지요. 그런데, 유이태 저서 『마진편』에는 홍역에 걸린 스님을 치료한 사례가 기록되어 있습니다.

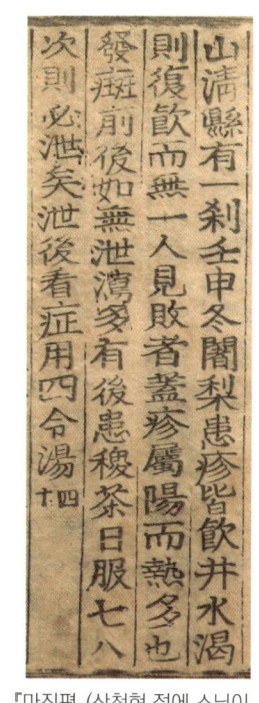

『마진편』(산청현 절에 스님이 걸린 홍역 치료한 이야기)

> 산청현에 절이 하나가 있었는데, 1692년 겨울에 중들이 마진을 앓게 되었다. 그들은 모두 샘물을 마셨으며, 갈증이 나면 또 마셨는데, 실패한 사람이 한명도 없었다.

또한, 유이태는 스님들이 마신 왕산의 샘터 약수물을 장군(나무 물통)에 담아서 생림(지금의 신연)까지 가져가 한약을 달일 때 사용했답니다. 이 왕산약수터는 '장군수약수터', '약물통'이란 이름으로 전해오고 있습니다.

유이태 〈장군수약수터〉
(금서면 화계리 왕산 : 산청군청에서 허구 인물 〈류의태약수터〉로 이름을 바꾸었다.)

　이처럼 유이태는 자신이 환자들을 치료한 경험을 살려 홍역 치료서 『마진편』을 펴냈습니다. 유이태의 『마진편』에는 홍역 치료법뿐만 아니라 홍역을 예방하는 방법도 함께 담겨 있답니다. 병을 고치는 것보다 병에 걸리지 않는 것이 더 중요하다는 유이태의 생각이 담긴 것이랍니다.

『마진편』에 기록된 유이태 처방 마진(홍역) 예방법

남자는 신(腎)에 화(火)가 많고, 여자는 간(肝)에 화가 많으니, 신에 화가 있으면 정(精)에 열이 생기고, 간에 화가 있으면 혈(血)에 열이 생긴다. 어린아이는 부모의 정과 혈을 받아 잉태되므로, 태열(胎熱)이 있으면 이것이 변하여 풍(風), 열(熱), 담(痰), 화(火), 조(燥), 습(濕)의 육증(六症)을 생성한다. 육증이 병을 만드니 태열을 미리 다스리는 약제를 써야 한다.

소독보영단을 미리 복용하면 진(疹)을 면할 수가 있고, 태을신명단(太乙神明丹)을 미리 복용하여 태열을 없애면 두진(痘疹)이 유행할 때에 여러 가지 위험한 증세가 없게 되며, 삼두음은 두진이 유행하기 2～3개월 전 연달아 복용한다.

태을신명단은 유이태 창방으로 추정되며, 유이태는 질병 예방을 중요시하였다.

다리가 먼저 나오는 태아

구연자 : 허덕조(1922-2001)
채록일 : 1964년
채록지 : 경남 산청군 생초면 월곡리
　　　　 압수마을 마을회관

　유이태는 아픈 사람들을 치료하는 과정에서 수많은 일화를 남겼는데요, 그중에서 아이를 낳는 산모를 도운 이야기도 많이 전해져 오고 있답니다. 조선 시대에는 아이를 낳는 일이 보통 큰일이 아니었답니다. 의학 기술이 발달한 요즘은 아이를 낳다가 잘못되는 경우가 거의 없지만, 조선 시대에는 산모와 태아가 목숨을 잃

3부 참 의원의 길을 걸은 유이태　199

는 경우도 적지 않았답니다. 유이태의 이야기에 유독 산모 관련 이야기가 많은 것은 당시에 아무 탈 없이 아이를 낳는 일이 쉽지 않았다는 뜻이겠지요.

어느 날, 유이태가 먼 길을 가고 있을 때였습니다. 어느 마을을 지나는데, 작은 초가집에서 젊은 여인의 비명소리가 울려 나왔습니다. 보통 비명이 아니라 너무나 고통스러워하는 비명이었습니다. 유이태는 가던 길을 멈추고 본능적으로 그 초가집 앞으로 다가갔습니다. 마당에는 어떤 노파가 어쩔 줄 몰라 하고 있었답니다.

"무슨 일이길래 이 집안에서 젊은 여인이 비명을 지르고 있소?"

유이태가 노파에게 물었습니다.

"나그네께서 관여하실 일이 아니니 그만 가던 길 가시지요."

"사람의 목숨이 걸린 듯한 비명소리가 들리는데 어찌 모른척 하겠소? 나는 산음현에 사는 유이태라 하오."

"예? 그 유명하신 명의 유이태 의원님이신지요?"

"그렇소. 내가 틀림없는 유이태요."

"아이고, 의원님께서 우리 집에 오시다니 하늘이 도우셨나 봅니다. 의원님, 제 딸을 좀 살려주십시오."

"무슨 일이오?"

"시집간 제 딸이 친정으로 와서 출산을 기다리고 있는데, 어제부터 산통이 왔습니다. 그런데, 아이 머리부터 먼저 나와야 하는데 나오지 않고 이렇게 고생을 하고 있습니다."

유이태는 사태를 짐작할 수 있었습니다. 태아는 머리부터 나와야 하는데, 그러지 못하고 있는 것 같았습니다.

"내가 댁의 딸을 살펴보아도 되겠는지요?"

"네, 의원님, 어서 봐 주십시오."

노파는 유이태를 산모가 있는 방으로 안내했습니다. 유이태가 진맥을 해보니, 역시 짐작대로 아이가 거꾸로 앉아 있었습니다. 머리부터 나오는게 아니라, 다리부터 나오게 돼 있었던 것이지요. 그러니, 순산하지 못하고 산모가 고통스러워하고 있었던 것이랍니다.

유이태는 늘 갖고 다니는 침을 꺼내 산모의 몸에 침을 꽂았습니다. 그랬더니, 얼마 지나지 않아 방 안에서는 우렁찬 아이의 울음소리가 울려 나왔습니다. 산모가 아기를 순산한 것이지요. 건강하게 태어난 애기의 발바닥을 보니 침 자국이 뚜렷했다고 합니다.

노파가 덩실덩실 춤을 추다시피 하며 유이태에게 다가와 말했습니다.

"참으로 용하십니다. 의원님! 어찌 침으로 뱃 속의 아이를 바로 앉히셨는지요?"

"어려운 침술이 아니었소. 아이가 다리부터 나오게 돼 있길래 아이의 발바닥이 있는 산모의 몸 부위에 침을 꽂았소. 그 침이 태아한테도 전달되었고, 태아도 발바닥에 따끔한 침 기운이 느껴지니까 아파서 다리를 웅크리게 되어 그 덕분에 태아가 돌아서 머리부터 나오게 된 것이오."

"이렇게 신통한 일이... 의원님 제가 어떻게 보답해 드리면 되겠습니까?"

"손주를 잘 키우시는게 보답이오."

유이태는 초가집 사립문을 나와 뒤도 돌아보지 않고 가던 길을 갔다고 합니다.

거꾸로 앉은 아이를 침술로 바로 앉히고, 순산하게 한 이야기는 유이태의 침술이 얼마나 뛰어난지 말해주고 있답니다. 이 놀라운 침술법은 유이태가 직접 쓴 의서 『인서문견록』에 실려 있답니다.

> 잘못된 출산으로 애기의 손이 먼저 나왔을 경우에는 침으로 태아의 약손가락 끝부분을 찌른 후 침을 찌른 부분을 소금으로 문지르면 곧바로 들어간다. 들어가지 않으면 다시 한다. 발이 먼저 나왔을 경우에는 발바닥 가운데 이와같이 한다.

이제 『인서문견록』이 어떤 책인지 알아볼까요?

이 책을 영원히 감출 수 있게 하라.
- 인서문견록

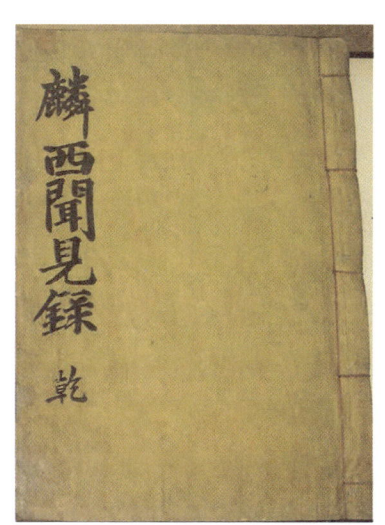 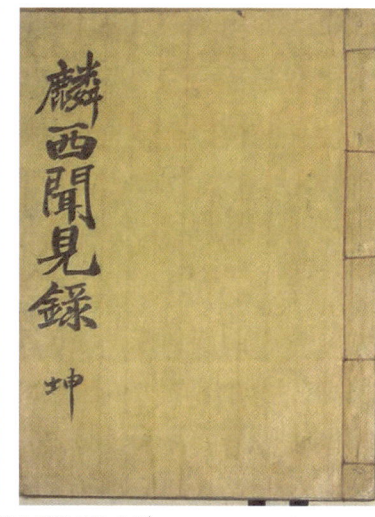

『인서문견록』(일본 행우서옥 소장)

"첨벙!"

유이태가 던진 낚시 바늘이 작은 파문을 일으키며 물속으로 가라앉고 있었습니다. 낚시를 던진 유이태는 낚시에는 별 관심 없는 듯 고개를 들어 먼 하늘을 바라봤습니다. 끝없이 이어지는 산등선들은 푸르렀고, 하늘에는 커다란 뭉게구름 하나가 천천히 흘러가고 있었습니다. 유이태는 낚시를 즐기곤 했는데요, 굳이 물고기를 잡기보다는 어지러운 머리를 식히는 유이태만의 휴식이었습니다.

마음병치료약수터 앞을 지나온 생초천 물줄기는 고동(다슬기)이 많이 살고있는 고동실에서 잠시 머문 후, 흘러 내려와 오리가 놀고 있는 모양의 압수마을 입구에 있는 제법 물이 깊은 소(沼)에서 잠시 머물다가 경호강을 향해 흘러가고 있는데요. 유이태는 이곳 필소(沼)를 가끔 찾았답니다.

〈이태낚시바위〉(산청군 생초면 월곡리 109번지 필소)

유이태의 나이 어느덧 50대 후반이 된 1709년 어느 여름 날, 유이태는 낚시터에서 깊은 생각에 잠겨 있었습니다. 의원으로 지내온 40여 년의 세월이 하나씩 떠올랐습니다. 10살 나이에 어머니를 여의었던 일, 의학을 알았더라면 어머니를 구할 수 있었을 것이라며 후회했던 일, 부모님을 잘 모시기 위해서는 의학을 알아야겠다고 결심하며, 벼슬 공부 대신 의서를 손에 쥐었던 일, 의학 공부를 하며 자신의 병을 스스로 고쳤던 일, 그리고 의원의 이름을 얻어 조선의 환자들은 평등하므로 수많은 환자를 치료하며 '명의', '신의', '심의'라 불리었던 장면들이 생생하게 떠올랐습니다. 그러면서, 문득 드는 생각이 있었습니다.

'지난 세월 동안 수많은 환자를 고치고 치료했지만, 세상의 병은 다 없어지지 않았다. 또, 내가 치료해 준 사람보다 치료해 주지 못한 사람이 더 많지 않은가? 내 몸은 하나이고, 환자들은 언제나 어디서나 항상 생겨나고 있었지. 의원의 힘만으로 세상 환자들을 치료하는 것은 애초에 불가능한 일, 도대체 어떻게 해야 한단 말인가!'

한동안 깊은 생각에 잠겨 있던 유이태는 자리에서 벌떡 일어났습니다.

'그래, 그렇게 하자! 그렇게 하는 것이 내가 세상에 조금이라도 도움이 되는 길이다'

유이태는 서둘러 집으로 돌아갔습니다. 그날부터, 유이태는 먹과 종이를 가까이하고 붓을 들었습니다. 그리고, 그동안 자신이 경험한 수많은 치료법을 모두 기록하기 시작했습니다. 방문을 닫은 유이태가 밖으로 나오지 않자 많은 사람이 그가 무엇을 하고 있는지 궁금하기만 했습니다. 어느 날 젊은 제자 의원이 찾아왔습니다. 그는 유이태가 쓰고 있는 글을 넘겨다 보고는 물었습니다.

"스승님! 혹시, 의서를 저술하고 계신지요?"

"그렇다네."

"아, 그렇군요. 기대됩니다. 최고의 경지에 오른 스승님의 의술을 이제 저희들도 그대로 물려받을 수 있겠군요."

"이건 의원들을 위한 의서가 아니라, 일반 백성들을 위한 의서라네."

"아니 스승님, 저희 같은 의원이 있는데 일반 백성들이 왜 의서가 필요한지요?"

"아무리 우리 의원들이 노력해도 세상 모든 환자를 다 치료할 수는 없지 않은가?"

"그건 그렇습니다만…"

"가장 좋은 것은 병이 든 환자 스스로 치료법을 찾는 것일세. 내가 그동안의 모든 경험과 처방했던 모든 치료 방법을 이 책에 담으려 하네. 그래서, 이 책을 널리 퍼뜨려 누구나 자신의 병을 스스로 돌볼 수 있도록 하고자 하네."

듣고 있던 제자가 자세를 고쳐 앉으며 말했습니다.

"스승님의 생각이 참으로 옳으십니다."

이렇게 해서 만들어진 의서에 유이태는 『인서문견록』이라는 책 이름을 달았습니다. 인서는 유이태의 별칭입니다. 『인서문견록』은 유이태가 그동안 보고 들은 모든 치료법을 담았다는 뜻이랍니다. 유이태는 서문에 이 책을 쓴 동기도 밝혀두고 있는데, 유이태는 사람들이 앞으로 겪어야할 질병을 대비하고 의학의 발전을 기원했답니다.

> 사람의 한평생을 바라보고 있는데 병이 없는 자가 드물다. 그렇지만, 병자에게 자기의 병을 치료할 수 있는 방법을 알려준다면 몸이 크게 상하는데 이르지 않아도 될 것이다. 내가 평소에 경험한 여러 가지 병에 대한 치료법을 하나의 책에 수록하여 앞으로 닥칠 일을 대비하고자 했으니, 훗날 사람들이 보태어 이 책을 새롭게 하길 바란다.

유이태는 『인서문견록』 서문에 이어서, 또 하나 중요한 이야기를 남기고 있답니다. 그것은 시(詩)입니다. 그 시에는

> 무릇 세상에 병이 없으면 이 책 또한 쓸모가 없을 것이니
> 서재에 감춰 두고서 영원히 찾지 않기를 바란다.

라고 말하고 있습니다.

　유이태는 세상에서 자신이 쓴 의서가 필요 없기를 희망했습니다. 그만큼 모든 사람이 건강하게 살기를 바랐던 것이죠. 이 유훈에서 사람을 진심으로 사랑했던 조선의 참 의원 유이태의 애민정신도 엿볼 수 있답니다.

麟西聞見錄序文
余觀夫人之一生無病者蓋鮮矣然使病者能知其調治之方則必不至損傷之患可不愼歟余以平日雜病小經驗所得聞之單方隨錄於一冊以備後來救療之方雖非醫家全書之祥亦有補於人生日用之萬一云屠維赤奮若仲秋之月麟西老父書
乙巳夏德川姜殷煥

『인서문견록』 서문 : 서예가 덕천 강은환 書

유이태 의서, 건강 관리법을 담다.

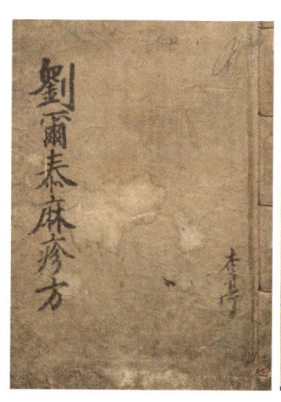 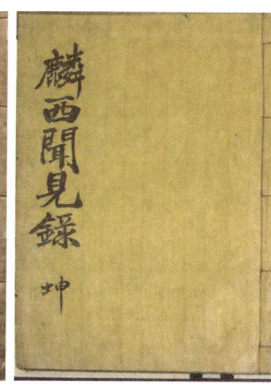 

유이태가 남긴 의서 『마진편』, 『인서문견록』, 『국역 실험단방』

　최고의 경지에 오른 의술로 수많은 환자를 치료한 유이태. 그러나, 유이태는 단순한 의원에만 머무르지 않았답니다. 유이태는 자신이 가지고 있는 의학 지식을 널리 세상 사람들에게 알리고 싶었습니다. 그래서, 의학 서적을 저술했는데요, 유이태가 남긴 의서는 모두 7권으로 알려져 있습니다.

　우리나라 최초의 홍역 치료법 『마진편』, 누구나 사람들이 쉽게 자신의 병을 스스로 고칠 수 있도록 쓴 『인서문견록』, 그리고, 『실험단방』이라는 책도 있답니다. 『실험단방』은 유이태 자신의 의약 지식과 경험을 정리하여 저술한 책으로서, 민간의학 경험과 전문적인 의학 이론을 결합하여 실용성과 전문성을 함께 갖춘 책으로 평가받고 있답니다. 의원이 되고 싶은 사람에게는 공부할 수 있는 책이 되고, 아픈 사람들은 그 책을 이용하여 스스로 치료를 할 수도 있는 책이었답니다.

그런데, 『실험단방』에는 더 놀라운 사실도 담겨 있는데요, 유이태가 중국 의원을 만나 치료법에 대한 의견을 나눈 사실이 그것이랍니다.

어떤 소년이 병에 걸렸는데, 그 치료법을 잘 몰랐을 때 중국의 의원에게 물어서 치료법을 알았다고 하는데요. 이처럼, 유이태는 국내 의원들뿐만 아니라 외국의 의원들과도 교류했다니 그가 얼마나 탐구적인 의원이었는지 알 수 있답니다. 이 『실험단방』은 2010년 한글로 번역되어 『국역 실험단방』이라는 책으로 세상에 나와 있답니다.

유이태가 남긴 또 다른 책이 두 권 더 있었는데요, 『침구방』과 『부인방』이라는 책이었습니다. 『침구방』은 침술에 관한 책이며, 『부인방』은 여성들의 병을 고칠 수 있는 치료법을 담은 책이었답니다. 그런데, 1940년대 유이태 종손이 살았던 집의 사랑채에서 화재가 발생했었어요. 이때, 종손이 간직하고 있던 두 권의 책이 타버렸답니다. 정말로 안타까운 일이 아닐 수 없죠.

더 황당한 것은 사라진 유이태의 『의서』가 두 권 더 있었답니다. 지금은 제목도 잘 모르는 책인데요. 1975년 대학교수라는 두 사람이 유이태의 후손을 찾아왔더랍니다. 이런저런 이야기도 나누고, 유이태가 남긴 『의서』도 구경하던 두 교수가 유이태 의서 두 권을 가져갔다고 합니다. 그렇게 두 권의 『의서』를 허락없이 가져간 대학교수들은 소식이 끊겼고, 지금까지 그 책을 돌려받지 못하고 있다고 합니다. 누군가가 가져가 돌려주지 않은 유이태의 또 다른 의서 두 권, 지금은 어디에선가 빛을 볼 날을 기다리고 있지 않을까요?

이렇게 모두 7권의 의서를 남긴 유이태, 이들 책에는 유이태만의 특별한 〈건강관리지침〉이 담겨 있답니다.

유이태는 병을 치료하는 것보다 건강을 지키는 것이 더 중요하다고 강조했답니다. 그렇다면, 건강을 지키기 위해 유이태가 강조한 것은 무엇이었을까요?

유이태는 사람들이 일생을 살아가는 동안 평상시의 마음가짐, 섭생(攝生), 절제 있는 생활, 질병 예방, 질병 초기 치료, 생명의 중요성, 그리고 의원들에게는 환자의 상태에 따른 처방과 병의 근원을 탐구하여 환자를 치료하는 등 〈건강관리지침〉을 남겼습니다.

- 마음이 편안하면 기운이 편안하고, 근심이 지나치면 마음을 해롭게 하니 마음을 다스려라.
- 화를 내면 화기가 일어나 치료가 어려우니, 노여움을 경계해라.
- 건강할 때 계절에 따라 음식을 잘 먹어 몸을 튼튼하게 해라.
- 과식하면 몸을 해(害)하여 병의 근원이 되니 적게 먹어라.
- 몸을 힘들게 하면 원기가 허(虛)하게 되니 절제된 생활을 해라.
- 병은 몸을 망치게 하니 건강할 때 질병을 예방해라.
- 목숨이 재물보다 중요하니 치병에 최선을 다해라.
- 술은 마시되 과음하지 마라.
- 조그마한 병(病)이 큰 병으로 변하니 발병 초기에 신속히 병을 치료하라.
- 병이 완쾌한 이후에 새로운 병이 발생할 수 있음을 알고 병의 발생을 대비하여 철저하게 건강 관리해라.
- 약물을 잘 복용하면 모든 병을 물리칠 수 있다.
- 의원의 처방에 따라 정확한 약제를 먹어라.
- 병을 치료하는 동안 잘 모르는 약을 복용하지 마라.
- 의원은 무조건 예전에 있던 처방에만 따르지 말고, 환자의 상태에 따라 처방하라.
- 환자를 치료할 때 병의 근원이 되는 곳을 탐구하여 치료해라.

300여 년 전 유이태가 남긴 〈건강관리지침〉, 지금도 유효한 〈건강관리지침〉이 아닐 수 없는데요. 일평생 동안 백성들의 삶과 고통을 함께 나누었던 조선의 히포크라테스 유이태. 그는 진정한 명의이자, 참 의원이었습니다.

환자의 마음을 움직이는 심의(心醫)가 되어라.

유이태가 명의로서 이름이 영호남에 널리 알려지자, 건강관리와 의술 가르침을 받으려는 후배와 제자 의원들이 자주 유이태를 찾아왔답니다.

이때, 유이태는 이들에게 질병 예방, 약 처방과 치료 후 건강관리를 당부하는 어록을 남겼답니다.

> 병 들기 전에 건강 관리를 소홀히 하다가 병에 걸리면, 그때 비로소 괴로워하게 되고, 병이 가벼울 때 치료할 기회를 놓쳐 버리면 병이 날로 악화 된다네.

병이 나으면 병을 조심하고 병이 경계하는 마음을 잊어버리니, 병에 자주 걸리므로 몸이 위태로울 따름이다.
치료를 망설이다 치료 시기를 놓치면 죽음에 이르러 탄식한다네.
(환자를 치료할 때) 어리석게 함부로 약을 쓰면 조그마한 실수에도 병자가 잘못되니 세상일에는 잊지 말아야 할 것이 있으니 병의 기이함을 절실하게 느껴야 한다네.

유이태가 전하는 이와 같은 말은 참봉 정중원 『천옹유고』에 기록되어 전해오고 있습니다.

어느 날 제자 의원이 유이태에게 물었습니다.

"스승님, 제가 보기에는 의원이 가는 길은 매우 힘들어 보입니다. 의원의 길은 무엇인지요?"

"의원도 사람이니라.
그렇지만, 의원은 일반 사람과 달라야 하네.
이 세상에 사람의 생명보다 귀중한 것이 없다네. 의원은 사람의 목숨을 구하는 것이 첫 번째이고, 두 번째는 모든 환자에 평등하게 대우해야 하며, 세 번째는 환자의 신분을 차별하지 말아야 하고, 네 번째는 가까운 사람, 소원한 사람을 차별하지 않아야 하며, 다섯 번째는 재산이 많은 사람이나, 가난한 사람을 구분하지 말아야 하고, 여섯 번째는 환자를 치료할 때 재물을 탐하지 말아야 한다네.

『유이태어록』 서문 :
서예가 덕천 강은환 書

환자를 사랑하는 마음으로 정성을 다해 치료하는 것이 참다운 의원의 길이라네. 당연히 최고의 의술을 갖춰야 하느니라! 열심히 공부하여 제대로 된 의술을 갖춰야만 최고의 의원이 될 수 있겠지."

"알겠습니다. 열심히 공부하여 최고의 의술을 갖추도록 하겠습니다."

"그러나, 의술만으로는 명의가 될 수 없다네."

"예? 그럼 무엇이 더 필요한지요?"

"내가 그동안 가만히 보니 의원들을 여덟 가지로 분류할 수 있겠더구나."

"어떤 의원들인지요?"

"첫째는 환자가 의원의 눈빛만 보아도 안정을 느끼며, 환자가 마음을 편안하게 갖도록 하여 그 마음이 흔들리지 않게 하는 의원으로 이를 마음 심(心)자를 써서 〈심의(心醫)〉라고 하며, 의원 중의 으뜸이다.

둘째는 〈식의(食醫)〉라 하며, 평소 먹는 음식으로 환자가 자신의 병을 다스리도록 하는 의원으로, 음식의 특성과 기운을 잘 알아서 처방하는 의원이 좋은 의원이니라.

셋째는 〈약의(藥醫)〉로, 환자의 병에 알맞은 약을 잘 쓰는 의원으로 환자에 알맞은 약을 처방하는 것이라네.

넷째는 〈혼의(昏醫)〉라 하며, 환자가 위급할 때 자기가 먼저 당황하여 어찌지 못하는 의원을 말한다.

다섯 번째는 환자를 정성껏 살피지 않고, 교만한 마음으로 무턱대고 아무 약이나 처방하는 의원이 있는데, 이를 〈광의(狂醫)〉라 하느니라.

여섯 번째가 〈망의(妄醫)〉로 경거망동하여 쓸 약이 없는데도 마치 있는 것처럼 행동하는 책임감 없는 의원을 말한다.

일곱 번째는 〈사의(詐醫)〉로, 의술을 잘못 행하고, 온전한 의술도 제대로 알지 못하는 사기꾼과 같은 의원을 말하며, 여덟 번째는 〈살의(殺醫)〉라 하여 약간의 의술은 있으나 환자를 측은하게 여기는 마음도 가져 본 적이 없으며, 잘 모르는 사람에게 자랑이나 하며, 거만하여 자칫 환자를 죽음에 이르게 하는 자를 말하느니라."

유이태의 말을 들은 제자 의원은 한동안 말이 없었습니다.

"내가 말한 여덟 부류 의원 중에 자네는 스스로 어떤 의원이라고 생각하느냐?"

그러자, 제자 의원이 무릎을 꿇으며 말했습니다.

"이제 고작 약의(藥醫) 정도에 이른 듯 합니다. 환자에게 맞는 약이나 처방하는 수준에 머물러 있습니다. 저도 더욱 정진하여 환자의 마음을 다스리는 심의(心醫)의 경지에 오르도록 하겠습니다. 스승님…"

"의술은 끝이 그 어디인지는 아무도 모른다네. 멀고도 먼 길이지만 모든 정성을 다하면 한 사람의 병자라도 더 구하지 않겠는가?"

유이태는 최고의 의원은 약을 잘 쓰고, 의술도 뛰어나야 하지만, 아픈 사람의 심정을 잘 알아주고, 환자의 마음을 편안하게 해주며, 환자가 의원을 믿고 따르게 하는 의원이야말로 최고의 의원이라고 여겼답니다. 그래야 환자가 믿고 의지하는 의원이 될 수 있다고 생각한 것이지요. 그래서, 유이태 그 자신이 〈심의(心醫)〉의 경지에 올랐던 것입니다

이처럼 유이태가 최고의 의원 〈심의(心醫)〉에 오른 것은 그의 뛰어난 의술뿐만 아니라 그가 환자를 진심으로 사랑했던 높은 의학 정신 덕분이기도 하답니다.

유이태, 5道 정신을 실천하다.

　탁월한 의술로 수많은 환자를 치료하여 〈명의〉, 〈신의〉, 〈심의〉라 불리었던 유이태, 어떤 사람이 권덕중이라는 사람에게 유이태에 관해 물었습니다. 권덕중은 유이태의 제자로 함양에 살고 있었답니다.

"유이태 의원님은 어떤 분이신지요?"

"내 스승님의 의술은 중국의 명의 화타와 편작에 못지 않으며, 사람들의 요청이 있으면, 싫은 내색을 하지 않고, 항상 친절히 응대하였으며, 지위의 높고 낮음을 가리지 않았다오. 스승님은 일생을 어질고 너그러운 마음으로 덕행을 실천하여 모든 사람을 감동시켰소. 그것이 바로 우리 스승님께서 일평생 지킨 정신이자, 도(道)였소."

그렇다면 유이태가 평생 지킨 인생5도(道)는 무엇일까요?

유이태는 다섯 가지 도(道)를 실천하며 지켜왔답니다.

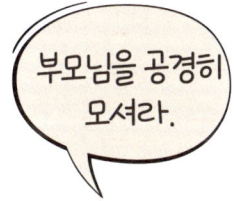

첫째는 효도(孝道)인데요, 부모님을 모시는데 온갖 정성을 다하라고 했습니다. 유이태는 '효(孝)는 모든 일의 시작이다. 학문을 시작하기 전에 효도와 신의를 지키는 사람이 되어라.'라는 공자의 가르침을 평생 따르고 실천했답니다. 유이태는 '부모를 모시는 사람은 의학을 몰라서는 안 된다.'라는 생각으로 의학을 선택했답니다. 10세에 어머니의 3년상을 충실히 끝냈고, 아버지가 도둑의 칼에 찔려 상처가 생기자, 유이태는 직접 아버지의 상처에서 고름을 빨아내는 등 평생 효도를 실천하는 데 최선을 다했답니다. 효도는 유이태가 부모를 모시는 자식들에게 당부하는 말이랍니다.

둘째는 시도(施道)인데요, 이때의 '시'자는 한자로 베풀시(施)자를 쓴답니다. 유이태는 진정한 의원은 헐벗고 굶주리는 사람들을 항상 도와주고, 희망을 주어야 한다고 말했습니다. 또한, '자신이 가진 것이 부족하더라도, 조그만 것을 나누어주는 아름다운 일을 실천해야 한다.'라고 말했습니다. 그리고, 유이태는 흉년에 가난하여 굶주리고 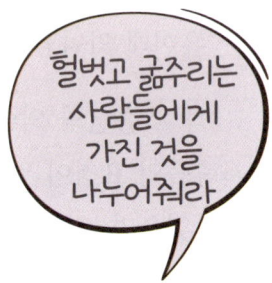 있는 사람들에게 곡식을 나누어주는 시도를 직접 실천했답니다. 시도는 유이태가 가진 자들에게 전하는 말이랍니다.

셋째는 정도(正道)였습니다. 한자로 바를 정(正)자를 쓰는데요, 유이태는 의술을 펼칠 때 신분이 높은 사람이나, 미천한 사람, 관리나, 일반 백성들, 부자나 가난한 사람을 차별하지 않았답니다. 또한, 친하게 지내는 사람과 그렇지 못한 사람을 구분하지 않고 정성을 다하여 치료했답니다. 이런 정신을 바탕으로 일상생활에서도 예의범절을 지키고, 올바른 길을 가는 것이 정도라고 생각하고 이를 평생 실천했답니다. 정도는 유이태가 백성들에게 올바른 길을 가라는 당부랍니다.

넷째는 의도(醫道)였답니다. 한자로 의원 의(醫)자를 쓰는 의도는, 의원인 유이태가 평생 걸어온 길이었습니다. 유이태는 단순히 아픈 사람을 치료해 주는 의원의 경지를 넘어서 있었답니다. 유이태는 병을 고치는 의원은 재물을 탐하지 말고, 병자의 생명을 먼저 고쳐야 한다고 했답니다. 만약, 의원이 물욕을 버리지 못하면 환자의 마음을 헤아릴 수 없다고도 했는데요, "진정한 의원은 병든 초기에 병의 근원을 깊게 탐구하고,

그 증상에 따라 신속하게 처방하며, 환자를 사랑하는 마음으로 정성을 다해 치료해야 한다."라고 했답니다. 그리고, 유이태는 이러한 의도를 평생 몸으로 실천했답니다. 의도는 유이태가 병을 고치는 의원들에게 당부하는 말이랍니다.

> 몸과 마음을 수양하여 건강을 관리하라.

다섯째는 수도(壽道)인데요, 한자로는 목숨 수(壽)자를 쓴답니다. 사람은 누구나 일생을 살아가는 동안 평안하고, 행복한 삶을 추구하며, 건강하고 오래 살기를 기원합니다. 그래서, 마음을 평안하게 갖고 몸을 건강하게 하여 병에 걸리지 않고 오래 살 수 있도록 노력하는데, 이를 유이태는 수도라고 했답니다. 수도를 실천하기 위해서는 마음을 잘 다스리고, 성품을 갈고 닦아야 하며, 몸과 마음을 수양해야 한다고 했답니다. 또한, 몸의 원기를 북돋우며, 음식으로 병을 치료하는 것을 강조했는데요, 유이태는 평소에도 이를 적극적으로 실천했답니다. 수도는 유이태가 백성들에게 건강하게 몸을 관리하라고 당부하는 말이랍니다.

이렇게 5道 정신을 실천한 유이태, 과연 어떤 모습이었을까요? 수많은 사람이 유이태를 평가하는 글을 남겼는데요. 노세흠, 박계량, 참봉 정중원, 찰방 이세일, 유학자 권희, 한성좌윤 조태로가 남긴 글이 있습니다.

노세흠(1672~1729)은

하늘이 이처럼 어진 사람을 보내어 수많은 사람의 목숨을 구하니, 그 복록을 누리고 길이 장수할 자 이 사람이 아니면 누구이겠는가? 사람들이 유이태의 의술이 현묘함을 칭송한 것에 그치지 않고, 유이태가 마음으로 환자를 치료하는 것에 감동한 것이다.

라고 유이태를 단순한 의사를 넘어 인류를 위해 헌신한 성인에 가까운 인물로 말하였답니다.

또, 박계량(1686~1727)도

유이태는 의술에만 전념하는 의원들과 달리 주변에 있는 모든 사람이 그에게 병을 치료해달라고 요청하면 망설이지 않았다. 그리고, 양반이나 천민들을 구분하지 않고 항상 너그러운 마음으로 정성을 다하여 치료하였는데, 일찍이 작은 병을 겪은 후 의술에 입문하였다. 이것은 실제로 사람의 자식으로 알지 않으면 안 되는 도(道)이다. 어찌 세상의 의술에만 전념하는 무리와 뒤섞일 수 있겠는가? 좌우의 요청에 응하며, 귀한 사람과 미천한 사람을 가리지 않았으니, 평생의 어질고 너그러운 품성을 누가 감복하여 도(道)라고 칭하지 않겠는가?

라고 말했답니다.

참봉 정중원은

유이태는 평소에 친하지 않은 사람도 배척하지 않았을 뿐만 아니라, 지위의 높고 낮음과 신분의 귀천을 구분하지 않았고, 병들어 찾아오는 사람들에게 지극 정성으로 치료하였다. 병을 치료할 때는 먼저 환자들의 몸 상태를 파악하고, 약을 쓸 때는 상황에 맞게 쓰며, 또한, 병으로 허약해진 환자의 원기를 북돋아 위험한 상태가 되지 않도록 하였다. 그리고, 사람의 마음을 헤아렸고, 세상 사람들을 구하고 치료했다.

라고 말하였답니다.

찰방 이세일은

> 유이태는 사람들을 오래 살게하게 하는 것이 바로 자신이 타고난 직업이라고 여겼다. 또한, 사람들의 병을 고치는 일을 언제나 즐거워하였으며, 끊임없는 노력을 통해 수많은 생명을 구해주었던 분이다.

라고 말하였답니다.

함양군 수동면의 유학자 권희(1665~1729)는

> 지혜와 덕이 뛰어난 유이태는 성인의 가르침에 한점 부끄러움이 없었으며, 사람들을 대할 때 항상 부드럽고, 사물을 대할 때 온화하고, 도(道)를 전하는 아름다운 말을 실추시키는 법이 없었다. 또한, 단아한 모습과 너그러운 마음은 항상 엄숙하고 단정하였다.

라고 말했답니다. 이세일은 유이태를 뛰어난 의술과 따뜻한 마음을 가졌고, 사람들을 위해 헌신하는 이상적인 의원으로 평가했습니다.

젊은 시절부터 유이태와 친하게 지냈으며, 훗날 평안도 관찰사를 지낸 한양에 살고 있던 좌윤 조태로는 유이태의 의술을 중국의 의학 할아버지로 불리고 있는 주단계에 비유하면서

> 행실은 장중경을 미루어 집안에서 효도하고,
> 의술은 주단계를 택하여 사람들에게 인술을 베풀었네.

라고 칭송했답니다.

그 외에도 수많은 사람이 유이태를 칭송하는 말과 글을 남겼습니다. 유이태는 사람들이 오래 살도록 "몸과 마음을 편안하게 하

고, 병에 걸리지 않게 마음을 다스리며, 몸과 마음을 갈고 닦아 건강한 상태를 유지하도록 몸의 원기를 북돋우며, 음식을 잘 먹고 병에 걸리지 않도록 노력하라."라고 당부했답니다.

사람들에게 건강관리를 당부했던 유이태가 사람들로부터 존경을 받는 이유는 무엇이었을까요? 유이태가 조선의 백성은 평등하다며, 귀천과 친소, 빈부와 민관을 차별하지 않는 치료, 성인처럼 올바른 길을 걸었으며, 가난하여 굶주림에 있는 사람을 도와주었고, 홍역 치료법 등 새로운 질병의 치료법 개발, 그리고, 누구나 자신의 병과 건강을 돌볼 수 있도록 도와주는 의서 저술 등으로 사람을 사랑하는 애민정신을 실천했기 때문이랍니다

유이태가 남긴 업적은 무엇일까요?

유이태는 전염병 홍역이 창궐하자, 홍역 퇴치에 공헌하였고, 조선인 최초로 홍역치료서『마진편』을 저술하여 조선의 홍역 치료의 문(門)을 열었답니다. 유이태는 의학의 발달과 질병예방으로 질병 없는 세상을 꿈꾸었고, 환자 치료에 대한 분명한 목표를 설정하여 한국 선비 의사의 전범(典範)을 제시하여 참된 의사로서의 전형적인 모습을 보여주어 의술의 윤리 도덕을 확립한 인물이랍니다.

이처럼, 높은 의술과 고귀한 인품 '명의 유이태'. 죽었던 사람도 살린다는 '신의(神醫) 유이태', 환자의 아픈 마음을 보살피면서 환자가 의사를 믿고 따르고, 환자를 사랑하는 마음으로 치료하는 '심의(心醫) 유이태'라 불렸던 조선 시대 가장 존경을 받는 선비 의사. 즉, 유학자 의원이 되었답니다.

벼슬을 거부하다.

1714년 6월 20일, 임금님이 계신 궁궐은 활기가 넘쳤습니다. 지난해 10월 말부터 병을 앓았던 숙종 임금님이 거의 완쾌되었기 때문이었습니다. 임금님과 신하들이 모두 한자리에 모였습니다. 눈에 띄게 얼굴이 밝아진 숙종 임금님이 용상에 앉자 신하들도 모두 기뻐했습니다.

"전하, 감축드리옵니다!"

"모두가 경들의 걱정과 어의(御醫)들의 정성 덕분이오!"

"황공하옵니다."

그 무렵, 유이태는 당상관 도정 이명협(1694-1716)의 집에 머물고 있었는데요, 이명협은 왕실의 종친으로서 정3품의 높은 벼슬자리에 있었답니다. 이명협의 집 앞에는 많은 환자가 유이태에게 치료를 받기 위해 길게 줄을 서 있었답니다. 임금님의 병환이 나아지자 유이태는 편안한 마음으로 한양의 아픈 사람들을 치료해 주고 있었는데요, 임금님의 병을 고친 경상도 명의가 한양에 있다는 소문이 금방 번져나갔고, 수많은 환자가 이명협이 근무하는 종친부로 몰려들고 있었답니다.

이명협은 종친부로 몰려드는 환자들을 보고 이렇게 글로 남겼습니다.

> 한양의 많은 사람이 다투어 달려와
> 유이태 선생에게 병을 치료해 달라고 요청하여
> 우리 관청의 문밖에는 환자들의 신발이 가득했네.

생각해 보니 긴 시간이었습니다. 임금님의 병을 고치러 오라는 어명을 받고 대궐로 왔으나, 늦게 왔다는 죄목으로 감옥에 갇혔다가 다행히 감기에 걸렸다는 사실이 밝혀져 감옥에서 풀려났었죠.

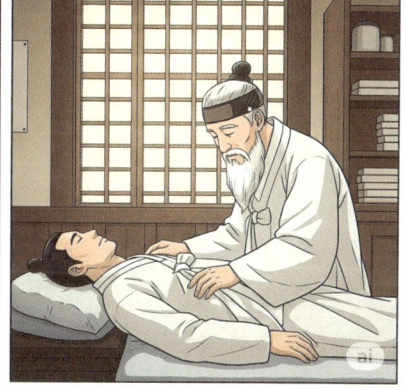

　1713년 12월 20일부터 유이태는 임금님의 병을 고치는데 동참했는데요, 이때, 유이태는 어의(御醫)들의 반대를 무릅쓰고 도수환이라는 약을 임금님께 바쳤답니다. 이렇게, 숙종 임금님의 병을 치료한 약 7개월, 숙종 임금님은 드디어 건강을 되찾게 되었답니다. 그러나, 임금님을 치료하는 동안 63세의 유이태는 오히려 건강을 해치고 말았답니다.

　한편, 대궐에서는 임금님과 신하들의 만남이 계속되고 있었는데요, 그때, 도제조 이이명이 나섰습니다. 이이명(1658-1722)은 의원이 아니지만 우의정으로 임금님의 건강을 돌보는 내의원에서 가장 높은 벼슬을 하고 있었답니다. 이이명이 숙종 임금님께 아뢰었습니다.

"전하, 산음현에서 올라온 유이태는 나이가 많고, 고질적인 병도 있으니 옆에서 지켜보기 안타깝습니다. 이제 전하의 환후도 완쾌되었으니 그를 고향으로 돌아가게 하옵소서."

"그래? 유이태 의원이 병이 들었단 말인가? 심한가?"

"심하진 않으오나, 이제 그를 쉬게 해주시는 것이 어떻겠나이까?"

숙종 임금님이 잠시 생각에 잠겼습니다.

"그래, 유이태 의원은 지금 어디 있는가? 궁에 머물고 있는가?"

그러자 이명협도 나섰습니다.

"전하, 유이태 의원은 지금 소신의 집에 머물고 있사온데 한양의 많은 환자가 유이태를 찾고 있나이다."

숙종 임금님이 고개를 끄덕였습니다.

"음… 과인의 몸이 낫게 된 데에는 유이태의 공이 참으로 크도다. 그러니, 내 어찌 그를 그냥 고향으로 돌려보내겠는가? 과인의 환후가 발생할 때를 대비하여 한양 인근에 머무르게 하고, 목민관으로 임명하고자 한다. 유이태를 종1품 숭록대부 품계에 가좌하고 안산군수에 임명하노라!"

"성은이 망극하옵니다. 전하!"

모든 신하들이 일제히 고개를 숙였습니다.

대궐에서 돌아온 이명협은 곧장 사랑채에 있는 유이태를 찾았습니다.

"유의원, 축하하오. 전하께오서 유의원께 큰 벼슬을 내리셨소!"

"예? 벼슬이라구요?"

"그렇소. 종1품 숭록대부에 가좌하시고, 안산군수를 맡으라고 하셨소! 축하하오! 하하하"

그러나, 유이태의 얼굴은 어두웠습니다.

"아니, 왜 그러시오?"

"대감, 저는 사람의 병을 치료하는 의원입니다. 벼슬은 저한테 맞지 않는 옷입니다."

"백성을 아끼는 유의원의 품성을 내 이미 알고 있소. 그 마음으로 벼슬을 하면 훌륭한 목민관이 되리라 믿소."

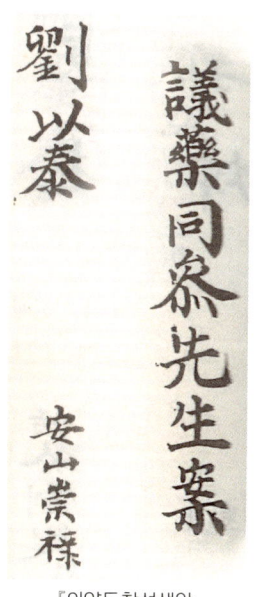

『의약동참선생안』

"저는 오로지 의원의 본분에만 충실하고 싶습니다."

"허어, 참…"

도정 이명협이 말렸지만, 유이태는 생각을 바꾸지 않았습니다.

"대감의 병만 낫게 해드리고, 저는 고향 산음으로 돌아가려 합니다."

당시 이명협은 가슴이 두근거리고, 피가 나는 심한 병을 앓고 있었답니다. 한양에 있던 의원들은 이명협을 진맥한 후, 죽을 병이라고 말하며 모두 도망갔습니다. 이때의 있었던 일을 기록한 글이 전해져 오고 있습니다. 왕실 종친 도정 이명협은

작년 봄 2월에
내가 처음으로 병에 걸렸네.
가슴이 두근거리며 다시 피가 나오니
노화(화기 : 火氣)가 쌓여 허하게 된 것이라.
속의(俗醫)들은 이를 보고 달아나며
모두 치료할 수 없다 하였네.
이때 공이 남쪽에서 왔는데
의술을 펴는 곳은 시골의 한 구석의 혜민국이었네

라고 글을 남겼습니다.

이때, 유이태는 이명협의 병을 정성껏 치료했답니다. 이명협은 유이태가 처방한 백여첩의 약을 복용하니, 얼굴에 화색이 돌고, 건강을 되찾았지요.

그래서, 유이태는 고향 산음에서 환자들이 기다리고 있어 한양을 떠났습니다.

이명협은 한양을 떠나가는 유이태의 모습을 보고 이별의 슬픔을 말하는 글을 남겼답니다.

작별이 너무나도 갑작스러워
손을 부여잡고 슬픔을 감추었네.
이별에 임하여 훗날을 약속하니
두 눈에 눈물이 하염없이 흘렀네.
길 떠나는 유이태 선생님을 저 멀리 바라보니
하루해는 뉘엿뉘엿 넘어가니 남쪽 하늘이 저물어가네.
빈집에 서글피 홀로 누워있으니
마치 유이태 선생님을 잃은 것처럼 망연하기만 하였다네.
내가 마음으로 유이태 선생님의 뜻을 짐작하니
유이태 선생님께서도 나를 그리워하는 마음을 알았다네.

또, 자신의 병을 치료해 준 모습의 유이태를 그리워하는 이명협이 한양에서 산음현 생림에 있는 유이태 집에 편지를 보냈는데요,

그 편지에는

> 높은 명성은 온 세상(조선 전역)을 진동하니
> 유이태 선생님의 의술은 중국의 옛날 명의 편작과
> 유부가 다시 살아난 듯하고
> 성격이 올곧고 사리가 분명한 시인 맹교처럼
> 마음과 모습이 고고하였고,
> 편작(중국의 명의)처럼 의술이 기이하였네.

라고 말했답니다.

〈편작 동상〉　　　　　　　〈맹교 초상화〉

4부

다섯가지 마음가짐,
인술5도(仁術五道)를
실천하다

프롤로그

조선의 히포크라테스 유이태는 일생을 살아가면서
두 가지 종류의 도(道)를 실천했습니다
하나는 앞서 소개한 인생오도(人生五道)였습니다.
부모께 효도하겠다는 효도(孝道),
남에게 베풀겠다는 시도(施道),
바른 길을 걷겠다는 정도(正道),
진정한 의사의 길을 걷겠다는 의도(醫道)와
몸과 마음을 수양하여 건강을 지키겠다는
수도(壽道)를 실천해 왔습니다.
이에 더하여 유이태는 의사가 반드시 지켜야 할 지침을
평생 가슴에 품고 실행했는데요,
그것이 바로 인술오도(仁術五道)입니다.
인의도(仁義道),
정성도(精誠道),
근면도(勤勉道),
청렴도(淸廉道),
화목도(和睦道),
인생오도와 인술오도를 실천한 명의 유이태,
이를 바탕으로 그의 의학정신은 마침내 완성됐는데요,
유이태의 인술오도와 높은 의학정신을 함께 만나봅니다.

어질고 의로운 마음으로 환자를 대하다.
- 인의도(仁義道)

 이른 아침, 유이태 의원이 하인과 함께 이웃 마을 앞을 지날 때였어요. 어느 기와집 대문 앞에 사람들이 모여 있었어요. 무슨 일인가 싶어 다가간 유이태는 깜짝 놀랐답니다. 몽둥이를 든 사내 몇 명이 어떤 남자를 마구 때리고 있었습니다. 사람들의 발길질과 몽둥이질을 당하는 사내는 바닥에 쓰러진 채 꼼짝도, 못하고 있었지요.

"이게 뭐 하는 짓인가?"

유이태가 크게 호통을 치자 남자를 때리던 사내들이 일제히 유이태를 돌아봤습니다. 그들은 호통을 친 사람이 이름 난 의원 유이태라는 것을 금방 알아보고는 금방 잠잠해졌습니다.

"어찌하여 여럿이서 한 사람을 때리고 있는겐가?

"의원 나리, 이 자는 도둑놈입니다."

"도둑놈이라고?"

"그렇습니다. 오늘 새벽 이 집 곳간에 들어와 곡식을 훔치려던 자입니다."

"도둑질을 했으면 관가에 넘길 일이지 어찌 사사로이 사람을 때린단 말인가?"

"저희 주인마님께서 그리하라 하셨습니다."

"이 집 주인이 그리하라 시켰단 말이지?"

"예!"

그 말들 들은 유이태는 잠시 생각에 잠겼습니다. 이윽고 유이태가 말했습니다.

"이 자는 내가 데려가겠네."

"안 됩니다. 의원 나리, 이 자는 도둑놈입니다."

"자네들 눈에는 도둑놈인지 모르겠으나 의원인 내 눈에는 크게 다친 환자일 뿐이네."

결국, 유이태는 하인들을 시켜 쓰러진 남자를 집으로 데려가 치료를 시작했습니다. 도둑놈이라 불렸던 남자의 몸은 엉망이었습니다. 유이태는 침을 놓고 약을 쓰며 남자를 정성껏 치료했습니다. 마침내 남자가 거동할 수 있게 되자 유이태가 물었습니다.

"보아하니 도둑질할 사람으로 보이지 않는 터, 필시 무슨 사연이 있을 터인데...?"

유이태가 부드럽게 말하자 남자가 울음을 터뜨리며 말했습니다.

"의원 나리, 소인 그 집 곳간에 들어가 곡식을 훔치려 했던 것은 사실입니다."

"...."

유이태는 묵묵히 남자의 다음 말을 기다렸습니다.

"하오나 그것은 소인이 응당 받아야 할 곡식이었습니다. 그 집 주인의 부탁으로 닷새나 그 집 농사일을 거들었는데

처음 약속과 달리 곡식을 한 톨도 주지 않았습니다."

"그래서, 훔치려 들어갔다?"

"병든 부모를 위해 어쩔 수 없었습니다...."

사정을 들은 유이태는 남자에게 얼마간의 곡식까지 주며 집으로 돌려보냈습니다.

"의원 나리, 이 은혜 결코 잊지 않겠습니다."

남자는 몇 번이나 고개를 숙이며 집으로 돌아갔습니다.

다음 날, 남자를 때렸던 부자집에 고을 관헌들이 들이닥쳐 부자 주인을 관가로 끌고 갔습니다.

"무슨 일이냐? 알아야 가든 말든 할 것 아니겠느냐?"

주인은 몸부림을 쳤지만, 관헌들은 사또 마님의 엄명이라며 주인을 데려갔습니다. 주인이 관아에 도착하자 마당에는 형틀이 준비돼 있었고 마루 위에는 고을 원님이, 그 옆에는 유이태가 앉아 있었습니다. 그리고 형틀 옆에는 도둑놈이라 불렸던 남자도 끌려와 있었습니다.

고을 원님이 주인을 향해 말했습니다.

"너는 저 자에게 일을 시키고 약조한 곡식을 주지 않았으렷다?"

"주지 않은 게 아니라 줄려고 했습니다. 추수가 끝나면 주겠다고 했건만 기어코 저희 집 곳간을 털려고 했습니다. 사또 마님!"

"시끄럽다. 곳간에 곡식을 쌓아 놓고도 주지 않은 것은 도둑질과 다름없다. 곤장 스무 대에 처하노라!"

"아이구 사또 마님, 살려주십시오."

"허면, 지금이라도 저 자에게 약조한 곡식을 주겠느냐?"

"약조한 곡식을 주겠습니다. 사또 마님!"

"좋다. 곤장 스무 대는 면하도록 할 것이니라."

원님은 남자에게도 말했습니다.

"사정이 어떠하든 남의 집 곳간에 들어가 곡식을 훔치려 한 죄, 결코, 용서할 수 없으니 역시 곤장 스무 대에 처한다!"

남자는 원님의 말에 꼼짝 못하고 부들부들 떨기만 했습니다. 그러나 원님이 말을 이어갔습니다.

"그러나 저 집 하인들로부터 이미 맞은 매가 있으니 곤장 스무 대를 면해 주겠노라!"

"사, 사또 마님…"

남자는 엎드리며 어깨를 들썩거렸습니다. 그렇게 두 사람은 아무런 벌도 받지 않고 풀려났고, 남자는 받기로 했던 곡식도 받았답니다.

그날 밤, 고을 원님이 유이태를 초대했습니다. 유이태가 말했습니다.

"사또 마님, 참으로 현명하신 판결이었습니다. 감사드립니다."

"나야 유 의원께서 하자는 것을 따른 것 뿐이오. 공(功)은 유 의원께 있소이다."

원님이 유이태에게 직접 술잔을 따르며 말했습니다.

"도둑질 한 사람을 데려다 지극정성으로 치료해 준 것은 유 의원의 성품이 어질고 어진 덕분입니다. 나도 그런 품성을 배우겠소."

"과찬이십니다."

"또한, 둘 사이의 일을 법에 따라 처리토록 해주셨으니 이는 옳은 일을 하신 것입니다. 내 관리 생활 수십 년이지만 유 의원처럼 어질고도 올바른 이를 만난 적이 없었소이다. 내가 많이 배웠소. 고맙소."

사실, 고을 원님이 도둑질하려던 남자와 부잣집 주인을 관아로 불러 사건을 해결한 것은 유이태의 충고에 따른 것이었습니다.

이처럼 유이태는 아픈 사람이면 누구나 치료해주는 어진 성품과 옳은 일을 실천하는 의로움을 함께 가진 의원이었습니다.

그의 지인과 제자들도 유이태의 이런 점을 높이 평가했답니다. 산음 생초에 살고 있던 박수곤이 남긴 기록인데요,

> '유이태 선생께서 덕(德)을 세상 곳곳의 메마르고, 알려지지 않은 곳에까지 널리 펴니 멀고도 가까운 곳의 사우(士友)들과 크고, 작은 고을의 수령들이 누구인들 그의 의로운 행동을 우러르지 않고 그 심덕(心德)에 감복하지 않을 수 있겠는가?'

또한, 함양 수동에 살고 있던 제자 노세흠도 스승 유이태에 대한 기록을 남겼는데요,

> '스승 유이태 선생께서 선한 일을 보면 미치지 못할 것처럼 하고, 의로운 일을 들으면 즐거이 하고자 하는 것처럼 하였으니, 본심을 잃지 않고 올바름을 실천하는 방법을 한결같이 성실로써 하면서도 구애받지 않는 것은 우리 스승님의 몸과 마음을 닦는 방법이었다.'

이처럼 유이태는 모든 사람을 평등하게 대하는 어진 마음과 올바른 방법으로 일을 처리하는 인(仁)과 의(義)를 함께 갖춘 명의였는데요. 그의 인술5도 중 '인의도(仁義道)'를 몸소 실천했던 것입니다.

정성을 다하여 환자를 치료하다.
—정성도(精誠道)

　유이태의 이름이 널리 알려지자 조선 8도 각지에서 많은 환자가 몰려들었습니다. 유이태는 어떤 환자도 그냥 돌려보내지 않고 직접 환자를 만나고 알맞은 처방을 내렸습니다. 이른 새벽부터 늦은 저녁까지 유이태의 집 앞은 그야말로 문전성시를 이뤘는데요, 유이태는 그렇게 수많은 환자를 만나면서도 단 한 번도 짜증을 내거나 힘든 내색을 하지 않았답니다. 사실, 많은 환자를 치료하는 일은 보통 일이 아니었습니다. 환자들이 느끼는 육체의 고통을 유이태도 그대로 느껴야 했습니다. 환자들이 가진 마음의 아픔 또한 유이태에게 그대로 전해졌습니다.

"스승님, 오늘은 환자를 그만 들이도록 하겠습니다."

무더운 여름도 벌써 지나고 선선한 가을도 지난 계절, 지리산에서 내려와 경호강을 건너온 바람이 꽤 차가운 어느 늦가을 오후, 유이태를 도우면서 의학을 공부하던 젊은 제자가 말했습니다.

"환자를 그만 들인다니, 그게 무슨 말이냐?"

"스승님, 환자도 환자지만 스승님의 건강이 몹시 걱정스럽습니다."

"내 건강은 내가 아느니라, 환자를 들이거라!"

"오늘 하루만이라도 일찍 문을 닫으시지요. 제가 문밖의 환자들에게는 잘 이야기하겠습니다. 스승님께서 건강하셔야 환자들을 더 많이 돌볼 수 있지 않겠습니까?"

제자의 말도 틀린 데가 없었습니다. 아닌 게 아니라 차가운 바람이 불면서 유이태도 자신의 몸 상태가 예전과 같지 않다는 것을 느끼고 있었습니다. 특히 가을걷이가 끝나자 더 많은 환자가 몰려들었고 유이태는 이들을 돌보느라 무리를 했던 것입니다.

그날 유이태는 제자의 말에 따라 일찍 문을 닫고 이부자리를 펴고 몸을 눕혔습니다. 그런데 이상하리만치 잠이 오지 않았습니다. 몸은 천근만근 무거운데 정신은 오히려 말짱했습니다. 평소

잠자리 드는 시간이 아니어서 그랬던 것이지요. 그러다가 깜빡 잠이 들었는가 싶었는데 누군가가 요란하게 대문을 두드리는 소리가 들렸습니다. 그 소리에 유이태도 잠이 깨고 말았는데요, 그런데 생각과 달리 몸을 금방 일으키기가 쉽지 않았습니다. 간신히 몸을 일으킨 다음 이부자리를 살펴보던 유이태는 깜짝 놀랐습니다. 이부자리가 물기로 흥건했습니다. 잠을 자는 사이 유이태가 흘린 식은땀이었던 것입니다.

'으음...'

유이태는 낮은 신음 소리를 내며 방문을 가만히 열었습니다. 마당에는 젊은 제자와 어떤 사람과 실랑이를 하고 있었습니다.

"제발 의원님 좀 뵙게 해주십시오. 이 사람 좀 살펴봐 주시게 해주십시오."

젊은 사내에게 애원하는 남자는 누군가를 부축하고 있었는데 환자는 축 늘어진 해 고개도 들지 못하고 있었습니다.

"아, 글쎄 안 되오, 우리 의원님도 지금 편찮으시오. 그러니 내일 낮에 오시오."

"제발, 사람 좀 살려주십시오."

"가만있자, 너희들은 저기 다리 밑 움막에 사는 것들이 아니더냐?

두 사람의 행색을 살펴본 젊은 제자의 말투가 갑자기 달라졌습니다. 젊은 제자의 추궁에 환자를 부축해 온 남자는 아무 말도 하지 못했습니다. 그들은 옆 마을 어귀 다리 밑에 사는 사람들이었습니다. 남의 집 궂은일은 다해주고 때로는 구걸도 하는 사람들이었지요. 이들을 알아본 젊은 제자는 한밤중에 이들을 스승께 보여드릴 수 없다고 생각했습니다.

"돌아가서 따뜻한 물을 먹이고 온 몸을 주무르거라! 그러면 나아질 수도 있을 터이니!"

방 문틈으로 이들을 바라보던 유이태가 말했습니다.

"환자를 안으로 들이거라!"

젊은 제자와 남자가 유이태를 돌아보고는 깜짝 놀랐습니다.

방으로 환자를 들인 유이태는 촛불을 더 밝히고는 축 늘어진 환자를 살폈습니다. 나이는 50이 갓 넘었을까 말까 한 환자, 얼굴을 깡 말았고 팔다리도 뼈가 드러나 있었는데 무엇보다 숨이 가빴습니다. 환자의 손목을 짚어보고 여기저기 진맥을 한 다음 유이태가 남자한테 물었습니다.

"오늘 인근 동네에 잔치가 있었는가?"

"예? 아, 예, 동네에 환갑잔치가 있었습니다."

"거기서 음식을 얻어먹었는가?"

"예…다행히 잔칫날이라고 소인들한테도 음식을 나눠주었습니다."

유이태는 환자의 호흡이 가쁜 것이 먹은 음식과 관련이 있다고 생각했습니다. 평소에 잘 먹지 못하다가 잔칫날이라 여러 음식을 얻어먹었고 그 음식 중에 이 환자의 호흡을 막은 뭔가가 있다고 판단했습니다. 유이태는 약장에서 환약을 꺼내 물에 개서 환자의 입에 넣어주었습니다. 호흡기를 안정시키는 약이었죠. 그런 다음 유이태는 환자 몸 여기저기를 주무르고 누르기 시작했습니다. 곧 유이태의 이마에는 땀이 송골송골 맺히기 시작했습니다.

"스승님, 환자는 제가 돌보겠습니다. 좀 쉬시지요."

"안 된다. 정확한 곳에 적당한 힘으로 혈을 자극해야 하느니라…"

유이태의 얼굴은 땀으로 범벅이 되었고, 윗 저고리에도 땀으로 흠뻑 젖었습니다. 그렇게 얼마나 시간이 흘렀을까요? 초저녁에 시작된 치료는 새벽닭이 울 때까지 이어졌는데요. 어느 순간이었습니다.

"휴우…"

환자가 숨을 크게 내쉬었습니다.

환자의 호흡이 돌아온 것을 본 유이태는 그대로 쓰러졌습니다. 다음 날 늦게야 유이태는 깨어났습니다. 그리고는 곧바로 찾아온 환자들을 진료하기 시작했습니다. 자신의 몸이 아픈데도 환자를 위해 정성을 다한 유이태, 그는 어떤 환자라도 지극 정성을 다해 돌봤는데요, 이것이 유이태의 인술오도 중의 하나인 정성도(精誠道)였습니다. 자신의 몸을 돌보지 않고 환자를 위해 지극 정성을 다한 유이태, 많은 사람이 유이태의 이런 정성도를 높이 평가했답니다.

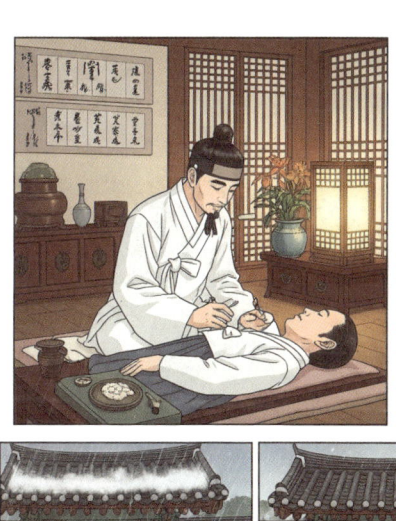

함양 수동에 살던 제자 노세흠은 스승 유이태가 정성을 다하여 치료하는 모습을 기록으로 남겼습니다.

"유이태 선생께서 병에 걸려 오거나 증세를 적어서 오는 자들에 있어서는 귀천도 가리지 않고 친소도 가리지 않고 그 정성을 다하여 응대함이 흐르는 물과 같았으니 사람들이 모두 그 덕에 감동하여 서로들 말하기를 '하늘이 이처럼 어진 사람을 내어 사람의 목숨을 구하니 그 복록을 누리고 길이 장수할 자 이 사람이 아니면 누구이겠는가?'라고 하였다. 그 의술의 현묘함을 칭송한 것에 그치지 않고 그 마음으로 일에 힘쓰는 것에 감동한 것이었다."

사우 이동형 역시 유이태의 정성도에 대한 기록을 남겼답니다.

'유이태 선생께서 다른 사람들을 정성으로 대하였고 사물을 접할 때도 지극히 친절했다.'

경북 순흥에 살고 있던 참봉 정중원도 유이태의 정성도를 칭송하는 글을 남겼답니다.

'유이태 선생께서 닦고 물리치고 애써서 들이는 정성스런 의술은 석고(石鼓)에 주시(周詩)를 새긴 듯하네.'

석고에 주시를 새긴 듯하다는 표현은 중국의 시인 소동파의 시(詩)에서 인용한 따온 것인데요. 마치 돌로 만든 북에 시를 새긴 것처럼 그 업적이 빛바래지 않고 뚜렷하다는 뜻이랍니다.

그리고, 생초에 살고 있던 제자 박계량도 역시 정성으로 환자를 대하는 유이태의 모습을 기록해놓았답니다.

'유이태 선생께서 좌우의 요청에 응하며 귀천(貴賤)을 가리지 않았으니 평생의 심덕(心德)을 누가 감복하여 도라고 칭하지 않겠는가?'

이처럼 유이태는 많은 사람이 칭송하듯이 환자를 대할 때 지극한 정성을 쏟는 '정성도(精誠道)'를 실천한 참 의원이었던 것입니다.

오로지 의학 연구에만 매진하다.
– 근면도(勤勉道)

"어허이, 이 사람아, 이렇게 가는 법이 어디 있는가?"

"그러게, 자리한 지 얼마나 됐다고 벌써 일어난단 말인가?"

"암, 아직도 해가 중천인데 뭐하러 벌써 일어난단 말인가? 좀 있다 해가 지거든 함께 일어나세!"

온 산에 꽃이 만발하고 부드러운 봄바람이 불어오는 계절이었습니다. 유이태는 오랜만에 친구들과 함께 봄 놀이를 하는 중이었습니다. 맑은 물이 흐르는 계곡 정자 위로 친구들이 유이태를 초대했던 것이지요. 한사코 거절하던 유이태도 어쩔 수 없이 그날은 친구들과 자리를 함께 할 수밖에 없었습니다.

'이 좋은 계절에 내 생일이라는데도 안 오겠다고? 만약 이번에도 오지 않으면 의절을 할 테니 그리 아시게!!'

오랜 친구의 부탁에 결국 유이태도 잠시 틈을 내어 계곡 정자로 왔던 것이지요. 정자에는 이미 산해진미 음식이 차려진 커다란 상과 여러 종류의 술이 가득했습니다. 그런데 잔치가 시작되고 얼마 되지 않아 유이태가 돌아가겠다고 일어섰고 당연히 친구들이 말렸습니다.

"그냥 가면 안 되네. 축하 시라도 한 수 읊고 가시게!"

"굳이 가겠다면 벌주 석 잔을 연거푸 마셔야 하네!"

"미안하네, 피치 못할 사정이 있어 그러네. 이해해주게. 생일을 진심으로 축하하네."

유이태가 진심으로 미안해하며 친구들에게 말했습니다. 그러자 이미 술이 취한 한 친구가 일어나며 말했습니다.

"이봐 유 의원, 그렇게 돈 벌어서 죽을 때 지고 갈 텐가? 자네 아니면 온 세상 환자들이 다 죽기라도 한다던가?"

"의원이 어디 자네 하나뿐이냐고, 엉?"

그러자 옆에 있던 사람이 그 친구를 말렸습니다.

"무슨 말을 그리하는가? 유 의원이 어디 돈 보고 환자를 돌보는 사람인가?"

"음 음...내 말이 좀 심했네만, 하도 서운하니까 그러는 게지. 언제 우리와 함께 흉금을 터놓고 오래 앉아 있은 적이 없지 않은가 말일세."

술에 취한 친구의 말은 사실이었습니다. 유이태는 친구들과 어울려 시간 보내는 것을 즐겨 하지 않았습니다. 그럴 시간에 한 사람의 환자도 더 돌보고 한 줄의 의서라도 더 읽으려 했습니다.

의학의 길은 마치 늪과 같았습니다. 이제 좀 알만하다 싶으면 또 다른 의문이 생겼습니다. 조금만 더 연구하고 공부하면 훨씬 나은 치료법을 찾을 수 있을 것 같았습니다. 그러다 보니 한 시도 공부와 연구를 게을리할 수 없었고 평생을 의학의 늪에 빠져 살았던 것입니다. 그래서, 때로는 불안하기도 했습니다. 이렇게 하다가는 깊이 있는 의학은 고사하고 겉만 만져보다 말 것 같은 생각도 들었기 때문이었습니다. 주위에서는 그를 명의라고도 하고 신의라고도 했지만 스스로 생각할 때 아직도 부족하게만 느껴졌습니다.

"근데 여보게, 유 의원이 왜 일찍 자리를 떴는지 아는가?"

유이태가 생일잔치가 벌어지는 정자를 떠나자 남은 친구 하나가 좌중을 둘러보며 물었습니다.

"뻔하지 뭐. 환자를 돌보려고 그랬겠지."

"또 모르지, 좋아하는 낚시를 하러 갔는지..."

이런 저런 말이 오가자 친구 중 한 사람이 정자 아래에 있던 하인을 불렀습니다.

"부르셨습니까? 마님."

"너는 지금부터 유 의원 뒤를 따라가서 도대체 무엇을 하는지 알아보고 오너라."

"예 마님!"

하인은 서둘러 유이태가 떠난 방향으로 달려갔고 남은 친구들은 시를 읊고 술잔을 돌리며 시간을 보내고 있었습니다. 그런데 유이태를 따라갔던 하인이 오래지 않아 돌아왔습니다.

"그래 유 의원은 무엇을 하더냐?"

"의원님께서는 함양 방면으로 말을 타고 가셨습니다. 그 바람에 끝까지 쫓아가지 못했습니다."

"뭐라고? 함양으로 갔다고? 사실이더냐?"

"예, 제 눈으로 똑똑히 보았습니다."

하인은 마치 자신이 무슨 죄를 지은 냥 안절 부절하다가 물러났습니다.

"이런 고약한 친구를 봤나? 무슨 급한 일이 있는 듯이 말하더니 함양으로 갔다고?"

"친구들을 버리고 다른 고을로 갔다? 거 참!"

"여보게, 나는 괘씸해서 참을 수가 없네. 당장 유 의원 집으로 가세."

"가서 뭐하시게?"

"따져봐야겠네. 우리보다 더 중요한 일이 도대체 무엇인지 말일세."

서둘러 자리를 파한 친구들은 너나없이 유이태의 집으로 몰려갔습니다. 모두 유이태한테 무시를 당했다고 느낀 것이었습니다. 일행은 유이태의 대문을 박차고 들어갔습니다. 이미 해는 졌고 꽤 어두워진 봄날 밤이었습니다.

"유 의원, 유 의원 있는가?"

친구들이 마당으로 들어서며 소리치자 하인이 부리나케 뛰어나오며 말했습니다.

"나으리님, 쉿, 조용히 하셔야 합니다."

"네 주인은 어디 있느냐?"

하인이 어쩔 줄 몰라 하는 사이, 사랑방 문이 열리며 유이태가 나왔습니다. 그의 손에는 책이 들려 있었습니다.

"자네들이 이 시각에 어쩐 일인가?"

유이태가 묻자 친구 한 사람이 말했습니다.

"아까 우리를 버려두고 함양으로 갔다며? 도대체 친구를 저버릴 만큼 중요한 일이 무엇이던가?"

그러자 유이태가 나지막이 말했습니다.

"오해들 마시게, 내 오늘 한양에서 오는 새 의서를 받기로 했는데 마음이 바빠서 가만히 앉아 기다릴 수 없었네. 그래서 말을 타고 함양까지 가서 이 책을 받아 왔다네."

유이태는 손에 든 의서를 보여주었습니다. 이를 본 친구들은 아무 말도 할 수 없었습니다.

"아주 좋은 책일세. 새로운 내용들이 많이 들어 있다네."

친구들은 술이 확 깨는 느낌이었습니다. 의학에 대한 유이태의 열망을 알고는 있었지만, 이 정도일 줄은 몰랐던 것이죠. 이미 어린 시절부터 의학을 접해 그 지식은 누구 못지않게 깊었지만, 유이태는 잠시라도 게을리하지 않고 새 지식을 받아들이고 스스로 연구하는 의원이었던 것입니다.

경북 순흥에 살던 참봉 정중원이 유이태의 근면함을 높이 평가했습니다.

'어찌 공과 같은 이는 재야에 있으면서 급한 병을 치료하는데 날마다 부지런히 힘쓰는가.'

찰방 이세일은 역시 유이태의 흔들림 없는 근면성을 칭송했답니다.

'유이태 선생께서는 병의 근본이 되는 곳을 탐구하여 뭇 생명을 살려냈고 조정의 명을 받고 달려가 임금의 병을 고쳤네.
신묘한 처방으로 어두운 곳을 밝혔으니 어찌 그 참된 마음이 하늘에서 나온 것이 아니랴?'

그렇습니다. 유이태는 평범한 의사가 아니었습니다. 자신의 의술과 의학 지식이 늘 부족하다고 여겼고 이를 극복하기 위해 잠시도 쉬지 않고 노력했습니다. 부지런히 연구하고 공부하고, 그리고 환자를 돌봤던 진정한 의원 유이태, 그의 인술오도 중 '근면도(勤勉道)' 역시 철저하게 실천했습니다.

사사로운 이익을 취하지 않다.
—청렴도(淸廉道)

　날아갈 듯한 기와집의 넓은 마당, 많은 사람이 걱정스런 얼굴로 사랑채 앞을 서성이고 있었습니다. 넓고 높은 대청마루에는 높은 관을 쓴 중년의 남자가 굳은 표정으로 꼿꼿하게 앉아 있었습니다. 안방에는 역시 중년의 여인이 넋이 나간 표정으로 멍하니 앉아 있었습니다.

　"아직이더냐?"

마루에 앉아 있던 남자가 낮지만, 위엄 있는 목소리로 마당에 있는 하인과 하녀들에게 물었습니다. 늙은 청지기가 사랑방 문에 귀를 대보고는 돌아서서 말했습니다.

"예 나으리…아직 아무 소리도 들리지 않습니다."

마당의 하인들은 죄인이 된 듯 머리를 조아렸습니다.

'음…벌써 이틀째이거늘…'

높은 관을 쓴 중년 남자의 얼굴이 더욱 어두워졌습니다.

그 시각, 사랑방에서는 유이태가 환자를 두고 사투를 벌이고 있었습니다. 환자는 올해 열두 살의 학동, 이 집의 외동아들이었습니다. 유이태가 진주에 급한 환자가 있다는 기별을 받고 집을 떠난 것은 이틀 전이었습니다. 얼마나 급했던지 환자 집에서는 말까지 보내왔습니다. 그 말을 타고 달려간 곳은 진주에서도 알아주는 큰 부잣집이자 양반집이었습니다.

환자가 있는 사랑방으로 들어선 유이태는 한눈에 환자의 상태가 심상찮다는 것을 알 수 있었습니다. 의식은 아예 없었고 숨결도 가늘기만 했습니다. 물에 빠진 환자였습니다. 서당을 다녀오다가 발을 헛디뎌 계곡으로 떨어지면서 바위에 머리를 부딪쳤고 그 바람에 익사 직전까지 갔던 환자였습니다.

유이태는 급한 대로 침으로 머리 안에 맺힌 죽은 피를 뽑아냈습니다. 문제는 폐에 가득한 물이었습니다. 물기운이 범한 폐를 되살리는 것이 급선무였습니다. 유이태는 침과 뜸을 함께 사용하면서 환자를 치료해 나갔습니다. 침으로는 폐 경락(經絡)을 자극하여 기(氣)를 불어넣고 호흡을 개선하려 했으며, 뜸으로는 수분 배출을 시도했습니다. 그렇게 꼬박 이틀이 지나가고 있었습니다. 그동안 유이태는 물만 조금씩 마시며 환자를 돌봤습니다.

"어, 어머니…"

어느 순간 어린 환자가 말문을 열었습니다. 그제야 유이태는 깊은 안도의 숨을 쉬었습니다.

며칠 후, 생초의 유이태 혜민국에는 놀라운 광경이 펼쳐졌습니다. 여러 마리의 말과 수 십명 하인이 유이태 집 앞에 도착했습니다. 이들은 수많은 쌀가마와 궤짝과 보따리들을 유이태의 집 안으로 날랐습니다. 진주의 부잣집에서 아들을 살려 준 보답으로 보낸 것이었습니다. 난생 처음 보는 광경에 온 동네 사람들이 나와서 구경을 했습니다. 어쩐 일인지 유이태는 방 안에서 내다 보지도 않았습니다. 그러자 동네 사람들이 수군대기 시작했습니다.

"아니, 저게 다 치료비란 말인가?"

"아무리 진주 최고의 부자라지만 너무 많은 거 아녀?"

"근데 의원님은 왜 안 나와 보시는 거야? 설마 저 많은 쌀과 재물을 그냥 받으시는 건가?"

"그러게 말이야. 워낙 많으니까 틈이 난 게 아닐까?"

"청렴하고 깨끗한 의원이라고 소문이 났더만 실상은 아니었나 보네. 흥"

유이태 집 앞에 모여든 사람들은 하나 같이 유이태를 이해할 수 없다고 했습니다. 그동안 유이태는 돈을 밝히지 않는 의원, 가난한 사람들에게는 무료 치료를 해주는 의사로 유명했기 때문이었죠. 그런데 어쩐 일인지 진주 부잣집에서 보낸 엄청난 치료비는 거절하지도 않고, 많다고도 하지 않고 그대로 받고 있었던 것입니다. 사람들의 수군거리는 소리를 들은 제자가 유이태에게 가서 들은 말을 그대로 전했습니다.

"스승님, 사람들이 스승님께서 엄청난 치료비를 받는다고 말들이 많습니다."

그러나 유이태는 아무런 대꾸없이 의서만 넘기고 있었습니다.

"스승님, 이러다간 청렴하신 스승님의 명성에 흠결이 날까 두렵습니다."

"나가서 일 보거라."

제자는 아무런 말도 못하고 물러날 수 밖에 없었답니다.

며칠 후, 관아 마당에는 또 놀라운 광경이 펼쳐졌습니다. 수많은 사람이 자루를 들고 길게 줄을 섰고 관헌들은 사람들에게 쌀과 재물을 나눠주고 있었습니다.

"그럼 그렇지 역시 유 의원님이시지!"

"그런 깊은 뜻도 모르고 함부로 말한 내 입이 부끄럽네!"

자루에 쌀을 가득 채운 사람들이 한마디씩 했습니다. 그랬습니다. 진주 부자한테 받은 쌀과 재물을 유이태는 모두 관아에 기부했던 것입니다. 관아에서는 양식이 떨어진 사람들을 불러 모아 이를 골고루 나눠줬던 것입니다. 그제서야 사람들은 유이태의 뜻을 알 수 있었습니다. 부자가 준 치료비를 고스란히 가난하고 힘든 사람들을 위해 기부를 한 유이태, 자신을 위해서는 단 한 톨의 쌀도 남기지 않았습니다.

사사로운 이익을 취하지 않은 유이태, 더 힘든 이웃을 위해서라면 모든 것을 내놓을 줄 알던 사람, 그가 바로 유이태였고 이것이 유이태의 '청렴도(淸廉道)'였던 것입니다.

유이태의 이런 높은 정신을 칭송하는 기록들이 남아 있답니다. 함양 도북에 살던 권희는

'유이태 선생께서 다른 이의 빈곤함을 불쌍히 여겼으니 어찌 자신이 가진 것을 아꼈겠는가?'

라고 했습니다.

함양 수동에 살고 있던 사우 권휴 역시 비슷한 기록을 남겼는데요,

'유이태 선생께서 어찌 물욕이 마음에 머무는 것을 용납했겠는가?'

라고 했습니다.

지금의 산청 생초에 살던 박사량도 유이태의 청렴을 높이 평가했습니다.

'유이태 선생께서는 영리(營利 : 명예와 이익)에 뜻이 없어 일찌감치 속세를 떠났네.'

라고 말했습니다.

수많은 생명을 살리면서도 결코 자신의 이익을 취하지 않았던 높은 정신을 가졌던 인물, 그가 바로 깨끗하고 청렴한 유이태였습니다.

환자의 마음을 평안하게 하다.
-화목도(和睦道)

"다음 환자 들어오시오."

유이태가 바깥을 향해 말하자 문이 열리면서 노파 한 사람이 들어왔습니다. 막 방 안으로 들어서는 노파를 보자 유이태는 놀랐습니다. 노파도 자신을 빤히 바라보는 유이태의 시선이 부담스러웠던지 쭈뼛쭈뼛 서 있기만 했습니다.

"이리 앉으시오."

노파가 유이태 앞에 앉았습니다.

"그래, 오늘은 어디가 불편해서 오셨소?"

유이태가 물었지만, 노파는 쉽게 입을 열지 못했습니다. 이미 여러 차례 유이태를 찾아와 진맥을 받고 처방도 받아간 환자였습니다. 그런데, 이상한 것은, 올 때마다 환자의 증상이 자꾸 달라지고 있었습니다. 맨 처음 왔을 때는 먹은 것이 잘 내려가지 않는다고 했습니다. 소화기가 약한가 싶어 그에 맞는 처방을 내렸습니다. 그런데 사나흘 후에 다시 온 환자가 이번에는 숨이 가쁘다고 했습니다. 유이태가 이리저리 진맥을 해봤지만 큰 이상은 없어 보였습니다.

"약은 먹지 않아도 들 듯하오."

"안 됩니다. 나으리, 약을 주십시오."

"내가 볼 때는 괜찮소이다만…"

"제발 부탁입니다. 의원님의 약을 먹지 않으면 저는 살 수가 없습니다."

어쩔 수 없이 유이태는 치료 약보다는 몸에 좋은 약을 지어줬습니다. 이런 일이 벌써 몇 차례나 반복되고 있었습니다

"내가 전에 지어 준 약이 효과가 없는 모양이구려. 그래 오늘은 어디가 아프시오?"

유이태의 물음에 우물쭈물하던 노파가 말했습니다.

"머리가 쪼개지는 듯이 아픕니다. 제발 약을 좀 지어 주십시오."

"이리 가까이 와 보시오."

유이태는 환자의 맥을 짚어보고 이리저리 살펴봤지만 특별한 증상을 발견할 수 없었습니다. 별 이상이 없다고 해도 기어코 약을 지어달라는 노파에게 유이태는 전에 그랬듯이 몸의 기운을 돋게 하는 약을 처방했습니다.

"그 집안 사정을 좀 알아보고 오너라"

노파가 돌아간 뒤 유이태는 제자를 불러 노파 집안을 은밀히 알아보라고 시켰습니다. 그리고 며칠 후, 제자가 갖고 온 소식은 놀라운 것이었습니다.

"노파는 멀지 않은 마을에 살고 있는데 꽤 잘사는 부농이었습

니다. 그런데 몇 해 전 남편이 죽자 세 아들이 아비가 남긴 토지 때문에 싸움이 난 모양입니다."

"으흠, 그래서?"

"자식들끼리 서로 만나지도 않고 있다고 합니다."

제자의 이야기를 들은 유이태를 말없이 고개를 끄덕였습니다. 그리고는 석 장의 처방전을 쓰기 시작했습니다. 유이태는 다시 제자를 시켜 새 아들에게 각각 처방전을 전하라고 했습니다.

명의 유이태가 보낸 처방전을 받아 본 세 아들은 놀랐습니다. 큰아들이 받은 처방전에는 어미의 병을 낫게 하기 위해서는 쏘가리 간이 꼭 필요하니 이것을 마련해서 어느 날 어느 시까지 유이태의 집으로 오라고 돼 있었습니다. 둘째 아들의 처방전에는 산초가 꼭 필요하니 산에 직접 가서 싱싱한 산초를 따오라고 돼 있었습니다. 셋째 아들의 처방전에는 앉은뱅이 밀로 만든 국수가 필요하니 반드시 이를 장만해서 어느 날 어느 때에 유이태 집으로 오라고 돼 있었습니다. 그리고 아들들은 꼭 노파의 며느리를 데려와야 한다고 돼 있었습니다.

나름 효심이 깊었던 세 아들과 며느리들은 유이태가 시킨 것들을 장만해서 약조한 날에 유이태 집으로 모였습니다. 마당으로 들어선 그들은 서로 놀랐습니다. 세 아들과 며느리가 한자리에 모인 것이었죠. 아버지가 남긴 땅 때문에 갈등을 빚었던 세 아들은 서먹하기만 했습니다. 그런 아들과 며느리들을 향해 유이태가 말했습니다.

"각자 장만해 온 것으로 쏘가리 어탕을 끓이도록 하거라. 그대들 어미 병에는 이것보다 더 좋은 약은 없느니라!"

유이태의 엄한 말에 세 아들과 며느리는 어쩔 수 없이 마당에 걸린 커다란 솥에 요리하기 시작했습니다. 요리는 세 며느리가 맡았고 아들들은 멀찍이서 이를 지켜보고 있었습니다. 말없이 서로 얼굴도 마주 보지 않고 어탕을 끓이기 시작한 세 며느리, 둘째 며느리가 산초를 넣자 이를 바라보던 막내며느리가 입을 열었습니다.

"혀, 형님, 산초가 좀 많이 들어간 것 같은데요..."

둘째 며느리가 멀뚱하게 막내며느리를 바라 봤습니다. 그때였습니다. 큰며느리가 말했습니다.

"내가 봐도 좀 많은 것 같은데... 물을 더 부어야 할라나?"

그러자 둘째 며느리가 마지못한 듯 말했습니다.

"물도 조금 더 붓고 국수를 적당히 더 넣으면 될 듯한데요…"

그러자 셋째 며느리가 고개를 끄덕이고는 갖고 온 국수를 더 넣었습니다. 커다란 솥 앞에서 세 며느리가 말을 섞어가며 어탕을 끓이는 모습을 본 세 아들은 각자 헛기침만 할 뿐이었습니다. 이윽고 쏘가리 어탕이 구수한 냄새를 풍기며 완성됐습니다.

"아들들은 어탕을 퍼 오거라!"

마루 위에서 유이태가 다시 엄하게 말했습니다. 세 아들은 꼼짝 없이 커다란 그릇에 어탕을 퍼서는 함께 들고 마루로 가져왔습니다. 그러자 유이태가 방안을 바라보며 말했습니다.

"이제 나와서 이 약을 드시오!"

그러자 문이 열리며 온 얼굴이 눈물범벅이 된 노파가 나왔습니다. 노파는 방 안에서 며느리들이 어탕 끓이는 모습, 아들들이 함께 어탕을 옮기는 모습을 다 보고 있었던 것입니다. 어머니의 눈물을 본 세 아들과 며느리는 금방 깨달을 수 있었습니다.

"어, 어머니…"

"그대들 어미의 병은 마음의 병이었느니라, 내 뱃속에서 나온 아들들이 재산 때문에 다투는 꼴을 보는 어미의 심경이 어땠겠는가? 얼마나 많은 재산을 차지하려고 다퉜는지 모르겠으나 재산이 그대들 어미보다 더 중요하더란 말인가?"

세 아들과 며느리는 유이태의 호통에 아무런 말도 하지 못했습니다.

"무릇 사람의 병은 대부분 마음에서 비롯되고 가장 좋은 약은 화목이니라!"

유이태가 나지막하게 말했습니다. 그의 말에 세 아들과 며느리는 그 자리에 엎드리며 어머니께 큰절을 올리며 용서를 빌었습니다.

"어머니, 저희가 잘못했습니다. 용서해 주십시오."

명의 유이태는 질병에 대한 진단과 처방도 뛰어났지만, 사람들이 앓고 있는 마음의 병을 치유하는데도 탁월했습니다. 그는 부모와 자식, 형제와 형제, 그리고 이웃과의 화목한 관계가 건강의 지름길이라는 것을 잘 알고 있었던 것입니다. 그리고 유이태 자신도 이를 실천하는 삶을 살았습니다. 이런 유이태에 대한 평가 또한 잘 남아있습니다.

생초에 살던 제자 박후량은

'선생께서 사물을 접할 때에는 정성으로 하고, 친족을 대할 때에는 돈독하고 화목하였으니 고인의 심덕(心德)에 시류(時流, 시대의 풍조나 경향)조차 흠복하였네.'

라고 했습니다.

함양 도북에 살고 있던 권희는 세상 사람들이 화목함을 강조한 유이태를 어떻게 바라봤는지 아주 적절한 비유로 표현하고

있습니다.

'사람들은 유이태 선생의 그 봄과 같음을 사랑하고 그 가을 같음을 두려워하지 않은 이가 없었네.'

봄과 같은 유이태의 화목함을 사랑하고 가을 서리처럼 준엄했던 유이태의 엄격함을 두려워했다고 합니다.

사람과 사람 사이에는 반드시 화목함이 있어야 하고 그것이 건강한 삶에 중요한 덕목이라고 강조했던 유이태, 이것이 그의 인술 5도(仁術五道) 중의 마지막, 화목도(和睦道)였습니다.

드높은 유이태의 의학정신(醫學精神)

　평생 인생오도(人生五道)·삶의5도와 인술오도(仁術五道)를 실천한 유이태, 그는 단순히 사람의 병을 잘 낫게 하는 의사가 아니었습니다. 의술을 통해 사람들을 돕고, 나아가 많은 사람이 행복하게 사는 세상이 될 수 있도록 온 힘을 다한 인물이었습니다. 이것이 바로 유이태만의 의학정신(醫學精神)이었습니다.

　유이태의 의학 정신은 '인술제세(仁術濟世)로 요약할 수 있는데요, '인술'이란 사람을 위한 어질고 실질적인 의술이며, '제세'는 사람을 구제한다는 것입니다. 즉, 사람을 먼저 생각하는 따뜻한 마음과 헌신적인 봉사 정신을 말한답니다. '환자를 사랑하는 마음, 평등과 박애, 의술과 윤리 조화, 경험에 기초한 실용적 치료, 청렴과 자기성찰.' 이것이 참된 의사의 길을 실천한 유이태의 드높은 의학정신이었지요. 이를 위해 유이태는 스스로 실천할 방향을 정하고 실천했답니다.

첫째는 위민(爲民)·애민(愛民)의 평등 박애 정신으로 봉사하겠다는 것이었습니다. 비록 조선은 신분제 사회였지만, 모든 백성은 평등하다는 생각을 가졌던 유이태. 그래서, 남녀노소, 신분, 계급, 빈부와 멀고 가깝고를 따지지  않고 모든 사람을 차별 없이 인술을 펼쳤으며 동시에 헐벗고 굶주린 이웃들을 돕기 위해 온 힘을 다했습니다.

둘째는 질병의 예방과 근원 치료를 매우 중요하게 생각했습니다. 모든 사람이 절제하는 생활로 건강을 관리하고 질병의 치료보다는 예방을 중요하게 생각했답니다. 그래서, 유이태는 끊임없이 질병 예방을 위한 연구에도 매진  했습니다. 그러다가 어쩔 수 없이 환자를 치료해야 할 때는 병의 근원을 탐구하여 치료했고, 치료가 끝난 후에는 다시는 병에 걸리지 않도록 철저한 건강 관리를 당부

셋째는 겸손한 마음으로 학문에 힘쓰고 후학을 양성하는데 최선을 다했습니다. 이미 조선 팔도에 이름난 명의가 되었지만 유이

태는 늘 자신의 의술은 아직 부족하다는 생각으로 끊임없이 배우며 연구하여 마침내 많은 의서까지 저술했답니다. 그리고 자신의 뒤를 이를 후학을 양성하는 데 크게 힘을 쏟았는데요, 이는 의학이 나날이 발달하여 질병 없는 세상이 되기를 간절히 바라는 마음이었답니다.

넷째는 경험을 중요시하며 실용적인 의술을 펼쳐나갔답니다.

수많은 환자를 돌봤던 유이태, 병의 종류도 많고 치료법도 다양했답니다. 유이태는 이런 자신의 진료 경험을 모두 기록으로 남겼습니다.

이는 이후 의학 발전에 큰 도움이 되었답니다. 또한, 쉽게 구할 수 있는 약재들로 치료할 수 있는 단방(單方) 치료법을 개발했지요. 이를 통해 가벼운 질병은 누구나 스스로 치료할 수 있는 길을 열어주려고 했습니다. 이처럼 유이태는 실용적인 의술을 추구한 의사였습니다.

다섯째는 의사의 윤리와 도덕성을 확립했습니다. 사람의 목숨을 다루는 의사는 누구보다 높은 도덕성이 요구됩니다. 유이태는 의학의 발달에 따른 의술 윤리를 확립했습니다. 결코, 재물을 탐하지 않는 치료, 사랑과 정성으로 환자를 치료하는 자세를 강조하며 참된 의사의 전범을 몸소 실천하고 세상에 내놓았답니다. 이후 많은 의사가 유이태의 뒤를 따라 참 의사의 길을 따랐답니다.

여섯째는 효심(孝心)과 인본주의를 실천하겠다는 것이었습니다.

유이태는 평생 어버이에 대한 효심을 강조했는데, 효심만큼 순수한 마음은 없다고 믿으며, 바로 그 마음으로 의술을 펼쳐야 한다며 가르치고 실천했습니다. 그리고 무엇보다 사람이 근본이라는 생각으로 남들에게 먼저 베풀고 먼저 돌보는 의술을 실천했는데요, 심지어 자손보다 타인을 먼저 돌봐야 한다고도 했답니다.

이처럼 유이태의 의학정신은 단순히 병을 고치는 기술자로서의 의사가 아니라, '인간의 고통을 이해하고 공감하며, 사회에 헌신하는 진정한 〈선비 의사(儒醫)〉'의 모범을 제시했습니다. 이는 오늘날 의료인들에게도 깊은 울림을 주는 중요한 가치가 아닐 수 없답니다.

영원한 명의로 남다.

유이태 〈묘소〉(산청군 생초면 갈전리 산 35-1)

유이태는 이명협의 배웅을 받으며 한양을 떠났습니다. 그가 한양을 떠난다는 소문이 나자 많은 사람이 아쉬워했습니다.

"그냥 한양에 머물면 우리 같은 병자가 얼마나 좋겠는가?"

"그러게 말일세."

"임금님께서 내리신 벼슬도 마다하셨다니, 역시 진정한 의원이야!"

한양을 떠나온 유이태는 곧바로 산음현 생림으로 가지 않고 거창군 위천에 들렀답니다. 위천은 유이태의 조상 무덤이 있고, 그가 어릴 때 공부하고 살았던 곳이었죠. 위천에는 친한 사람들이 많았습니다. 먼저, 조상님들의 산소를 참배한 다음, 유이태는 참봉 정중원의 집을 찾았습니다. 참봉 정중원은 젊었을 때부터 아주 친한 사이였답니다.

유이태가 어의를 끝내고 고향으로 돌아오던 길에 거창 위천 강동에 들러 1714년 추석까지 머물었던 동계 고택(거창군청 제공)

"이게 얼마만이오?
그래, 한양에서는 또 얼마나 고생이 많으셨소?"

정중원은 유이태가 한양에서 돌아왔다는 소리를 듣고 버선발로 대문까지 달려 나와 덥석 두 손을 잡았습니다. 오랜만에 만난 두 사람은 지난 이야기로 밤을 새다시피 했습니다. 참봉 정중원은 임금님의 병을 치료하고 돌아온 유이태의 모습을 보고 이런 말을 남겼습니다.

> 떠날 때는 눈비가 내렸는데
> 돌아올 때는 늦더위가 한창이라.

그의 귀밑머리를 보니
어느덧 하얗게 되었더라.
나와 한 잔의 술을 마시고
추석날까지 서로 간에 한가롭게 이야기를 나누었다.

1714년 8월 14일 유이태와 참봉 정중원이 담소하는 모습

눈비에 전주까지 가면서 겪었던 이야기, 감옥에 구금된 이야기, 국청에 나간 이야기, 어의로 활동한 이야기, 도수환(導水丸)으로 임금을 치료한 이야기, 한양에 다녀온 이야기와 옛이야기를 나누며, 추석 무렵까지 정중원의 집에서 지낸 유이태는 마침내 고향 생림으로 돌아왔답니다.

고향으로 돌아온 유이태에게 기쁜 일이 기다리고 있었습니다.

"의원님께서 안 계신 동안 〈서실〉을 완공했습니다."

"그래? 애들 썼구나."

유이태는 오래전부터 〈서실〉을 갖고 싶어 했었기에 진심으로 기뻤습니다. 그래서, 〈서실〉 장소도 직접 물색했답니다.

유이태의 고향 생초에는 지리산 물줄기와 덕유산 물줄기가 합쳐져 흐르는 경호강이 있는데요, 거울처럼 맑다는 뜻의 강이랍니다. 이 경호강으로 생초천이라는 또 하나의 물줄기가 흘러드는데, 유이태는 생초천 옆의 송정에 〈서실〉을 짓고 싶어했습니다. 유이태의 〈서실〉은 1713년 착공했는데요, 유이태가 임금님의 병을 고치기 위해 한양으로 떠나기 전 이었답니다. 그런데, 약 10개월 동안 한양을 다녀와 보니, 〈서실〉이 완공돼 있었던 것입니다. 유이태의 〈서실〉은 생초면과 인근 오부면의 여러 마을 사람들이 힘을 합쳐 건립한 것으로 알려져 있답니다. 〈서실〉의 뒤편 북쪽으로는 월곡리 들판과 북동쪽으로 응봉산이 있고, 응봉산 아래 소(沼)가 있는데, 이곳에서 유이태가 낚시를 했다는 전설이 전해오는 〈이태낚시바위〉가 있답니다.

응봉산(산청군 생초면 월곡리 압수마을 뒷산,1983년 모습)

서실 앞마당 남쪽으로는 필봉산과 왕산이 있으며, 〈서실〉 동쪽 왼편에는 생초천과 대모산, 서쪽 오른편에는 농밧재가 있답니다.

　　　　　　　필봉산　　　　　　　　　　　　　　왕산

제자 박계량은 스승 유이태가 건립된 〈서실〉을 보고 기뻐하는 모습을 글로 남겼답니다.

> 우리 스승님께서 말년에 머물 곳을 마련하려는 계획을 세우시고, 서실을 지으셨던 것이 이미 일 년이 넘었는데, 올봄에 천연두를 피하는 장소로 삼으셨다. 한 마을이 일제히 일어나 얼마 안 되어 완성하니, 우리 스승님께서는 서실을 얻게 된 것을 기뻐하셔서 여러 차례 내왕하셨다.

1714년 완공했던 〈유이태서실터〉(산청군 생초면 신연리 509, 송정)

고향 산음 생림으로 돌아온 유이태는 〈서실〉을 자주 들렀고, 〈서실〉에서 제자 의원들을 가르치고, 친구들과 담소를 나누었으며, 또 쉬기도 했답니다.

그날도 〈서실〉을 다녀오던 길이었습니다.
1715년 음력 2월 23일, 계절은 봄이었지만, 아직도 꽃샘추위가 완전히 가시지 않은 때였습니다. 서실을 다녀오던 유이태는 그만 감기에 걸려 밤새도록 앓았습니다. 몸이 허약한 상태에서 두창(천연두) 증세까지 더해져 유이태의 원기는 급격하게 떨어지고 말았습니다.

유이태가 위중하다는 소식을 듣고 제자 박계량, 박후량과 노세흠이 달려와 병을 간호했습니다.

"너무 애쓰지 말거라, 사람에게는 누구나 주어진 시간이 있는 법, 이제 나의 시간이 다한 듯 하구나."

"스승님, 어찌 그리 약한 말씀을 하십니까?"

"저희에게 더 가르침을 주셔야지요."

그러나, 유이태는 자신의 운명을 직감하고 있었습니다.

유이태는 아픈 몸이 쇠약해도 탄식하지 않았고, 단정한 모습을 유지했다.

오랜 친구 참봉 정중원은 유이태 최후의 모습을 이렇게 표현했습니다.

유이태는 제자들에게 평소 자신이 가졌던 의원이 갖춰야 할 자세 〈인술5도〉 인의도, 정성도, 청렴도, 근면도, 화목도와 그가 평생 지켜온 〈인생5도〉 효도, 시도, 정도, 의도, 수도를 다시 강조했습니다.

감기에 걸린 뒤부터 나흘 뒤인 1715년 음력 2월 27일 새벽, 아들과 며느리, 딸과 사위, 그리고 친인척들과 제자 박계량, 박후량과 노세흠이 지켜보는 가운데 조용히 눈을 감았습니다.

조선의 히포크라테스, 명의이자 신의로 불렸던 유이태는 이렇게 예순넷의 나이로 생을 마감했습니다. 조선 의학계의 큰 별이 떨어진 것입니다.

5부

유이태(劉以泰)와
유의태·류의태(柳義泰)
역사와 허구

프롤로그

역사 속 인물과 허구의 인물은 어떻게 다를까요?

만약 지어낸 인물이 역사의 인물로
둔갑을 해 있다면 우리는 어떻게 해야 할까요?

조선의 명의 유이태(劉以泰)는 나중에
'유의태·류의태(柳以泰)'라는
이름으로 바뀌고 말았습니다.

명의 유이태를 모델로 소설과 TV 드라마가 만들어낸
가짜 인물 류의태가 실존 인물이 되고 만 것입니다.

그리고, 산청군청에서는 그 가짜 인물의 가묘를 만든 후
묘비를 세웠고, 가짜 인물의 동상과 기념비를 건립하였으며,
동상 앞에서 제사를 지내고 있고,
또, 어느 가문에서는 가짜 류의태를 족보에 올렸답니다.

조선의 히포크라테스 명의 유이태,
그에게 무슨 일이 있었던 걸까요?

한의학 성지 산청과 지리산, 그리고 명의(名醫)!

백두대간의 힘찬 기운이 마지막으로 용솟아 오른 지리산! 그 민족의 영산 첫 봉우리 천왕봉 아래로 펼쳐진 고을이 경남 산청군이에요. 천혜의 자연 환

지리산 천왕봉 : 지리산 토종벌 바우농장 제공

경 산청은 옛날부터 산의 고장이자, 물의 고향이고, 명의의 탄생지이며, 우리나라의 약초 보고랍니다. 지리산은 우리나라의 모든 산 중에서 약초가 가장 많이 자생하고 있지요. 약초가 많은 곳에 명의가 태어나서 인술을 펼치면 〈한의학 성지〉가 될 수 있답니다.

〈한의학 성지〉는 어떤 곳이어야 할까요?

한의학(韓醫學, Korean medicine), 한방(韓方)은 중국에서 전래되어 우리나라에서 독자적으로 연구하여 전승되어 발전한 우리의 전통 의학이랍니다.

'성지(聖地)'는 종교적인 유적지가 있는 장소로 기독교, 특정 종교에서 신성시하는 장소를 말하며, 종교의 발상지나 순교가 있는 곳입니다. 대표적인 종교 성지는 기독교의 예루살렘, 이슬람교의 메카 등이 해당하며, 이곳에는 순례하려는 사람들이 붐비지요. 중의학의 성지는 절강성 이우시 적안진의 주단계 능원입니다.

한의학 성지를 정의하면
- 한의학 역사와 전통을 간직하고 있는 곳.
- 한의학 발전과 보급에 기여한 인물이 있었던 곳.
- 한의학의 학문적 가치와 문화적 가치를 인정받고 있는 곳.
- 한의학에 관한 관심과 이해를 높이기 위한 교육과 이를 홍보하는 곳.
- 한의학을 체험하고 즐길 수 있는 다양한 시설과 프로그램을 제공하는 곳.

이랍니다.

어떤 사람이 의학(醫學)의 성인(聖人) 일까요?

의성(醫聖)은 "의학의 성인", 즉 의학 분야에서 최고의 경지에 올랐다고 평가받는 인물로 의학적 업적과 덕망이 뛰어나 후대에 널리 존경받는 인물을 뜻합니다. 의성(醫聖)의 조건을 자세히 설명해 볼까요?

첫째는 뛰어난 의학 지식과 업적, 즉 단순히 질병을 치료하는 데 그치지 않고, 의학 이론을 체계화하거나 새로운 치료법을 개발하여 의학 학문 자체를 한 단계 끌어올린 업적이 있어야 합니다.

둘째는 후학과 사회에 대한 긍정적 영향, 즉 개인 업적을 넘어서 후대 의사들에게 모범이 되고, 그 이론이나 철학이 오랫동안 계승·존경받아야 하며, 의서 저술과 일화, 도덕적 가르침은 후학의 배움과 사회 교화에 영향을 미쳐야 합니다.

셋째는 윤리적(도덕적) 덕목(仁心, 성실성, 겸손, 박애), 즉, 환자의 사회적 지위, 환자의 계급, 환자와의 밀접한 관계, 그리고 환자의 재산을 가리지 않고 진심으로 치료하며, 덕(德)과 인(仁)을 바탕으로 인격적 모범이 되어야 합니다.

넷째는 인류에 대한 긍휼(矜恤)과 봉사 정신, 즉 의술을 개인적인 영달이 아닌 인류 전체의 건강과 복지를 위해 사용해야 합니다. 특히, 가난하고 소외된 사람들을 위해 헌신하며, 봉사해야 합니다.

다섯째는 새로운 의학적 관점 제시, 즉 기존의 의학적 패러다임을 혁신적으로 변화시키는 통찰력을 가져야 하며, 의학을 단순한 기술이 아닌 하나의 학문으로 승화시켜야 합니다.

한의학 성지가 되려면 어떤 조건이 구비해야 할까요?

첫째, 그 지역에 명의가 태어나야 합니다.
둘째, 그 지역 출신의 명의가 그 지역에서 인술을 펼쳐야 합니다.
셋째, 명의가 사람의 병을 치료하면서 저술한 의서를 남겨야 합니다.
넷째, 명의가 어떤 질병 치료의 태두(泰斗)이어야 합니다.
다섯째, 명의가 활동한 지역이 질병 치료 발상지가 되어야 합니다.
여섯째, 명의의 질병 치료 방법이 기록으로 전해져 와야 합니다.
일곱째, 명의가 백성의 건강을 지키도록 한 건강관리지침이 전해져 와야 합니다.

여덟째, 명의가 백성들을 위한 향약 치료법이 전해져 와야 합니다.

아홉째, 명의의 일평생을 기록한 문집이 전해져 와야 합니다.

열번째, 『조선왕조실록』, 『승정원일기』, 『어의 명단』에 명의의 이름이 기록되어야 합니다.

열 한번째, 명의의 친구가 남긴 문집에 명의의 이름이 기록되어야 합니다.

열 두번째, 명의가 활동한 지방에서 간행된 『군지』와 『향교지』에 그의 이름이 기록되어야 합니다.

열 세번째, 명의가 역사적 업적을 남겨야 합니다.

열 네번째, 『백과사전』에 명의의 의학사상과 의학 정신이 기록되어야 합니다.

열 다섯번째, 명의가 자신이 가진 것을 불쌍한 백성에게 나누어 주어야 합니다.

열 여섯번째, 명의가 백성을 위하며, 사랑하는 애민·위민정신을 실천해야 합니다.

열 일곱번째, 명의가 남긴 여러 유적지가 있어야 합니다.

산청은 이러한 한의학 성지 조건에 일치할까요?

예, 산청은 한의학 성지 조건에 일치합니다.

그러면, 과연 산청에는 백성을 위하고, 백성을 사랑하는 위민·애민 정신을 실천했던 의원이 있었을까요? 예, 위민·애민 정신을 실천했던 의원이 실제로 있었답니다.

그 의원은 임금님 숙종 어의를 지낸 유이태(劉以泰)랍니다. 유이태는 산청군 생초면 산수로752번길 99(옛 지번 : 산청군 생초면 신연리 679번지)에서 태어났고, 이곳에서 수많은 백성에게 인술을 펼쳤지요.『마진편』,『인서문견록』등 7권의 의서를 저술했고, 우리나라의 홍역 치료 태두랍니다. 그래서, 산청군 생초면 신연은 우리나라의 홍역치료발상지이지요. 유이태가 남긴 질병 치료법과 향약을 이용한 치료법이『마진편』,『인서문견록』등 여러 저서에 수록되어 있고, 건강을 관리하는 지침이 전해오고 있답니다.

〈홍역치료발상지〉 신연

유이태는『조선왕조실록』,『승정원일기』,『어의 명단』에 이름이 기록되어어 있지요. 산청군청과 산청향교에서 간행한『산청군지』와『산청향교지』에 유이태의 이름이 기록되어 있답니다. 또한, 유이태의 친구들이 남긴 문집에도 이름이 기록되어 있지요. 유이태는 한의학 관련 역사적 업적을 남겼고, 우리나라『백과사전』에 유이태의 의학사상과 의학 정신이 수록되어 있답니다.

유이태는 자신이 가진 것을 헐벗고 가난한 백성에게도 나누어 주었지요. 유이태는 환자를 치료할 때 백성을 위하며, 사랑하는 애민·위민정신을 실천했답니다. 유이태는 생가, 혜민국, 서실, 묘소, 약수터 등 여러 유적지를 남겼을 뿐만 아니라, 수십 종류의 명의 설화가 채록되어 전해오고 있지요. 이와 같은 유이태는 죽었던 사람을 살렸던 신의(神醫), 환자의 아픈 마음을 보살피고 환자가 의사의 눈빛만 보아도 안정을 느끼면서 의사를 믿고 따르게 하여 환자를 사랑하는 마음으로 치료하는 심의(心醫)로 불렸고, 중국의 명의 화타와 편작, 의학의 발달과 의술의 윤리 도덕을 확립한 서양의 히포크라테스로 비유되었답니다. 그래서, 산청이 〈한의학 성지〉랍니다.

산청을 〈한의학 성지〉로 만든 유이태가 남긴 유적지가 있을까요?

산청을 방문하시는 기회가 있으시면, 산청군 생초면 참새미로 221번길 6에 소재한 〈유이태기념관〉을 방문하여 보십시오. 원래 〈유이태기념관〉은 추모재라는 재실이었지요. 추모재는 유이태 선생을 추모하는 재실이랍니다. 이 추모재를 〈유이태기념관〉으로 바꾸었지요.

다른 지방자치단체는 자신의 지역에서 역사적 업적을 남긴 인물에 대하여 기념관을 건립하고, 유적지를 조성해 많은 사람이 방문하도록 합니다. 그런데, 산청군청은 산청을 〈한의학 성지〉로 만

든 조선의 명의 유이태를 철저히 배제하였지요. 이해할 수 없는 것은 산청군청에서 조선의 홍역 치료 태두 유이태의 역사(저서, 서실, 유적지, 백과사전 내용, 처방…,) 등을 허구 인물 류의태 역사로 바꾼 책을 간행했답니다.

 2024년 4월 6일 유이태 후손들이 유이태 사적을 전시한 〈유이태기념관〉을 개관했답니다. 산청군수와 산청군청 공무원 어느 누구도 참석하지 않았지요. 그러나, 서울, 부산, 광주, 대전, 대구, 울산 등 전국 각지에서 수백명이 참석했답니다. 이때 참석하신 분들은 前국회의원 신성범, 경남도청 산업국장 류명현, 독립운동가 노공일 선생의 손자 노태민, 경희대학교 한의대 차웅석 교수, 한밭대학교 김상헌 교수, 교통대학교 홍태환 교수, 재부산청향우회장 배도성, 시인 민수호, 지리산문학관장 김윤수 박사, 산청군의회 김수환 의장, 생초 출신 국악인 정숙이 등으로 〈유이태기념관〉 개관을 축하해 주었지요.

〈유이태기념관〉 개관 목적은 다음과 같습니다.

첫 번째로 〈소설 동의보감〉과 드라마 〈허준〉, 그리고 산청군청에서 지어낸 허구 인물 허준 스승 버들류 류의태를 '홍역 치료 태두' 〈마진편〉 저자 유이태 선생으로 바로잡아 올바른 한의학 역사를 바로 세우는 것.

두 번째, 의료인들이 흠모하고, 참된 의사상(醫師像)을 정립하는 의료 윤리 교육장을 만드는 것.

세 번째, 청소년과 일반인들에게는 조선의 선비 의사 유이태 5도 정신을 배우는 교육장 활용.

네 번째, 건강한 생활을 추구하시는 분들에게 조선의 심의(心醫) 유이태 선생이 남긴 〈건강관리지침〉을 전하기 위함.

다섯 번째, 우리나라 전염병 〈홍역치료발상지〉라는 역사적 사실을 알리기 위함.

여섯 번째, 쇠퇴해가는 산청군과 생초면에 일반 관광객이 찾아오는 관광지를 만들기 위함..

〈유이태기념관〉에는 죽었던 사람을 살렸다는 〈신의(神醫)〉, 의원이 환자를 따르게 하여 사랑하는 마음으로 치료하는 〈심의(心醫)〉이자 조선의 히포크라테스 유이태가 남긴 발자취 - 유이태는 누구인가? 약력, 가계, 생애 및 활동 사항, 연보, 저서와 유품(『예조정장』, 『정영장』, 『간찰』), 의학사상, 5도(道) 정신, 의학 입문 배경, 의약에 동참한 기록, 전설, 홍역 예방, 증상 및 치료 방법, 〈건강관리지침〉, 유훈, 어록, 유이태는 어떤 인물인가? - 와 동의보감촌의 허준은 누구인가? 산청군청에서 주장하는 가짜 류의태 실존 주장 변천 과정, 역사를 왜곡한 산청군수와 실무책임자를 소개하고 있지요.

이곳을 방문하시어 명의 유이태가 남긴 발자취를 눈으로 보고, 가슴에 담아서 가정으로 가져가 주십시오. 그리고, 명의 유이태가 실천한 5도(道)를 자녀들과 함께 실천해 보시길 바랍니다.

〈유이태기념관〉 근처에는 유이태가 태어난 생가(혜민국), 영원히 잠들고 있는 〈묘소〉, 1714년 완공하여 친구들과 담소를 나누며 제자들을 가르친 유이태 〈서실터〉, 명의 유이태가 환자의 마음병을 치료한 〈마음병치료약수터〉와 장군에 약수물을 담아서 생초까지 가져갔다는 전설이 전해지는 〈장군수약수터〉, 환자 치료에 지친 몸을 휴식하였던 〈이태낚시바위〉가 있답니다.

찾아오는길

찾아가는 방법

- 서울 남부터미널 → 생초 시외버스터미널
- 부산 사상시외버스터미널 → 진주 시외버스터미널
  → 생초 시외버스터미널
- 대구 서부시외터미널 → 거창 시외버스터미널 → 생초
- 대전 복합시외버스터미널 → 함양 시외버스터미널 → 생초
- 광주 시외버스터미널 → 함양 시외버스터미널 → 생초

명의 유이태가 5도(道)를 실천하면서 인술을 펼친 생초에는 이름이 널리 알려진 고적지(古蹟地)가 있지요. 그 장소는 가야 고분과 〈독녀성(獨女城)〉이라는 태뫼식 산성이랍니다. 〈독녀성〉은 해발 203m이고, 정상 부근에 샘이 있지요.

고읍에서 바라본 〈독녀성〉

이곳은 산청에서 함양과 거창으로 가는 길목으로 왜적이 반드시 통과해야 하는 교통의 요충지이랍니다. 임진왜란 때 산음에서 가장 많은 창의(倡義) 인물들을 배출한 곳이 생초이고, 〈독녀성〉에서 왜적과 싸웠다는 전설이 전해집니다.

〈독녀성〉 아래는 옛날 3번 국도가 지나가고, 도로 밑에 경호강이 생초 가운데를 동서로 흘러갑니다. 〈독녀성〉 건너편에는 고읍 들판이 있고, 대전통영고속도로가 지나가고 있습니다. 봉수대가 있는 봉화산, 문필봉이 있는 필봉산(筆鋒山)과 왕(王)이 살았다는 왕산(王山), 그리고, 지리산이 보이지요. 〈독녀성〉 뒤편에 있는 태봉산(胎峯山)은 북부 산청과 남부 함양의 해돋이 명소랍니다. 또, 가야 시대에 조성된 많은 고분(古墳)이 있습니다.

유이태와 그의 제자들, 산음, 함양, 거창 등 인근의 묵객(墨客)들이 이곳에 모여 음유(吟遊)를 했다고 전해진답니다. 〈독녀성〉 정상에 유이태가 실천한 5도(道)를 기념하는 누각 〈오도루(五道樓)〉가 건립되어 경남의 3대 누각의 하나, 산청과 생초를 상징하는 건물, 의병을 일으킨 생초의 인물들을 기리는 장소가 되었으면 합니다.

〈독녀성 5도루〉 상상도

〈독녀성〉 절벽 아래에는 3번 국도가 지나가고, 경호강 건너편에 대전통영고속도로가 통과하고 있어 1년에 3백만 여행객들이 지나가면서 볼 수 있는 경관이 매우 좋은 장소입니다.

생초는 〈홍역치료발상지〉, 〈새마을금고발상지〉, 〈초등학교 체육대회발상지〉 등 3개의 발상지가 있는 고을입니다. 남강 상류 경호강 80리 물길이 시작되는 출발점으로 지리산에서 내려온 물과 덕유산에 내려온 물이 만나는 두물머리 강정이 있답니다. 이곳부터 남강 입구까지 지리산 스카이라인 보면서 경호강을 따라가는 경관은 무척 아름답습니다.

인근에는 금서면 화계리의 구형왕릉과 덕양전, 수동의 남계서원, 함양읍의 상림 등 유명한 관광지가 있답니다.

소설과 드라마로 재탄생한 유이태 그리고 뮤지컬이 공연되다.

　1975년 허준의 일대기를 다룬 드라마가 방영되었답니다. 허준은 의서 『동의보감』을 편찬한 인물로 조선 선조와 광해군 때 실제로 살았던 의사랍니다. 이와같은 허준을 소재로 했던 드라마의 제목은 〈집념〉이었답니다. 이 드라마에 주인공 허준의 스승으로 등장하는 인물이 있었습니다. 드라마 속 허준의 스승은 제자를 위해 자신의 시신을 해부할 수 있게 해주는 인물로 등장했지요. 드라마에서 허준의 스승으로 등장하는 인물의 이름은 실존 인물 산청의 명의 '유이태'와 이름이 비슷한 '유의태'였습니다.

　오랜 시간이 지난 1990년, 드라마 〈집념〉은 『소설 동의보감』이라는 이름으로 소설이 발표되었습니다. 여기에도 '유의태'라는 인물이 허준의 스승으로 등장하고 있답니다. 9년이 지난 1999년 『소설 동의보감』을 원작으로 만든 드라마가 방영되었습니다. 이 드라마의 제목은 〈허준〉이었는데요, 드라마 〈허준〉은 선풍적인 인기를 끌며 63.7%의 높은 시청률을 자랑했답니다. 소설과 드라마에 등장하는 가짜 인물 버들유 '유의태' 역시 제자 허준을 위해 자신의 몸을 해부하라고 내어주고, 닭의 몸에 아홉 개의 침을 꽂는 침술내기를 하는 명의로 그려지고 있었습니다. 그리고, 버들유

'유의태'의 고향을 산청이라고 되어 있답니다.

누구일까요? 짐작이 되시나요? 그렇습니다. 버들유 '유(류)의태'는 실존 인물이 아닙니다. 숙종 임금님의 병을 고치고, 죽어가는 수많은 사람을 살린 신의 '유이태'를 모델로 했던 가짜 인물이랍니다.

조선 최고의 명의, 조선의 히포크라테스, 〈5도(道)〉를 실천한 선비 의사 유이태는 이렇게 소설과 드라마 속 허구 인물 류의태로 둔갑되었던 것이랍니다.

드라마 〈허준〉 작가 최완규가 말하는 허준 스승 유의태는?

1999년 드라마 〈허준〉 방영 당시 허준의 스승으로 등장하는 유의태에 대하여 학자와 언론에서 많은 논란이 있었지요. 그래서, 드라마 〈허준〉 작가 최완규는 드라마가 종영된 이후에 허준의 생애와 허준의 스승 유의태(柳義泰)에 관한 진실 논란에 대한 답변을 책에 발표했답니다.

드라마 〈집념〉 포스터

그 책은 『문학포럼』이고, 2000년 가을호 〈혁명의 길〉에서 최완규는 "『소설 동의보감』의 내용은 역사적 사실을 근거로 한 것이 아니다. 허준이 내의원에 들어간 것은 과거(科擧)

에 급제한 것이 아니라, 미암 유희춘의 추천이며, 허준의 스승으로 묘사된 유의태는 허준의 사후 100년 뒤에 태어난 '유이태'를 모델로 하였다."라고 말했지요. 그가 〈혁명의 길〉에서 밝힌 유이태와 허준 내용은 다음과 같습니다.

○ 許浚을 위하여 吏判에게 편지를 보냈다. 内醫院으로 천거를 해준 것이다.
— 66 —

『국역 미암일기』 제2집 1569년 윤6월 3일 : 허준 내의원 천거

「문학포럼」 2000년 가을호 〈혁명의 길〉 최완규 글

> 이 같은 인물 구성을 마치고 실제 집필에 들어간 후 허준에 대한 역사적 사료를 찾으면서 커다란 벽에 부딪치게 되었다. 허준에 대한 역사적 사료가 거의 없었다. 이은성 선생의 『소설 동의보감』은 몇 가지 사실만 제외하면 거의가 픽션으로 꾸며진 이야기였고, 일부 스토리는 역사적으로 확인된 사실마저 뒤집어 엎은 경우도 있었다. 그 대표적인 예가 허준이 내의원에 들어간 것은 소설에서 표현된 것처럼 과거가 아니라 미암 유희춘의 천거에 의해서이고, 허준의 스승으로 묘사된 유의태는 허준 사후 백년 후의 인물인 유이태라는 점 등이다. 얼마간 고민은 했지만, 결론은 원작대로 가기로 했다.(최완규 글)

뮤지컬로 다시 탄생한 조선의 히포크라테스 유이태

명의 유이태는 연극, 영화, 드라마의 소재가 되기에 적합했답니다. 그래서, 유이태 일대기를 소재로 뮤지컬이 제작되었습니다. 그 제목은 〈뮤지컬 이태〉이었지요. 2024년 7월 27일(토) 제34회 거창국제연극제에서 특별공연으로 유이태 일대기를 다룬 뮤지컬이 거창연극고 가온극장에서 무대에 올렸답니다. 뮤지컬의 제목은 〈뮤지컬 이태〉이었지요.

유이태는 의학의 발달과 의술 윤리 도덕을 확립하였고, 조선인 최초로 호흡기 감염병인 홍역 전문치료 의서 『마진편』을 저술했던 인물

〈뮤지컬 이태〉 포스터

로 숙종 어의를 지냈던 의사랍니다. 유이태의 삶을 소재로 한 〈뮤지컬 이태〉는 의학을 공부하여 백성들을 차별하지 않고 치료하였으며, 가난한 사람들에게 곡식을 나누어주는 위민, 애민정신을 펼치는 일생을 재미있게 그렸습니다.

〈뮤지컬 이태〉의 배우들은 거창연극고 학생 권나윤, 박승찬, 박우진, 손정하, 송민규, 이수연, 이지수, 장희연, 전주환, 이정은이었고, 제작진은 연출 송인호와 윤효설, 극·작 류주욱이었습니다.

이처럼, 산청군수와 실무책임자의 무책임하고 안일한 행정 정

책으로 빼앗겼던 조선의 최고 선비 의사, 조선의 히포크라테스, 숙종 어의, 5도(道)를 실천한 참 의원 유이태는 뮤지컬 속 인물로 다시 태어났답니다.

<뮤지컬이태> 출연한 배우

사적이 빼앗긴 '유이태(劉以泰)'와 산청 동의보감촌의 허구 인물 '류의태(柳義泰)'와 허준 그리고 역사를 왜곡한 산청군수

한의학 성지 〈동의보감촌〉

허준을 소재로 했던 소설과 드라마가 인기를 끌자, 허준의 스승으로 그려진 가짜 인물 '류의태'도 유명한 의사가 되었습니다. 그래서, '류의태'를 실존 인물로 생각하는 사람들도 많이 생겨났답니다. 그럴만도 하지요. 주인공 허준이 실존 인물이니 그의 스승으로 등장하는 인물도 실존 인물로 착각할 수 있겠지요. 그런데, 소설과 드라마 속에 등장하는 가짜 인물 '류의태'가 유명하게 되자 엉뚱한 일이 생겼답니다.

이때, 가짜 인물 류의태를 실제로 태어나서 살았던 사람으로 만들어 널리 알리려고 앞장선 지방자치단체가 있었습니다. 그 지방자치단체는 숙종어의를 지낸 명의 유이태의 고향 산청군청이랍니다.

우리나라에 지방자치가 시작될 무렵의 1996년 산청에는 어떤 일들이 있었을까요? 그 당시 신문에 나온 내용을 보겠습니다. 부산일보 1996년 6월 15일(토요일) 22면에 **'명의 유이태 선생 한약약수터 발견'**이란 내용이 기사화가 되었습니다.

이 기사에 따르면 산청군청에서는 "유이태를 허준의 스승이라고 알려져 생초면 갈전에 유이태기념관 건립이 추진되었고, 생가, 묘소, 해부동굴, 약수터 등을 복원하여 한방의 본고장으로 나아간다."라고 말했습니다.

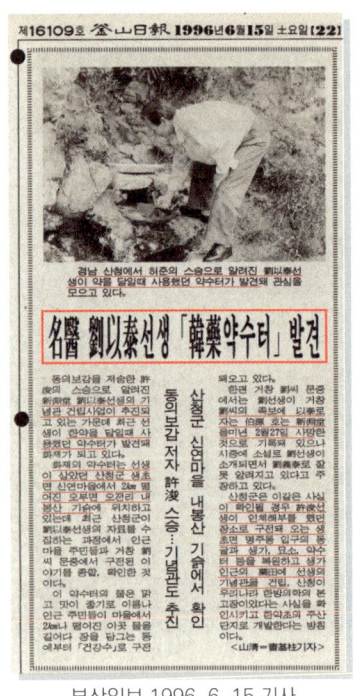

부산일보 1996. 6. 15 기사

유이태 활동 연도와 허준의 활동 연도가 차이가 난답니다. 그래서, 산청군청은 유이태를 배제한 후 방향을 바꾸어 허구 인물 유의태를 실존 인물로 지어내어 산청 출신의 의학인물로 만들기 시작했지요.

이때의 산청군수는 권순영이고, 문화관광과장은 김동환입니다. 이들은 태어난 기록도 없는 허구 인물 류의태를 산청의 의학 인물로 선정하여 역사를 조작했답니다.

산청군청은 소설과 드라마에서 허준의 살신성인의 스승으로 알려진 가짜 인물 류의태와 산청에 온 적 없는 허준을 바탕으로 국민 혈세를 투입하여 〈동의보감촌〉이라는 한방테마공원을 만들었답니다. 우리나라 전통의학을 소재로 여러 가지 시설물과 체험장을 만든 산청 〈동의보감촌〉! 지금은 해마다 한방축제를 개최하는 유명한 관광지가 되어있지요.

산청군청이 만든 가짜 인물 류의태 〈가묘〉와 〈묘비〉

**역사 왜곡으로 실존 인물이 된 가짜 버들류 류의태!
가짜 버들류 류의태가 주인공이 되어 있는 〈동의보감촌〉!**

산청군청은 가짜 류의태를 신의(神醫)라고 말하네요. 신의란 의술활동을 했던 사람의 의술이 신(神)의 경지에 오른 의원을 말한답니다. 그런데, 태어나지 않은 류의태가 어떻게 신의가 될까요?

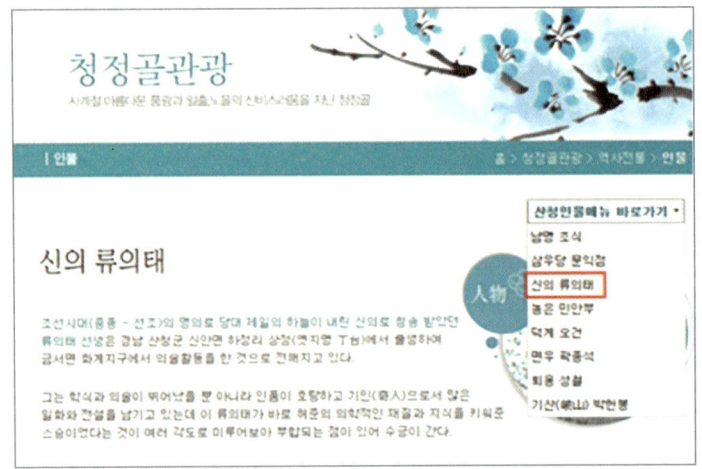

가짜 류의태를 산청의 인물로 알렸던 산청군청 홈페이지

> 신의 류의태
>
> 조선시대(중종~선조)의 명의로 당대 제일의 하늘이 내린 신의로 칭송받았던 류의태 선생은 신안면 하정리 상정(옛지명 丁台)에서 출생하여 금서면 화계지구에서 의술활동을 한 것으로 전해지고 있다.
>
> 그는 학식과 의술이 뛰어났을 뿐 아니라 인품이 호탕하고 기인(奇人)으로서 많은 일화와 전설을 남기고 있는데 이 류의태가 바로 허준의 의학적인 재질과 지식을 키워 준 스승이었다는 것이 여러 각도로 미루어 보아 부합되는 점이 있어 수긍이 간다.

　산청군청은 가짜 인물 '류의태'를 실존 인물로 만들기 위하여 산청군 신안면 하정리 정태에서 1516년에 태어나서 1580년에 죽었고, 산청군 금서면 화계에서 의술 활동한 것으로 지어내지요. 그리고 산청의 의학 인물로 만들었답니다. 〈동의보감촌〉에 가짜 류의태 묘소와 묘비, 동상과 기념비를 만들어 놓고 동상 앞에서 제사를 지내고 있지요. 또, 허준이 산청에 와서 가짜 인물 류의태로부터 의학을 배웠고, 허준이 가짜 인물 류의태를 해부했다고 알리는 〈동의보감촌〉이랍니다.

**역사적 업적을 남긴 홍역 치료 태두 유이태는
〈동의보감촌〉 어디에도 없고, 유이태를 모델로 만들어진
가짜 인물 '류의태'를 모시고 있는 동의보감촌!**

산청군청은 〈동의보감촌〉에 역사적 업적을 남긴 홍역 치료 태두 유이태는 〈동의보감촌〉 어디에도 없지요. 유이태를 모델로 만들어진 가짜 인물 '류의태'를 모시고 있는 〈동의보감촌〉! '류이태'만 모시고 있는 것이 아니라, 가짜 '류의태'를 산청 인물로 둔갑시켜 놓고 있답니다.

허구 인물 류의태 동상

허구 인물 류의태 기념비

산청군청에서 역사를 조작하면서 했던 일들이 무엇일까요?

산청 〈동의보감촌〉에는 허준의 스승이라는 '류의태'를 모시고 있고, 가묘를 조성하였답니다. 또, 묘비를 설치하였습니다. 동상과 기념비도 만들어 놓았지요. 그리고, 한의학박물관과 산청박물관에 '류의태' 초상화를 걸어 두었답니다.

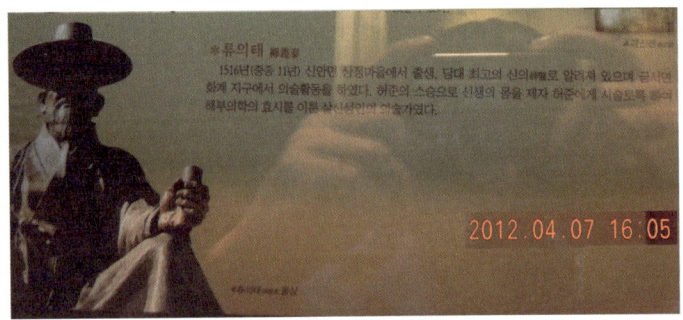

한의학박물관에 전시한 가짜 인물 〈류의태초상화〉

산청 한방약초축제가 열리면 가짜 인물 류의태 동상 앞에서 산청군의 내노라는 사람들이 모여서 태어나지도 않은 가짜 인물 류의태에게 절을 하며 제사를 지내고 있지요. 정말로 웃기고 있답니다. 이와같은 역사 왜곡의 작태를 조상님들은 어떻게 보실까요?

가짜 인물 류의태 동상 앞 〈숭모제〉

〈홍역치료발상지〉 안내판과
〈건강관리지침〉 안내판 설치를 거절한 산청군수!

유이태는 조선인 최초로 호흡기 전염병 홍역 치료 의서 『마진편』을 저술한 명의랍니다. 『마진편』을 저술한 장소는 산청군 생초면 신연리 679번지이지요. 그래서, 산청군 생초면 신연은 우리나라 〈홍역치료발상지〉랍니다.

〈홍역치료발상지〉 안내판 조감도

산청이 고향인 한의사학 박사 유철호가 산청군수 이재근에게 산청이 〈한의학 성지〉라는 것을 알리기 위하여 〈동의보감촌〉에 〈홍역치료발상지〉 안내판을 사비로 만들어 설치하겠다고 제안했답니다. 그런데, 산청군수 이재근은 〈홍역치료발상지〉 안내판 설치를 거절했지요. 왜냐고요? 이재근은 역사적 업적은 남긴 실존 인물 유이태를 없애고 가짜 류의태를 널리 알리기 위함이었겠지요.

또, 명의 유이태가 남긴 〈건강관리지침〉 안내판을 구름다리(무릉교) 입구에 설치하자는 제안도 했지요. 그런데, 산청군수 이재근은 유이태 〈건강관리지침〉 안내판 설치도 반대했답니다.

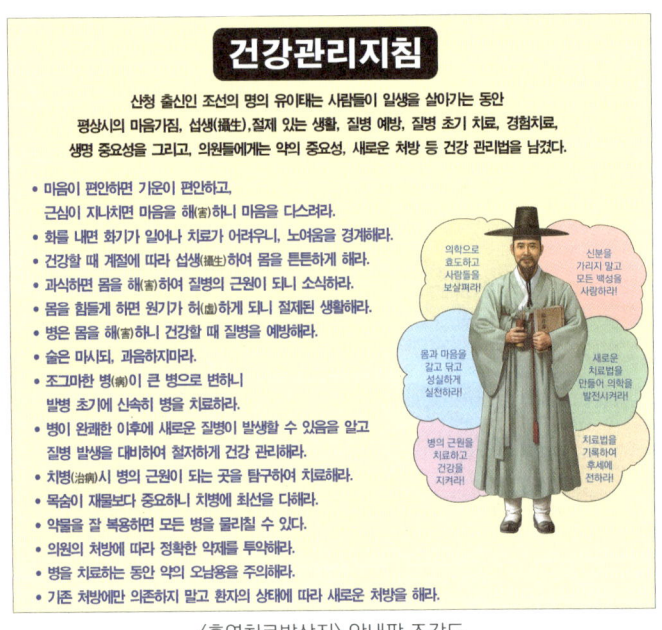

〈홍역치료발상지〉 안내판 조감도

왜, 반대했을까요? 어의를 지낸 산청 출신 명의 유이태가 국민에게 알려지면, 국민의 혈세를 투입하여 산청군청에서 역사를 왜곡한 사실이 들통나기 때문이지요.

2023년 6월 15일 산청세계전통한의약엑스포 공동조직위원장 박완수(경남 도지사), 이승화(민선8기 산청군수)와 구자천에게 동의보감촌에 〈홍역치료발상지〉 안내판과 유이태 〈건강관리지침〉 안내판 설치를 요청했지요. 산청세계전통한의약엑스포 공동조직위원장도 "〈홍역치료발상지〉 안내판과 유이태 〈건강관리지침〉 안내판을 설치할 수 없다."라고 답변서를 보냈답니다.

산청군청 홈페이지와 〈동의보감촌〉 묘비문에 류의태의 가계를 어떻게 소개했었을까요?

『소설 동의보감』에 유의태의 할아버지는 유술이, 아버지는 유흥삼, 아들 유도지는 혜민서 봉사, 처는 오씨로 말하고 있지요. 그런데, 〈동의보감촌〉의 류의태 가묘 『묘비문』에는 태어난 적 없는 류의태의 할아버지는 류지이고, 아버지, 아들과 배우자는 기록되어 있지 않았습니다. 이상한 것은 류의태가 1516년에 태어나

류의태 가묘 『묘비문』

서 1580년에 죽었으며, 허준을 가르친 스승, 금서면 화계리에서 의술활동을 했던 인물로 기록하고 있답니다. 이것이 진짜일까요?

산청에 온 적 없는 허준이 산청에 와서 가짜 류의태로부터 의학을 배웠다고 알렸던 산청군청 홈페이지

동의보감촌에는 산청에 온 적 없는 허준을 모시고 있답니다.

뿐만아니라 산청군청 홈페이지의 산청 인물 여행에 허준을 알리고 있지요. 산청군청은 대한민국 국민에게 허준이 산청 출신이라고 자랑하고 있답니다. 산청군청에서 널리 알리고 있는 허준이 진짜 산청에 왔었을까요? 허준이 산청군 신안면 외고리 양지(구담) 마을에 살았을까요? 허준이 산청에서 류의태로부터 의학을 배웠을까요? 허준이 산청에서 의술을 수련했을까요?

허준은 산청에 온 적 없습니다. 산청군 신안면 외고리 양지마을에 살지도 않았습니다. 류의태로부터 의학을 배우지도 않았고, 산청에서 의술을 수련하지도 않았답니다. .

산청군청 홈페이지 산청 인물 여행에 허준을 소개하고 있습니다.

산청군청 홈페이지 허준 소개

"서자로 태어난 허준은 어린 시절에 할머니의 고향 산음 정태(현 산청군 신안면 상정)로 갔다가 그곳에서 신의로 칭송받는 류의태 선생을 만나 의술을 배웠다는 설화가 전해지고 있다."

허준은 산청에 온 적 없고, 산청군청 홈페이지의 허준 설명문 내용은 산청군청에서 지어낸 거짓말입니다.

동의보감촌의 구암루 현판에는 허준을 어떻게 소개하고 있을까요?

산청에 온 적 없는 허준을 산청에 왔다고 기록한 〈구암루〉 현판

구암루 현판에는

> "허준의 할아버지는 경상도우수사를 지냈고, 할머니는 진주류씨로 산청군 신안면 정태 출신이다. 서자인 허준이 어릴 적에 할머니의 고향인 산청에 와서 신의로 칭송받는 류의태 선생에게 의술을 배웠다는 신화가 전해지고 있다."

라고 소개하고 있습니다. 이것은 산청군청이 역사를 왜곡하였고, 거짓말을 한 것이랍니다.

허준의 할머니 친정은 어딜까요?

허준의 할머니 친정이 산청군 신안면 하정리 상정일까요? 허준의 할머니 친정 족보에 따르면, 허준의 할머니 친정은 산청군 신안면 하정리 상정이 아니고 경기도 금천군 서면 백암리랍니다. 산청군청은 허준의 할머니 친정을 산청군 신안면 하정리 상정으로 지어냈답니다. 그리고, 허준이 할머니 친정 산청에 와서 류의태로부터 의학을 배웠다고 산청군청 홈페이지에 게시했지요.

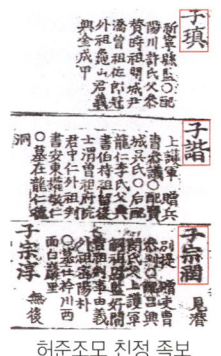

허준조모 친정 족보

허준 할머니 친정 부친 유종윤의 묘소는 어딜까요?

원래 허준의 할머니 친정 부친 유종윤의 묘소는 경기도 금천군 서면 백암리(현재 경기도 광명시청)에 있었답니다. 1970년 정부에서 광명시 개발을 했지요. 그래서, 이곳에 있던 허준의 할머니 친정 묘소들은 다른 곳으로 옮겨가야 했답니다. 백암리에 있던 묘

네이버 지도 검색

소들은 허준 할머니 친정 오빠 유세침이 나라로부터 받은 사패지(賜牌地) 경기도 남양주시 진건읍 사능리 567-4로 옮겨 갔지요. 이곳은 네이버 지도에서 진주유씨묘역으로 검색하면 검색 된답니다.

그렇다면, 허준이 류의태를 해부했을까요?

산청군청이 만든 허준이 류의태를 해부했다는 거짓말 〈해부동굴〉

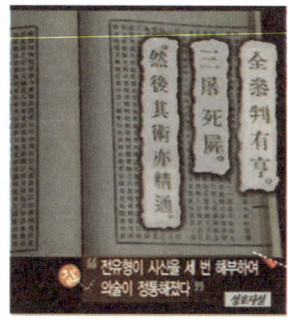

조선 시대 해부한 기록을 적은 이익 『성호사설』

허준이 사람을 해부했다는 기록은 보이지 않았답니다. 그러면, 우리나라에서 해부를 처음했던 사람은 누구일까요?

전해오는 기록에 따르면 조선 시대에 처음으로 사람을 해부했던 인물은 광해군 때 형조참판을 지낸 전유형이란 사람이고, 〈오장도〉를 그렸지요. 전유형이 사람을 해부했다는 기록은 이익의 『성호사설』에 수록되어 있답니다.

산청군청에서 도둑질해 간 유이태 역사!

좀 이상하지 않나요? 산청군청은 드라마의 '류의태' 인기를 이용하기 위해 역사적 업적을 남긴 실존 인물 '유이태'를 없애버린 것이지요. 그 예가 산청군청에서 간행한 3권의 책에는 ① 『백과사전』에 기록된 유이태 설명문을 가짜 류의태로, ② 전해오는 유이태의 3권 저서(『마진편』, 『인서문견록』, 『실험담방』)를 가짜 류의태 저서로, ③ '유이태'가 등장하는 수많은 설화의 주인공 유이태를 가짜 인물 '류의태'로 바꾸어 버렸답니다. ④ '유이태'의 유적지(서실, 2개 약수터, 낚시터, 이태사랑바위, 침대롱바위,…)를 '류의태' 유적지로 바꾸었지요. 이와 같은 것은 산청군청에서 실존 인물 유이태를 없애기 위한 명백한 역사 조작이고, 남의 역사를 도둑질 한 것이지요.

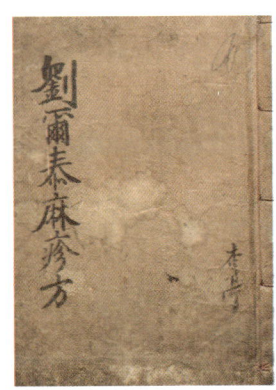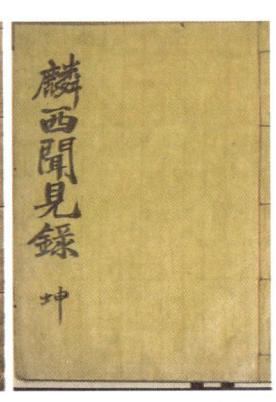

숙종 어의를 지낸 유이태가 남긴 전해지는 3권의 저서

조작된 역사 바로잡기

〈동의보감촌〉을 건립할 당시 1999년 가을 유철호가 산청군청을 방문하여 "역사를 조작하면 안 된다."라고 말했답니다. 그런데도, 전(前) 산청군수 권순영과 문화관광과장 김동환은 가짜 인물 류의태가 태어난 마을 이름, 태어난 해와 죽은 년도, 의술을 펼친 마을 이름을 지어냈습니다. 류의태를 허준의 스승으로 만들었지요. 또, 허준이 산청에 와서 류의태로부터 의학을 배웠다는 것을 알렸답니다.

민선 3, 4, 5, 6, 7, 8기 산청군수들에게 조작한 역사를 바로잡아 달라고 20여 년간 요청해 보았지요. 산청군수들은 자신들이 역사를 조작한 것을 알고 있으면서도 바로 잡아줄 수 없다고 말하네요. 어느 산청군수는 **"역사를 조작한 것은 알지만 산청군민을 위해 바로잡지 못하겠다."**다고 말했답니다.

황당한 것은 산청군청은 조작한 역사를 바로잡아 달라는 사람에게 '산청군청을 괴롭히는 나쁜 사람'이라고 말하고 있답니다.

역사를 조작을 시작한 담당자들은 누구일까요?

1999년 가을, 〈동의보감촌〉을 한방성지로 만들려고 준비할 당시 산청군청을 방문하여 문화관광과장 김동환과 계장 김일곤을 만나서 **"역사를 왜곡하면 안 된다."**라고 말했답니다. 이때, 김동환은 진주에 거주하는 한의학자 허민으로부터 전화 통화하면서 들었던 산청의 전설적인 명의 유이태를 유의태(柳義泰)로 이름을 바꾸어 『인물한국사』에 학술 논문 「허준」을 발표한 前경희대 한방병원장 노정우의 연락처를 유철호에게 알려 주었지요.

2000년 2월 1일 유철호는 노정우와 대화를 나누었습니다. 노정우는 자신이 『인물한국사』에 발표한 논문 「허준」에서 허준 스승 유의태가 오류라고 인정했습니다. 그리고, 그는 "거창유씨에게 미안하다."라고 말했답니다.

역사를 왜곡한 산청군수들

민선1, 2기 군수 권순영

군수 권순영은 가짜 류의태가 산청에 태어났다는『향토사』집필을 권유했었고, 문화관광과장 김동환은 사실과 전혀 다른 고증되지 않은『자료』를 손성모에게 제공했답니다. 손성모는 산청군청이 제공한 자료를 바탕으로『선비의 고장 산청의 명소 이야기』이란 책에 가짜 류의태를 허준의 스승이라고 글을 썼습니다.

『선비의 고장 산청의 명소와 이야기』를 집필한 손성모가 산청군수 권순영의 권유와 문화관광과장 김동환이 제공한 자료를 가지고 산청군청이 요청한 내용으로 책을 펴냈다고 〈내용증명편지〉를 보냈고, 얼마 후 전화를 걸어와서 말했답니다.

> ① 1999년 당시 산청군 권순영 군수가 나에게 향토사들에 관한 책을 한번 만들어 보라고 전유 하기에 전해오는 이야기들을 모아서 써보기로 하였다.
> ② 그래서 각기관이나 단체에 의뢰하여 자료들 모으고 지방 원로들과 우리들을 만나 수집을 하여 집필하였다.
> ③ 그때 산청군청에서는 김동환 문화관광과장으로부터 다양한 자료를 제공 받았다.

손성모가 보내온 〈내용증명편지〉

산청군수 권순영은 가짜 류의태를 실존 인물로 만들어 산청군청 홈페이지에 게시했고, 한의학박물관에 가짜 류의태 초상화를 전시했지요. 군수 권순영은 왕산 중턱의 고령토 광산 땅을 매입하여 한의학박물관을 건립했습니다. 허구 인물 류의태를 산청 인물로 선정하여 산청군청 홈페이지에 게시했답니다. 권순영은 역사 왜곡 주춧돌을 놓은 선출직 공직자이지요.

민선3기 군수 권철현

군수 권철현은 태어나지 않은 허구 인물 류의태의 가묘를 조성하여 묘비를 세웠고, 동상과 기념비를 건립한 후 약수터를 만들었습니다. 한방축제 때 가짜 류의태 동상 앞에서 절을 하고 술잔을 올리는 숭모제를 지냈고, 류의태 상(賞)을 제정하여 상패와 상금을 시상하는 국민의 세금을 낭비했답니다.

권철현에게 "왜 역사를 조작했느냐?"라고 편지를 보내 질문했지요. 그는 **"산청군청에 물어보라."** 라고 답변서를 보냈답니다.

민선4, 5기 군수 이재근

군수 이재근은 숙종 어의를 지낸 『마진편』의 저자 유이태 사적 ① (백과사전 유이태 설명문, ② 유이태유고 내용, ③ 유이태 서실, ④ 유이태 저서, ⑤ 유이태처방 ⑥ 곽의숙 박사 논문 내용, ⑦ 유적지, ⑧ 설화,...)을 가짜 인물 류의태 사적으로 바꾼 책 『3권』을 간행했답니다. 그 책은 『산청의 한의학 전통과 한의약 문화연구』, 『지리산 산청의 약초와 민간요법 기행』, 『발길이 머무는 산청이야기』이지요.

산청군청에서 유이태 사적을 류의태 사적으로 바꾼 책 3권

그뿐만 아니라 가짜 류의태가 실존했다는 이야기 책 『동의보감 · 산청 허준과 류의태 이야기』를 간행했답니다. 이재근은 남의 역사를 도적질한 나쁜 군수이지요.

군수 이재근에게 공문을 보냈고, 산청군수실을 방문하여 산청군청에서 왜곡한 역사를 바로잡아 달라고 했으나, 그는 바로잡지 않았답니다.

민선6기 군수 허기도

군수 허기도에게 조작한 역사를 바로잡아 달라고 민원서류를 보냈으나, 바로잡지 않았습니다. 만나자고 면담을 신청했으나, 거절했답니다. 그러나, 허기도는 허구 인물 류의태를 산청군청 홈페이지에서 삭제했지요.

민선7기 군수 이재근

군수 이재근에게 역사를 바로잡아 달라고 편지를 보냈지만, 바로잡지 않았지요. 면담을 신청했으나, 답변이 없었답니다. 그는 가짜 인물 류의태 가묘 입구 표지석을 설치했고, 가묘 앞에 커다란 향나무 2그루를 심었지요.

산청군청 설치 허구 인물 류의태 가묘 입구〈표지석〉

허구 인물 류의태 가묘 앞 향나무

산청군 신안면 적벽산 피암터널 벽에 가짜 류의태 벽화와 허준이 산청에 왔다는 거짓말을 기록한 안내판 설치와 벽화를 그렸답니다. 더욱 황당한 것은 민선6기 군수 허기도가 산청군청 홈페이지에서 삭제한 허구 인물 버들류 류의태를 다시 올리는 일을 저질렀습니다. 이재근에게 항의 공문을 보냈더니 버들류 류이태를 산청군청 홈페이지에서 삭제했답니다. 이재근은 가짜 류의태를 실존 인물로 만들고 싶어했던 민선군수랍니다.

민선8기 군수 이승화

군수 이승화는 산청군수가 당선되기 전에 산청시외버스터미널에서 동의보감촌까지 차를 태워주면서 **"군수가 되면 군수실로 찾아오라. 명분을 주면 왜곡된 역사 류의태 가묘, 동상, 약수터 등 지어낸 가짜 유적지를 없애겠다."**라고 약속했지요. 그래서, 2012년 10월 산청한방축제 때 산청약초시장에서 역사 왜곡 바로잡기 집회를 개최했었고, 군청 앞에서 1인 시위도 했었답니다.

산청군청 앞 시위

역사왜곡 바로잡기 이후에 군수실을 방문하여 산청군청이 조작한 역사를 바로잡아 달라는 요구을 했었지요. 이때, 이승화 군수는 **"역사가 왜곡된 것은 알지만 바로잡지 못하겠다."**라고 말했답니다. 이승화는 약속을 지키지 않는 군수이지요.

약속을 파기하는 산청군수이승화와 실무책임자 하은희

2023 산청세계전통의약항노화엑스포(2023. 9. 15 ~ 10. 19)가 개최하는 9월 15일 09시부터 〈동의보감촌〉 입구 동의폭포 앞에서 역사 왜곡 바로잡기 집회를 개최했답니다.

산청경찰서 정보과장 오선동이 역사 왜곡 바로잡기 집회 장소

2023년 9월 산청 세계전통의학엑스포 동의폭포 앞 왜곡된 역사 바로잡기 집회

를 방문했습니다. 오선동 과장이 이승화 군수에게 유이태기념사업회의 요구 사항을 전달하겠으니 "역사 왜곡 바로잡기 집회 중단"을 요청했답니다. 오 과장께서 **"군수가 유이태 동상을 세우겠다.라고 약속하면 집회를 중단하겠느냐?"**라고 말했지요. 제가 "이승화 군수는 절대로 받아 주지 않는다. 약속해도 파기하는 사람이다."라고 말했답니다. 오선동 과장이 "산청군수가 유이태 동상을 세우겠다.라고 말하면 받아 주겠냐?"라고 재차 말했습니다. 그래서, 제가 "이승화 군수는 절대로 동상 세워주지 않는다. 오과장께서 자신이 있으면 이야기해 보아라."라고 말했지요.

점심 식사 후 집회 장소에 돌아와 있으니, 이승화 군수와 오선동 과장이 집회 장소에 왔지요. 이승화 군수가 "동상 세워 줄테니 집회 중지해 달라."라고 말했답니다. 제가 "지난번에 가짜 류의태 동상 철거를 약속했으나, 지키지 않았다. 어떻게 믿느냐?"라고 말했지요. 이승화 군수는 "동상 세워주겠다. 집회 중지 해달라."라고 말한 후 돌아갔습니다. 이승화 군수의 말을 믿을 수 없어 철수하지 않았지요.

얼마 후, 이승화 군수가 재차 집회 장소로 왔습니다. "동상 세워주겠다. 집회 중지 해달라."라고 말하였지요. 제가 "어디에 세워주겠느냐?"라고 질문했지요. 이승화 군수가 "장소를 말하라."라고 말하여 제가 동의폭포 앞으로 가서 "동의폭포 앞 왼편" 어린이 약탕기 조형물이 있는 장소를 지정했답니다. 이승화 군수가 다른 장소를 요구하여 "허구 인물 류의태 동상을 철거하지 않기 때문에 이곳이다. 유이태 선생은 홍역 태두이기에 〈동의보감촌〉 입구에 반드시 세워야 한다."라고 말했지요. 이승화 군수가 저에게 재차 집회 철수를 요구하여 **"군수님 약속 믿을 수 없으니, 항노화국장, 항노화 과장과 직원들이 함께 있는 자리에서 약속해라."**라고 말했습니다.

동의폭포 앞 어린이 약탕기

3시 20분에 이승화 군수, 항노화국장 류승주, 민영배 계장, 박상구 학예사와 항노화과 직원이 집회 장소에 왔답니다. 이때, 이승화 군수가 항노화 국장과 직원들이 있는 자리에서 **"유이태 선**

생 동상 세워주겠다. 철수해라."라고 약속했지요.

이승화 군수의 약속을 들은 산청군청 공무원은 항노화국 국장 류승주, 계장 민영배, 학예사 박상구와 항노화과 직원이었고, 집회 참가자는 유덕준, 유위동, 유정연과 한정옥이었습니다. 이승화 군수의 구두 약속을 믿고 2023 산청 한방엑스포 개막식에 경남 도지사 인사말 할 때 연단 앞에서 역사 왜곡 바로잡기 집회 시위하려던 계획을 중단하고 철수했답니다. 이승화 군수의 구두 약속을 믿고 2023 산청한방엑스포 개막식에 경남 도지사 박완수 인사말을 할 때 연단 앞에서 역사 왜곡 바로잡기 집회 시위하려던 계획을 중단하고 철수했답니다.

2023년 9월 22일 항노화국장 류승주를 〈동의보감촌〉 동의콘도 찻집에서 만났습니다. 류승주는 **"엑스포 끝난 후 예산을 신청하여 동상을 세워주겠다."**라고 약속했습니다. 그 말을 믿고 헤어졌습니다.

2023년 12월 02일 산청군청 항노화국을 방문하여 류승주 국장, 하은희 과장을 만나서 엑스포 때 약속한 동상 건립을 의논했답니다. 동상 설치 장소를 요구하여 '동의폭포 앞'이다.라고 말했지요. 하은희 과장이 "동상 건립 비용을 누가 부담할 것인가?"를 말했습니다. "광화문의 세종대왕, 이순신 장군 동상은 정부에서 건립했다. 산청 출신 유이태는 홍역 치료 태두이다. 산청군청에서 부담해야 한다. 군수도 약속했다."라고 말했습니다. 하은희 과장이 "군수와 상의 후 12월 초에 답변을 주겠다."라고 말했답니다.

하은희는 전화를 걸어 오지 않았습니다. 그래서, 2023년 12월

19일 제가 전화를 걸어 하은희 과장과 통화했습니다. 그는 **"동상을 세워주지 못하겠다."** 라고 말했지요. 하은희는 과거에 문화관광과에 근무한 공무원이랍니다. 그녀는 산청군청의 역사 왜곡에 일정 부분을 관여했고, 역사 왜곡을 알고 있으면서 바로잡지 않는 역사 왜곡 바로잡기에 끝까지 반대한 실무 책임자 공무원입니다. 그래서, 국장 류승주에게 전화했지요. 그는 "퇴직했다."라고 발뺌을 했답니다.

그는 "동의보감촌 건립 당시의 근거는 모르겠다.『소설 동의보감』과 드라마 〈허준〉으로 동의보감촌은 건립했다."라고 말하며, 동의보감촌에 있는 "류의태 가묘, 묘지, 동상, 기념비, 해부동굴을 철거하지 못하겠다."라고 답변했답니다.

2024년 산청약초축제(2024. 09. 27-10. 06)

산청군수 이승화는 왜곡된 역사 바로잡기 약속을 두 번 지키지 않았답니다. 그래서, 2024년 09월 27일 산청약초축제 때 역사 왜곡 바로 잡기 집회를 했습니다. 2024년 9월 27일 09시 군청 앞에서 역사 왜곡 바로잡기 1인 방송했지요. 군청 앞 집회를 끝내고 산청 한방축제가 열리는 동의보감촌으로 갔습니다. 허구 인물 류의태 동상 앞에서 산청문화원장을 비롯한 산청에서 힘을 쓰는 인물들이 태어나지도 않은 가짜 버들류 류의태 동상 앞에서 숭모제를 지내고 있었습니다. 산청군청 항노화 과장 정명희가 숭모제를 지내는 현장에 있었습니다. 그래서, 역사 왜곡 바로잡기 방송을 했지요. 산청문화원장을 지낸 김태훈이 인사말을 했습니다.

산청문화원장 김종완과 산청군청 항노화 과장 정명희에게 김태훈의 인사말 내용에 관한 류의태 관련하여 ① 산청에서 태어났는지? ② 신의(神醫)인지? ③ 실존했던 인물인지? ④ 한의학의 선구자인지? ⑤ 어떤 정신을 남겼는지? ⑥ 어떤 유지를 남겼는지? ⑦ 한의학의 본질을 탐구하여 지평을 열었는지? ⑧ 한의학에 업적을 남겼는지? ⑨ 허준을 가르친 스승인지? 허준 관련하여 ① 허준이 산청에 온 적이 있는지? ② 허준이 산청에 와서 류의태로부터 의학을 배웠다는 기록이 있는지? ③ 허준이 산청에 와서 의술을 펼친 기록이 있는지? 등의 질의를 내용증명편지로 보냈습니다. 산청문화원장과 산청군청 정명희 과장은 아무런 답변이 없었습니다.

- 발송일자 : 2024. 10. 28
- 발송번호 : 3134604064727호
- 인사말 전문은 454p 부록을 참고하여 주십시오

동의폭포 앞에서 역사 왜곡 내용을 알리는 방송을 했었습니다. 1시에 엑스포 주제관 사무실에서 항노화국장 오윤환, 항노화과장 정명희, 행정과장 강채호, 학예사 박상구, 경남 도경 정보과 권영원 경감과 왜곡된 역사 바로잡기 회의를 했습니다. 박상구가 제안한 내용(세미나를 개최하여 역사 왜곡이 판명되면 류의태 동상 철거)을 항노화과장 정명희가 취소했습니다.

6시에 산청약초축제개막 식장에서 역사 왜곡 방송을 하려고 했었습니다. 산청군청 행정과장 강채호와 산청군청 직원이 막아서 산청약초축제 개막식장으로 들어갈 수 없어 방송하지 못했습니다.

2024년 9월 28일 아침부터 동의보감촌 입구 동의폭포 앞에서 역사 왜곡 바로잡기 방송을 했습니다. 오후 2시에 엑스포 전시관 앞으로 이승화 군수가 지나가고 있었습니다. 뒤따라 가면서 방송을 했더니, 항노화국장 오윤환, 항노화과장 정명희, 행정과장 강채호, 학예사 박상구가 따라와서 방송을 중단하고, 대화를 나누자고 말했습니다. 동의폭포 앞 집회장에서 5시까지 역사 왜곡 바로잡기 집회 중지를 요구했습니다. 그들은 동의보감촌 동의폭포 앞에 〈홍역치료발상지〉 안내판 설치와 〈유이태 건강관리지침〉을 구름다리(무릉교) 입구에 설치하겠다고 약속했습니다. 가짜 류의태 동상 철거를 요구했습니다. 박상구 학예사가 유이태 세미나 개최를 제안했습니다. 오윤환 국장은 반대했습니다. 경남 도경 권영원 계장이 세미나를 하는 것을 군수에게 보고하자고 말했습니다. 정명희가 군수에게 보고하겠다며 현수막 철거를 요구했습니다. 만일, 우리가 요구하는 조건을 들어주지 않으면 내일 현수막을 걸어준다는 약속을 받고 역사 왜곡 바로 잡기 현수막을 철거했습니다.

2024년 9월 29일 오전 동의보감촌 집회장 옆 치안 센타에서 산청경찰서장 오태욱, 경비안보과장 이병수, 경남 도경 정보과 계장 권영원과 산청군청 항노화과장 정명희을 만났습니다. 정명희는 **"군수에게 보고하지 못했다. 동의보감촌 입구 동의폭포 앞에 유이태 〈홍역치료발상지〉 안내판과 〈유이태 건강관리치침〉을 동의폭포 앞에서 세우겠다. 예산을 반영하여 유이태 세미나를 개최하는 것을 최우선으로 하겠다."**라는 약속을 받았습니다. 그래서, 산청군청에서 왜곡한 역사 바로잡기 약속을 지킬 것을 믿고 집회를 중단했습니다.

산청군청 공무원들은 자신들이 말한 약속을 지키지 않았습니다. 그래서, 2024년 11월 11일 산청군청 정문 앞에서 역사 왜곡 바로잡기 개최 집회를 했습니다.

산청군청 앞 왜곡된 역사 바로잡기 집회

역사 왜곡 바로잡기 요구사항은 태어나지 않은 허구 인물 류의태 가묘, 묘비, 동상, 기념비와 산청에 온 적 없는 허준 동상 2개, 기념비 3개, 피암터널 벽화 철거와 왜곡된 역사를 바로잡아 달라고 했습니다.

산청군청에서 유이태(劉以泰), 류의태(柳義泰), 허준(許浚)에 관하여 어떻게 지원했을까요?

산청군청에서 태어난 적 없는 허구 인물 류의태를 실존 인물로 만들고, 산청에 온 적 없는 허준을 산청 인물로 만들기 위하여 엄청난 국민 혈세를 낭비했습니다. 몇 가지 예를 보겠습니다.

• 첫 번째로 산청군청에서 허구 인물 류의태와 산청에 온 적 없는 허준 유적지 만들기를 볼까요? 허구 인물 류의태를 실존 인물

로 만들기 위하여 동의보감촌에 가묘 조성, 묘비와 묘비 표지석 설치, 동상과 기념비 건립, 묘지 앞 향나무 심기, 신의정 건립, 해부 동굴과 왕산에 류의태 약수터 조성, 류의태약수터 안내판(안내판의 설화는 산청군지에 채록된 유이태 설화이다) 설치, 산청군 도로에 3개 류의태약수터 이정표와 왕산 등산로에 류의태약수터 이정표 설치, 4권 책 간행, 적벽산 터널에 류의태약수터 벽화 그리기 등 류의태 유적지를 만들었습니다. 또, 산청에 온 적 없는 허준을 산청 인물로 만들기 위하여 동의보감촌에 동상과 3개 기념비 건립, 해부 동굴과 허준 순례길 조성, 구암루 건립, 관광지 안내판 설치, 산청약초시장에 동상 건립과 안내판 설치, 산청읍 내리 허준약수터 이정표 3개 설치, 적벽산 피암터널에 허준 동판(銅版) 안내판 부착과 허준 벽화 그리기 등 유적지를 만들었고, 엄청난 국민 혈세를 낭비했습니다.

• 두 번째로 산청군청에서 개최하는 류의태와 허준 행사를 볼까요? 매년 한방축제 때 류의태와 허준 관련하여 숭모제 지내기, 류의태 상(賞)과 허준 상(賞) 시상, 어린이 백일장과 시조(時調) 백일장 개최, 골든벨 개최, 대학생을 위한 퀴즈행사 개최, 샘물장 행사, 신의(神醫) 체험기 행사를 했습니다.

• 세 번째 산청군청 홈페이지를 볼까요? 산청군청은 산청 출신 의학 인물을 배제한 후 허구 인물 류의태와 산청과 무관한 허준을 산청군청 홈페이지 개설 즉시 게시하였습니다. 2012년부터 산청군청 홈페이지에 28개 허구 인물 류의태 항목 삭제를 요구했습니다. 5년이 훨씬 지난 후 2017년 말에 삭제했습니다. 그런데, 삭제

된 허구 인물 류의태를 2018년 이재근이 군수가 되자 산청군청 홈페이지에 다시 게시했습니다. 왜곡에는 순식간, 바로잡는데 수십 년이 소요되었습니다.

그러면, 산청 출신 명의 유이태 어떻게 했을까요?

- **첫 번째, 산청 출신 실존 인물 유이태 관련 행사 참석**

2024년 4월 6일 유이태 후손들에 의하여 산청군 생초에 〈유이태기념관〉이 개관되었습니다. 산청군수, 관광을 책임지고 있는 실무책임자, 생초면장을 비롯한 산청군청 공직자들은 〈유이태기념관〉 개관행사와 다른 유이태 관련 행사에 단 1명도 참석하지 않았습니다.

- **두 번째, 〈유이태기념관〉 진입 계단**

〈유이태기념관〉은 도로에서 3m 절벽 위에 있어 관광객이 곧바로 들어갈 수 없습니다. 관광객이 〈유이태기념관〉을 관람하려면 개인 집 마당을 통과하여 들어가야 합니다. 이러한 불편을 알게 된 생초면민들과 진주, 부산, 서울 등 생초면 출신 향우 수백 명이 도로에서 〈유이태기념관〉으로 곧바로 올라갈 수 있는 계단을 만들어 달라는 청원서를 생초면사무소에 제출했습니다. 생초면장은 이 청원서를 산청군청 민원과에 접수했고, 산청군수와 실무책임자들은 "계단 공사를 할 수 없다"라는 공문을 보내 왔습니다.

- **세 번째, 유이태 유적지 찾아가는 이정표와 안내판 설치**

산청군 관광지도에 유이태 유적지 표기를 요청해 보았습니다. 유이태는 역사적 업적을 남긴 명의입니다. 산청군수와 실무책임자에게 관광객들이 유이태 유적지인 〈생가(혜민국)〉, 〈서실터〉, 〈묘소〉, 〈유이태약수터〉, 〈이태낚시바위〉, 〈유이태기념관〉를 찾아가는 이정표와 유이태 유적지 안내판 설치를 요청했으나 거절했습니다. 또한, 산청군 관광지도에 유이태 유적지 표기 요청했으나 답변이 없습니다.

• 네 번째, 유이태 약수터 이름 변경 요청

산청군청은 숙종 어의를 지낸 유이태의 전설이 전해지는 〈유이태약수터〉를 태어나지도 않은 〈류의태약수터〉로 조성하여 안내판과 이정표를 설치했습니다. 2012년부터 유이태 후손들이 산청군청이 도적질해 간 왕산의 〈류의태약수터〉를 원래 이름 〈유이태약수터〉로 변경 요구했으나, 현재까지도 해결되지 않고 있습니다. 오부면 내곡리에 있는 유이태 〈마음병치료약수터〉를 옛 모습으로 복원을 제안했더니 "약수터를 없애겠다."라고 말했습니다.

• 다섯 번째, 〈홍역치료발상지〉 안내판과 〈건강관리지침〉 안내판 설치

산청군 생초면 출신 유철호가 고향을 위하여 산청군수 이재근에게 동의보감촌에 사비(私費)로 〈홍역치료발상지〉 안내판과 〈건강관리지침〉 안내판 설치를 제안했습니다. 이재근은 안내판 설치 불허 공문을 보내 왔습니다.

• 여섯 번째, 산청군청에서 도적질한 간 유이태 사적을 되돌려 달라는 책 간행 요구

산청군청에서 숙종 어의를 지낸 유이태 사적(저서, 『유이태유고』 내용, 처방, 『백과사전』 유이태 설명문, 학술 논문, 유적지,

전설,...)을 태어나지도 않은 허구 인물 류의태 사적으로 바꾼 책 3권을 간행했습니다. 도적질해간 내용을 바로잡은 책 간행을 요구했으나, 현재까지도 아무런 답변이 없습니다. 군수 이재근과 과장 강순경은 유이태 사적을 류의태 사적으로 바꾼 책 3권을 간행한 공직자의 자세를 망각한 공무원입니다.

산청군수와 공직자들은 허구 인물 류의태와 산청에 온 적 없는 허준에게는 국민 혈세를 엄청나게 지원하였습니다. 그러나, 자기 고장 출신으로 역사적 업적을 남긴 인물에 대하여 그들이 할 수 있는 모든 방법을 동원하여 철저하게 배제하였고, 행사에도 불참했습니다. 이것이 민선 1기에서 민선 8기 산청군수들과 실무책임자들의 자기 고장 출신의 역사적 인물 유이태 없애기이었습니다. 비교표로 보면 다음과 같습니다.

구분	유이태	류의태	허준
행사 참석	산청군수 등 모두 불참	행사 개최 및 선양	행사 개최 및 선양
유적지 공사 진입	산청군청 거절	산청군청 공사 완료	산청군청 공사 완료
유적지 이정표 및 안내판 설치	산청군청 거절	산청군청 설치	산청군청 설치
약수터 이름 바로잡기	이름이 빼앗겼다.	거짓말 약수터 조성	거짓말 약수터 조성
홍역치료발상지, 건강관리지침 안내판	안내판 설치 불허	류의태 고장으로 홍보	허준 고장으로 홍보
책 재간행 요구	재간행하지 않고 있다.	거짓말 책 4권 간행	거짓말 책 1권 간행

**경남 산청에 소재한 〈동의보감촌〉은
대한민국 역사를 왜곡한 장소라는 것을 꼭 기억해 주십시오.**

민선 1, 2, 3, 4, 5, 7기 산청 군수들은 산청에서 태어나지 않은 허구 인물 류의태를 실존 인물로 만들었고, 가묘, 묘비, 동상, 기념비, 약수터 등 〈동의보감촌〉을 역사 왜곡 진원지로 만든 선출직 공무원들이지요.

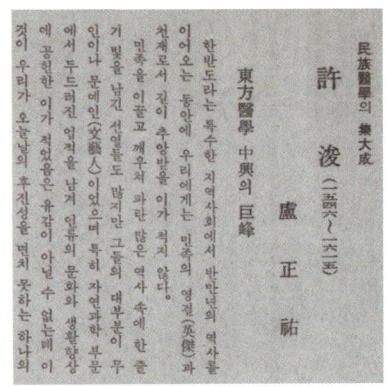

『인물한국사』 노정우 논문 〈허준〉

산청군청에서 **"중국의 명의 화타보다 위대하다"**라는 허준의 스승 허구 인물 류의태가 산청에 실존했다는 주장 변천과 동의보감촌 설립근거는 무엇일까요?

첫 번째, 류의태 실존 9종의 문헌을 제시했다.

1999년 산청군청에서 동의보감촌을 건립하면서 류의태가 실존 인물이라고 제시한 문헌이 있답니다.

산청군청 실무책임자가 제시한 류의태가 실존했다는 문헌 9종을 볼까요? 그 9종 문헌은 노정우가 『인물한국사』에 기고한 논문 「허준」, 『한국구비문학대계』에 채록된 유의태 설화, 이은성이 집필한 『소설 동의보감』, 『소설 동의보감』을 바탕으로 최완규가 집필한 MBC 드라마 〈허준〉, 『브리태니커 백과사전』의 허준 설명문, 『한국역사대사전』의 허준 설명문, 『구암학보』의 한대희 「논문」과 허상회 「논문」, 『의림지』 이종형 「논문」이랍니다. 산청군청에서 제시한 이들 9종의 문헌들의 내용은 한의사학 박사 유철호에 의하여 오류라는 것이 학술 논문에서 밝혀졌답니다.

두 번째, 서자는 족보에 실리지 않는다.

산청군청에서 제시한 가짜 류의태 실존근거 9종의 문헌들이 사실이 아니라는 것이 밝혀지자, 산청군청은 가짜 류의태의 실존을 주장하기 위하여 **"서자(庶子)는 족보에 등재되지 않는다."** 라고 말을 바꾸었답니다. 산청군청에 조선 시대에 서자들도 족보에 실렸다는 『족보』를 제시했습니다. 그 족보는 『진주류씨족보』(405p 참조)와 『양천허씨족보』(421p 참조)이고, 서자도 족보에 실렸답니다. 서자가 실린 『진주류씨족보』를 받아본 산청군청 실무책임자는 또 다시 말을 바꾸었지요.

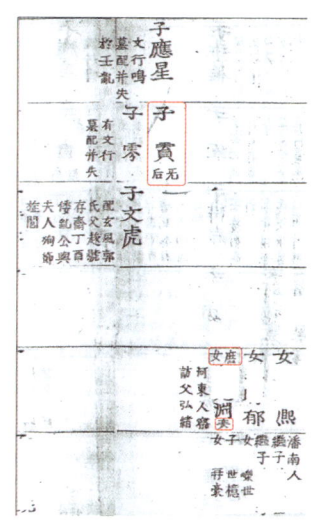

서자가 등재된 『진주류씨족보』

세 번째, 류의태 설화와 전설이 있다.

서자가 기록된 족보를 제시하니 산청군청에서 말을 바꾸었답니다. 류의태가 실존했다며, "류의태 설화와 전설이 있다."라고 말했습니다.

『한국구비문학대계』에 유의태 설화라고 채록된 설화가 누구인가를 기록을 통하여 볼까요? 의령군 칠곡면 설화에 유의태 설화가 채록되어 있습니다. 칠곡면 설화의 주인공 유의태가 홍역 치료 의서『마진법』을 저술했을까요? 홍역 치료 의서『마진편』은 유이태(劉爾泰, 1652~1715)가 저술했습니다. 산청군청에『한국구비문학대계』의 홍역 치료 의서『마진법』의 저자는 유의태가 아니고 유이태라는 증거를 제시했습니다.

『한국구비문학대계』 의령군 칠곡면 설화 유의태『마진법』 유이태『마진편』

한의사학자 유철호가 **"『한국구비문학대계』와『여러 설화집』에 채록된 유의태는 숙종 어의를 지낸 유이태 이름에서 파생(派生)된 이름이다."**라는 학술 논문을 발표했답니다. 이 논문을 산청군청 실무 책임자에게 보냈지요.

5부 유이태(劉以泰)와 유의태 · 류의태(柳義泰) 역사와 허구

네 번째, 하동 악양면 평사리 최참판댁이 건립되어 있다.

유철호의 논문을 받은 산청군청 실무책임자는 또 다시 말을 바꾸었지요. 산청군청은 **"하동 악양면 평사리에 박경리 선생의 『토지』에 등장하는 최참판댁이 건립되어 있다."**라며, 류의태 실존과 동의보감촌을 만들었다고 새로운 근거를 주장했답니다. 즉, 산청군청은 **"하동 평사리 최참판댁도 있다. 가짜 류의태를 바탕으로 동의보감촌을 만든 것은 역사 왜곡이 아니다."**라고 말을 바꾸었지요.

유철호가 "하동 악양면 평사리 최참판댁은 박경리의 소설 『토지』와 드라마 촬영지를 바탕으로 건립한 것이라고 간판에 표기되어 있다. 하동군청은 산청군청과 다르게 최참판의 출생지, 생몰연도, 활동지를 지어내지 않았다."라고 말했답니다.

하동 군청에서 설치한 드라마 〈토지〉 촬영지를 표시 안내판

다섯 번째, 남원 〈광한루〉와 장성 홍길동 마을이 건립되어 있다.

하동 악양면 평사리 최참판댁으로 류의태의 실존과 동의보감촌 건립을 주장했던 산청군청은 류의태 실존근거논리를 바꾸었지요. 산청군청은 류의태와 동의보감촌 건립에 대하여 또 다른 주장을 말했습니다. 산청군청은 **"남원 〈광한루〉와 장성 홍길동 마을과 같은 유적지도 있다."**라고 말을 바꾸었지요.

유철호가 "『춘향전』의 이몽룡은 실존 인물 성이성(『조선왕조실록』 94회)이고, 〈광한루〉는 황희 정승의 〈광통루〉에서 영의정 부사를 지낸 정인지가 〈광한루〉로 개명했고, 홍길동은 『연산군실록』에 9회로 기록되어있다."라는 실존 근거를 말했지요.

여섯 번째, 『소설 동의보감』과 드라마 〈허준〉을 바탕으로 류의태를 만들었고, 동의보감촌을 건립했다.

유철호가 〈광한루〉는 조선 세종 때 명재상 황희 정승이 건립했고, 한글학자 정인지가 이름을 바꾼 사실, 〈홍길동마을〉은 연산군 때 『조선왕조실록』에 기록된 홍길동을 바탕으로 건립한 사실을 말했지요.

이 말을 들은 산청군청 담당자는 **"이제는 되돌리기에는 시간이 너무 지나갔다."**라고 말하면서 **"류의태와 허준을 왜곡한 내용은 절대로 바꿀 수 없다."**라고 말을 바꾸었지요.

그래서, 유철호가 **"손자와 손녀들에게 허준의 스승이 류의태, 허준이 산청에 왔다는 말할 수 있냐?"**라고 질문하니 담당 공무원들은 답변하지 못했답니다.

류의태 실존 근거 ①'9종 문헌', ②'서자는 족보에 실리지 않는다.', ③'류의태의 설화와 전설이 전해오고 있다.' ④'하동 평사리 최참판댁, ⑤남원〈광한루〉와 장성〈홍길동마을〉' 등은 산청군청의 류의태 실존 근거와 동의보감촌 건립 주장이 거짓으로 밝혀지었지요.

최근에 와서는 산청군청은 산청의 의학인물 류의태와 허준을 **"소설과 드라마를 바탕으로 동의보감촌을 건립했다."** 라고 동의보감촌 건립 당시와 다르게 말하고 있답니다. 그들은 전임자들을 감싸는 모습입니다.

2024년 6월 18일 산청군청 항노화 과장 정명희와 전화 통화했지요. 그에게 허구 인물 류의태 동상 철거, 역사를 왜곡한 흉물 철거와 동의보감촌 설립 근거를 요구했답니다.

산청군청은 『소설 동의보감』과 드라마 〈허준〉에 등장한 태어나지도 않은 가짜 류의태를 실존 인물을 만들었지요. 산청에 온 적 없는 허준이 산청에 와서 가짜 류의태로부터 의학을 배웠다는 거짓말 유적지를 만들었답니다. 산청군청은 군청 홈페이지에서 허준을 산청 출신이라고 알리고 있었지요. 민선 1, 2, 3, 4, 5, 7, 8기 산청군수와 담당 과장들은 산청군청에서 조작한 역사를 바로잡지 않으려는 사람들이랍니다.

일본과 중국의 역사 왜곡은 매우 강력하게 요구하면서 우리가 왜곡한 역사에 대해서는 관대하거나, 그냥 넘깁니다. 우리는 산청군청에서 조작한 역사는 반드시 바로잡아야 합니다.

거짓으로 밝혀진 〈동의보감촌〉의 류의태와 허준!

산청군청이 자랑하는 허준을 가르친 살신성인의 스승 '류의태'는 노정우가 진주에 거주하는 한의사 허민으로부터 전화 통화하면서 들은 산청 출신 신의(神醫) 유이태 이름을 바꾸어 지은 이름이라는 것이 밝혀졌답니다.

또한, 허준은 산청에 온 적도 없고, 가짜 류의태와 사람을 해부한 사실이 없다는 것도 밝혀졌지요. 그런데도, 산청군청은 〈동의보감촌〉을 찾아오는 관광객들에게 허준이 태어나지도 않은 류의태를 해부했고, 가짜 류의태와 허준을 산청 출신 인물이라고 알리고 있답니다.

산청군청에서 역사를 왜곡하여 만든 유적지들은 어떤 것이 있을까요?

산청군청에서 만든 역사 왜곡 유적지를 알아볼까요? 태어나지 않은 허구 인물 류의태와 산청에 온 적도 없는 허준 유적지가 있지요.

허구 인물 류의태를 기념하는 유적지가 있는 장소는 동의보감촌, 왕산, 대전통영고속도로 산청휴게소와 신안면 적벽산 피암터널입니다. 동의보감촌에는 한의학박물관 류의태 초상화 전시, 류의태 가묘, 가묘 입구 표지석, 묘비, 동상, 2개 기념비, 신의정, 해부동굴과 안내판이 있지요. 생초의 산청박물관에는 류의태 초상화 전시, 왕산에는 류의태약수터, 약수터 안내판, 도로 약수터 이정표, 대전통영고속도로 산청휴게소에 류의태 안내판을 설치했답니다. 그리고, 신안면 적벽산 피암터널 벽에 류의태약수터 벽화를 그려놓았답니다.

산청군청에서 만든 산청에 온적 없는 허준을 기념하는 유적지가 있는 장소는 동의보감촌, 산청약초시장, 내리 심적사와 신안면 적벽산 피암터널입니다. 동의보감촌에는 허준 동상, 3개 기념비, 구암루, 허준 순례길, 해부동굴이 있지요. 산청 약초시장에는 허준 동상과 안내판이 설치되어 있고, 내리 심적사에 허준 약수터와 약수터 이정표, 대전통영고속도로 산청휴게소에는 허준 초상화와 휴식 공간, 그리고, 신안면 적벽산 피암터널 벽에 허준 안내판과 벽화를 그려놓았답니다.

역사를 왜곡한 이와 같은 흉물들은 대한민국을 짊어지고 나아갈 후손들을 위하여 반드시 철거해야 합니다. 혹시, 산청과 동의보감촌을 관광하실 때, 이러한 유적지를 보시면 역사를 왜곡한 흉물이라는 것을 기억하여 주세요.

역사왜곡으로 피해는 누가 볼까요?

역사 왜곡은 이웃 일본, 중국인과 우리 국민 중에서 누가 피해를 볼까요? 당연히, 우리 국민이 커다란 피해를 입게 된답니다.

동의보감촌은 역사 왜곡 문제점을 가지고 있습니다. 산청군청은 허구 인물 '류의태'라는 인물을 실존 인물로 만들어 동의보감 편찬자 허준의 스승인 것처럼 알렸지요. 허준이 산청에 온 적도 없음에도 불구하고, 산청에서 류의태에게서 의학을 배웠다는 거짓말을 만들어냈습니다. 산청군청은 국민 혈세로 역사적 사실과 무관한 가묘, 동상, 기념비, 누각, 해부 동굴, 순례길, 약수터, 벽화 등을 건립하여 마치 역사 유적지인 것처럼 꾸몄답니다.

자라나는 아이들에게는 잘못된 역사를 가르치면, 왜곡된 역사 정보를 사실로 받아들여 잘못된 역사관을 형성할 수 있지요. 주민들에게는 지역의 이미지가 실추되고, 지역 사회의 신뢰를 떨어 드리게 합니다.

역사학자에게는 역사적 사실을 왜곡하는 행위는 그들의 연구 활동을 방해하고 역사 연구의 신뢰성을 떨어뜨릴 수 있지요.

후손들에게는 역사적 인물의 명예가 훼손될 수 있으며 정신적 고통을 가져올 수 있답니다.

국민들에게는 역사 인식이 왜곡되면 국가 정체성에 대한 혼란이 야기되고, 사회 통합을 저해할 수 있지요. 잘못된 역사를 배우고 성장한 세대는 역사에 대한 잘못된 생각을 가지게 되어 올바른 역사관 정립에 어려움을 겪을 수 있답니다.

동의보감촌의 태어나지도 않은 가짜 류의태와 산청에 온적없는 허준의 역사 왜곡은 단순히 산청군의 문제가 아닙니다. 우리 사회 전체의 역사 인식과 역사 문화유산 보존에 대한 심각한 문제이지요.

역사는 단순히 과거의 사건을 기록하는 것이 아니라, 현재와 미래를 살아가는 우리에게 교훈과 지혜를 주는 소중한 유산이랍니다. 우리는 역사를 소중히 여기고, 올바르게 기억하여 후대에 올바른 역사를 물려주어야 할 책임이 있답니다.

역사 왜곡 바로잡기 과정

    1999년부터 산청군청 문화관광과장 김동환에게 역사를 왜곡하면 안 된다고 말했답니다. 권력을 가진 김동환은 민원인의 의견을 무시하고 역사를 왜곡했지요.

    2012년부터 산청군청을 매년 수차례 방문하여 산청군수 이재근과 실무 책임자들을 만나서 역사 왜곡을 바로잡아 달라고 요구했었답니다. 어떤 군수는 면담을 신청해도 거절했지요. 실무 책임자는 면담 후 5분이 지나면 회의, 또는 도청과 관내 출장이 있다고 나가기도 하였고, 자리를 피하기도 했답니다. 휴대폰으로 전화 휴대폰으로 전화를 걸면 전화를 차단했습니다. 산청군청에 역사 왜곡 바로잡기 공문을 수 십회 보냈지요. 그들은 핑계를 대면서 왜곡된 역사를 바로잡지 않았지요. 2014년 9월 29 산청군청에서 왜곡한 역사를 바로잡고자 변호사를 선임하여 산청군청에 공문을 보냈답니다.

    2014년 10월 08일 산청군수는 "고증되면 바로잡아 주겠다."라고 답변서를 보내왔지요.

    류의태는 유이태 이름에서 파생된 이름으로 태어나지 않은 허구 인물이고, 허준은 산청에 온 적도 없으며, 류의태로부터 의학을 배우지 않았고, 허준의 조모 친정은 경기도 금천군 서면 백암리(현재 광명시청)이라는 사실이 고증되었답니다. 그런데도, 산청군수는 자신이 공문으로 약속한 것을 바로잡아 주지 않았지요.

    오랫동안 산청군청에서 왜곡한 우리나라 역사를 바로잡아 주지 않기에 감사원에 요청했지요. 2022년 10월 국민 967명이 서명한 청원서를 첨부하여 산청군청의 역사 왜곡을 바로잡아 달라는 감사청구를 감사원에 했답니다. 감사원 앞에서 1인 시위도 했었지요.

감사원 앞 1인 시위

감사원에서 산청군청을 방문해 산청군청의 역사 왜곡 감사를 했답니다. 그러나, 산청군수 이승화와 항노화과 과장 하은희는 "왜곡된 역사를 바로잡지 못하겠다."라는 답변했답니다.

2022년 한방축제 때 산청약초시장과 군청 입구에서 역사 왜곡 바로잡기 집회와 2023년 9월 산청세계전통의약항노화엑스포 개최 첫날 동의보감촌 동의폭포 앞에서 왜곡된 역사 바로잡기 집회를 열었답니다.

2022년 9월 산청한방축제 산청약초시장 역사 왜곡 바로잡기 집회

역사 왜곡 바로잡기 노력 결과는 어떻게 되었을까요?

이러한 역사 왜곡 바로잡기 결과, 산청군청에서 ① 한의학박물관과 산청박물관에 전시된 류의태 초상화 철거, ② 산청지방도로에 설치된 류의태약수터 이정표 철거, ③ 동의보감촌 안내판과 산청 9경 안내판에서 류의태 이름 삭제, ④ 산청군청 홈페이지의 류의태와 허준 소개 내용 삭제, ⑤ 한의학박물관과 산청박물관 카다록에 기록된 류의태 삭제, ⑥ 산청관광지도와 동의보감촌 둘레길 지도에서 류의태약수터 삭제, ⑦ 산청군청 홈페이지에서 동의보감촌을 소개하는 페이지에 류의태와 허준을 소개하는 내용 "류의태가 허준 스승, 허준이 산청에 왔다. 허준 조모 친정 산청군 신안면 하정리 정태, 허준이 신의 류의태로부터 의학을 배웠다."라는 내용은 삭제했지요.

그러나, 동의보감촌에 건립된 가짜 류의태 동상, 기념비, 가묘, 묘비와 산청에 온 적 없는 허준 동상, 기념비, 해부 동굴, 허준 순례길은 철거하지 않고 그대로 두고 있습니다.

바로잡는 것이 진정한 용기이다!

산청군청은 〈동의보감촌〉의 역사 왜곡 잘못에 대하여 용기를 내고 '류의태'는 유이태를 모델로 한 인물이라는 것을 밝혀야 합니다. 그리고, 실존했던 산청 출신의 명의 유이태를 알리면 어떨까요?

그렇게 한다면 〈동의보감촌〉을 찾는 사람들이 역사 속의 실존 인물로서 호흡기 전염병 홍역 치료 태두 유이태가 남긴 〈건강관리 지침〉과 실천한 〈인생5도(人生五道)·삶의 5도〉 - 부모를 공경히 모시는 효도(孝道), 헐벗고 굶주린 사람에게 희망을 주며 자신이 가진 것을 나누어 주는 시도(施道), 바른길을 걷는 정도(正道), 병의 근원을 깊게 탐구해 그 증세에 따라 처방하고 병들어 있는 환자를 진심으로 사랑하면서 치료하는 의도(醫道), 평상시 건강할 때부터 몸을 잘 관리하고 절제 있는 생활하는 수도(壽道) - 를 알게 되면 더욱 흥미를 느끼지 않을까요?

우리가 해야할 일은 무엇일까요?

태어난 기록 없는 허구 인물 류의태가 허준을 가르친 살신성인의 스승으로 바뀌어 실존 인물이 되고, 〈한의학성지〉를 대표하는 인물이 되어야 할까요? 산청에 온 적 없는 허준이 산청에 와서 가짜 류의태로부터 의학을 배웠다고 대한민국을 짊어지고 나아갈 후손들과 우리 국민에게 거짓말을 알려야 할까요?

우리는 후손들에게 산청군청이 조작한 우리나라의 역사를 물려주어서는 안 되고 올바른 역사를 넘겨 주어야 합니다.

대한민국 역사를 조작한
한의학 성지 〈동의보감촌〉을 어떻게 하면 좋을까요?

대한민국을 짊어지고 갈 후손들을 위하여 태어나지도 않은 류의태의 가묘, 류의태의 출생지, 생몰년도, 의술활동지, 가계를 기록한 거짓말 묘비는 반드시 철거해야 합니다. 태어나지도 않은 류의태를 신의로 만들어 건립한 동상 이름은 바꾸어야 합니다. 가짜를 칭송하는 거짓말 기념비도 철거해야 합니다. 허구 인물 류의태를 허준의 스승이라는 거짓말을 하지 말아야 합니다. 가짜 류의태를 추모하는 숭모제 행사는 즉시 중지해야 합니다.

산청에 온 적 없는 허준이 산청에 와서 허구 인물 류의태로부터 의학을 배웠고, 의술을 수련했다는 거짓말을 해서는 안 되지요. 허준이 산청군 신안면 외고리 양지마을에 살았다는 거짓말을 기록한 류의태 묘비도 철거해야 합니다. 허준이 허구 인물 류의태의 시신을 해부했다는 거짓말 해부동굴은 반드시 철거해야 합니다.

또한, 산청에 온 적 없는 허준을 기리는 허준 동상, 기념비, 구암루 해부 동굴, 허준 순례길은 반드시 철거해야 합니다.

산청약초시장에 허준 동상과 동상을 설명하는 안내판이 있답니다. 산청군청에서 건립했지요. 안내판에

약초시장의 산청에 온적 없는 허준 동상

약초시장의 허준 동상 설명 거짓말 안내판

허준 동상을 설명하는 글에는

> "지리산 약초로 『동의보감』의 약재 실험과 의료기술을 실행했으며, 병자를 위해 주야로 약초를 연구하고 고심했던 선비 허준 선생의 모습을 형상화"

한 것이라고 기록되어 있답니다.

허준이 지리산 약초로 『동의보감』의 약재를 실험했을까요? 허준이 지리산 약초로 의료기술을 실행했을까요?

『동의보감』은 우리나라 의서와 중국 의서에 기록된 처방을 알기 쉽게 정리하여 편찬한 의서랍니다. 허준은 약재를 실험하지 않았답니다. 이런 거짓말하면 안 되지요.

산청약초시장에 허준이 병자를 위해 주야로 지리산 약초로 『동의보감』의 약재를 실험했다는 거짓말과 약초를 연구했다는 안내판과 허준 동상은 반드시 철거해야 합니다.

산청군청 홈페이지에 허준이 산청 인물이라는 게시물도 자라나는 아이들을 위해 반드시 삭제해야 합니다.

산청군 생초면 신연은 선비 의사 명의 유이태가 조선인 최초로 홍역 치료서『마진편』을 저술한 장소랍니다. 그래서, 산청은 〈홍역치료발상지〉이지요. 산청군청에서 산청 생초가 〈홍역치료발상지〉라는 것을 알려야합니다.

다른 사람의 소유가 된 「마진편」 저술 장소 유이태 혜민국

조선의 히포크라테스 선비 의사 심의(心醫) 유이태는 백성을 위하여 〈건강관리지침〉을 남겼습니다. 동의보감촌 동의폭포 앞에 〈홍역치료발상지〉 안내판과 구름다리 무릉교 입구에 동의보감촌 관광객들이 마음속 깊이 담은 후 가정으로 돌아가시어 실천할 선비 의사 명의 유이태 〈건강관리지침〉 안내판을 설치해야 합니다. 구름다리가 중국의 고사에 나오는 무릉교로 지었는지 이해가 안 됩니다. 무릉교 대신 산청의 의학 인물 **〈유이태교〉** 또는 **〈건강교〉**라고 부르는 것이 훨씬 〈한의학성지〉에 알맞은 이름입니다.

〈동의보감촌〉은 올바른 역사가 숨 쉬며, 명의가 남긴 〈건강관리지침〉을 가슴에 담아가고, 울림이 있는 명승지 〈한의학 성지〉로 새롭게 바꾸어야 합니다.

아울러, 동의보감촌은 선비 의사 심의(心醫) 유이태가 실천한 5가지 도리(道理), 〈인생5도(人生五道 · 삶의5도)〉와 〈인술5도(仁術五道)〉를 배우는 올바른 교육 장소가 되어야 합니다.

〈동의보감촌〉 구름다리 〈무릉교〉

그러기 위해서는 산청군청의 공무원들은 군수의 눈치를 보지 않아야 합니다. 대한민국을 위하고, 미래를 위하여 왜곡된 산청 출신의 홍역치료 태두 유이태 역사와 산청에 온 적 없는 허준 역사를 바로잡는 행정을 실천해야 한다고 생각해 봅니다.

〈동의보감촌〉은 중국 절강성 이우시 주단계 능원 또는 경기도 광주시 곤지암 화담숲을 벤치마킹하여 대한민국 힐링의 고장 〈한의학성지〉로 가는 것이 어떨까요?

왜곡된 대한민국 인물 역사

왜곡된 대한민국 인물 역사를 보면서

부록 1. 산청군청에 의하여 사적이 빼앗긴 유이태(劉以泰)는 누구인가?

부록 2. 산청 동의보감촌의 류의태, 허준과 허준 조모 바로 알기
산청군청에 의하여 실존 인물이 된 유의태(柳義泰)는 누구인가?

부록 3. 산청군청에 의하여 산청 인물이 된 허준(許浚)는 누구인가?
산청군청에서 국민 혈세로 만든 산청에 온 적 없는 허준 유적지

부록 4. 산청군청이 주장하는 허준 조모 친정 본관는 어딘가?
허준은 조모 생전에 조모 친정에 갔을까?

부록 5. 태어나지도 않은 허구 인물 류의태(柳義泰)가 허준의 스승으로
학술 논문에 발표된 후 산청군청과 진주류씨 토계에서 실존
인물이 된 과정

부록 6. 역사 왜곡 시작에서부터 바로잡기까지 과정

부록 7. 2024년 산청한방축제 때 류의태 숭모제 인사말 전문

부록 8. 산청군청, MBC, 산청 동양당 김태훈, 대한한약사협회와
산청군 신안면 진주류씨 가문에 보내는 고언

왜곡된 대한민국 인물 역사를 보면서

역사(歷史)는 영웅호걸(英雄豪傑)과 권력을 가지고 있는 자(者), 그리고 가진 자(者)들의 위주로 기록되어 왔었다. 영웅호걸도 아니며, 힘이 없는 자(者), 그리고 가진 것이 없는 자(者)들은 흔적도 없이 사라지고 만다. 절대 권력이 존재하였던 시대에 일인지하만인지상(一人之下萬人之上) 자리 영의정(領議政)에 있었던 분들도 그분들이 세상을 떠난 후 수십 년이 흐르면 세인(世人)들의 기억에서 사라지고 만다.

우리가 추앙하는 의학의 성인, 즉 의성(醫聖)은 어떤 인물일까? 醫聖은 의술이 경지에 오르고, 의술을 펼 때 백성은 평등하다며, 남녀노소를 막론하고, 환자의 신분, 친분, 계급, 빈부를 차별하지 않은 인술제세(仁術濟世), 제중인심(濟衆仁心), 혜민애세(惠民愛世)를 실천한 의학자를 말한다. 그러면, 조선의 진정한 醫聖은 누구일까?

우리는 초야(草野)에서 헐벗고 불쌍한 환자를 위하여 평생을 살아오신 명의들의 업적을 과소(過小)하게 평가해온 것이 사실이다. 그 대표적인 분이 산청의 전설적인 명의 유이태 선생이다. 그분은 가진 권력도 없었다. 가진 것이라고는 나라를 위하는 충(忠), 조부모와 부모를 공경히 모시는 효(孝), 형제를 위하는 우애(友愛), 신기(神技)에 가까운 의술(醫術), 자신의 가족 안위(安慰)보다는 이웃의 안위(安慰)와 사람들은 평등하다며 남녀노소를 막론하고, 귀천과 친소, 빈부와 민관을 구분하지 않은 고귀한 인품(人品) 이외는 없었다.

    사대부 후예(後裔) 유이태 선생께서는 누구나 입신양명(立身揚名)을 갈망하던 시대에 나라에서 제수한 관직을 사양했고, 성별, 신분, 친분, 계급, 빈부를 차별하지 않고 오직 헐벗고 병마에 고생하는 수많은 백성을 치료하였다. 그래서, 역사의 한 페이지를 장식하고 있다고 생각한다. 만일, 유이태 선생께서 부귀(富貴)와 권력(權力)을 탐하였으면 과연 지금까지 고귀한 인품이 기록과 구전으로 수백 년을 전해져 왔을까? 반문해 본다.

    백성을 사랑하며, 백성들과 생사고락을 함께한 유이태 선생은 불우한 의원이 되었다. 불우한 의원이 된 것은 그가 생전에 인술을 펼치고 있을 때 불우한 것이 아니다. 그가 세상을 떠난 후 276년이 지난 1999년부터 그의 향리 산청군의 군수와 실무책임자들에 의하여 이름, 저서, 처방, 유적지 등 모든 사적, 심지어 유이태 선생이 남긴 유고에 기록된 내용도 태어나지도 않은 허구 인물 류의태(柳義泰)에게 빼앗겼고, 현재까지 산청군청 공무원, 산청 동양당 한약방 김태훈, 그리고 관련된 단체에 의하여 바로 잡히지 않고 있다.

    산청군청 공직자, 산청 동양당 김태훈, 대한한약사협회, 역사 왜곡에 동참하여 학자의 양심을 판 사람, 가짜를 실존 인물이라고 주장하며 족보에 등재한 가문 등 실명을 밝힌 것은 그들이 역사 왜곡의 장본인이라는 것을 널리 알리는 공익을 위함이다.

한의사학박사 유 철 호

부록 1

산청군청에 의하여 사적이 빼앗긴 유이태(劉以泰)는 누구인가?
유이태(劉以泰) 약력

- 개설
- 생애 및 활동 사항
- 유이태 가계
- 의학 입문
- 저서와 유품
- 홍역(마진) 치료
- 『인서문견록(麟西聞見錄)』 서문
- 5도(道) 실천
- 의학 정신
- 의학 사상
- 의의와 평가
- 업적
- 연보
- 유훈(遺訓)
- 어록(語錄)
- 건강관리지침
- 〈한의학 성지〉 조건과 산청 의학 인물 비교
- 유이태기념관
- 산청 유이태 유적지 지도
- 거창 유이태 유적지 지도

산청군청에 의하여 사적이 빼앗긴 유이태(劉以泰)는 누구인가?

유이태(劉以泰) 약력

▶ 개설

유이태의 한자(漢字) 이름은 가문, 왕실 기록과 사우들은 유이태(劉以泰)로, 저서에는 유이태(劉爾泰)이며, 자(字)는 백원, 호는 신연당, 인서, 원학산인이고, 본관은 거창이다. 1652년 경남 산청군 생초면 신연리 679번지에서 태어나 1715년 2월 27일 새벽에 세상을 떠났고, 묘소는 산청군 생초면 갈전리 산35-1에 있다.

유이태는 조선 후기 의학자로서 일생을 살아가면서 인생5도(人生5道)와 인술을 펴면서 인술5도(仁術5道)를 실천했다.

자신의 숙병(宿病) 치료와 부모를 편안히 모시며 조선의 백성을 치료하기 위하여 입신양명의 뜻을 접고 의학에 입문하여 독학으로 3년 만에 의원이 되었다. 의원이 된 후 산음과 인근 고을, 그리고 영호남의 환자들을 치료하였고, 30세에 명의(名醫)로 명성을 얻어 이름이 조선 전국에 널리 알려졌다.

유이태는 조선 전역에 홍역이 창궐하자 목숨을 걸고 홍역 치료에 나섰고, 조선인 최초로 홍역 전문 치료 의서 『마진편』을 저술하였다.

유이태는 흉년에 자신이 가진 재산과 경상좌우도의 친구들에게 빌려온 백미로 의창(義倉)을 주관하여 굶주림에 있는 사람들에게 쌀을 나누어 주었다.

유이태는 1710년과 1713년 임금 숙종의 환후가 발생하자 임금의 부름을 받고 의약(議藥)에 동참하여 어의(御醫)를 지냈다. 임금의 병을 고친 공로로 경기도 안산 군수에 제수되었으나, 어의를 사임하고 향리 산청으로 돌아왔다.

유이태는 40여 년간 향의(鄕醫)로 백성들의 질병을 치료하였다. 어의로 활동했으며, 조선을 대표하는 유학자 의원으로 일생을 환자들을 치료하였기에 '유이태탕', '순산비방', '낙반비벽토' 등 우리나라 의원 중에서 가장 많은 명의 설화를 남겼다.

유이태는 이은성이 집필한 『소설 동의보감』과 MBC에서 방영한 역사 드라마 〈허준〉에서 『동의보감』의 편찬자 허준을 가르친 살신성인의 스승으로 묘사된 유의태(柳義泰)의 모델 인물로 산청에서 인술을 펼쳤지만, 산청군청 군수들과 공무원들에 의하여 재조명되지 못하고 배제되어 이름과 사적이 허구 인물 류의태(柳義泰)로 바뀌어졌다.

▶ 생애 및 활동 사항

■ 소년기 : 1652-1669
- 경남 산청군 생초면 신연리 679번지에서 출생했다.
- 거창 위천에서 조부로부터 유학을 배웠다.
- 어릴 때 병을 앓았는데 혼자서 의서를 읽고 병을 고쳤다.
- 10세 전후에 모친이 요절하자 묘소 앞에 움막을 짓고 3년간 시묘살이를 했다.
- 부모를 편안히 모시며, 백성을 치료하고자 입신양명의 뜻을 접고 의학에 입문하여 3년 만에 의원이 되었다.

■ 청년기 : 1670-1689
- 수많은 백성이 질병으로 고통 받는 것을 보고 영남, 호남, 충청을 돌아다니며 인술을 펼쳤다.
- 흉년에 의창(義倉)을 주관하여 자신의 재물과 경상좌우도 사우들에게 백미를 빌려와 굶주림에 있는 백성을 구하였다.
- 홍역 환자들을 치료하였다.

■ 장년기 : 1690-1709
- 호흡기 전염병 홍역으로 사람이 죽는 것을 목격하고 조선인 최초로 홍역 치료 의서 『마진편』을 저술하였다.
- 『인서문견록』, 『실험단방』, 1975년 잃어버린 의서 『2권』, 화재로 소실된 『침구방』과 『부인방』을 저술했다.
- 질병 치료보다는 질병 예방이 중요하다고 주창했다.
- 경험 치료 중요성을 강조했다.
- 제자를 가르쳤다.

■ 노년기 : 1710-1715
- 한양을 방문하여 환자들을 치료하였다.
- 1710년과 1713년 나라(임금)로 부터 두 번의 부름을 받아 어의로 임명되었다.
- 도수환 처방으로 숙종 임금의 환후를 치료하였다.
- 숙종 임금의 병을 고친 공로(功勞)로 숭록대부 안산 군수를 제수 받았다.

▶ 유이태 가계

■ 친가

시조(18대조) 유전(劉荃)	송나라 병부상서, 문양공(文襄公)
18대조 유견규(劉堅規)	봉익대부 도첨의찬성사 거타군
17대조 유춘무(劉春茂)	문림랑 삼사사상서원 직장
16대조 유성(劉成)	숭록대부 추밀부사 검교사 순위장군
15대조 유찬(劉贊)	사온령동정 광정대부 밀직사사 대사헌
14대조 유승(劉昇)	광정대부 밀직사사판전리사사 상호군
13대조 유해(劉海)	봉순대부 판내부사겸진현관 대제학
12대조 유흡(劉洽)	통훈대부 금구 현령
11대조 유환(劉懽)	광정대부 사헌부 감찰 밀직사사 겸 대사헌
10대조 유담(劉覃)	청백리 통훈대부 사헌부 감찰 용궁현감
9대조 유항(劉恒)	전성서령겸훈련원 주부
8대조 유귀손(劉貴孫)	평정군, 용양위부호군, 자헌대부 증병조판서
7대조 유관(劉瓘)	장사랑기자전 참봉
6대조 유우민(劉友閔)	충순위 창신교위
고조부 유명개(劉名盖)	의병장, 증직 감찰
증조부 유의갑(劉義甲)	효자
조 부 유유도(劉義甲)	효자, 증직 첨지중추부사, 통정대부
아버지 유윤기(劉潤祺)	효자
본 인 유이태(劉以泰)	어의, 숭록대부 안산군수
아 들 유명로(劉命老)	출사하지 못했다.
손 자 유홍일(劉弘一)	출사하지 못했다.

유이태 이후 그의 가문은 쇠퇴했다.

■ 외가, 처가

외고조부는 증직 형조참판 이난춘, 외증조부는 1594년 무과에 급제하였고, 임진왜란 때 의병장으로 활동하였으며, 유효립(柳孝立)·정심(鄭沁)의 모반사건의 난을 평정하여 영사원종공신 1등으로 봉해지고, 병자호란에서 한성 방어에 전공을 세웠다. 초계현감 때 선정을 베풀어 가선대부로 가좌되고, 경상좌도 수군절도사를 지냈으며, 증직 병조판서로 추증된 이의립, 외조부는 봉상시 판관을 지낸 이광훈이다.

처6대조는 문과에 급제하여 회양 부사를 지낸 조숙, 처고조부는 수승 통정대부 조개우, 처증조부는 현감을 지낸 조경인, 처조부는 봉직랑으로 단양군수를 지낸 조곤수, 처부는 성현도 찰방을 지낸 조익휘이다.

▶ 의학 입문

"내가 일찍이 〈곡례(曲禮)〉의 여러 편(篇)을 읽다가 부모를 섬기고 있는 사람은 의학을 몰라서는 안 된다는 구절에 이르러 책을 덮고 탄식하였다. 이에 분연히 의학에 뜻을 둔 지 40여 년이 흘렀다."
(余嘗讀曲禮諸篇 至事親者不可不知醫 掩卷而歎. 慨然有志於此者 于今爲四十餘年)

『마진편』 서문 유이태

"만일 재상(宰相)이 되지 못한다면 의사(醫師)가 되기를 바랬다. 진실로 사람의 마음을 사랑할 줄 알고 만물을 구제할 마음으로 보려는 마음을 먹었다네. 어릴 때 우환(憂患)을 겪은 후 팔을 꺾어 의사가 되리라고 결심하였는데, 보서 1권을 품에 안고 낮에는 읽고 밤에는 거듭 생각했는데, 경험하여 마음으로 깨우치는 것을 귀하게 여겼고 전수 받은 것은 외부로부터 배운 것이 아니었네." (소수서원장, 참봉 정중원)

"나라를 고치겠다는 뜻을 접고 사람을 고쳤네."(통덕랑 권만적)

어린 시절부터 심한 아증(痾症, 오랫동안 가지고 있던 병)을 앓았다. 혼자서 의서를 읽고 자신의 병을 고쳤다. 10세 때 모친의 요절을 겪고 부모를 공경히 모시고자 입신양명의 뜻을 접고 독학으로 의원이 되었다. 의원이 된 후 조선의 백성은 평등하므로 남녀노소, 귀천과 친소, 빈부와 민관을 차별하지 않고 오직 환자를 치료하였다.

▶ 저서와 유품

■ 저서

전해지고 있는 저서는 『마진편』, 『인서문견록』과 『실험단방』이고, 1975년 MBC에서 드라마 『집념』이 방영될 때 대학교수라며 유이태 후손 집을 방문하여 가져간 『의서 2권』과 1940년대 초반 종가집 사랑채 화재로 소실된 『침구방』과 『부인방』을 남겼다.

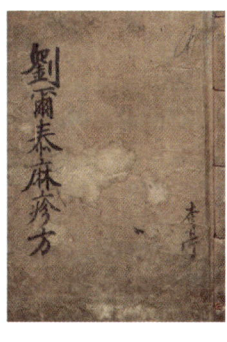 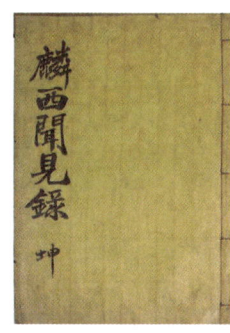 

■ 유품

전해지고 있는 유품은 『유이태유고』, 『예조정장』, 『정영장』과 『간찰』이 있다.

- 『유이태유고』

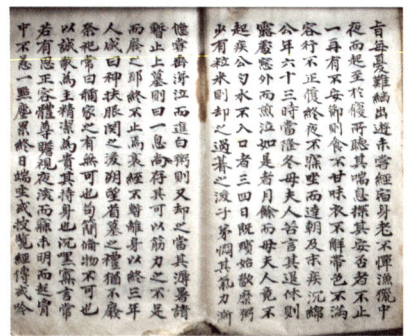

유이태의 행적이 기록된 책으로 필사본이다.

• 『간찰』

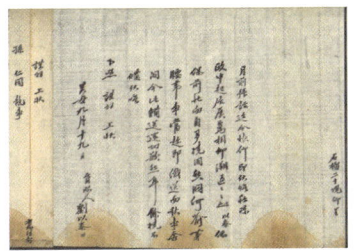

유이태가 인동(경북 구미)을 방문한 후 산음 생림에 돌아왔다. 한달 보름 후 인동 관리에게 보낸 편지.
날짜 : 계축년(1673) 9월 19일

• 『예조정장』

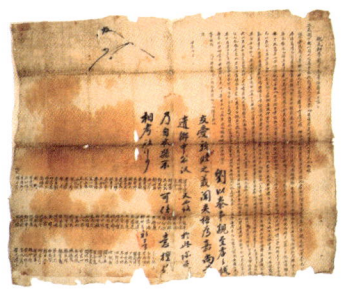

임진년(1712년) 7월 초3일 민두삼, 이초연, 오이격 등 산음 선비 99명이 유이태의 효도(孝道)와 시도(施道)를 기록하여 예조에 올리는 정장문.
산음 현감 서종치(徐宗穉)의 수결이 있다.
예조정장에 "제사(題辭)에 말한다. 유이태의 어버이를 섬기고 효성을 다하는 정성과 형제간의 우애를 돈독하게 하는 의리는 지극히 가상한 일이라 들었다. 향중의 공의(公議)도 또한 모두 모아졌으나, 본 현에서 임의로 처리할 수 없는 일로 상고 시행할 일."이라고 기록되어 있다.

• 『정영장』

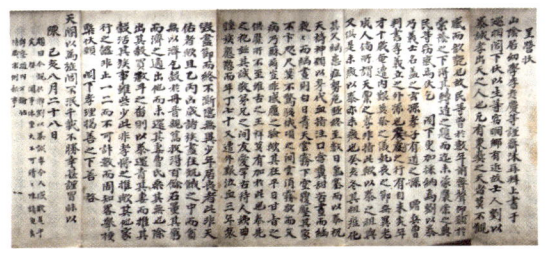

1719년(숙종 45년, 기해년) 8월 28일 산음 선비 이언경이 유이태의 효도(孝道)와 시도(施道)를 기록하여 경상도 관찰사에게 올린 장계.

장계에는 "(이에 답하여 말한다, 이제 상소의 글을 보니 유이태의 효성은 사람으로 하여 감탄하게 하는 것으로 되, 임금께 아뢰는 일은 중대하니 일일이 진정할 수 없다. 다시 도내 공론을 잘 살필 것이니 잠시 연말에 이러한 사례들을 모아 올릴 때까지 기다리기를 바랍니다.)"로 기록되어 있다. 경상도 관찰사는 오명항이다.

※ 유품은 유이태기념관에 소장되어 있다.

▶ 홍역(마진) 치료

기록에 따르면, 1613년 조선에 처음으로 홍역이 발생했고, 1668년, 1680년과 1692년 전국에 발생한 홍역으로 수많은 사람이 죽었다. 홍역으로 사람들이 죽는 것을 보고 홍역 치료에 나섰고, 홍역을 치료한 경험을 바탕으로 조선인 최초로 홍역 치료 의서『마진편』을 저술했다. 홍역 치료 태두(泰斗)로서 조선의 홍역(마진) 치료 문(門)을 열었으며, 우리나라의 전염병 퇴치에 커다란 업적을 남겼다.

■『마진편』서문

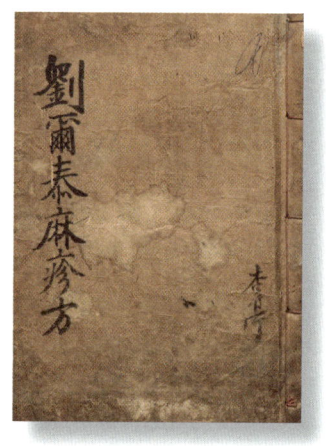

내가 〈곡례(曲禮)〉 여러 편을 읽다가 '부모를 섬기는 자(者)는 의술을 몰라서는 안 된다.[事親者不可不知醫]'라는 데 이르러 책을 덮고 탄식하였다. 여기에 뜻을 둔 지 지금 40여 년이 흘렀다.

오랫동안 깊이 공부하여 쌓은 보잘것없는 지식이 있었지만, 시골 사람들로부터 "의술로 병을 고치려는 사람이라면 옛사람의 방서(方書) 중에 나오는 것에 불과하지 어찌 감히 조금이라도 개인적인 의견으로 그사이에 더하고 뺄 것이 있겠는가?"라는 비평을 받은 적이 있다.

가만히 생각건대, 사람의 질병은 온갖 증후와 증세에 대해 모두 이름이 있고, 그것을 치료하는 방법도 모두 방서에 있지만, 다만 마진(痲疹)이라는 병증만은 위로는 황제(黃帝)와 기백(岐伯)으로부터 아래로는 진월인(秦越人 : 편작·扁鵲)까지 한마디도 언급한 것이 없었다. 그러나, 명(明)나라 이후에 공운림(龔雲林)[1]과 마한산(馬邯山)[2] 등 몇 사람이 치료하는 방법을 대략 논하였고, 이때 마진이라는 이름이 나왔다.

마진이 사람에게 어떤 병이기에 옛날에는 없다가 지금에서야 생겼고, 이전에는 가볍다고 여겼다가 나중에 위중해졌는가? 최근에 우리나라에서는 과거에는 2기(紀)[3]에 한 번

---

1) 공운림(龔雲林) : 1522~1619. 본명 공정현(龔廷賢), 명(明)나라 때 의학자, 자(字) 자재(子才), 호(號) 운림(雲林), 강서성(江西省) 금계(金谿) 사람. 저서《만병회춘(萬病回春)》,《수세보원(壽世保元)》등이 있다.
2) 마한산(馬邯山) : 1564~?. 본명 마지기(馬之騏), 명나라 때 의학자, 저서《진과찬요(疹科纂要)》가 있다.
3) 기(紀) : 12년을 의미한다. 여기에서는 대략 10년을 말하는 것으로 보인다.

꼴이지만 지금은 1기에 한 번꼴로 발생하여 도성, 저자, 마을에서 죽는 자가 이어지고 있다. 아! 그 까닭을 연구해 보면 세상에 옛사람의 신묘한 비결이 없어서 구호할 방법을 모르기 때문일 뿐이다. 내가 이에 대해 평소에 치료할 약이 갖추어지지 않은 것을 안타깝게 여겨 고루함을 돌아보지 않고 공운림과 마한산의 처방을 대략 엮고, 또 시골에서 경험하여 효과를 본 것을 모아 책 하나를 엮었다.

이를 고증하고 있을 때 호남(湖南)에서 온 손님이 나에게 따져 묻기를 "그대는 어떤 사람이고 무슨 고집이 있어서 황제와 기백이 말하지 않은 것을 감히 말하는가? 옛사람은 '경서(經書)에서 한 글자를 잘못 읽으면 시체로 덮인 것이 백만에 이르러 피가 천 리를 흐른다.'라고 하였소. 더구나 마진은 사람마다 면하지 못하는 것인데도 멋대로 그 가부를 말한다면 후환을 어찌할 것인가?"라고 하였다.

내가 그 말을 절반도 채 듣기 전에 당황스럽고 놀라서 "그대의 말에 일리가 있소. 내가 과연 함부로 경솔하게 지었다면 어찌 귀신과 사람의 천벌을 면할 수 있겠소. 본래 나의 의도는 이 책이 세상에서 간행되게 하거나 후세에 전하려는 것이 아니라, 우리 한 집안에만 전하고자 한다면 내가 남에게 함부로 경솔하게 굴었다고 무슨 손해가 있겠소?"라고 하니, 손님이 "그렇다면 그 마진의 근원에 대해 들을 수 있겠소?"라고 하였다.

내가 "진(疹)은 사람의 태열(胎熱)이 안에서 축적되어 운기(運氣)를 타고 발생하는 것입니다. 그 진이 밖으로 나오는 것은 두창(痘瘡)과 비슷하지만 열(熱)은 음양(陰陽)의 차이가 있고, 발생하는 것은 장부(臟腑)의 구별이 있습니다. 두(痘)는 음증(陰症)이고 장(臟)이며, 진은 양증(陽症)이고 부(腑)입니다. 대체로 상고(上古) 시대에는 진(疹)이라는 이름이 없다가 중고(中古) 시대에 처음으로 이름이 생겼고, 요즘 세상에 성행하게 된 것은 어떤 기운이 그렇게 만들겠습니까? 태초(太初)에는 천지의 원기(元氣)가 융성하였으므로 사람들이 타고난 것도 강건함을 얻었으니 태열이 속에 축적되더라도 유행하는 운기가 밖에서 침투할 수 없었습니다. 중고 시대에 사람의 기운이 약간 쇠약해지고 오운(五運)4)이 바야흐로 왕성해져 태열과 접촉하고 요동하여 발생하게 하였습니다. 후세에 이르러 타고난 명(命)이 엷어지자 내부의 열과 외부의 사기가 닿는 족족 발생하였고, 해마다 이어져 지금 세상을 고통스럽고 두렵게 만들었으니 이러한 때에 조금이라도 자비심이 있는 자(者)라면 어찌 구제할 것에 대한 걱정이 없겠습니까? 내가 식견이 없어 감히 예전 사람이 내지 않은 것을 스스로 멋대로 말하였는데, 만약 아주 조금이라도 어긋나는 점이 있다면 이는 예전 사람의 죄인이요, 후세의 악마이니, 어찌 마음속으로 두렵고, 위축되지 않겠습니까? 그렇지만 조사한 것을 연구하고 효과가 있는 것으로

---

4) 오운(五運) : 금(金), 목(木), 수(水), 화(火), 토(土) 오행(五行)의 운행을 말한다.

이 책을 저술하였으니 사람들이 나의 얕은 지식을 버리지 않는다면 시골에서 치료할 방법에 조금이나마 보탬이 되지 않겠습니까?"라고 말했다.

손님이 읍(揖)하고는 "내가 이 책을 보니 규모가 잘 갖추어져 있고, 순서가 상세하여 책을 펼치면 잘 알 수 있으니, 시골에서 치료할 수 있는 방법이라고 말할 뿐만이 아니라 온 나라에 배포한다면 백성을 널리 구제할 방도가 될 수 있습니다. 온 나라에서 치료할 수 있는 의술이라는 것으로서 그대를 위해 경하드립니다."라고 하였다.

내가 정색하고 일어나 "그대의 말씀이 과분합니다. 내가 어찌 감당할 수 있겠습니까?"라고 말하였다. 잠시 뒤에 손님이 물러났다.

■ 『마진편』 서문 해설

❖ 마진(麻疹)이란 무엇인가?
- 마진을 오늘날의 '홍역'에 해당하는 전염병으로 정의하였다.
- 마진 본질은 胎熱이 속에 쌓였다가 運氣를 타고 발병했다.
- 두창(痘)과 유사하나 음양과 장부의 차이가 있다.
- 두창은 陰症으로 臟에서 발생하고, 마진은 陽症으로 腑에서 발생한다.

❖ 조선의 마진(홍역) 발생 상황
- 上古시대 없었고, 中古시대 처음 발생, 근세에 성행하게 된 신종 전염병 인식
- 30년만에 창궐했으나 10년 주기로 창궐해 도성과 시골에서 많은 인명 희생
- 홍역 발생시 가족, 마을 전체 폐허 등 사회적 혼란 발생

❖ 『마진편』 저술 동기
◆ 홍역 대유행과 백성 고통, 당시 조선 사회 심각한 홍역 유행
- 1668년, 1680년과 1692년 대규모 홍역 발생으로 수많은 백성 사망
- 홍역 참상 목격과 백성들이 죽어가는 현실 개탄
- 환자들을 치료하는 과정에서 홍역 치료 의서 필요성 제기

◆ 기존 치료법의 한계와 중국 의서에 대한 의존
- 홍역에 대한 전문적인 지식과 치료법 부족
- 중국 의서 의존
- 기존 치료 방식은 효과 없는 경우 빈번
- 병을 악화시키는 사례 발생

❖ 『마진편』 저술에 참고한 의서와 처방
- 황제·기백에서 편작까지 옛 의서에 마진 언급 없음 지적
- 공운림과 마한산 등 중국 醫家의 마진 치료법 참고
- 중국 의서 약방문 참고
- 실제 경험과 처방을 종합해 조선의 현실에 맞는 치료법 제시

- ❖ 『마진편』 저술
  - ◆ 풍부한 임상 경험과 백성을 향한 깊은 사랑
    - 40여 년간 鄕醫로 활동하며 다양한 질병 치료와 많은 홍역 환자 치료 경험
  - ◆ 독자적 치료법 정립 필요성과 임상 경험 집대성
    - 자신의 풍부한 임상 경험 바탕
    - 중국 의서 의존하지 않는 조선의 독자적 홍역 치료법 정립 필요성 제기
    - 홍역 증상과 진행 과정을 관찰하여 다양한 증상별 치료법과 예방법 제시
    - 처방을 사전식으로 정리하여 효과적 치료법 모색과 실용성 향상
    - 가난한 백성들이 쉽게 구할 수 있는 약재와 단방 위주 처방 강조
    - 누구나 활용할 수 있는 실용적 치료서 저술

- ❖ 저술 의의
  - ◆ 위민·애민(爲民·愛民) 정신 실천
    - 성별, 노소, 신분, 빈부, 계급 차별 없는 치료로 위민·애민 정신 실천
    - 인술제세(仁術濟世)로 홍역 치료 매진
    - 의술과 지식을 나누어 백성의 질병 고통 감소
    - 『마진편』을 통해 많은 환자의 효과적 치료 제공
  - ◆ 조선 의학 발전과 후대에 홍역 치료 지식 전달
    - 홍역 치료 경험과 지식을 체계적으로 정리하여 후대 의학자들에게 전달
    - 조선의 백성 건강 증진 기여
    - 조선 의학의 발전 기여
    - 질병 없는 세상 갈망

▶ 『인서문견록(麟西聞見錄)』 서문

"내가 대개 사람의 일평생을 보건대 병이 없는 자(者)가 드물다. 그렇지만, 병든 사람들에게 자기의 병을 조치(調治)할 수 있는 방도를 알게 한다면 반드시 몸을 훼상하는데 이르지 않을 것이니, 가히 조심하지 않으랴. 내가 평소에 경험한 여러 가지 잡병 치료법과 여기저기서 얻어들은 단방(單方)을 하나의 책에 수록하여 앞으로 닥칠 일에 대비하고자 했으니, 치료하는 방도(方途)가 비록 의가전서(醫家全書)와 같이 상세하지 않더라도 사람이 날마다 쓰는 데는 조금이라도 보탬이 있을 것이다. 기축년(己丑年, 1709) 가을(음8월) 인서노부(麟西老夫)가 쓰다.

余觀夫人之一生 無病者盖鮮矣 然夫使病者 能知其調治之方 則必不至損傷之患. 可不愼歟 余以平日雜病小經驗 所得聞至單方 隨錄於一冊 以備後來 救療之方 雖非醫家全書之祥 亦有補於人生日用之萬一云 屠維赤奮若 仲秋之月 麟西老父書

(여관부인지일생 무병자개선의 연부사병자 능지기조치지방 즉필부지손상지환 가불신여 여이평일잡병소경험 소득문지단방 수록어일책 이비후래 구요지방 수비의가전서지상 역유보어 인생일용지만일운 도유적분약 중추지월 인서 노부서)

■ 서문 해설

• 시대를 초월한 통찰

"내가 대개 사람의 일평생을 보건대, 병이 없는 자가 드물다."라는 문장에서 저자가 당시에도 인간의 삶에서 질병이 보편적인 현상임을 인식하고 있었음을 알 수 있으며, 현대 의학이 발전한 오늘날에도 여전히 유효한 진리이며, 시대를 초월하는 보편성을 보여주고 있다.

〈서예가 덕천 강은환 書〉

- **예방과 자가 관리 중요성 강조**

"병든 사람들에게 자기의 병을 조치(調治)할 수 있는 방도를 알게 한다면 반드시 몸을 훼상하는데 이르지 않을 것이니, 가히 조심하지 않으랴."라는 부분은 질병에 대한 단순히 치료를 넘어 스스로 병을 조절하고 관리하는 능력의 중요성을 강조한다. 이는 현대 의학에서 강조하는 자가 관리(self-management)와 예방 의학의 중요성을 일찌감치 깨달았음을 보여주는 대목으로 환자 자신이 자신의 몸 상태를 이해하고 적절히 대처하는 것이 얼마나 중요한지를 역설하고 있다.

- **실용적 지식의 공유 의지**

유이태는 자신이 "평소에 경험한 여러 가지 잡병 치료법과 여기저기서 얻어들은 단방(單方)을 하나의 책에 수록했다."라고 밝히며, 이를 통해 후대 사람들이 질병에 대비하고 치료하는 데 도움을 주고자 하는 실용적인 의지와 이타적인 마음을 드러냈다. 전문적인 의학 서적처럼 완벽하지는 않더라도 일상생활에 유용하게 쓰일 수 있는 지식을 공유하려는 겸손하면서도 숭고한 정신이 느껴지고 있다.

- **인간적인 따뜻함과 겸손함**

"치료하는 방도(方途)가 비록 의가전서(醫家全書)와 같이 상세하지 않더라도 사람이 날마다 쓰는 데는 조금이라도 보탬이 있을 것이다."라는 문장에서 저자의 겸손한 태도가 엿보인다. 자신의 지식이 완벽하지 않음을 인정하면서도 작은 도움이라도 되기를 바라는 따뜻한 마음이 느껴지며, 전문적인 지식의 권위보다는 실질적인 도움과 삶의 질 향상에 더 큰 가치를 두는 저자의 철학을 보여주고 있다.

유이태의 『인서문견록』 서문은 1709년이라는 시대를 고려할 때 매우 선구적인 생각과 따뜻한 인간미를 담고 있다. 질병에 대한 현실적인 인식, 자가 치료 및 예방의 중요성, 그리고 실용적인 지식을 널리 나누고자 하는 저자의 마음이 인상 깊게 다가온다. 단순히 병을 고치는 것을 넘어 사람들이 건강한 삶을 영위(營爲)하는데 필요한 지혜를 전달하려는 저자의 진심이 느껴지는 글이다.

▶ 5도(道) 실천

유이태는 일생을 살아 가면서 지켜야 할 삶의5도 인생5도(人生五道)와 환자들에게 인술을 펼치면서 지켜야 할 인술5도(仁術五道)를 실천했다.

■ 인생5도(人生五道) · 삶의5도

유이태는 가족, 이웃, 사회, 직업, 자기 자신에 대한 올바른 태도와 실천을 통해 더불어 건강하고 평안한 삶을 살아가는 다섯 가지 삶의 길(도리)을 몸소 실천했고, 남긴 5도는 우리가 본 받아야 할 삶의 지침이다.

- 효도(孝道) : 부모를 공경히 모시는 효도(孝道)는
  자식들이 반드시 지켜야 하는 도리이다.
- 시도(施道) : 헐벗고 굶주린 사람들에게 희망을 주며,
  나눔은 가진 자들이 실천해야하는 도리이다.
- 정도(正道) : 바른 길 실천은 백성들이 지켜야 하는 도리이다.
- 의도(醫道) : 남녀노소를 막론하고 귀천과 친소, 빈부와 민간을 차별하지 않았으며, 재물을 탐하지 않고 병의 근원을 연구해 증세에 따라 처방하고, 환자를 사랑하는 마음으로 정성을 다하여 질병을 치료하는 것은 의원들이 받아 들여야 하는 충고이며, 길이다.
- 수도(壽道) : 평상시에 건강할 때부터 자신의 몸을 철저히 관리하고 절제하는 생활로 건강하게 오래 살며, 평안하게 살아가도록 노력하는 것은 백성들이 실천해야 하는 길이다.

■ 인술5도(仁術五道)

의사의 인격과 윤리를 중시하는 삶을 실천했고, 다섯 가지 덕목을 삶과 의술의 기준으로 삼았다.

- 인의도(仁義道) : 환자의 신분, 친분, 빈부를 차별하지 않고 어질고(仁) 의(義)로운 마음으로 대하는 것이다.
- 정성도(精誠道) : 환자를 정성을 다하여 대하는 것이다.
- 청렴도(淸廉道) : 환자를 치료하면서 명예, 재물이나 사사로운 이익을 탐하지 않는 것이다.
- 근면도(勤勉道) : 끊임없이 의학을 연구하여 환자 치료에 헌신하는 것이다.
- 화목도(和睦道) : 환자의 마음을 평안하게 하고, 주변 사람들과 화목하고 돈독한 관계를 유지하는 것이다.

인술5도는 의술의 기술뿐 아니라 인간에 대한 사랑과 윤리, 그리고 사회적 책임, 조선의 선비 의사 전범을 제시했다.

▶ 의학 정신

유이태의 의학 정신은 '인술제세(仁術濟世 : 어진 의술로 세상을 구제한다.)'로 요약된다.

'인술제세'는 단순히 질병 치료를 넘어서 사람을 먼저 생각하는 따뜻한 마음과 헌신적인 봉사 정신을 말하며, "환자를 사랑하는 마음, 평등과 박애, 의술과 윤리 조화, 경험에 기초한 실용적 치료, 청렴과 자기성찰"로 참된 의사의 길을 실천하여 유학적 인륜과 실용적 경험이 결합된 것이다.

■ 위민(爲民)·애민(愛民)의 평등 박애 정신으로 봉사해라.
  • 조선의 백성은 모두 평등
  • 남녀노소, 신분, 빈부, 친소, 계급을 가리지 않는 인술 실천
  • 병마에 고통받는 모든 환자 치료
  • 헐벗고 굶주린 이웃 구제(救濟)

■ **질병 예방과 근원 치료를 중시하라.**
- 절제하는 생활로 건강 관리
- 질병 예방 중요성 강조
- 병의 근원(根源)을 탐구하여 치료
- 질병 완치 후 철저한 건강 관리 당부

■ **학문적 겸손과 후학을 양성하라.**
- 끊임없이 배우며 연구하여 의서 저술
- 후학 양성에 대한 염원
- 의학이 날마다 발전되길 기원
- 질병 없는 세상 갈망

■ **경험 중시의 실용적 의술을 펼쳐라.**
- 쉽게 구할 수 있는 약재와 단방 치료법 전파
- 경험 치료 중시
- 치험 사례를 기록하여 의학 발전

■ **의사 윤리 및 도덕성을 확립하라.**
- 재물을 탐하지 않은 치료
- 의학 발달과 의술 윤리 도덕 확립
- 참된 의사 전범 제시
- 환자를 사랑과 정성으로 치료하는 올바른 자세 강조

■ **효심(孝心)과 인본주의를 실천하라.**
- 어버이를 공경히 모시는 의학
- 자손보다는 남들에게 먼저 나누는 것
- 자손들보다는 다른 사람들을 먼저 돌보는 것

유이태의 의학 정신은 단순히 병을 고치는 기술자로서의 의사가 아니라, "인간의 고통을 이해하고 공감하며, 사회에 헌신하는 진정한 '선비 의사(儒醫)'" 모범을 제시하여 오늘날 의료인들에게도 깊은 울림을 주는 중요한 가치이다.

▶ **의학 사상**

유이태의 의학 사상은
제중인심(濟衆仁心), "널리 중생을 구제하는 인(仁)의 마음"

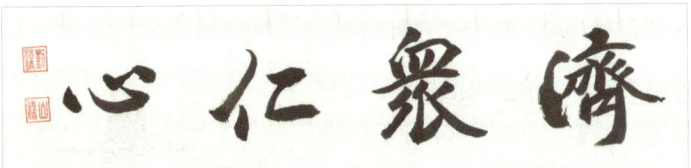

혜민애세(惠民愛世),
"모든 백성에게 은혜를 베풀고 사랑하며 이로운 세상을 만든다."이다.

■ **인생관 : 사친지의(事親知醫), 제중인심(濟衆仁心)**
부모를 섬기기 위하여 의학을 알아야 하며,
자손보다는 백성을 먼저 돌보아 질병 없는 세상을 만드는 것이다.

■ **정신관 : 무귀무천(無貴無賤), 무친무소(無親無疎)**
남녀노소를 막론하고 귀천·친소·민관·빈부를 차별하지 않고 백성을 보살피는 위민(爲民)·애민(愛民)의 박애 정신을 펴는 것이다.

■ **학문관 : 공리후세(功利後世), 보상일신(補償日新)**
공(功)과 혜택을 후세에 넘기고, 후학(後學)들이 새로운 질병의 치료법을 만들어 의학이 날마다 발전하는 것이다.

■ **수기관 : 존양천리(存養踐履), 성실불구(誠實不拘)**
몸과 마음을 갈고 닦아 사람들을 편안하게 하고,
본심(本心)을 잃지 않고 의로운 일을 변함없이 실천하는 것이다.

■ 치병관 : 미병절선(未病節宣), 선조후치(先調後治)
건강할 때부터 절제하는 생활로 병을 예방하고, 발병하면 근원을 찾아서 신속히 치료하며, 병이 완치된 후 철저한 건강을 관리하는 것이다.

■ 의약관 : 향정비약(鄕井備藥), 단방수록(單方隨錄)
자연환경에서 구할 수 있는 향약재(鄕藥材)를 이용한 치료법을 개발하여 기록하고, 치료한 사례를 기록하여 후세에 전함으로써 향약 의학을 고수하는 것이다.

▶ 의의와 평가

유이태는 숙종의 환후를 고친 공로(功勞)로 안산 군수에 제수(除授) 되었으나 부임하지 않았고, 향리 산음(현재 산청)으로 돌아와 병마(病魔)에 고통을 받고 있던 환자들을 치료하는 인술(仁術)만을 생각했다.

유이태의 의술은 예방과 철저한 '경험 처방'에 따라 환자를 치료하였다.

유이태는 전염병 홍역이 창궐하자 퇴치에 공헌하였으며, 조선인 최초로 홍역 전문 치료 의서『마진편』을 저술하여 조선의 홍역 치료문(門)을 열었다.

유이태는 조선의 백성들은 모두 평등하므로 남녀노소를 막론하고, 신분(身分), 친분(親分), 계급(階級), 부자와 가난한 사람을 차별하지 않고 위민(爲民)·애민(愛民)의 박애 정신으로 환자를 치료했다.

사람들은 유이태를 환자들의 마음을 평안하게 하여 환자가 의원을 따르게 하는 심의(心醫), 죽었던 사람을 살린다는 신의(神醫)로 불렀다. 유이태가 의술 활동 당시 백성, 후세 사람과 유이태로부터 병을 치료받은 사람들은 중국의 명의 화타와 편작, 현대 사람들은 의학의 발달과 의학 윤리 도덕을 확립하고 경험 치료를 중시한 서양의 히포크라테스에 비유하였다.

유이태는 의학 발전과 질병 예방으로 질병 없는 세상을 꿈꾸었으며, 환자 치료에 대한 분명한 목표를 설정하여 유의(儒醫)의 전범(典範)을 제시하였고, 참된 의사로서 전형적인 모습을 보여주어 조선의 의술 윤리 도덕을 확립한 인물이다.

▶ 업적

- ■ 홍역 치료 : • 전염병 홍역 치료 태두
  - 조선인 최초 홍역 치료 전문 의서 『마진편』 저술
- ■ 의술 활동 : • 질병 예방 주창
  - 경험 치료 중시
  - 질병 없는 세상 추구
  - 40여 년간 향의 및 어의(御醫)
- ■ 의서 저술 : • 7권 저서 저술
- ■ 5도 실천 : • 인생5도
  - 인술5도
- ■ 빈민 구제 : • 굶주림에 있는 가난한 백성들을 위하여 의창(義倉)을 주관한 빈민 구제가
- ■ 의학 정신 : • 인술제세(仁術濟世), "어진 의술로 세상을 구하다."
- ■ 의학 사상 : • 의술 윤리 도덕 확립
  - 유학자 의원 전범(典範) 제시
  - 제중인심(濟衆仁心), "널리 중생을 구제하는 인(仁)의 마음"
  - 혜민애세(惠民愛世), "모든 백성에게 은혜를 베풀고 사랑하며 이로운 세상을 만든다."

▶ 연보

■ **소년기 : 1652-1669**

1652년 산음현 생림면 신연(현재 산청군 생초면 신연리 679)에서 출생했다.
1657년 거창 위천에서 조부 유유도로부터 유학(儒學)을 배웠다.
1661년 모친 합천이씨가 세상을 떠났다.
1661년-1664년 모친 묘소 앞에서 3년간 시묘살이를 했다.
1664년-1667년 입신양명의 뜻을 접고 의학을 공부하여 의원이 되었다.
1668년 의원으로서 사람의 병을 치료하였다.
1668년 역병 홍역이 창궐하자 환자를 치료했다.

■ **청년기 : 1670-1689**

1670년 영호남의 환자를 치료했다.
1673년 경상도 인동(구미)을 방문하여 관리를 치료했다.
1680년 역병 홍역이 창궐하자 환자를 치료했다.
1680년 조부 유유도가 복호(復戶)를 받았고,
　　　　통정대부 증직 첨지중추부사로 가자(加資) 되었다.
1683년 11월 23일 조부 효자 유유도가 세상을 떠났다.
1685년-1686년 의창을 주관하여 흉년에 굶주리는 백성을 구했다.

■ **장년기 : 1690-1709**

1692년 홍역이 창궐하자 홍역 환자를 치료했다.
1696년 조선인 최초로 홍역 치료 의서『마진편』을 저술했다.
1702년 응교 조태로와 교유했다.
1703년 전(前) 이조판서 유명현을 치료했다.
1709년『인서문견록』,『실험단방』을 저술했다.

■ **노년기 : 1710-1715. 2. 27**

1710년 -1713년『침구방』,『부인방』, 잃어버린 저서『2권』을 저술했다.
1710년 1월 숙종의 환후로 나라로부터 부름을 받았다.
1710년 3월 한양에서 산음현 생림으로 귀향했다.
1712년 7월 23일 민두삼 등 선비 99명이 유이태의 효도(孝道)와
　　　　시도(施道)를 기록하여 예조에『장계』를 올렸다.

1713년 11월 말 숙종의 환후로 의약동참 명령을 받았다.
1713년 12월 초순 전라도 관찰사 유봉휘를 만났다.
1713년 12월 중순 대궐에 늦게 도착한 죄로 하옥되었다.
1713년 12월 19일 국청(鞠廳)에서 방면(放免)되었다.
1713년 12월 20일 부사용(副司勇)에 임명되었다.
1713년 12월 21일 내의원(內醫院) 어의(御醫)로 임명되었다.
1713년 12월 21일 ~ 1714년 6월 임금 숙종 환후를 치료했다.
1714년 3월 유이태 서실이 완공되었다.
1714년 5월~8월 한양에서 왕실 종친 도정 이명협 등 수많은 환자를 치료했다.
1714년 6월 20일 임금 숙종은 유이태의 산음현 귀향을 허가했다.
1714년 6월 24일 임금은 병을 고친 공로로 말 1필과 비단을 하사했다.
1714년 7월 숭록대부 경기도 안산 군수로 제수되었다.
1714년 8월 임금 숙종의 귀향 허락을 받고 한양을 떠났다.
1714년 8월 14일 거창 위천에서 참봉 정중원을 만났다.
1715년 2월 27일 새벽에 64세로 세상을 떠났다.

■ 1715년 2월 27일 사후

1715년 3월 한양에서 좌윤 조태로, 승지 한배하, 왕실 종친 도정 이명협,
　　　　 진사 류래의 편지가 도착했다.
1719년 8월 28일 산음 선비 이언경이 유이태의 孝道와 施道를 기록한
　　　　 『정영장』을 경상도 관찰사에게 올렸다.
1725년 5월 28일 국왕 영조(英祖)가 유이태의 처방에 따랐다.

■ 일제강점기

1906년 유이태 후손이 홍역 치료 전문 의서 『마진편』 필사본을
　　　　 진주 회춘헌약방 박주헌에게 전달했다.
1931년 진주 회춘헌약방 박주헌이 유이태 『마진편』 목판본을 간행했다.
1933년 『조선환여승람』에 기록되었다.
1940년 일본인 의사 미키 사카에(三木 榮)가 유이태 저서
　　　　 『마진편』과 『인서문견록』을 일본으로 가져갔다.(행우서옥 소장)

■ 현대

1956년 의학자 미키 사카에(三木 榮)의 저서 『조선의서지』에 『마진편』과 『인서문견록』을 수록했다.
1965년 김두종의 저서 『한국의학사』에 유이태를 수록했다.
1965년 노정우가 진주 거주 한의사 허민으로부터 전화로 통화하면서 들은 유이태를 허준 스승 유의태(柳義泰)로 바꾼 논문 「허준」 발표했다.
1970년 『한국민족문화대백과사전』에 유이태가 등재되었다.
1975년 소설가 이은성 집필 MBC 드라마 『집념』에 허준 스승으로 묘사했다.
1980년 『한국구비문학대계』 유이태 설화 17편에 채록했다.
1984년 10월 『한국민요대전』 CD 민속노래 '강강술래'에 유이태가 채록되었다.
1990년 소설가 이은성 집필 『소설 동의보감』에 허준 스승 유의태로 묘사되었다.
1995년 홍역치료서 『마진편』이 국역으로 간행되었다.
1999년 MBC 드라마 〈허준〉에서 허준의 스승 유의태로 묘사했다.
2000년 산청군청에서 유이태를 없애고 허구 인물 류의태의 생몰년도, 출생지, 활동지, 허준의 스승으로 지어냈다.
2000년 2월 1일 노정우가 유철호에게 유이태를 허준의 스승 柳義泰로 발표한 논문 「허준」 오류를 사과했다.
2005년 산청군청에서 유이태를 없애고 허구 인물 류의태의 가묘, 묘비, 동상, 기념비를 건립했다.
2009년 산청군청에서 유이태 사적을 류의태 사적으로 바꾼 책 3권을 간행했다.
2010년 한국한의학연구원에서 『실험단방』을 국역으로 간행했다.
2013년 MBC 드라마 〈구암 허준〉에서 허준 스승 유의태로 묘사되었다.
2016년 1월 『조선의 명의 유이태와 허준의 스승이라는 류의태는 누구인가?』 간행되었다. (저자 : 유철호)
2016년 9월 유이태 일대기 『기억하고 싶은 조선의 참 의원 유이태』 간행되었다. (저자 : 유철호)
2018년 1월 산청군청에서 유이태를 산청 인물로 선정했다.
2022년 12월 『조선의 히포크라테스 유이태』 간행되었다.(저자 : 유철호, 윤영수)
2024년 4월 06일 유이태기념관이 개관되었다.(산청군 생초면 참새미로 221번길 6)
2024년 07월 28일 경남 거창군 위천면 거창연극고에서 뮤지컬 〈이태〉 공연했다.

▶ 유이태(劉以泰)는 어떤 인물인가?

■ 왕실문헌에 기록된 유이태

"유이태는 호남과 영남에서 유명한 의원이므로 장계를 내려 의약에
동참하도록 하였습니다."
〈승정원일기〉 숙종 40년(1710년) 6월 20일 (이이명, 도제조 판부사, 한양)
"유이태는 영남의 명의입니다."
〈승정원일기〉 영조(1725년) 원년 5월 28일 (민진원, 도제조 좌의정, 한양)

■ 한양 거주 지인(知人)들이 말하는 유이태

"한번 보아도 큰 인물이란 걸 알 수 있었으니,
영남의 높은 명망은 향촌 사람들에게 드러났네.
행실은 장중경을 미루어 집안에서 효도하였고,
의술은 주단계를 택하여 사람들에게 인술을 베풀었네.
흉한 소식을 들은 오늘 마음의 상처가 더욱 크네.
지난날의 높은 뜻이 마음속 깊이 느껴져
오직 언덕(남쪽)을 향해 눈물이 수건을 적시네."
(조태로, 좌윤, 평안도 관찰사, 한양)

■ 병(病) 치료를 받은 환자가 말하는 유이태

"높은 명성은 온 세상을 울리니 편작(扁鵲)과 유부(俞跗)가 지금 세상에 다시 살아난 듯 하였다. 뭇 사람이 다투어 달려와 나의 관청 문밖은 가득 차고 넘쳤네. 맹교(孟郊)처럼 마음과 모습이 고고하고, 편작처럼 의술이 기이하기까지 하였다."(도정 이명협, 왕실 종친, 숙종 임금 13촌 조카, 한양)

■ 사우(師友)들이 말하는 친구 유이태

옛날에 듣기를 범희문(범중엄)이 사당에서 자기의 운수를 빌면서 만일 재상(宰相)이 되지 못한다면 의사(醫師)가 되기를 바랐다네. 사람의 마음을 어질게 대할 줄 알고 만물을 구제할 마음으로 보려는 마음을 먹었다네.

유공(劉公)의 자는 백원(伯源)이고, 타고난 성품이 온순하고 인자하였다. 어릴

때 우환(憂患)을 겪은 후 팔을 꺾어 의사가 되리라고 결심하여 보서(寶書) 1권을 품에 안고, 낮에는 읽고 밤에는 거듭 생각하여 3년 만에 의술이 통달하여 헌원과 기백을 엿보았다네. 경험하여 마음으로 깨우치는 것을 귀하게 여겼고 전수 받은 것은 외부로부터 배운 것이 아니었네.

처음엔 마을에서 시험하게 되었고 마침내 사방으로 알려지게 되었네. 창공(倉公)의 문 앞에 사람들이 모이듯이 환자가 어찌 그렇게 많았던가? 들어서면 집안에 사람이 넘쳐나고, 나서면 말이 먼지를 일으키며 달려왔네. 치료한 처방들이 전폭(牋幅)에 쌓이고, 차례대로 늘어선 줄은 늘어놓기에도 번거로웠으며, 사람마다 명의라고 이리저리 전하니 간절하고 급하게 부탁과 호소를 다투네. 움직임이 사무 바쁜 읍의 사무실과 같았고, 병자가 가득 찬 뜰에 요청(要請)이 많아도 자세히 살펴서 언제나 병의 핵심을 찾았고, 귀를 기울이며 조그마한 소리도 놓치질 않았네. 빠르기는 포정(庖丁)이 뼈를 발라내듯 하고, 복잡한 곳조차 칼 놀림이 머뭇거리지 않았다네. 평소 가깝지 않았던 사람도 물리치지 않았으니, 어찌 비천(卑賤)한 사람이라고 그냥 두었겠는가? 사람마다 물어오면 곧바로 응하고, 하나하나 증세에 따라 처방하였다네.

풍습이 혹 피부에 일어나고, 피로와 상처가 혹 간장(肝臟)과 비장(脾臟)에 일어나고, 체증(滯症)이 혹 삼초(三焦)에 생기고, 유주(流湊)가 혹 두 팔과 두 다리에 생기네. 몸이 무거우면 혹 피부가 무르고 형상이 마르면 혹 쇠약하고 마르네. 기(氣)에는 실과 혹 허(虛)가 있고 혈(血)에는 성과 혹 쇠가 있네. 혹은 열이 나면 불타오르듯 오르는 증세, 혹은 한기가 들면 얼음같이 차디찬 증세 혹은 쌓인 고질병이 있으면 정도가 심해지고, 혹은 갑자기 병이 나면 경각을 다툴 정도로 위급하였으며, 혹은 변화가 한없이 많아서 괴상하고 기이하다네. 근원과 말단은 저기 있는 것처럼 바라보고, 표본은 여기 있는 듯 살피었네. 눈이 밝아서 백보 밖에서도 털끝을 살필 수 있었다는 이루(離婁)와 같았고, 교묘하게 운영함은 장인(匠人) 공수(工倕)와 같았네. 치법은 허증(虛症)은 보하고, 실증(實症)을 통하고, 현묘(玄妙)한 쓰임은 약물조차 변화시켰고, 느림과 빠름에 따라 그 뜻을 얻었으며, 적절한 때에 사람을 구하였네. 신농씨를 넘어서는 바가 있었기에 모든 성분을 어떠한지 안 것 같아 군약(君藥)과 신약(臣藥), 좌약(佐藥)과 사약(使藥)을 제재하여 오직 뜻한 바대로 만들었네.

단지 옛것 만이 법칙이 아니니 종종 새로운 것을 좋은 규칙으로 삼았고, 혹 먼저 사람 몸의 원기(元氣)을 부여잡아 사악한 기운이 넘볼 수 없게 하였네. 비유하자면 그 옳지 못한 사람을 덕행으로 교화함과 같이 유이태의 의술이 여러 병을 다스렸다네. 혹 공격함도 꺼리끼지 않았으니 손바닥을 떨어버리듯 하였네. 비유하자면 여러 도둑을 없앰은 중국 한(漢)나라의 관리가 옛 위의를 회복하듯 하여 혹 드리워 끊어진 혈맥을 회복시키고, 혹 채 식지 않은 시신을 일으켰네. 닭고 물리친 애써서 들이는 정성의 의술은 석고(石鼓)에 주시(周詩)를 새긴 듯하여 작은 정절(貞節)을 혹 이익으로 여기고, 크고 어려운 짐을 혹 때에 맞추었네. 중요함과 중요하지 않음을 스스로 헤아려 마친 저울의 추처럼 공평하여 차차로 나아가도 혹 미연에 살펴보고, 이상한 조짐이 보이면 혹 치료하기 어려울까 염려하였으니 필경(畢竟)에는 그의 예측과 부합하여 마치 손으로 영험한 시초점을 치는 듯 하였네.

 대저 사람들을 구하겠다는 뜻으로 힘들여 일해도 피곤함을 알지 못하였고, 명의라고 이름을 얻은 지 30년에 그 은혜가 얼마나 많은 사람에게 미쳤던가? 모두가 말하길, "이런 의술은 어진 것이니 지금 세상에 다시 누가 있겠는가?"라고 했다.

 우리 임금이 지난날 (병세를) 예측하지 못하였을 때, 우리 공(公)이 말을 달려 서둘러 갔는데, 혹한에 강행하다 병에 걸려 기한이 정해진 여행길이 지체되었네. 황급히 대궐에 도착하여 용서를 받고 큰 은혜 입어 마침내 부사용의 보직을 받고 내의원에서 돕는 책임 맡았네. 국궁하고 약의 순서를 의논하였는데, 근심은 날마다 더욱 깊어갔는데, 도수환(導水丸)이라는 기이한 처방을 내놓아 참으로 적임의 일을 하였다네. 그러나, 여러 노의(老醫)가 주저하며 결정하지 못하고 오래도록 의견이 일치되지 못하였네. 이윽고 유이태 선생에게 의뢰하여 시험하였는데, 화기(和氣)가 얼굴과 눈썹에 돌았네. 임금은 비단을 상으로 내리고, 노고에 대한 보상은 한 필의 말이었네.

 떠날 때는 눈비가 내렸는데 돌아올 때는 늦더위가 한창이라. 그의 귀밑머리 보니 어느 덧 하얗게 되었네. 나와 한 잔의 술을 마시고 추석날까지 서로 간에 한가롭게 이야기 나누었네. 먼 곳에 다녀온 것을 위로하니, 이야기가 궁궐에서의 일에 이르어 임금의 병이 나은 것이 백성의 경사(慶事)라고 하였고, 장차 임금의 몸조리가 어그러질까 염려된다고 하면서 근심스러운 모습으로 대궐 방향을 바라보는 것이 내가 보기에는 임금을 지극히 사랑하는 듯하였네.

 태초(太初)의 시절은 이미 멀고 풍기(風氣)는 날로 스며들어 음양(陰陽)의 병에 얽매여 산 사람들은 병들지 않은 자 드물고, 여러 질병으로부터 아픔이 심하여도 공은 스스로 고쳐나갔네. 일개 벼슬이 없는 선비로서 맡은 바를 넓혀 궁궐에 이르었고, 더구나 임금 숙종의 병환을 고쳐 나라의 근심에 효험을 바치셨네. 공이 있어도 스스로 말하지 아니하였으니 충성을 다하고 어찌하여 겸연쩍어하는가? 살아서는 사람들이 칭송하고 흠모하였으며, 죽어서도 사람들을 탄식하게 하였으니 삶(생사)이 어찌 헛되었겠나? 맡겨준 일은 잘못되게 하지 않음을 안다네.

나는 의업의 하급관리를 보았는데 녹봉을 타 먹기만 좋아하고, 실적은 보고하나 병이 나은 사람은 드물고 백성들을 치료한다고 백성들만 괴롭혀 대가(代價) 구하네. 어찌 공과 같은 이는 재야에 있으면서 급한 병을 치료하는데 날마다 부지런히 힘쓰는가? 내가 글만 짓는 선비들을 보건대 곤궁한 초가(草家)에서 홀로 글을 읽으며 그의 경륜(經綸)은 때를 만나지 못하여 이로움과 은택이 조금도 없었네. 공께서 뛰어나게 베품을 실천하고서도 하잖게 생각하며 가소롭다고 웃었다네.

공이 일찍이 내게 말한 적 있었지요. 공자도 병에 조심했다고. 병들기 전 건강을 소홀히 하다가 병이 시작하면 그때 비로소 괴로워하네. 병이 가벼울 때 치료할 시기를 놓쳐 버리니 병의 악화가 날로 심해지네. 병이 나으면 병을 조심하고 경계하는 마음을 잊어버리니 병(病) 재발이 자주 반복함에 그 위태로울 따름이네. 망설이다 치료를 놓친 후에 죽음에 이르면 한탄하네. 어리석게 함부로 약 쓰면 조그마한 실수에도 병자가 잘못된다네. 이는 본래 훌륭한 의원의 도리이니 여러 어리석은 사람들을 깨우쳐야 하네. 세상일에는 잊지 말아야 할 것이 있으니 내 병의 후유증을 절실하게 느껴야 하네. 죽은 자 살아나기 어려우니 비통하여 굽어보고 우러러보아 그 슬픔을 탄식하네. (출전 : 천옹유고, 척화신 이조참판 동계 정온 증손자, 무신란 거창 주모자 정희량 부친, 소수서원장, 참봉 정중원)

■ 제자가 말하는 스승 유이태

"점차 술업(術業)이 정밀하고 밝음을 이루어 널리 많은 사람의 목숨을 살리는 은덕을 베푸니, 사람들이 다시 살게 해준 은혜에 감사하였다. 병에 걸려오거나 증세를 적어서 오는 자들에 있어서는 귀천도, 친소도 가리지 않고 그 정성을 다하여 응대함이 흐르는 물과 같았으니 사람들이 모두 그 덕에 감동하여 서로들 말하기를 '하늘이 이처럼 어진 사람을 내어 사람의 목숨을 구하니 그 복록을 누리고 길이 장수할 자 이 사람이 아니면 누구이겠는가?'라고 하였다. 이는 단지 그의 의술이 현묘함을 칭송한 것에 그치지 않고, 환자를 사랑하는 마음으로 치료하는 것에 감동한 것이었다."(노세흠, 제자, 함양 수동)

■ **일제강점기 한의사(韓醫師)가 말하는 유이태**

"유선생은 우리 조선 반도의 명의이다. 세상을 떠난 지, 몇백 년이나 되었는데도 천민이나 아이들까지 아직도 그의 명성을 말하고 있으니 당시 선생의 덕망과 의술을 상상할 수 있다. (박주헌, 회춘헌약방, 경남 진주)

▶ 유이태는 어떻게 불려지고 있을까?

- 인술(仁術)을 펼쳤고, 〈5도(道)〉를 실천했으며, 빈민(貧民)을 구제(救濟)한 인물
- 부모를 공경히 모신 효행이 깊은 인물
- 조선의 백성은 평등하다며 입신양명의 뜻을 접고 의원이 된 인물
- 신분, 친소, 빈부, 계급을 차별하지 않고 치료한 백성을 치료한 민중의(民衆醫)
- 질병 예방과 경험 치료를 중시한 임상의(臨牀醫)
- 『숙종실록』, 『승정원일기』, 『의약동참선생안』에 기록된 영호남을 대표하는 명의
- 조선을 대표하는 유학자 의원이자, 〈7대 의학자〉의 1인

- 영남을 대표하는 〈의학 인물〉로서 대한민국을 움직인 영남인 56인의 1인

- 경남을 대표하는 조선의 〈의학자〉
- 산청을 〈홍역치료발상지〉로 만든 조선의 명의(名醫)
- 산청을 대한민국 〈한의학 성지(聖地)〉로 만든 조선의 의학 인물
- 『백과사전』과 『의학사』 문헌들에 등재된 의학 인물
- 조선의 명의로서 〈한국구비문학대계〉에 가장 많은 전설이 채록된 인물
- 민속노래 〈강강술래〉에 채록된 조선의 유일한 의원

▶ **유훈(遺訓)**

(내가) 세상 사람들에게 베푼 공(혜택)이 없었으니
이 『인서문견록』로서 전하여 만병의 치료에 전한다.
해마다 내가 손수 기록하여 하나의 책을 만들었으니
훗날 이 책을 보는 사람들이 (치료법을) 덧보태어 새롭게 하길 바란다.
이 책을 지은 것이 어찌 내 자손만을 위한 계책이었겠는가?
오히려 많은 사람을 구제하려는 마음이라네.
무릇 세상에 병이 없으면 역시 이 책 또한 쓸모가 없을 것이니
서재에 감추어 두고서 영원히 찾지 않기를 바란다.

余無功利及於人(여무공리급어인)
以是傳之萬病春(이시전지만병춘)
手錄年年成一冊(수록년년성일책)
後來觀者補相新(후래관자보상신)
豈獨爲子孫計(기독위자손계)
猶且濟衆人心(유차제중인심)
盖無病都無用(개무병도무용)
願書閣長不尋(원서각장불심)

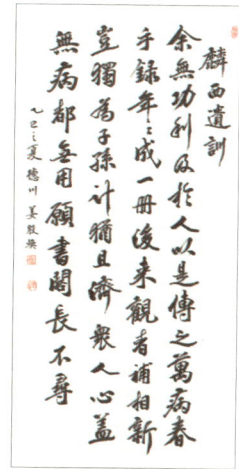
〈서예가 덕천 강은환 書〉

유이태의 유훈은 의사로서의 깊은 겸손과 박애 정신을 담고 있다. 자신의 의술을 『인서문견록』이라는 책으로 남겨 모든 백성에게 나누고자 했다. 이 책을 쓴 이유가 자손의 영달이 아닌 오직 많은 사람을 구제하기 위함이라고 밝히며, 의술의 공공성을 강조하고 있다. 자신의 의서가 널리 읽히기보다는 세상에 병이 사라져 더 이상 의서가 쓸모없게 되기를 바란다는 '질병 없는 세상'을 향한 간절한 소망에 있다.

의술의 진정한 목적은 단순히 병을 치료하는데 그치는 것이 아니라 인류의 건강과 행복을 완성에 있다는 그의 철학을 보여준다. 유이태의 유훈은 의술이 개인의 명예나 이익을 넘어선 인류를 향한 깊은 사랑에서 비롯되어야 함을 후대에 전하는 소중한 메시지이다.

■ **해설**
- 겸손과 의술에 대한 책임감 강조
- 의서 『인서문견록』을 통해 만병의 치료법을 후세에 전하고자 하는 마음
- 의학에 관한 끊임 없는 연구
- 의학에 관한 지속적인 노력
- 치료법을 더 보완하고 새롭게 발전시키길 후학에 대한 기대
- 많은 사람을 구제하려는 공공의 이익을 위한 마음
- 질병 없는 세상 염원

유이태는 자신의 의학 지식을 책으로 남겨 후세에 전하고, 이를 바탕으로 많은 사람이 치료받고 건강해지길 바라며, 자신의 저서가 쓸모가 없어질 만큼 모두가 건강한 세상이 오길 진심으로 희망했다. 그의 의학적 철학과 인생관을 깊이 있게 드러내고 있고, 진정한 의사로의 사명감과 인류애를 잘 보여주는 유훈이다.

▶ 어록(語錄)

未病慾節宣, 病來茲有糜(미병건절선, 병래자유미)
(사람들은) 병 들기 전 건강을 소홀히 하다가 병든 후에 비로소 후회하네.

病淺失早圖, 病深將日滋(병천실조도, 병심장일자)
병이 가벼울 때 그냥 두었다가 병이 위중해지면 오랜 시간 동안 힘드네.

病已忘禁戒, 頻復其殆而(병이망금계, 빈복기태이)
병이 나으면 병을 경계함을 잊으니 자주 재발하여 위험하네.

彼惑自諱疾, 抵死堪一噫(피혹자휘질, 저사감일희)
초기에 병 치료를 망설이다 치료를 놓친 후에 죽음에 이르러 한탄하네.

惟庸妄投劑, 誤人差毫釐(유용망투제, 오인차호리)
어리석게 함부로 약을 쓰면(약을 오남용하면) 조그만 실수에도 잘못되네.

此固上醫道, 可警衆雖雖(차고상의도, 가경중수수)
이것이 본래 의학의 도리인 것을 여러 어리석은 사람들은 뉘우치고 머리를 끄덕이네.

物有不可忘, 感切吾病畸(물유불가망, 감절오병기)
세상에는 잊지 말아야할 것이 있으니 내 병의 기이함을 절박하게 느껴야 한다.

九原難復作, 俯仰吁其悲(구원난복작, 부앙우기비)
죽은 자 다시 살아나기 어려우니 비통하여 하늘을 보고 땅 치네.

의학적 조언을 넘어, 인간과 생명의 소중함, 건강과 삶에 관한 깊은 성찰, 그리고 올바른 의료인의 자세를 일깨워주는 깊은 교훈으로 사람들이 건강 관리해야 할 내용을 강조하고 있다.

- 질병 예방 중요성 강조.
- 질병 조기 발견과 조기 치료 중요성 강조.
- 꾸준한 자기 관리와 재발 위험성 강조.
- 의료인 신중함과 책임감 강조.
- 약의 오남용 경고 강조.
- 의학의 본질과 의술 윤리 도덕 강조.
- 병을 깊이 인식하고 경각심 강조.
- 생명 소중함 강조.

麟西語錄

未病慾節宣病來茲有糜病淺失早圖
病深將日滋痛已忌禁戒頻復其殆而
彼感自諱疾抵死堪一噫惟庸妄投劑
誤人差毫釐此固上醫道可警衆雖雖
物有不可忘感切吾病畸九原難復作
俯仰吁其悲 乙巳年 初夏 德川 姜殷煥

〈서예가 덕천 강은환 書〉

▶ 건강관리지침

- 마음이 편안하면 기운이 편안하고
  근심이 지나치면 마음을 해(害)하니 마음을 다스려라.
- 화를 내면 화기가 일어나 치료가 어려우니 노여움을 경계해라.
- 건강할 때 계절에 따라 섭생(攝生)하여 몸을 튼튼하게 해라.
- 과식하면 몸을 해(害)하여 질병의 근원이 되니 소식해라.
- 술은 마시되 과음하지 마라.
- 몸을 힘들게 하면 원기가 허(虛)하게 되니 절제된 생활을 해라.
- 병은 몸을 해(害)하니 건강할 때 질병을 예방해라.
- 목숨이 재물보다 중요하니 치병(治病)에 최선을 다해라.
- 조그마한 병(病)이 큰 병으로 변하니 발병 초기에 신속히 병을 치료해라.
- 병이 완쾌한 이후에 새로운 질병 발생을 대비하여 철저하게 건강 관리해라.
- 약물을 잘 복용하면 모든 병(病)을 물리칠 수 있다.
- 질병 치료시 병의 근원이 되는 곳을 탐구하여 치료해라.
- 의원은 처방에 따라 정확한 약제를 투약해라.
- 병을 치료하는 동안 약(藥)의 오남용을 주의해라.
- 기존 처방에만 의존하지 말고 환자의 상태에 따라 새로운 처방을 해라.

유이태의 건강 지침은 백성들에게 병이 들었을 때 목숨이 재물보다 중요하므로, 치료에 최선을 다해야 하며, 질병을 예방하고, 몸과 마음의 균형을 유지하여 올바른 치료를 통해 건강을 지킬 수 있다는 깊은 통찰을 담고 있다. 또한, 병이 완치된 후에도 재발을 막기 위해 꾸준히 건강을 관리하는 것이 중요한 부분으로 보았다.

의원들에게는 환자의 상태에 따라 새로운 처방을 내리고, 정확한 약재를 사용할 것을 당부하며, 의술의 전문성과 책임감을 강조했다.

이는 오늘날에도 여전히 유효한 건강 관리의 기본 원칙이라 할 수 있다.

▶ 〈한의학 성지〉 조건과 산청 의학 인물 비교

한의학 성지 조건	유이태(劉以泰)	柳義泰	허준(許浚)
• 명의(名醫)가 출생해야 함	생초면 신연리 679	허구 인물	한양(?) 장성(?)
• 명의가 인술(仁術)을 펼쳐야 함	산청 펼쳤다.	–	어의 활동
• 명의가 저술한 의서(醫書)가 있어야 함	『마진편』 외 6권	–	동의보감 외 7권
• 명의의 일생을 기록한 유고(遺稿)가 있어야 함	『유이태유고』	–	–
• 명의가 『조선왕조실록』, 『승정원일기』, 『어의 명부』와 사우 〈문집〉 기록	기록되어 있음	–	기록되어 있음
• 명의가 태어난 지역에서 간행된 『군지』와 『향교지』에 등재되어 있어야 함	『산청군지』 『산청향교지』	–	『장성읍지』
• 명의가 의학 관련 역사적 업적을 남겨야 함	역사적 인물	–	역사적 인물
• 명의의 의학사상이 『백과사전』에 수록되어 있어야 함	백과사전 등재	–	?
• 의학사 문헌에 등재되어 있어야 함	등재	–	등재
• 질병 치료 태두(泰斗) 명의가 있어야 함	홍역 치료 태두	–	–
• 질병 치료 발상지(發祥地)가 있어야 함	홍역치료발상지	–	–
• 명의의 치료법과 향약 치료법이 전해와야 함	『인서문견록』	–	『동의보감』
• 명의가 백성의 건강을 걱정하여 남긴 〈건강관리지침〉이 전해와야 함	건강관리지침	–	–
• 명의가 남긴 건강 어록이 전해와야 함	유이태 어록	–	–
• 명의가 굶주림에 있는 백성들에게 자신이 가진 것을 나누어 주어야 함	빈민 구제가	–	–
• 명의가 백성들에게 애민(愛民), 위민(爲民)의 박애정신(博愛精神) 실천	• 인생5도 • 인술5도	–	–
• 명의가 남긴 유적지가 있어야 함	생가, 묘소 ①	②	묘소(파주) ③
• 명의 설화가 〈한국구비문학대계〉에 채록되어야 함	채록되어 있다	–	채록되어 있다
• 주변에 많은 약초가 자생해야 함	지리산	–	–
• 산청군청 지원	사적을 없앤 인물		홍보하는 인물

① 생가, 혜민국, 묘소, 서실터, 약수터, 낚시바위, 사랑바위, 침대롱바위, 서당, 선영, 다름재, 동계고택,...... 등 많은 유적지가 전해오고 있다.

■ 실존인물 유이태 유적지

생가　　　　　묘소　　　　　약수터　　　　이태사랑바위

② 427p에 산청군청에서 지어낸 허구 인물 류의태 유적지, 안내판과 이정표 목록을 보십시오.

■ 산청군청에서 건립한 가짜 류의태 유적지

가묘　　　　　묘비　　　　　동상　　　　　기념비

③ 431-432p에 산청군청에서 국민 혈세로 만든 산청에 온 적 없는 허준 유적지 목록을 보십시오.

■ 산청군청에서 건립한 산청에 온 적 없는 허준 유적지

동상　　　　　기념비　　　　해부동굴　　　　동상

■ 유이태기념관

■ 산청 유적지 지도

- 생　　　가(혜민국) : 유이태가 태어나서 인술을 펼쳤던 장소
- 서　　실　　터 : 1714년 건립된 유이태 서실
- 묘　　　　소 : 1715년 영면한 유이태 묘소
- 유 이 태 기 념 관 : 2024년 4월 6일 개관한 기념관
- 마음병치료약수터 : 유이태가 환자의 마음병을 고쳐준 약수터
- 장 군 수 약 수 터 : 유이태가 장군에 약수를 담아간 약수터
- 이 태 낚 시 바 위 : 유이태가 마음을 다스리기 위하여 낚시했던 바위
- 독　　녀　　성 : 유이태가 제자들과 함께 들렸던 성터

■ 거창 유적지 지도

- 구 주 서 당 : 유이태가 유학을 배웠던 서당
- 영　사　정 : 거창유씨 거창 입향조 유환을 기리는 정자
- 이태사랑바위 : 소년 유이태가 서당을 다니면서 여우 처녀와 사랑을 나누었던 바위
- 침대롱바위 : 뱀을 치료해 주고, 뱀이 보은으로 9개 침을 주었다는 바위
- 동 계 고 택 : 1714년 8월 14일 참봉 정중원과 술잔을 나누었던 고택
- 황　　　산 : 유이태 8대조, 고조부, 조부 묘소 등 거창유씨 선영(先塋)
- 다　름　재 : 효자로 나라로부터 복호를 받은 조부 유유도를 뵙기 위하여 넘었던 고개

부록 2

산청 동의보감촌의 류의태, 허준과 허준 조모 바로 알기

산청군청에 의하여 실존 인물이 된 유의태(柳義泰)는 누구인가?

- 허준의 스승이라는 유(류)의태는 누구인가?
- 유의태가 어떻게 문헌에 등재되었을까?
- 노정우 논문 「인물한국사」 논문 〈허준〉의 유의태
- 드라마와 소설에 등장한 유의태
- 산청군청에서 산청 인물로 선정한 류의태를 어떤 내용으로 말하고 있을까?
- 산청군청에서 실존했다는 류의태는 누구인가?
- 산청군청에서 주장한 류의태 실존 근거 변천 내용
- 허구 인물 류의태와 실존 인물 류운(柳賮) 나이 추정
- 허구 인물 유의태를 실존 인물로 만든 사람들
- 산청군청에서 류의태를 실존 인물로 만들기 위하여 역사를 왜곡한 책 간행
- 허구 인물 류의태 가묘 「묘갈문」
- 류운, 류의태, 류분이 문헌에 등장한 년도 비교표
- 산청군청에서 허구 인물 류의태를 실존 인물로 만들기 위하여 어떤 일을 했을까?
- 허구 인물 류의태를 찬양하는 헌시를 지은 시인들
- 허구 인물 류의태를 실존 인물로 만들기 위하여 역사 왜곡에 양심을 판 사람, 단체와 산청군청 공무원
- 역사를 왜곡한 산청군수와 실무책임자(유이태 사적을 없앤 공직자)
- 산청군청에서 지어낸 허구 인물 류의태 유적지 안내판, 이정표 목록

산청 동의보감촌의 류의태, 허준과 허준 조모 바로 알기

역사 왜곡은 매우 쉽고, 간단하다. 왜곡하는 시간은 순식간이다.

그러나, 왜곡된 역사를 바로잡는 데는 수십 만배 이상의 노력과 수십 년이란 오랜 시간이 걸린다.

산청 동의보감촌의 역사 왜곡이 그렇다. 동의보감촌에 허구 인물 류의태(柳義泰)가 동의보감 편찬자 허준을 가르친 살신성인의 스승으로 실존 인물로 되어 있다. 또, 산청에 온 적 없는 허준이 산청에 와서 허구 인물 류의태로부터 의학을 배웠고, 류의태를 해부했으며, 산청 사람이라는 거짓말이 류의태 가묘 묘비에 기록되어 있다. 산청군청에서 간행한 책과 허구 인물 류의태와 산청에 온 적 없는 허준이 산청군청 홈페이지에 기록되어 있었다. 이런 거짓말을 만들어 허구 인물 류의태를 실존 인물로 만들었던 시간은 순식간이었다.

1999년부터 산청군청에서 지어낸 역사가 현재도 바로 잡히지 않고 있다.

그때부터 산청군수와 실무책임자들에게 역사를 조작한 것을 바로 잡아 달라고 했었다. 그들은 허구 인물 류의태가 실존했다는 여러 가지 거짓말로 핑계를 대면서 바로잡아 주지 않고 있다. 그래서, 역사를 조작하면 안 된다. 지방자치단체가 조작한 역사는 공신력이 있다. 그래서, 지어낸 역사는 반드시 바로잡아야 하고, 후손들에게 거짓말 역사를 물려주면 절대로 안 되며, 올바른 역사를 물려주어야 한다.

산청군청에서 실존했다는 류의태는 산음(현재 지명 산청군 생초면)에서 인술(仁術)을 펼쳤고, 중국 황제의 병을 치료했다는 전설이 전해지는 유이태(劉以泰)의 이름을 진주 거주 한의사 허민과 전화 통화하면서 들은 경희대학교 한방병원장을 지낸 노정우 박사가 지어낸 이름이다. 2000년 2월 1일 노정우가 필자에게 이 내용을 직접 말했다. 류의태는 태어나지도 않은 허구 인물이다.

류의태는 이은성에 의하여 〈드라마〉와 『소설』에서 의서 『동의보감』 편찬자 허준을 가르친 살신성인의 스승으로 묘사되었다. 〈드라마〉와 『소설』에 등장하는 허구 인물 류의태를 산청군청, 산청 동양당 김태훈, 대한한약협회와 산청군 신안면 하정리 출신의 진주류씨(토계)에서 "류의태가 실존했다."라고 거짓말을 지어냈다.

진주류씨(토계) 가문에서는 〈드라마〉와 『소설』에 등장하는 허구 인물 류의태를 후손이 없는 진주류씨(토계) 류운 옆에 이름을 기록하여 ① 일명 의태(義泰), ② 의술 대명사 신의, ③ 허준 스승, ④ 묘 산청군 금서면 특리 한방 승지내, ⑤ 류의태약수터, ⑥ 필봉산 능선 유함을 기록하여 그들 가문의 족보에 등재하였다.

산청군청은 허구 인물 류의태의 ① 출생지(산청군 신안면 하정리 정태), ② 생몰년도(1515-1580), ③ 활동지(산청군 금서면 화계리), ④ 허준의 스승, ⑤ 허준에게 해부하라고 시신을 내어준 인물로 지어냈다. 산청군청은 〈동의보감촌〉에 허구 인물 류의태의 가묘를 조성해 묘비를 세웠고, 표지석을 설치하였다. 그리고, 산청군청, 산청 동양당 한약방 김태훈과 대한한약사협회에서 동상과 기념비를 건립하였다. 산청군수, 산청문화원, 산청 동양당 김태훈, 대한한약사협회, 그리고 산청에서 힘을 쓰는 사람들이 가짜 류의태 동상 앞에 모여 술잔을 올리며, 절을 올리는 숭모제를 지내고 있다. 〈산청약초시장〉에 허준이 의서 『동의보감』을 저술했을 때 지리산 약초로 실험했다는 거짓말 안내판과 허준 동상을 세웠다.

산청군청에서 경기도 출신으로 한양에 살고 있던 허준이 산청군 신안면 외고리 양지마을에 와서 살았고, 류의태로부터 의학을 배웠다고 지어냈다. 또한, 허준 조모의 친정 본관을 진주류씨 이봉계에서 진주류씨 토계로, 친정과 출생지를 경기도 금천군 서면(현재 광명시청 주변)에서 산청군 신안면 하정리 정태 출신으로 바꿨다.

산청군청의 민선 1기에서 8기 군수, 민선 1기에서 8기의 문화관광과장, 항노화국장, 항노화과장, 산청 동양당 한약방 김태훈, 대한한약사협회와 진주류씨 토계(산청군 신안면 하정리 정태) 가문에서 역사를 왜곡했다. 이들이 지어낸 거짓말을 밝혀 대한민국을 짊어지고 나아갈 후손들에게 올바른 역사를 전하려고 한다. 역사를 왜곡한 공직자, 산청군청에 협력하면서 학자의 양심을 팔았던 사람들, 역사 왜곡에 앞장섰던 교육자, 관련 기관과 단체, 가문을 기록으로 남겨 그들이 지어낸 역사 왜곡을 대한민국을 짊어지고 나아갈 후손들에게 알려 두 번 다시 역사를 왜곡하는 일이 없도록 공익을 위하여 그 이름을 밝힌다.

산청군청에 의하여 실존 인물이 된 유의태(柳義泰)는 누구인가?

▶ 허준의 스승이라는 유(류)의태는 누구인가?

■ 유의태가 어떻게 문헌에 등재되었을까?

- 1965년 출판사 박우사에서 경희대학교 한방병원장을 지낸 노정우에게 인물한 국사에 등재할 동의보감 편찬자 허준에 관한 논문을 요청했다.
- 노정우는 허준이 양천 허씨라는 것을 알았고 양천허씨족보를 읽었다. 양천허씨 족보에서 허준의 조부가 경상우수사를 지냈고, 할머니가 진주유씨라는 기록을 읽었다.
- 노정우는 진주에 거주하는 합천 출신 한의사 허민에게 전화를 걸어 "허준의 조부가 경상우수사를 지냈고, 할머니가 진주유씨이다. 허준이 할머니 친정 진주 근처에서 의학을 배운 것으로 보인다. 진주 근처에 유명한 한의사가 있었느냐?"라고 질문했다.
- 허민은 노정우에게 "산청에는 중국 황제를 치료하였고, 죽었던 사람을 살렸던 신의(神醫) 유이태가 있었다."라고 말했다.
- 노정우는 유이태를 유의태(柳義泰)로 이름을 바꾸어 허준의 스승으로 지어냈다. 그리고 박우사의 인물한국사 책에 논문 〈허준〉을 발표했다. 이것이 유의태가 허준의 스승으로 문헌에 처음으로 등장한 기록이다.

(2001년 2월 1일 노정우 대화에서)

■ 노정우 논문 「인물한국사」 논문 〈허준〉의 유의태

유의태(류의태)는 세상에 태어난 기록이 없고, 경희대학교 한방병원장을 지낸 노정우가 진주 거주 한의사 허민으로부터 전화 통화하면서 들었던 산청의 명의 유이태를 진주 근처 대성 진주 '유(柳)', 의로울 '의(義)', 클 '태(泰)'로 바꾼 이름이다.

■ 드라마와 소설에 등장한 유의태

노정우의 논문 〈허준〉에서 허준의 스승 유의태(柳義泰)를 읽은 소설가 이은성은 1975년 MBC 드라마 〈집념〉, 1990년 간

행한 『소설 동의보감』과 1999년 최완규가 이은성 원작 『소설 동의보감』을 바탕으로 집필한 MBC 드라마 〈허준〉에 허준의 스승으로 묘사되었다. 이러한 柳義泰는 산청군청에서 출생지, 생몰년, 활동지를 지어내어 만든 허구 인물이다.

■ 산청군청에서 산청 인물로 선정한 류의태를 어떤 내용으로 말하고 있을까?

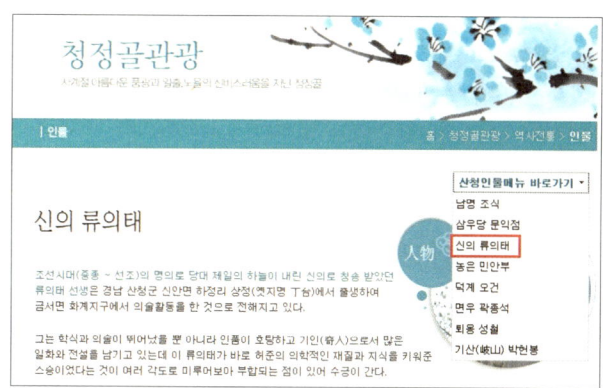

산청군청 홈페이지 산청인물 류의태

신의 류의태

조선 시대(중종 ~ 선조)의 명의로 당대 제일의 하늘이 내린 신의로 칭송받았던 류의태 선생은 산청군 신안면 하정리 상정(옛지명 丁台)에서 출생하여 금서면 화계지구에서 의술 활동을 한 것으로 전해지고 있다.

그는 학식과 의술이 뛰어났을 뿐 아니라 인품이 호탕하고 기인(奇人)으로서 많은 일화와 전설을 남기고 있는데 이 류의태가 바로 허준의 의학적인 재질과 지식을 키워준 스승이었다는 것이 여러 각도로 미루어 보아 부합되는 점이 있어 수긍이 간다.

* 2012년부터 필자가 민원공문으로 류의태의 실존 근거를 요구했다. 2017년 12월 말일 민선 6기 산청군수 허기도는 산청군 홈페이지에서 류의태를 산청 인물에서 삭제했다.

2018년 민선 7기 산청군수로 이재근이 당선되었다. 군수 이재근은 태어나지도 않은 허구 인물 류의태를 산청 홈페이지에 재차 게시했다. 산청군청에 허구 인물 류의태 재게시 항의 민원공문을 제출했다. 민원공문을 받은 군수 이재근은 허구 인물 류의태를 산청군청 홈페이지에서 삭제했다.

2018년 민선7기 산청군수로 이재근이 당선되자 이재근은 태어나지도 않은 허구 인물 류의태를 산청 홈페이지에 재차 게시했다. 산청군청에 민원공문을 제출했다. 민원공문을 받은 군수 이재근은 허구 인물 류의태를 산청군청 홈페이지에서 삭제했다.

■ 산청군청에서 실존했다는 류의태는 누구인가?

- 유의태(류의태)는 산청군청에서 지어낸 동의보감촌 상징 인물로 세상에 태어나지 않았다.
- 유의태(류의태)는 '이'와 '의'를 구분하지 못하는 경상도 사람들의 발음 현상으로 산청의 명의 유이태에서 파생된 이름이다.
- 산청군청에서 류의태의 출생지(산청군 신안면 하정리 정태), 생몰년(1516-1580), 의술 활동지(산청군 금서면 화계리)를 지어냈다.
- 류의태는 산청군 신안면 하정리 상정(정태) 출신 진주류씨가 아니다.
- 류의태는 허준을 가르치지 않았고, 허준의 스승이 아니다.
- 류의태는 허준에게 해부하라고 시신을 제공하지 않았다.
- 동의보감촌에 류의태 가묘, 묘비, 동상, 기념비, 신의정, 해부동굴이 건립되어 있다.
- 산청군 금서면 화계리 왕산에 유이태 장군수약수터를 류의태약수터로 이름을 바꾸어 조성했다.
- 2005년 간행 『진주류씨족보』에 등재된 허준의 스승이라는 류의태는 류운(柳賣)이 아니다.
- 류의태는 허구 인물이고, 류운은 실존인물이다.
- 류의태는 『진주루씨족보』에 등재되어 있지 않은 허구 인물이고, 류운(柳賣)은 『진주루씨족보』에 등재된 실존 인물이다.

▶ 산청군청에서 주장한 류의태 실존 근거 변천 내용

첫 번째 주장 : 류의태가 실존 인물이라는 9종 문헌을 제시했다.
- 노정우 논문 『허준』
- 『한국구비문학대계』 유의태 설화
- 이은성 『소설 동의보감』
- 최완규 〈드라마 허준〉
- 『브리태니커 백과사전』 허준 항목
- 을유문화사 허준 항목
- 『구암학보』 한대희 논문
- 『구암학보』 허상회 논문
- 『의림지』 이종형 논문

상기 문헌을 연구한 결과 류의태 내용은 모두 사실이 아니다.

두 번째 주장 :
- 서자(庶子)는 족보에 실리지 않는다.
- 『진주류씨족보』에 서자, 서녀, 서첩도 등재되어 있다.
- 하기 『진주류씨족보』를 참고하라.
- 산청군청은 거짓말을 했다.

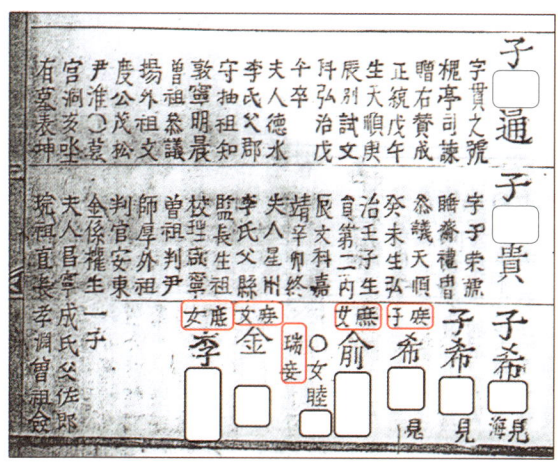

서자, 서녀, 서첩이 등재된 『진주류씨족보』

세 번째 주장 : 류의태 전설과 설화가 있다.
            설화 내용은 명의 유이태의 설화이었다.

네 번째 주장 : 하동 최참판댁(박경리 토지)이 있다.
            하동군청은 평사리 최참판댁 입구에 〈토지〉무대라고 안내판을 설치했다.

하동군청에서 설치한 〈토지〉 무대 최참판댁 안내판

다섯 번째 주장 : 남원 〈광한루〉와 장성 〈홍길동 마을〉이 있다.

여섯 번째 주장 : 시간이 너무 지나가서 류의태 유적지 철거가 불가능하다.

2025년 7월 : 「소설 동의보감」과 〈드라마 허준〉으로 류의태를 만들었다.라고 산청군청에서 억지 주장을 하고 있다.

▶ 류의태가 『토진주류씨족보』에 등재되었는가?

- 1762년, 1804년, 1845년, 1874년, 1918년, 1983년에 간행된 『토진주류씨족보』에 류의태는 등재되어 있지 않았다.
- 1762년, 1804년, 1845년, 1874년, 1918년, 1983년 간행 『토진주류씨족보』에 후손이 없는 류운(柳霣)은 등재되어 있다.

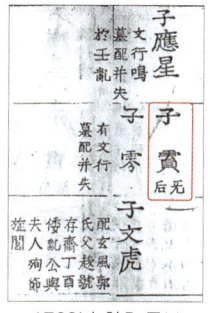
1762년 최초 족보

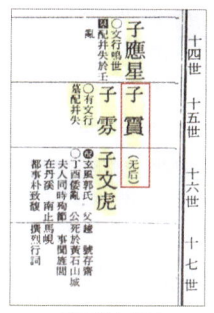
1983년 족보

- 진주류씨 토류 족보에 후손이 없는 류운 이름 옆에 류의태를 기록하였다.

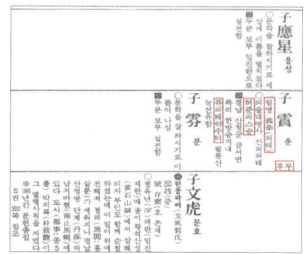
2005년 『진주류씨족보』: 허구 인물 류의태가 등재되어 있다.

> ▶ 일명 義泰(의태), 의술대명사 신의, 허준 스승
> ▶ 묘 경남 산청군 금서면 특리 한방 승지내
> ▶ 류의태약수터 필봉산 능선유함

- 진주류씨 토계 류보형은 "방송에 나오는 것을 보고 우리 조상이다."라고 판단하여 족보에 등재했다.(조선일보 2009년 12월 19일)
- 토진주류씨종친회 회장에게 편지를 보내 류의태(柳義泰)가 1762년-1983년 족보에 등재되어 있는지 확인 요청 편지를 보냈으나 답변 없다.

▶ 허구 인물 류의태와 실존 인물 류운(柳霣) 나이 추정

산청군청과 산청 신안면 하정리 정태에 거주하는 진주류씨 가문에서 후손이 없는 류운 이름 옆에 류의태를 등재했다. 류의태 가묘 묘비와 한의학박물관도록에 류의태의 생몰 연도(1516-1580)가 기록되어 있다. 진주류씨 토계 족보에 류운과 동생 류분(柳雰)이 등재되어 있다. 류분의 아들은 류문호이고, 현풍곽씨 안음현감 곽준(1551-1597)의 사위이다. 1597년 정유재란 때 류문호는 장인 안음 현감 곽준돠 장모, 손위 처남 부부, 손아래 처남, 장인의 외사촌 누나 부부(매형 유명개*)와 함께 경남 안의 황석산성 에서 왜적과 싸우다가 순절했다.

※ 유명개(劉名蓋, 1548-1597, 의병장, 증직 감찰) : 산청의 명의(名醫) 유이태(劉以泰) 고조부

구분	곽지완, 초계정씨(草溪鄭氏)	유우민	류응성		
이름	곽준 : 류문호 장인	유명개(劉名蓋)	류운(柳霣)	류의태	차남 : 류분(柳雰) (? - ?)
생몰년	1551-1597	1548-1597	1550(?)	1516-1580	추정 : 1553-?
	국가 기록	거창유씨족보	조카 장인 나이비교	산청군청 주장	사돈 곽준보다 나이가 어리다.
자녀	곽준 둘째 자녀 : 배우자 류문호		후손 없다.	후손 없다.	류문호(柳文虎) : 곽준 사위
생몰년	곽준 딸 : 1577(?)-1597				류문호 : 1577(?)-1597
비고	황석산성 순절, 곽재우 당숙	황석산성 순절			황석산성 순절

곽준은 2남 2녀를 두었고, 첫째는 아들, 둘째는 딸, 셋째는 아들, 넷째는 딸이다. 둘째 장녀가 류문호 배우자이다. 진주류씨족보에 등재된 실존 인물 류운과 류분을 류분의 사돈 곽준 나이를 바탕으로 류분과 류분의 형 류운의 나이를 추정하면, 류운은 1550 년 이후에 태어났다. 산청군청과 진주류씨에서 류운이 류의태라며 밝힌 류의태 출생 년도 1516이다. 실존 인물 류운 나이는 류의태 출생년도가 30여년 이상 차이가 난 다. 진주류씨에서 방송에 등장한 허구 인물 류의태를 자신의 조상이라고 주장하면서 그들 족보에 등재했다. 하기 그림을 참고해라.

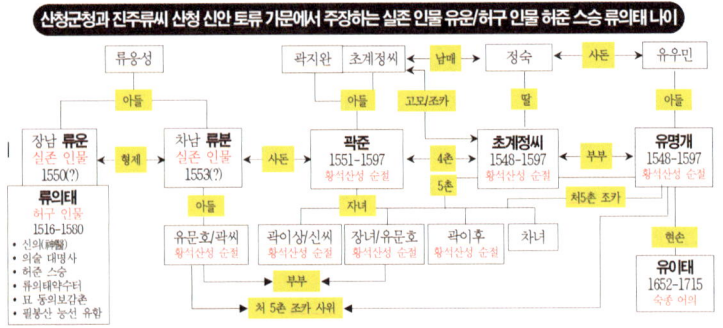

▶ 허구 인물 유의태를 실존 인물로 만든 사람들

■ 유이태를 유의태(柳義泰)로 이름을 바꾸어 허준 스승으로 발표했던 학자 : 한의학 박사 노정우

- 1965년 노정우는 인물한국사 논문 『허준』에 ① 허준 성장지 '산청', ② 스승 '유의태(柳義泰)', ③ 조모 친정을 '산청'으로 발표했다.
- 1968년 노정우는 인물한국사 논문 『허준』 오류 (① 허준 성장지 ; 산청, ② 허준 스승; 유의태, ③ 허준 조모 친정 ;산청)를 삭제한 수정 논문 『한국의학사』를 고려대학교 『한국문화사대계Ⅲ』에 발표했다.
- 2000년 2월 1일 노정우는 유철호에게 논문 『허준』 오류를 사과했다.

■ 유의태를 소설과 드라마에 허준 스승으로 묘사한 작가 이은성과 드라마 〈허준〉 작가 최완규

- 1975년 이은성은 노정우 논문 〈허준〉에서 유의태를 읽고 MBC 드라마 〈집념〉에 허준 스승으로 묘사했다.
- 1984년 부산일보 일요건강 연재소설 동의보감에 유의태를 허준 스승으로 묘사했다.
- 1990년 창작과비평에서 이은성 유작 부산일보 연재소설 동의보감을 『소설 동의보감』으로 간행했다.
- 1999년 최완규가 이은성의 『소설 동의보감』을 바탕으로 MBC 드라마 『허준』에 유의태를 허준 스승으로 묘사했다.
- 2000년 가을 최완규는 허준 스승 "유의태의 모델 인물은 유이태이다."라고 『문학포럼』 가을호에 밝혔다.

▶ 산청군청에서 류의태를 실존 인물로 만들기 위하여
  역사를 왜곡한 책 간행

■ 첫 번째 역사 왜곡 : 류의태를 실존 인물로 만들기 위하여 출생지, 생몰년,
  의술 활동지 지어내기

산청군청은 류의태의 출생지(산청군 신안면 하정리 상정), 생몰년(1516-1580), 활동지(산청군 금서면 화계리)를 지어낸 후, 허준을 가르친 스승으로 만들었다. 그 일을 추진했던 공무원은 민선 2기 산청군수 권순영과 문화관광과장 김동환이다. 이들은 단성면장을 지낸 손성모에게 류의태와 관련된 고증되지 않은 노정우의 논문 등 다양한 자료를 제공하여 어떠한 기록에도 없는 류의태를 실존 인물로 만들었다.

37. 한의학 성지(韓醫學 聖地)

산청군은 천연적(天然的)인 한의학의 고장이다. 조선 명종 때에 산청군 신안면에서 명의 류의태(柳義泰)가 나서 이름을 떨쳤으니 그의 외손 허준이 여기 와서 의술을 배우게 되었다. 허준은 크게 의학에 통달하여 세계적인 의서『동의보감』을 비롯하여 많은 저작과 의술로 한의학 발전에 불후의 공을 세웠다. 그로부터 약 100년 뒤

381

류의태(柳義泰)는 조선 중기 명종 때의 명의로서 산청군 신안면 하정리 (상정마을)에서 출생 1516년 추정 하여 한국의학의 근간을 세운 전통의학의 선구자요 태두이다. 의술이 고명하고 박학 다제할 뿐 아니라 성품이 호탕하고 강직하여 당시 외척전횡(外戚專橫)의 정치와 양반계급의 횡포 등 부패한 세태에 분노를 느끼고 산청의 심산유곡 등 자연 속에서 약학과 의학연구에 몰두하였다. 이에 풀

381

산청의 명소와 이야기

뿌리, 나무껍질, 흙, 돌 등 자연 속의 생약성분을 인체에 연결시켜 지병에만 전념하였다. 해박한 지식과 정론으로 부패한 사회를 비판하여 눈 헤어진 옷과 갓립을 쓰고 산천을 유람하며 환자를 치료하고 자유분방한 멋으로 일생을 보냈으며 당대 제일의 하늘이 내린 신의로 청송 받았다. 피파한 성품으로 제자를 양성치 않았다 허준을 만나 그의 천부적인 재능과 성실함을 꿰뚫고 의술을 전수하였으며 특히 의술의 발달을 위해 제자에게 자신의 몸을 해부토록 제공한 살신성인의 스승으로 전해지고 있다. 당시 한약제조에 사용하던 약수로 전해지는 샘터가 금서면 화계리에 현존하고 있어 오늘날까지 많은 사람의 내왕이 이어지고 있다.

허준(許浚)은 조선시대의 의학자로 자는 청원, 호는 구암이다. 1546년 경기도 양천에서 태어나 어릴 때 할머니의 고향인 산청으로 이주하여 신의 류의태 선생에게 의술을 전수 받았으며 1615년 8월, 70세를 일기로 세상을 떠났다.

382

손성모가 집필한 책은『선비의 고장 산청의 명소와 이야기』이다.
손성모가 보내온〈내용증명편지〉와 전화 통화했을 때 산청군청에서 제공한 자료로 글을 썼음을 밝혔다.

① 1999년 당시 산청군 권순영 군수가 나에게 향토사들에 관한 책을 한번 만들어 보라고 전축 하기에 전해오는 이야기들을 모아서 써보기로 하였다.
② 그래서 각 기관이나 단체에 의뢰하여 자료들 얻고 지방 원로들 과 유지들을 만나 수청을 하여 집필하였다.
③ 그때 산청군청에서는 김동환 문화관광과장으로부터 다양한 자료들 제공 받았다.

손성모가 보내온〈내용증명편지〉

410 ❦ 질병 없는 세상을 염원한 조선의 히포크라테스 선비 의사 유이태(劉以泰)

■ 두 번째 역사 왜곡 : 허구 인물 류의태를 『한의학박물관도록』 수록

산청군청은 『한의학박물관도록』에 기록된 〈한의의 세계통도〉와 〈한의학술유파〉에 홍역 치료 태두 유이태의 이름과 저서 『마진편』, 『인서문견록』을 기록하지 않았다. 산청군청은 산청의 명의를 기록하면서 허구 인물 류의태를 "① 1516년에 산청군 신안면 상정마을에 태어나서, ② 금서면 화계에서 의술을 활동하였고, ③ 허준의 스승이며, ④ 살신성인의 스승"으로 기록하고 있다. 류의태 유적지 사진을 수록하면서 홍역 치료 태두 유이태가 장군에 약수를 담아 생초까지 가져갔다는 전설이 전해지는 〈장군수약수터〉를 〈류의태약수터〉로 이름을 바꾸어 기록했다.

발주 공무원은 민선 4기 산청군수 이재근, 문화관광과장 박태갑이고, 연구 주관기관은 한의학연구원이며, 연구자는 안상우, 연구원은 이정화, 권오민이다.

■ 세 번째 역사 왜곡 : 산청군청의 『마진편』 저자 유이태 사적 없애기

『마진편』 저자 유이태 사적을 허구 인물 류의태 사적으로 바꾼 책은 2009년에 간행한 『산청의 한의학 전통과 한의약 문화연구』, 『지리산 산청 약초와 민간요법 기행』 등 2권과 2012년 간행한 『발길이 머무는 산청 이야기』이다.

『산청의 한의학 전통과 한의약 문화연구』 책에서 역사 왜곡은 홍역 치료 태두이며 조선인 최초의 홍역 치료 전문 의서 『마진편』 저자 유이태의 사적(① 유이태 저서, ② 유이태유고 내용, ③ 유이태 서실, ④ 백과사전 내용, ⑤ 유이태 유적지, ⑥ 유이태 설화, ⑦ 곽의숙 박사 논문 내용, ⑧ 유이태 전설, ⑨ 유이태 처방,...)을 류의태 사적으로 바꾸었다.

간행자는 산청군청, 간행 공무원은 민선 4기 산청군수 이재근과 문화관광과장 강순경이고, 연구주관기관은 한국한의학연구원, 연구진은 안상우, 권오민, 이선아, 이정화, 박상영, 구현희이다.

2009년 산청군수 이재근과 문화관광과장 강순경은 숙종 어의를 지낸 유이태를

없애기 위하여 『지리산 산청 약초와 민간요법 기행』을 간행했다.

역사 왜곡 내용은 ① 『한국민족문화대백과』 등 『백과사전』에 기록된 유이태 설명문 내용을 허구 인물 류의태로, ② 유이태 설화를 허구 인물 류의태 설화로, ③ 곽의숙 박사학위 논문의 유이태 내용을 허구 인물 류의태로 바꾼 것이다.

발행인/발행처는 산청군청이고, 집필한 연구진은 진주산업대학교 신용욱, 영남대학교 박경용, 대한한약협회 신전휘이다

2012년 민선 5기 산청군수 이재근과 문화관광과장 조성제는 산청에서 인술을 펼친 생초면 출신 명의 유이태를 없애고자 『발길이 머무는 산청 이야기』를 간행했다.

이 책에는 실존 인물 명의 유이태의 전설이 전해지는 금서면 화계리 왕산의 유이태 〈장군수약수터〉를 허구 인물 〈류의태약수터〉로 이름을 바꾸었다. 『한국구비문학대계』에 채록된 실존 인물 유이태의 〈유이태탕〉 설화를 허구 인물 류의태 설화로 바꾸어 사실과 다르게 기록하고 있다. 발행처는 산청군이다.

■ **네 번째 역사 왜곡 : 허구 인물 류의태와 산청에 온 적도 없는 허준이 산청에 왔다는 거짓말 책 간행**

2009년 산청군청은 류의태가 산청에서 태어났고, 허준이 산청에 와서 류의태로부터 의학을 배웠다는 거짓말을 지어낸 책 『동의보감 산청 허준과 류의태 이야기』를 간행했다.

이 책의 역사 왜곡은 "① 류의태가 산청에서 태어났다. ② 허준의 부친과 산청 현감이 친교가 있었다. ③ 허준이 산청에 와서 류의태로부터 의학을 배웠다. ④

류의태를 해부했다. ⑤ 류의태의 아들 류명재가 내의원 봉사를 퇴임한 후 산청에 와서 의원을 하고 있다. ⑥ 허준이 류의태의 아들 류명재와 함께 밀양 얼음골에 가서 류의태 묘소를 참배했다."이다.

발행자는 산청군수 이재근, 실무책임자는 강순경이고, 자료 제공한 기관은 산청한 의학박물관과 산청약초사업단이다.

산청군수 이재근은 숙종 어의를 지낸 유이태를 없애기 위하여 ① 유이태가 남긴 유고 내용, ② 전해지는 유이태 저서, ③ 유이태 처방, ④ 유이태 서실, ⑤ 백과사전 유이태 설명문, ⑥ 전설(설화), ⑦ 곽의숙 박사 학위 논문의 유이태 내용, ⑧ 유이태가 남긴 유적지…등 모든 사적을 태어나지도 않은 허구 인물 류의태의 사적으로 바꾼 책을 간행했다. 또한, 허구 인물 류의태를 실존 인물로 만들기 위하여 허구 인물 류의태가 허준을 가르쳤고, 허준이 산청에 와서 살았다는 거짓말 책을 간행한 군수이다.

▶ 허구 인물 류의태 가묘

■ 류의태 가묘 「묘갈문」

"옛부터 의술의 대명사로 전해오는 말에 중국에는 화타(華佗)가 있고 동방에는 의태(義泰)가 있다고 한다. 자신의 몸을 제자에게 해부용으로 기꺼이 바쳐 살신성인의 희생정신을 몸소 보여주신 이가 있으니 그가 곧 이 고장 출신의 신의(神醫) 류의태(柳義泰) 선생이다. 류의태 선생은 서기 1516년(一五一六年) 경남 산청군 신안면 하정리 상정(당시지명 산음현 정태)에서 진주류씨(晋州柳氏) 13(十三)세조(지 : 池 一四六一年生) 14(十四)세조 (몽성 : 夢星 一四八五年生) 집안의 서자 신분으로 출생하여 서기 1580년(一五八O年)에 별세한 것으로 전해 오고 있으나 정작 류씨 집안의 족보에는 흔적이 없어 매우 안타까울 따름이다. 그러나 당시의 풍습으로 볼 때 양반은 의술을 공부하지 않았고 서자이기 때문에 그 기록을 찾아보기 더욱 어렵다. 허준이 어렸을 때 산청에서 성장하였고, 그의 의학적인 재질과 지식을 키워준 스승이 바로 류의태 선생으로 그가 산청지방에서 활동한 것으로 알려져 있는 것은 허준의 조부인 허혼(許琨)이 경상우수사를 역임하였고 조모는 진주류씨 12(十二)세로서 양천허씨와 진주류씨 족보에 기록되어 있기 때문이다. 진주류씨 문중에서는 선생이 태어난 정태마을에서 약 3(三)킬로미터 떨어진 산청군 신안면 외고리 양지마을(구담 : 龜潭)에 허준이 살았던 것으로 굳게 믿고 있는 것도 이러한 연유임을 짐작할 수 있다. (중략) 선생이 당시 밀양 고을에 자주 왕래한 것으로 전해지고 있는 것은 그곳 만석꾼 최씨 가문의 무남독녀가 죽음의 고비에서 류의태 선생의 탁월한 의술로 되살아나 평생 동안 선생의 후처로 살았다는 이야기가 (중략) 그러나 정태마을은 수백 년 묵은 홰나무와 함께 지금까지도 진주류씨들이 단일 집성촌을 이루어 살아가고 있다. 당시 선생이 한약 제조에 사용했던 약수로 전해지는 샘터(일명 약물통)가 지금도 금서면 왕산에 있다. 이 약수는 피부병 위장병 등은 물론 불치병에도 효험이 있다고 하여 사람들이 이를 류의태 약수터라 부르며 현재 수많은 사람이 찾고 있다 특히 이 약수로 반위(反胃 胃癌)를 다스렸다고 전해지는 것은 (중략) 450(四五0)여 년 전 당시의 시대 상황에서 마지막 숨을 거두는 순간까지 제자 허준에게 자신의 몸을 제공하여 우리나라 해부학의 효시를 이룬 류의태 선생의 희생정신은 가히 살신성인의 귀감이 아닐 수 없다. (중략) 그동안 서자 신분이라는 이유로 선생의 업적을 발굴하는데 소홀했으나, (중략) 허준의 스승인 류의태 선생에 대한 세인의 관심이 집중되면서 선생의 행적이 재조명되고 (중략) 이 글은 현재 산청군 신안면 하정리 정태에 사는 진주류씨 가문의 류근모(柳根模)씨가 이 고장의 사학자이고 함양, 사천 통영 군수와 경상남도사편찬위원장 중앙문화재 전문의원을 역임하신 오림 김상조(梧木 金相朝)님과 지방사학자이며 한약방을 운영하신 故권재우님과 故강연우 류영춘 류무림님의 조언과 진주류씨 족보를 바탕으로 초안해 온 것을 첨삭하여 정리하여 비문을 작성하였다." 西紀 二○○五年 四月 五日. 산청 교육청 장학사 성주인 이천규(山淸 敎育廳 奬學士 星州人 李千圭) 짓고 쓰다.

※ 이천규는 산청교육청 장학사로서 교사이다. 교육자가 거짓말을 지어서는 안된다.

류의태 묘비『묘갈문』내용과 고증된 내용 비교

구 분	동의보감촌 류의태 묘갈문	고 증
신의(神醫)	류의태는 신의(神醫)이다	거짓말, 태어나지않았다.
생몰년도	류의태는 1516 ~ 1580년	거짓말, 태어나지않았다.
출생지	산청군 신안면 하정리 상정	거짓말, 태어나지않았다.
서자(庶子)	서자 신분이다.	거짓말, 태어나지않았다.
류지 후손 류이태	진주류씨 13세 류지 후손	거짓말, 태어나지않았다.
허준 스승	류의태는 허준을 가르쳤다.	거짓말, 태어나지않았다.
허준 어린 시절	어린 시절 산청에서 자랐다.	산청에 온적 없다.
허준 조부 허혼	경상우수사	경상우수사
허준 조모	진주류씨 12세	이봉진주류씨
허준이 산청에 살았다.	산청군 신안면 외고리 양지마을	산청에 온적 없다
밀양 왕래	밀양을 왕래하였다.	지어낸 거짓말
후처	만석군 최씨 외동딸	지어낸 거짓말
금서 왕산 류의태약수터	류의태가 한약 제조에 사용했다	유이태가 한약제조에 사용했다.

구 분	동의보감촌 류의태 묘갈문	고 증
위암 효과	위암에 효과 있다.	거짓말
서자 족보 등재	서자는 족보에 실리지 않는다.*	서자도 족보에 등재했다.
해부 시신 제공	허준에게 해부용 시신 제공	거짓말, 소설 내용
해부학 효시	류의태는 해부학의 효시(嚆矢)	거짓말, 전유형이다.
살신성인 귀감	류의태는 살신성인의 귀감	류의태는 허구 인물이다.

* 405p 『진주류씨 토계 족보』를 참고해라. 서자, 서녀도 『진주류씨 토계 족보』에 등재되었다.

■ 류의태 묘갈문 내용을 요약해 질문해 보자.

질 문	고 증
• 류의태가 중국의 명의 화타보다 유명했을까?	• 류의태는 태어나지 않았다.
• 류의태가 신의(神醫)이었을까?	• 류의태는 태어나지 않아 신의가 아니다.
• 류의태가 1516년에서 태어나 1580년에 죽었을까?	• 류의태는 태어나지 않아 죽은 적 없다.
• 류의태 출생지가 산청군 신안면 하정리 상정일까?	• 류의태는 태어나지 않았다.
• 류의태가 서자로 태어났을까?	• 류의태는 태어나지 않아 서자가 아니다.
• 류의태가 류지의 가문 출신일까?	• 류의태는 태어나지 않아 류지 가문이 아니다.
• 류의태가 의술 활동을 했을까?	• 류의태는 태어나지 않아 의술 활동 없었다.
• 류의태가 허준을 가르쳤을까?	• 류의태는 태어나지 않아 허준의 스승이 아니다.
• 제자에게 자신의 몸을 해부하도록 했을까?	• 류의태는 태어나지 않아 해부하지 않았다.
• 류의태가 해부학의 효시(嚆矢)일까?	• 효시는 형조참판 전유형이다.
• 류의태약수터가 있었을까?	• 없다. 유이태 약수터이다.
• 류의태가 밀양을 왕래했을까?	• 허구 인물이 밀양을 왕래하지 않았다.
• 만석꾼 최씨 무남독녀를 후처로 맞이했을까?	• 허구 인물 류의태가 후처를 맞이할 수 없다.
• 양반은 의학을 공부하지 않았을까?	• 유이태, 이황 등 양반도 의학 공부했다
• 허준이 산청에서 성장했을까?	• 산청에 온 적 없고, 산청에서 성장하지 않았다.
• 허준이 산청군 신안면 외고리 양지마을에 살았을까?	• 산청군 신안면 외고리 양지마을에 살지 않았다.

묘비문 내용은 산청군청과 진주류씨 토류 가문에서 지어낸 말들이다.

▶ 류의태유허비문

예부터 의술의 대명사로 전해오는 말에 중국에는 화타(華佗)가 있고, 동방(冬防)에는 의태(義泰)가 있다고 한다. 자신의 몸을 제자에게 해부용으로 기꺼이 바쳐 살신성인의 희생을 몸소 보여주신 이가 있으니 그가 곧 이곳 출신의 신의(神醫) 류의태(柳義泰) 선생이다.

선생은 서기 1516년 경남 산음 고을 정태에서 태어나신 곳으로 전해져 온다. 정태(丁台)의 지명은 천리 밖에서도 잘 알려진 곳이다. 정태는 류의태 선생의 명성으로 조선 중기부터 오늘에 이르기까지 전국에 널리 알려져 있다. 류이태 선생께서 진주류씨 13세 지(池, 1461년생), 14제조 몽성(1485년생)에 이어 15세 영(榮)(1515년생)은 류의태 선생보다 한 살 많으시다. 진주류씨 집안의 서자 신분으로 출생하여 서기 1580년경에 별세한 것으로 전에 오고 있다. 그러나, 진주류씨족보에는 기록이 없어 15세조 서출로 기록되어 있다. 당시의 풍습으로 볼 때 양반은 의술을 하지 않았고 서자이기 때문에 의술 공부에 전념할 수 있었다고 한다.

허준의 조부이신 허곤(許琨))은 진주류씨 집안으로 출가하시어 처가에서 생활하는 풍속으로 정태마을에서 약3km거리에 있는 산청군 신안면 외고마을(양지마을)에서 살았는데 서출인 허준 선생이 祖父님 댁에 오시어 조모님의 권유로 류의태 선생을 제자로 성장하는 계기가 되었고, 선생은 허준이 재주가 뛰어남을 알고 이를 잘 키워주셨다. 지금도 허씨족보와 진주류씨족보에서 그 기록을 찾아볼 수 있고 허준 선생이 성장하여 크게 뜻을 펼 수 있었음을 짐작할 수 있다.

류의태 선생의 삶에 대한 일화가 많이 전해오고 있다. 지금의 경호강 휴계소 부근 지리산가는 새고개에는 약초꾼이 십리를 줄지어 오갔다고 하며 선생이 자주 왕래하신 밀양 얼음골의 시신을 안치하였다는 이야기와 죽음을 앞둔 밀양의 천석군 최씨 집안 무남독녀를 타고난 의술로 고쳐주시고 평생 선생의 소실로 살아간 이야기, 그리고 선생은 평생 말을 타고 내왕하셨다고 한다.

그리고, 선생이 사셨던 정태마을에는 지금도 괴천수라는 샘터가 있고, 그 표지석에는 임신년(壬申年)에 세워졌다는 글자만 새겨져 있을 뿐 정확한 연대를 알 수가 없다. 이 샘은 하늘이 내린 물로서 샘이 마르면 이곳을 떠나야 한다는 말이 유래하고 있다. 그러나 정태마을은 수백 년 묵은 홰나무와 함께 지금까지도 진주류씨들이 단일 집성촌을 이루어 살아가고 있고, 진주류씨 17세조 진창(晉昌) 공께서 몸이 불편하셨을 때 이 괴천수를 잡수시어 쾌차하시고 자손이 날로 번창하여 오늘에 이르고 있다. 당시 선생이 한약 제조에 사용했던 것으로 전해지는 샘터(일명 약물통)가 지금도 산청군 금서면 화계리 왕산에 있다. 이 약수터는 피부병 위장병 등 물론 불치병에도 효험이 있다고 하여 이를 류의태약수터라고 부르며 오늘날까지도 수많은 사람이 찾고 있다. 특히 이 약수로 반위(反胃, 胃癌)를 다스렸다고 하는데, 이는 현대 의학에서도 경이로운 일로 평가되고 있으며, 선생의 유품은 정태의 아랫마을인 하정(下丁) 마을 앞 강가에 묻은 것으로 전해진다.

부모님이 주신 신체를 훼손한 일은 당시로는 상상도 할 수 없었던 500년 전의 시대 상황에서 마지막 숨을 거두는 순간까지 제자 허준에게 자신의 신체를 제공하여 우리나라의 해부학의 효시를 이룬 류의태 선생의 희생정신은 가히 살신성인의 귀감이 아닐 수 없다. 선생의 고귀한 희생정신이 없었던들 동의보감과 허준이라는 민족의 자랑은 아마도 존재하지 못했을 것이다.

그동안 서자 신분이라는 이유로 선생의 업적을 발굴하는 데 소홀했으나, 최근 방송국에서 동의보감과 허준 드라마가 방영되고, 허준 스승의 류의태 선생에 대한 세인의 관심이 집중되면서 선생의 행적이 재조명되고, 특히 산청군이 서기 2000년에 전통한방휴양지에 류의태 선생의 단소(壇所)를 마련하여 선생의 인간에 대한 깊은 사랑을 높이 기리고자 함은 퍽 다행스러운 일로 여겨진다.

더구나, 신의 류이태 선생의 업적에 흠모의 정을 지녔던 산청읍 동양당 약방 김태훈 원장은 서기 2008년 동의보감촌 내에 사비 1억 3천만원을 쾌척하여 류의태 선생의 동상을 건립하였다. 진주류씨 문중에서는 늦게나마 선생의 뜻을 기리고자 괴천수(槐泉水) 앞 대지 약 300평을 구입하고 주변을 조경하여 선생의 유허비를 세우게 되었다. 산청군에서 동의보감촌을 조성하고 류의태(柳義泰) 선생의 업적을 새긴 데 공을 세운 권순영, 권철현 전 산청군수와 당시 산청군청 김성주 문화관광계장은 류씨 문중을 찾아 선생의 발자취를 찾을 수 있도록 큰 도움을 주었다.

이글은 진주류씨 문중의 류근모씨가 이 고장의 사학자이고, 함양·사천·통영군수와 경상남도 도사편찬위원장을 역임한 오림 김상조님과 단성 지역에서 한약방을 운영하신 권재우님 지역의 원로에 있던 강연우님과 문중의 태천 류무림님 등 여러분의 조언과 도움을 받아 족보를 바탕으로 작성하였고, 류씨 문중에서는 신의 류의태 선생의 업적이 대대손손 빛나도록 후손들의 뜻을 모아 선생을 혼이 살아 숨 쉬는 이곳 괴천수 샘터에 유허비를 씌워 기념코자 한다. 또한, 문중의 류영춘, 승구, 봉모, 영철씨 등 종원들이 노력하여 오늘에 이르렀다.

2018년 8월 일
전 산청교육장 현강 이천규는 글을 수정 보완하고 진주류씨 정태 문중(丁台 門中)에서 비를 세움

장소 : 경남 산청군 신안면 지리산대로 3642번길 121

유허비에 새긴 글 내용 질문	고 증

- 류의태가 세상에 태어났을까?
- 류의태가 진주류씨 서자(庶子)일까?
- 류의태가 진주류씨 가문의 柳池 후손일까?
- 류의태가 신의(神醫)일까?
- 류의태가 의술을 배웠을까?
- 류의태가 허준을 가르쳤을까?
- 류의태가 신체를 내어 주었을까?
- 류의태가 해부학 효시일까?
- 천석군 최씨 무남독녀를 소실로 삼았을까?

- 태어나지 않았다
- 서자가 아니다.
- 후손이 아니다.
- 신의(神醫)가 아니다.
- 허구 인물 류의태가 의학을 배울 수 없다
- 허구 인물 류의태가 허준을 가르칠 수 없다.
- 허구 인물 류의태는 신체가 없다.
- 해부학 효시는 형조참판 전유형이다.
- 지어낸 거짓말이다.

- 류응성은 류운, 류분 두 아들을 두었을까?
- 류분 아들 류문호는 안음 현감 곽준 사위일까?
- 류분은 1553년 출생으로 추정될까?
- 모든 진주류씨족보에 류운은 등재되어 있을까?
- 1762-1983년 족보에 류의태가 등재되어 있을까?
- 류운이 서자일까?
- 진주류씨 토류 족보에 서자는 기록되지 않을까?

- 진주류씨족보에 등재되어 있다.
- 갈산곽씨, 진주류씨족보에 기록되어 있다.
- 사돈보다 2살 어린 1553년으로 추정하였다.
- 진주류씨족보에 류운은 등재되어 있다.
- 류의태는 등재되어 있지 않다.
- 족보에 서자로 기록되어 있지 않았다.
- 庶子, 庶女, 庶捷까지 기록되어 있다.*

- 허준이 산청에 왔을까?
- 허준은 사람을 해부한 기록이 있을까?
- 허준 조부 허곤의 생몰연도는 언제일까?
- 진주류씨 토계 족보에 허곤이 등재되어 있을까?
- 허곤이 산청 신안으로 장가 왔을까?
- 허곤이 산청 신안면 외고마을에 살았을까?
- 허준(1537년)이 할머니 생전에 태어났을까?

- 허준은 산청에 온 적 없다.
- 허준은 사람을 해부한 적 없다.
- 1468년~1523년
- 진주류씨 이봉계 족보에 등재되어 있다.**
- 금천군 서면 진주류씨 이봉계에 장가갔다.
- 살았던 적 없다
- 조모 생전에 태어나지 않았다.

- 왕산 약수터가 류의태 약수터일까?
- 왕산 약수터 물을 마시고 반위을 다스렸을까?

- 아니다. 유이태 장군수약수터이다.
- 왕산약수터는 반위를 다스린 사실이 없다.

* 405p『진주류씨토계족보』를 보아라. 서자(庶子), 서녀(庶女)와 서첩(庶捷)도 등재되어 있다.
** 421p 허곤이 등재된『진주류씨이봉계족보』를 보아라.
    허준의 조부 허곤은 경기도 금천군 서면 백암리에 거주하는 진주류씨 이봉계로 장가를 갔다.

▶ 류운, 류의태, 류분이 문헌에 등장한 년도 비교표

년도	1762	1804	1845	1874	1918	1965	1975	1983	1990	1995	2005
구분	족보	족보	족보	족보	족보	논문 허준	드라마 집념	족보 등재	소설 동의보감	드라마 허준	족보
류운(柳賈) 실존인물 1550(추정)	등재	등재	등재	등재	등재	-	-	-	-	-	등재
류의태(柳義泰) 허구인물 1516-1580	-	-	-	-	-	허준 스승	허준 스승	등재	허준 스승	허준 스승	등재
류분(柳雰) 실존인물 1553(추정)	등재	등재	등재	등재	등재	-	-	-	-	-	등재
류의태 등장						논문 등장	드라마 등장		소설 등장	드라마 등장	족보 등장

　진주류씨 토류 가문에서 1762년 간행한 최초 족보에서부터 1983년까지 간행된 족보에 없던 柳義泰를 2005년 족보에 등재했다. 진주류씨 토류 가문에서 후손이 없는 류운(柳賈)을 류의태라고 기록하고 있다. 류의태 생몰년도가 ① 산청군청에서 간행한 책, ② 손성모가 집필한 선비의 고장 산청의 명소와 이야기, ③ 산청군청 홈페이지, ④ 동의보감촌 가묘 묘비석, ⑤ 진주류씨 토류 가문에서 건립한 류의태유허비에 1516년에서 태어나서 1580년에 세상을 떠났다고 기록하고 있다.

　류분(柳雰)의 나이는 아들 류문호의 처부(妻父) 안음 현감 곽준의 나이(1551년)로 비교하여 추정하면 출생연도를 알 수 있다. 류운의 나이는 동생 류분의 나이에 3살을 더하면 류운의 나이가 추정될 수 있다. 안음 현감 곽준은 1551년에 태어났다. 그의 4남매 중에서 둘째가 장녀이고, 장녀는 진주류씨 류분의 아들 류문호와 결혼했고, 『현풍곽씨족보』에 류문호는 등재되어 있다. 421p를 참고해라.

　류분의 형님은 류운(柳賈)이다. 류운은 후사(後嗣)가 없다. 산청군 신안면 정태에 거주하는 진주류씨 가문에서 아들이 없는 류운 옆에 태어나지도 않은 허구 인물 류의태를 실존 인물이라고 주장하며 족보에 등재했다. 류분은 1553년으로 추정되며, 류운은 동생보다 3살 먼저 태어난 것으로 가정하면, 출생연도는 1550년으로 추정된다.

　안음 현감 곽준의 어머니는 정유재란 안의 황석산성에서 순절한 의병장 증직 감찰 유명개(劉名蓋, 1548-1597)의 부인 초계정씨의 고모(姑母)이다. 곽준의 외사촌 누나 초계정씨(1548)는 유명개의 배우자이다. 따라서, 안음 현감 곽준의 외사촌 매형(妹兄)은 유명개이다. 곽준의 사위 류문호는 유명개의 조카 사위이다. 유명개의 현손(玄孫)은 홍역 치료 태두로서 숙종 어의를 지낸 산청의 명의 유이태(劉以泰)이다.

1597년 정유재란 때 함양 황석산성에서 ① 의병장 유명개, ② 그의 배우자 초계정씨, ③ 곽준 부부, ④ 곽준의 장남 이상과 며느리 거창신씨, ⑤ 곽준의 둘째 아들 이후, 그리고 ⑥ 곽준의 장녀(배우자:류문호)와 ⑦ 사위 류문호가 같은 날 순절했다.

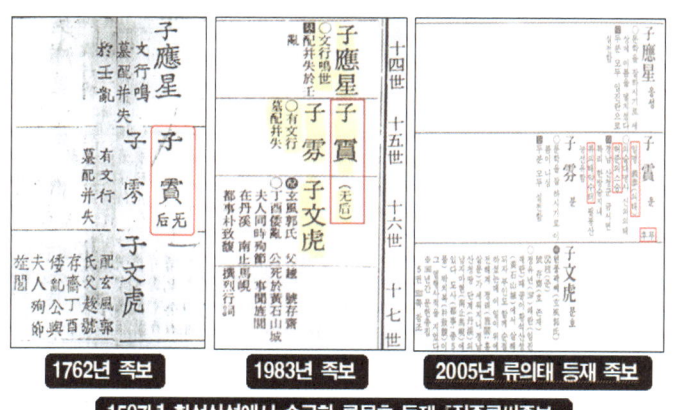

부록2 421

▶ 산청군청에서 허구 인물 류의태를 실존 인물로 만들기 위하여 어떤 일을 했을까?

- 산청 인물 8인의 1인 선정
- 산청군청 홈페이지에 류의태 게시
- 한의학박물관과 산청박물관에 류의태 초상화 전시
- 류의태의 출생지, 생몰년도, 의술 활동지 지어내기
- 류의태를 허준 스승으로 지어내기
- 류의태 가묘 조성과 묘비 건립
- 류의태 동상과 기념비 건립
- 류의태약수터 조성
- 류의태약수터 안내판과 이정표 설치
- 류의태를 기리는 신의정 건립
- 류의태를 기리는 해부동굴 조성
- 유이태 사적을 류의태 사적으로 바꾼 책 3권 간행
- 류의태 이야기 책 간행
- 한의학도록에 류의태 기록
- 동의보감촌 브로셔에 류의태 표기
- 유이태 설화를 류의태 설화로 바꾸어 산청군청 홈페이지 게시
- 류의태 숭모제 지내기
- 류의태 상(賞) 시상
- 류의태 한시(漢詩) 백일장 개최
- 류의태 샘물장 행사
- 신의(神醫) 체험 행사

▶ 허구 인물 류의태를 찬양하는 헌시를 지은 시인들

류의태(柳義泰) 살신성인

詩 현경, 황보광

생전에는 백성들의 목숨
내 몸보다 중히 여겨 구하셨고
사후에는 불치병 치료 위해
몸소 얼음골 비사(祕史)
실험대상이 되셨던 선현이여!
역사는 증명하고 있다
스스로 자신에게 엄하였고
제자들에게 모범이 되셨던 스승님
사오백년이 지난 지금도
앞으로 수수백년 스승님의 뜻
영원하리
우리 모두의 가슴속에
연꽃으로 피어나리

2005. 5. 3.
산정 김 상 세

하늘은 짐짓 솔 심을 자리에 솔 심는다 하더니, 이 나라 제일 진산(鎭山) 지리산 아래 공을 태어나게 하여 백성들의 몸을 돌보게 하고 이렇다 할 여러 제자들을 길러 조선의 도규술(刀圭瑟 : 의술)을 만방에 떨쳤도다.
혹자는 일러 중국의 화타(華佗)가 어떻다 하나 공의 공적에 미치지 못할뿐더러 공은 허준(許浚) 선생을 키워 공의 뒤를 이은 동방 제일의 명의(名醫)로 만들었는데 이를 위하여 공의 옥체를 선생의 해부 실습용으로 헌사 하였음을 상기할 때 제 살을 찢어 제자의 학문을 도운 일은 고금에 없으므로 공을 가히 성인이라 일러 마땅하리로다.
공의 치적이 이러하매 한 선각(先覺)이 있어 이 고장 명예를 길이 전하고 장송(長松)의 명의들이 연이어 태어나고 사회를 위해 봉사할 지사(志士)들이 계속되기를 기원하는 의미를 담아 이 비를 세움에 우리 모두 찬(讚)하기를 아껴 말지어다.

2005년 5월 3일
부산대학교 교수 문학박사 임종찬 짓고
경상남도 산청교육청 장학사 이천규 쓰다

이 시(詩)들은 태어난 적 없는 허구 인물 류의태가 자신의 몸을 해부하라고 시신을 내어준 살신성인으로 칭송했다. 시인들이 인터넷에서 류의태가 누구인지 한번만 검색했어도 이와같은 시를 쓰지 않았을 것이다. 이것은 거짓을 바탕으로 지은 시이다. 대한민국을 짊어지고 나아갈 후손을 위하여 반드시 거짓말 기념비는 철거되어야 한다.

▶ 허구 인물 류의태를 실존 인물로 만들기 위하여
  역사 왜곡에 양심을 판 사람, 단체와 산청군청 공무원

　역사를 왜곡하는 사람의 이름을 밝히는 이유는 이들이 잘못된 사실을 자라나는 세대들에게 알리고, 올바른 역사를 전하기 위함이며, 역사를 왜곡하면 안 된다는 경종을 울리는 공익 목적이다. 또한, 대한민국을 짊어지고 나아갈 후손들에게 역사를 왜곡한 산청군수와 실무책임자의 잘못을 전하기 위함이다.

　동의보감촌을 역사 왜곡진원지로 만들고, 역사 왜곡을 적극적으로 주도한 사람들은 ① 산청군수와 실무부서 책임자들, ② 홍역 치료 태두『마진편』의 저자 유이태의 사적을 허구 인물 류의태 사적으로 바꾸어 역사를 왜곡한 책을 집필한 사람들, ③ 허구 인물 류의태 묘비문을 지은 사람, ④ 허구 인물 류의태를 찬양하는 시를 지은 시인, ⑤ 허구 인물 류의태를 실존 인물로 만들기 위하여 동상과 기념비를 건립한 사람과 단체이다.

■ 명의 유이태를 없애기 위하여 유이태 사적을 류의태 사적으로 바꾸어
　책을 집필한 학자, 단체와 간행한 산청군청 공무원들

년도	역사 왜곡 서적	역사 왜곡 기관과 집필자	발주 담당자
2000년	『선비의 고장 산청의 명소와 이야기』	전 단성면장 손성모	군수 권순영, 과장 김동환
2008년	『한의학박물관도록』	한국한의학연구원, 안상우 외	군수 이재근, 문화관광과장 박태갑, 강순경
2009년	『산청의 한의학 전통과 한의약 문화연구』	한국한의학연구원, 안상우 외	
2009년	『지리산 산청 약초와 민간요법 기행』	진주산업대학교, 신용욱 외	
2009년	『동의보감·산청 허준과 류의태이야기』	산청한의학박물관, 한방약초사업단	
2012년	『발길이 머무는 산청 이야기』	드림엔터	군수 이재근, 과장 조성제

※ 책 간행을 발주한 산청군청 공직자들은 역사를 왜곡하였고, 국민의 혈세를 낭비하였으며, 유이태 사적을 도적질한 사람들이다.

■ 허구 인물 류의태 묘갈문을 지은 사람과 가묘를 조성한 산청군청 공무원

년도	역사 왜곡 묘비문	역사 왜곡 묘비문을 지은 사람	발주 담당자
2005년	신의류의태신도비	산청 교육청 장학사 이천규	산청군수 권철현, 문화관광과장 최경호

※ 이천규는 교사의 양심을 판 사람이다.
※ 허구 인물 류의태 가묘를 조성한 산청군청 공직자들은 역사를 왜곡하였고, 국민 혈세를 낭비한 사람들이다.

■ 허구 인물 류의태 기리는 헌시(獻詩)를 지은 시인과 발주 담당한 산청군청 공무원

년도	역사 왜곡 흉물	역사 왜곡 헌시를 지은 시인	발주 담당자
2005년	류의태 기념비	황보광	산청군수 권철현, 문화관광과장 최경호
		임종찬	

※ 기념비 건립을 주도한 사람 : 산청 동양당 김태훈
※ 허구 인물 류의태 기념비를 발주한 산청군청 공직자들은 역사를 왜곡하였고, 국민 혈세를 낭비한 사람들이다.

■ 허구 인물 류의태 동상, 기념비 건립한 사람, 단체와 발주 담당한 산청군청 공무원

년도	역사 왜곡 흉물	역사 왜곡을 주도한 사람과 단체	발주 담당자
2005년	류의태 동상	산청동양당 약방 김태훈, 대한약재협회	산청군수 권철현, 문화관광과장 최경호
	류의태 기념비		

※ 역사 왜곡 흉물 류의태 동상, 기념비 철거 반대 인물, 단체 및 산청군청 공무원
① 인   물 : 산청 동양당 김태훈
② 지방자치단체 : 산청군청
③ 산 청 군 수 : 권철현, 이재근, 허기도, 이승화
④ 공   무   원 : 민선1기에서 민선8기 산청군청 문화관광과장, 항노화국장, 항노화과장
※ 허구 인물 류의태 동상을 발주한 산청군청 공직자들은 역사를 왜곡하였고, 국민 혈세를 낭비한 사람들이다.
* 역사를 왜곡한 산청군청 실무책임자들의 이름은428p에 기록되어 있다. 참고하라.

■ 유이태 장군수약수터를 허구 인물 류의태약수터로 이름을 바꾼 산청군청 공무원들

년도	역사 왜곡 대상물	발주 단체	발주 담당자
2005년	• 류의태약수터 • 약수터 안내판 • 약수터 이정표	산청군청	산청군수 산림녹지 과장

※ 허구 인물 류의태 약수터를 조성한 산청군청 공직자들은 역사를 왜곡하였고, 유이태 유적지를 도덕질하였으며, 국민 혈세를 낭비한 사람들이다.

■ 산청군청에서 국민의 혈세로 만든 허구 인물 류의태의 지어낸 흉물 유적지 현황

유적지 이름	장 소	민원 결과
• 가묘	동의보감촌	산청군청 철거 거절
• 묘비	동의보감촌	산청군청 철거 거절
• 묘지 입구 표지석	동의보감촌	산청군청 철거 거절
• 동상	동의보감촌	산청군청 철거 거절
• 기념비 2개	동의보감촌	산청군청 철거 거절
• 신의정	동의보감촌	민원 제기로 현판 철거
• 해부동굴	동의보감촌	산청군청 철거 거절
• 약수터	금서면 왕산	산청군청 이름 변경 거절
• 약수터 안내판	금서면 왕산	산청군청 이름 변경 거절
• 약수터 이정표	생초IC, 금서 특리, 금서 주상	민원 제기로 산청군청 철거
• 피암터널 벽화	산청군 신안면 적벽산 아래	민원 제기로 산청군청 제거

※ 역사 왜곡 흉물들은 반드시 철거해야 한다.

■ 허구 인물 류의태 가묘 표지석을 설치한 산청군청 공무원

년도	역사왜곡 흉물 이름	역사 왜곡을 주도한 단체	담당 공무원
2017년	류의태 가묘 표지석	산청군청	군수 이재근, 항노화 과장 강채호

■ 태어나지도 않은 허구 인물 류의태와 산청에 온 적 없는
　허준을 추모하는 숭모제 행사 주관기관과 예산을 제공한 산청군청

태어나지 않은 가짜 류의태 〈숭모제〉

산청에 온 적 없는 허준 〈숭모제〉

■ 허구 인물 류의태와 산청에 온 적 없는 허준 숭모제를 지낸 산청문화원장

기 간	행사 기관	기 수	산청문화원장	예산제공기관
1994.05.23~1998.03.16	산청문화원	9대	이병능 원장	산청군청, 군수 : 권순영, 권철현, 이재근, 허기도, 이승힌
1998.03.17~2002.03.25		10대	정태수 원장	
2002.03.26~2006.03.16		11대	정태수 원장	
2006.03.17~2010.03.16		12대	권영달 원장	
2010.03.17~2014.03.18		13대	김태훈 원장	
2014.03.19~2018.03.18		14대	이효근원장	
2018.03.19~2022.03.23		15대	이효근 원장	
2022.03.24~2025년 현재		16대	김종완 원장	

※ 산청군청과 산청문화원은 허구 인물 류의태 〈숭모제〉와 산청에 온 적 없는 허준 〈숭모제〉 행사를 폐지하고 향토 인물 유이태 〈숭모제〉 행사를 개최해야 한다.

■ 산청군청에서 지어낸 허구 인물 류의태 유적지, 안내판과 이정표 목록

장 소	산청군청에서 지어낸 유적지 이름
• 동의보감촌	가묘, 묘비, 묘지 표지석, 동상, 기념비, 신의정, 관광지 안내판
• 금서면 화계리 왕산	류의태약수터, 류의태약수터 안내판, 류의태약수터 이정표
• 금서면 특리, 주상리	류의태약수터 이정표
• 생초면 IC 입구	류의태약수터 이정표
• 생초 축구장	류의태 안내판
• 신안면 적벽산 피암터널	류의태약수터 벽화
• 대전통영고속도로 산청휴게소	류의태 안내판

▶ 역사를 왜곡한 산청군수와 실무책임자(유이태 사적을 없앤 공직자)

민선기수	근무기간	군 수	실무책임자	역사 왜곡 내용
민선1기	1995. 07. 01~ 1998. 06. 30	권순영	이상원 김동환	• 허구 인물 류의태를 기반으로 동의보감촌 건립 • 한의학박물관, 산청박물관에 허구 인물 류의태 초상화 전시 • 허구 인물 류의태를 산청 인물 선정 • 허구 인물 류의태를 산청군청 홈페이지에 게시
민선2기	1998. 07. 01~ 2002. 06. 30	권순영	노종수 김동환	• 유이태약수터를 허구 인물 류의태 약수터로 변경 조성 • 허구 인물 류의태약수터 안내판, 이정표 설치 • 허준약수터 이정표 설치
민선3기	2002. 07. 01 ~ 2006. 06. 30	권철현	오신환 최경호	• 허구 인물 류의태 가묘 조성과 묘비 건립 • 허구 인물 류의태 동상과 기념비 건립 • 허구 인물 류의태, 허준 숭모제 시행 • 허구 인물 류의태/허준 상 시상 • 허구 인물 류의태 체험장 행사 • 허구 인물 류의태 백일장 행사 • 허구 인물 류의태약수터 샘물장 행사
민선4기	2006. 07. 01 ~ 2010. 06. 30	이재근	박태갑 강순경	• 유이태 사적을 허구 인물 류의태 사적으로 바꾼 책 3권 간행 • 허구 인물 류의태와 허준이 산청에 왔다는 거짓말 책 간행 • 허구 인물 류의태 신의정 건립 • 산청에 온 적 없는 허준 구암루 건립
민선5기	2010. 07. 01 ~ 2014. 06. 30	이재근	조성제	• 허구 인물 류의태/허준 해부동굴 조성 • 산청에 온 적 없는 허준 순례길 조성 • 역사 왜곡 흉물(류의태 가묘, 묘비, 동상, 기념비) 철거 거절 • 허구 인물 류의태약수터를 유이태약수터로 바로잡기 거절
민선6기	2014. 07. 01~ 2018. 06. 30	허기도	강순경 이윤수	• 역사 왜곡 흉물(류의태 가묘, 묘비, 동상, 기념비, 해부동굴) 철거 거절 • 허구 인물 류의태약수터를 유이태약수터로 바로잡기 거절
민선7기	2018. 07. 01 ~ 2022. 06. 30	이재근	유재우 조경래 정오근	• 허구 인물 류의태 가묘 입구 표지석 설치 • 허구 인물 류의태 가묘 대형 향나무 식목 • 실존 인물 홍역발상지 안내판 설치 거절 • 역사 왜곡 흉물(류의태 가묘, 묘비, 동상, 기념비, 해부동굴) 철거 거절 • 허구 인물 류의태약수터를 유이태약수터로 바로잡기 거절
민선8기	2022. 07. 01 ~ 2026. 06. 30	이승화	류승주 하은희 정욱진 오윤환 정명희 최태식	• 역사 왜곡 흉물(류의태 가묘, 묘비, 동상, 기념비, 해부동굴) 철거 약속 파기 • 2023년 9월 산청엑스포 때 유이태 동상 건립 약속 파기 • 허구 인물 류의태약수터를 유이태약수터로 바로잡기 거절 • 2024년 한방축제 때 3m 〈홍역치료발상지 안내판〉, 〈유이태 건강관리지침 안내판〉 설치 추진

산청군청에 의하여 산청 인물이 된
허준(許浚)은 누구인가?

- 허준은 누구인가?
- 산청군청에서 국민 혈세로 만든 산청에 온 적 없는 허준 유적지

산청군청에 의하여 산청 인물이 된 허준(許浚)은 누구인가?

▶ 허준(許浚)은 누구인가?

■ 허준은 산청에 와서 류의태로부터 의학을 배웠는가?

산청군청 홈페이지 산청 인물여행에 게시된 허준 소개 화면이다.

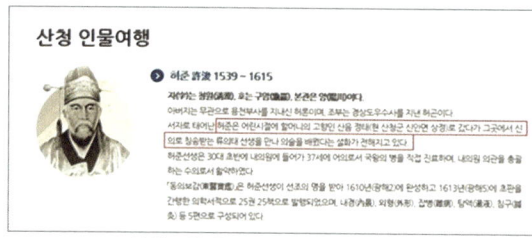

산청군청 홈페이지 허준 소개 항목

허준(許浚, 1539~1615)
자는 청원(淸源), 호는 구암(龜巖) 본관은 양천(陽川)이다. 아버지는 무관으로 용천부사를 지내신 허론이며, 조부는 경상우수사를 지낸 허곤이다. 서자로 태어난 허준은 어린 시절에 할머니의 고향인 경남 산청군 신안면 상정으로 갔다가 그곳에서 신의로 칭송받는 류의태 선생을 만나 의술을 배웠다는 설화가 전해지고 있다.

고증

- 1537년-1615년, 어의, 당상관, 『동의보감』 편찬자
- 허준 모친 : 영광김씨
- 허준 외조부 : 김욱짐(감)
- 허준 외가 : 담양
- 허준은 유의태로부터 의학을 배우지 않았다.
- 허준은 산청에 온 적 없고 산청과 아무런 관련 없다.
- 허준의 출생지와 스승은 알려지지 않았다.
- 허준은 사람을 해부하지 않았다.
- 허준은 의과(醫科)에 장원 급제하지 않았다.
- 허준은 이조참판 유희춘이 이조판서 홍담에게 천거해 내의원에 들어갔다.

> ○ 許浚을 위하여 吏判에게 편지를 보냈다. 内醫院으로 천거를 해준 것이다.

(출전 : 『국역 미암일기』 제2집 1569년 윤6월 3일, 허준 내의원 천거)

- 1537년에 태어난 허준이 1550년(추정)에 태어난 류운(류의태)의 제자가 될 수 없다.

▶ 산청군청에서 국민 혈세로 만든 산청에 온 적 없는 허준 유적지

유적지 이름	장 소	민원 결과
• 동상	동의보감촌	산청군청 철거 거절
• 기념비 3개	동의보감촌	산청군청 철거 거절
• 구암루	동의보감촌	산청군청 철거 거절
• 해부동굴	동의보감촌	산청군청 철거 거절
• 허준 순례길	동의보감촌	산청군청 철거 거절
• 신의정	동의보감촌	민원 제기로 현판 철거
• 허준 형상화 동상	산청읍 약초시장	산청군청 철거 거절
• 허준 형상화 안내판	산청읍 약초시장	산청군청 철거 거절
• 약수터 이정표	산청읍 내리 내리교 입구	산청군청 철거 거절
• 피암 터널 안내판	산청군 신안면 적벽산 아래	산청군청 철거 거절
• 피암 터널 벽화	산청군 신안면 적벽산 아래	산청군청 철거 거절

동상

구암루

구암루 현판

기념비1

기념비2

기념비3

신의정

해부동굴

▶ 동의보감허준순례길

동의보감 허준길은 동의보감 청정율수촌 이 어주는 행상길을 말한다

▶ 동의보감허준순례길
한방과 웰니스 체험프로그램을 접목한 한방의료관광의 핵심시설로 동의본가 힐링타운을 조성하고 천혜의 자연속에서 휴식과 체험을 통한 회복과 치유가 가능한 21세기 웰빙 체험공간으로 개발하고 있으며, 본 시설과 연계하여 약초 감체험 등을 통해 몸과 마음을 치유하는 프로그램을 운영할 계획이다.

허준 형상화 동상

산청한방테마파크

전통한방휴양관광지

산청한방자연휴양림

허준 형상화 동상 안내판

허준 순례길

피암터널 허준 동판

피암터널 허준 벽화

산청읍 내리교 입구
허준약수터 이정표

대전통영고속도로 산청휴게소 허준테마공원

산청군청에 의하여 친정이 바뀐
허준 조모의 실제 친정은 어딘가?

- 산청군청이 주장하는 허준 조모 친정 본관은 어딘가?
- 허준은 조모 생전에 조모 친정에 갔을까?

산청군청에 의하여 친정이 바뀐 허준 조모의 실제 친정은 어딘가?

▶ 산청군청이 주장하는 허준 조모 친정 본관은 어딘가?

■ 『이봉진주류씨족보』에 기록된 허준조모 친정

- 허준 조모 친정 본관은 산청군청이 주장하는 토진주류씨가 아니고, 이봉진주류씨 이다.
- 부친은 별제 유종윤이고 오빠는 충청도 관찰사 유세침이다.
- 유종윤은 『이봉진주류씨족보』에는 등재되어 있다.

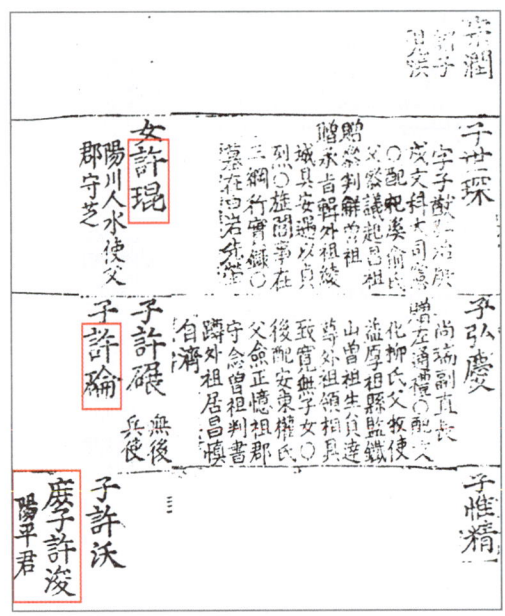

『이봉진주류씨족보』에 기록된 허준 조모 친정

- 허준 조모의 친정은 경기도 금천군 서면 백암리(현재 광명시청 근처) 이다. 허준의 조부 허곤은 『진주류씨이봉계족보』에 등재되어 있다.
- 허준의 조부 허곤 사망년도는 1523년이다.
- 『이봉진주류씨족보』에 허준은 서자로 등재되어 있다.

▶ 허준은 조모 생전에 조모 친정에 갔을까?

산청군청은 허준 조모의 친정을 산청군 신안면 하정리 정태라고 산청군청 홈페이지, 『한의학도록』, 산청군청에서 간행한 책과 2005년 동의보감촌에 조성한 류의태 묘비에 기록했다. 또, 2018년 산청군 신안면 하정리 정태마을에 건립된 〈류의태유허비〉에도 허준 조모의 친정을 산청군 신안면 하정리 정태라고 기록하고 있다 (417를 참고해라). 그러면, 허준 조모가 고문헌이나 『이봉진주류씨족보』에 기록된 실제의 친정은 어딜까?

■ 허준의 조모 친정 묘역 위치

『진주류씨이봉계족보』(434p 참조)에 따르면 허준 할머니 친정은 경기도 금천군 서면 백암리이다. 1970년 광명시 개발로 경기도 금천군 서면 백암리에 있던 진주류씨 이봉계 허준 조모 친정 묘소를 경기도 남양주시 진건읍 사능리 571-1, 567-4 그리고 산 69-2로 이장했다. (허준 조모 친정 오빠 류세침의 후손 증언, 직접 답사)

친정 부친 유종윤 묘소

진주유씨묘역(출전 : 네이버 지도)

■ 허준의 조부 생몰연도와 조모 생몰연도 추정

『양천허씨족보』(421p 참조)에 따르면 허준의 조부 허곤은 무자년(1468년)에 태어나서 계미년(1523년)에 세상을 떠났다. 조선 시대 여자는 남편보다 1~2세 연상이었고, 5년 더 살았다고 한다. 허준 조모는 허준 조부보다 2년 먼저 태어나서 5년 뒤에 세상을 떠났다고 가정하면, 허준 조모는 1466년에 태어나서 1528년에 세상을 떠났다고 추정된다.

■ 허준은 조모 친정을 방문했을까?

　산청군 신안면 하정리 정태에 건립된 류의태유허비에 "허준의 조부이신 허곤(許琨)은 진주류씨 집안으로 출가하시어 처가에서 생활하는 풍속으로 정태 마을에서 약3Km 거리에 있는 산청군 신안면 외고마을(양지마을)에서 살았는데 서출인 허준 선생이 祖父님 댁에 오시어 조모님의 권유로 류의태 선생을 제자로 성장하는 계기가 되었고, 선생은 허준이 재주가 뛰어남을 알고 이를 잘 키워주셨다."라고 기록되어 있다.(출전 : 417p 류의태유허비) 허준의 조부와 조모가 산청군 신안면 외고마을(양지마을)에 살았을까? 허준이 산청에 와서 류의태로부터 의학을 배웠을까?

　허준은 1537년에 태어났다. 1537년에 태어난 허준이 1528년에 세상을 떠나고 없는 할머니의 친정에 갈 수 있을까? 할머니가 없는 할머니의 친정을 방문하는 경우는 없다.

　산청군 신안면 하정리 정태는 조선 시대에 산청군 신안면 하정리 정태는 산음현이 아니고, 단성현이다. 경기도 출신 허준이 한양 근처도 아니고 경상도 단성현 신안면 정태에 갔을까? 산청군청과 진주류씨 신안면 가문에서 거짓말을 지어내려면 앞뒤가 일치하게 지어내야 한다. 따라서, 산청군수, 실무책임자와 진주류씨 토류 가문에서 허준 조모가 산청 출신이라는 주장은 역사를 조작한 것이다.

　1999년부터 산청군청에서 필자에게 류의태가 실존 인물이라고 주장했다. 진실이 밝혀지니 산청군청 실무책임자들은 역사 조작의 책임에서 벗어나고자 "류의태 실존 주장과 허준이 산청에 와서 류의태로부터 의학을 배웠다."라는 말을 바꾸었다. 그 주장은 "소설과 드라마로 동의보감촌을 만들었다."라는 억지 주장하고 있다. 또한, "전임자들이 했던 일을 후임자가 바로잡을 수 없다."라고 역사 왜곡 흉물 철거를 반대하고 있다.

　산청군청은 역사를 조작한 가짜 인물 류의태 유적지와 산청에 온 적 없는 허준 유적지는 반드시 철거해야 한다. 그리고, 대한민국 국민에게 역사를 왜곡한 잘못을 반드시 사과해야 한다.

부록 5

태어나지도 않은 허구 인물 류의태(柳義泰)가
허준의 스승으로 학술 논문에 발표된 후
산청군청과 진주류씨 토계에서 실존 인물이 된 과정

태어나지도 않은 허구 인물 류의태(柳義泰)가 허준의 스승으로 학술 문헌에 발표된 후 산청군청과 진주류씨 토계에서 실존 인물이 된 과정

1965년

- 1965년은 류의태가 학술 논문에 처음 등장한 년도이다.
- 학술 논문 쓴 사람 : 경희대학교 한방병원장을 지낸 한의학자 노정우 박사이다.
- 과정 : ▶ 노정우는 출판사 박우사로부터 『인물한국사』 간행시 『동의보감』 편찬자 허준 논문을 요청을 받았다.
  ▶ 노정우는 허준이 서자, 허준의 조부 허곤이 경상우수사, 허준 조모가 진주 류씨라는 사실을 알게 되었다.
  ▶ 노정우는 허준이 할머니 친정 진주 근처에서 자랐고, 그곳에서 의학을 배운 것으로 상정했다.
  ▶ 노정우는 합천 출신으로 진주에 거주하는 한의사 허민에게 전화를 걸어 진주 근처의 명의를 문의했다.
   "허준의 할머니가 진주유씨, 조부가 경상우수사를 지냈다.
   허준이 할머니 친정 진주 근처에서 자란 것으로 보인다.
   진주 근처에 유명한 의원이 있었느냐?"
  ▶ 허민 답변 : "산청에 수백년 전 중국 황제 등창을 치료했던 유이태라는 전설적인 명의가 있었다."
  ▶ 노정우는 유이태를 "진주 근처 대성(大姓) '진주 유(柳)', 의로울 '의(義)', 클 '태(泰)', 즉, '유의태(柳義泰)'로 이름을 지었고, 柳義泰를 허준의 스승으로 만들어 학술 논문 〈허준〉을 발표했다."라고 유철호에게 직접 말했다.
  (2000년 2월 1일 노정우와의 대화에서)

1968년

- 노정우는 논문 〈허준〉 오류를 인지(認知) 했다.
- 허준 스승 유의태, 허준 성장지 산청, 허준 조모 진주류씨를 삭제한 논문 〈한국의학사〉를 『한국문화사대계III』에 발표했다.

1975년

- 소설가 이은성이 노정우 논문 〈허준〉을 읽고 유의태를 허준 스승으로 묘사했다.
- MBC에서 허준 일대기 드라마 〈집념〉을 방영했다. (드라마 작가 이은성)

1984년

- 이은성은 부산일보 일요건강에 연재소설 〈동의보감〉을 게재했다.
- 1988년 이은성은 심장마비로 타계했다.

1990년

- 창작과비평에서 이은성 유작 연재소설 〈동의보감〉을 상, 중, 하『소설 동의보감』을 간행했다.
- 『소설 동의보감』이 밀리언셀러가 되었다.
- 1990년 8월 말 이은성 친구 이진섭은 **"유이태의 활동 연대가 허준 활동 연대와 같으면 유의태(柳義泰)에서 유이태(劉以泰)로 이름을 바꾸어 주겠다. 『거창유씨족보』를 복사해 오라."** 라고 유철호에게 말했다.

1991년

- MBC에서 허준 일대기 드라마 〈동의보감〉이 방영 되었다.

1999년

- 최완규 집필 드라마 〈허준〉이 63.7%의 국민드라마가 되었다.
- 문화관광과장 김동환, 계장 김일곤에게 **"역사를 왜곡하면 안 된다."** 라고 말했다.

2000년

- 노정우는 유철호에게 **"논문 오류를 인정한다. 거창유씨에게 미안하다."** 사과했다.
- 전 단성면장 손성모 : **"군수 권순영 권유와 김동환 제공한 자료를 바탕으로 류의태를 산청 인물로 만들었다."** 라고 〈내용증명편지〉에서 밝혔다.
- 산청군청 홈페이지에 류의태를 산청의 인물로 게시했다.
- 드라마 〈허준〉 작가 최완규 : 『문학포럼』 200년 가을호에 **"유의태의 모델 인물은 유이태이다."** 라고 발표했다.

2002년
- 동의보감촌 한의학박물관에 류의태 초상화를 전시했다.
- 왕산에 허구 인물 류의태약수터를 조성했다.
- 산청 군도(郡道)에 류의태약수터 이정표를 설치했다.

2005년
- 허구 인물 류의태가 『진주류씨족보』에 등재하였다.
- 산청군청, 산청 동양당 한약방과 산청 신안 진주류씨에서 동의보감촌에 허구 인물 류의태 가묘, 묘비, 동상, 기념비를 건립했다.
- 산청군청, 산청 동양당한약방 등에서 류의태〈숭모제〉를 거행했다.

2007년
- 산청 한의학박물관에서 『한의학도록』을 간행했다.
- 산청군청은 류의태를 산청의 의학 인물로 선정하여 『한의학도록』에 수록했다.

2009년
- 산청군청에서 유이태 사적을 허구 인물 류의태 사적으로 바꾼 책 2권과 『류의태와 허준 이야기』 책 1권을 간행했다.

2012년
- 산청군청에서 유이태 유적지를 허구 인물 류의태 유적지로 바꾼 책 1권을 간행했다.

2013년
- 산청군청에서 류의태를 기리는 신의정을 건립했다.
- 산청군청에서 류의태·허준 해부 동굴을 조성했다.

2017년
- 민선6기 군수 허기도가 허구 인물 류의태를 산청군청 홈페이지에서 삭제했다.

2018년
- 민선7기 산청군수에 당선된 이재근은 이재근은 전임 군수 허기도가 산청군청 홈페이지에서 삭제한 허구 인물 류의태를 산청군청 홈페이지에 재차 게시했다.
- 산청군수 이재근은 산청군 신안면 적벽산 아래 피암터널에 류의태와 류의태약수터

벽화, 허준 안내판(동판) 설치와 벽화를 그렸다.

벽화　　　　　　　　　동판　　　　　　　　　벽화

안내판 내용 :
구암 허준(龜巖 許浚, 1539~1615): 조선 중기의 어학자, 동의보감 완성자.
조선 중기의 의학자. 선조와 광해군의 어의를 지냈으며 1610년(광해군 2)에 조선 한방의학의 발전에 기여한 『동의보감』을 완성했다. 『동의보감』은 국가 지정문화재인 보물로 지정되었고 2009년 7월 31일 세계기록유산으로 등재되었다.

허준은 경기도 양천현 파릉리(지금의 서울시 강서구 등촌동 능안마을)에서 태어났으며 아버지는 무관으로 용천부사를 지낸 허론이며, 조부는 경상우수사를 지낸 허곤이다.

서자로 태어난 허준은 어린 시절에 할머니의 고향인 산음현(현 산청군)에 와서 그곳에서 신의로 칭송받는 류의태 선생을 만나 의학을 배웠다고 전해지고 있다. 1573년 선조 6에 정삼품 내의원정에 올랐다는 기록으로 보아 1569년 이후 내의원에 들어간 것으로 추정된다. 하지만 『양천허씨족보』에는 1574년(선조 7) 의과에 급제하였다고 알려져 있으며 사실을 확인하기 어렵다.

- 산청군수 이재근은 허구 인물 류의태 가묘 입구에 류의태 가묘 표지석을 설치했고, 묘소 앞에 2그루 향나무를 심었다.
- 허구 인물이 산청의 의학 인물이냐?라는 질의 공문을 보냈더니 산청군수 이재근은 허구 인물 류의태를 산청군청 홈페이지에서 삭제했다.

2023년
- 산청세계엑스포 때 산청군수 이승화가 홍역 치료 태두 유이태 동상 건립을 약속했으나 지키지 않았다.

2025년
- "시간이 너무 지났다"고 말하며, 허구 인물 류의태 가묘, 묘비, 동상, 기념비 등 역사 왜곡 흉물 철거를 거절했다.
- 역사 왜곡을 처음 시작한 군수는 민선1,2기 군수 권순영이고, 실무책임자는 문화관

광과장 김동환이다.

- 민선3기 군수 권철현과 실무책임자는 과장 오신환과 과장 최경환은 류의태의 가묘, 묘비, 동상, 기념비를 건립한 사람이다.

- 민선4, 5기 군수 이재근과 실무책임자는 과장 박태갑, 과장 강순경과 과장 조성제는 유이태 사적을 류의태 사적으로 바꾸어 책을 간행한 공직자이다. 이들은 류의태를 기리는 신의정과 해부동굴을 조성한 인물이다.

- 민선6기 군수 허기도와 실무책임자는 역사가 왜곡된 것을 알면서도 바로잡지 않겠다며 역사 왜곡 흉물(가묘, 해부동굴, 동상, 기념비,...)들을 철거하지 않는 공직자들이다. 그러나, 허기도는 산청군청 홈페이지에서 류의태를 삭제한 군수이다.

- 민선7기 이재근와 실무 책임자 유재우, 조경래, 정오근이다. 이재근은 취임하자 민선6기 허기도가 삭제한 류의태를 산청군청 홈페이지에 산청 인물로 재차 등재하였고, 허구 인물 류의태 묘지 입구 표지석을 설치하였고, 향나무를 심었다. 민원인 유철호가 홍역치료발상지 안내판, 건강관리지침 안내판 무상 기증을 제시했으나, 거절했다.

- 민선8기 이승화는 군수 당선 이전 유철호를 만나서 "명분을 주면 허구 인물 류의태 유적지를 철거하겠다."라고 약속했다. 2022년 산청한방축제 때 역사 왜곡 바로잡기 집회 개최와 감사원 감사 청구했다. 감사원 감사까지 받은 산청군수 이승화는 "가짜 류의태 유적지를 철거하지 못하겠다."라고 말했다.

  2023년 산청세계한방엑스포 때 역사 왜곡 바로잡기 집회했다. 이승화 군수, 류승주 국장, 민영배 계장, 학예사 박상구가 집회 장소에 와서 "집회를 철수하면 유이태 동상 건립하겠다."라고 약속했다. 류승주는 별도로 만나 "산청한방엑스포 끝난 후 예산을 잡아 유이태 동상을 설치하겠다."라고 약속했다. 산청한방엑스포 끝난 후 과장 하은희가 '이승화 군수 지침'이라면서 동상 건립 약속을 파기했다. 이승화 군수, 류승주 국장, 하은희 과장은 약속을 지키지 않는 공무원이다.

  2024년 산청한방축제 때 때 역사 왜곡 바로잡기 집회 개최했다. 항노화국장 오윤환, 과장 정명희, 과장 강채호, 학예사 박상구와 경남 도경 권영원 계장이 집회장을 찾아와 집회 중지를 요구했다. 4m〈홍역치료발상지〉안내판(동의폭포 앞), 유이태〈건강관리지침〉안내판(힐링교 입구) 설치와 역사 바로잡기 세미나 개최 후 역사를 바로잡자는 약속으로 집회를 중지했다.

역사 왜곡 시작에서부터 바로잡기 과정

역사를 왜곡하면 안 된다.
왜곡한 역사를 후손들에게 물려주면 그들에게 죄를 짓는 일이다.
왜곡한 역사가 있으면 반드시 바로잡아야 한다.
산청군청의 역사 왜곡이 그렇다.

- 산청군청 문화관광과장 김동환에게 역사 왜곡 중지 요구
- 『선비의 고장 산청의 명소와 이야기』를 지은 손성모와 대화
- 柳義泰를 허준의 스승으로 논문 〈허준〉에 발표한 한의학자 노정우를 찾아서
- 『소설 동의보감』을 쓴 이은성을 찾아서
- 63.7%의 시청률 드라마 〈허준〉 집필가 최완규를 만나려고
- 2012년부터 산청군수 이재근과 실무책임자들에게 왜곡된 역사 바로잡기 요구
- 왜곡한 바로잡기 거절한 산청군청의 현재 주장
- 지금의 세대가 다음 세대를 위하여 실천해야 할 책무(責務)

• 산청군청 문화관광과장 김동환에게 역사 왜곡 중지 요구

1999년 산청군청에서 柳義泰를 산청의 의학 인물로 선정하여 산청 한방단지를 만든다는 소식을 들었다. 산청군청을 방문하여 문화관광과장 김동환과 계장 김일곤을 만났다. 그들은 필자에게 왕산 중턱 고령토 광산에 한방단지 계획서를 보여주었다. 그들에게

"柳義泰라는 이름은 산청에 없었고, 실존 인물이 아니며, 허구 인물이다. 역사를 왜곡하면 안 된다."

라고 말하였다. 그 후에도 산청군청 문화관광과장 김동환과 계장 김일곤에게 柳義泰가 허구의 인물이라고 여러 차례 말하였다. 필자의 지속적인 주장에 그들은 柳義泰를 학계에 최초로 발표한 한의학자 노정우 박사와 한의학자 류근철 박사의 전화번호를 알려주었다. 김동환은 허구 인물 柳義泰가 실존했다고 주장하면서 손성모에게 고증되지 않은 자료를 제공한 산청군청의 공무원이다. 역사 왜곡은 산청군수 권순영과 문화관광과장 김동환부터 시작되었다.

• 『선비의 고장 산청의 명소와 이야기』를 지은 손성모와 대화

전 단성면장을 지낸 손성모가 태어나지도 않은 허구 인물 류의태가 실존했다는 『선비의 고장 산청의 명소와 이야기』 책을 지었다. 그에게 편지를 보냈고, 전화 통화를 하였다. 그는 필자에게

"산청군수 권순영의 권유와 문화관광과장 김동환이 제공한 자료를 바탕으로 柳義泰를 지어냈다."

라고 〈내용증명편지〉를 보내왔고, 전화 통화 때 이 말을 밝혔다. 편지 사본은 319p에 있다.

• 柳義泰를 허준의 스승으로 논문 〈허준〉에 발표한 한의학자 노정우를 찾아서

柳義泰를 허준의 스승으로 학계에 처음 발표한 학자가 경희대학교 한방병원장을 지낸 노정우 박사라는 이야기를 풍문(風聞)으로 알게 되었다. 그래서, 1980년대 후반부터 필자는 노정우와 대화를 나누기 위하여 찾았다. 미국에 이민 갔다는 풍문을 듣고 하와이와 LA 한인회에 전화를 걸어 그의 소재지를 문의하였으나, '등록되어 있지 않다.'라고 말했다.

노정우의 연락처를 알려준 인물은 산청군청 문화관광과장 김동환이다. 1999년 산청군청을 방문하여 문화관광과장 김동환과 계장 김일곤에게

"柳義泰가 실존 인물이 아니고 허구의 인물이다."

라고 말하였다. 그 후에도 산청군청 문화관광과장 김동환과 계장 김일곤에게 柳義泰가 허구의 인물이라고 여러 차례 말하였다. 필자의 지속적인 주장에 그들은 柳義泰를 학계에 최초로 발표한 노정우 박사와 한의학자 류근철 박사의 전화번호를 알려주었다.

2000년 2월 1일 필자는 서울시 강남구 포이동(현재 서초구 양재동) 삼호물산 근처에서 한의원을 경영하고 있던 노정우와 柳義泰가 허준의 스승이라는 근거에 관하여 대화를 나누었다. 필자는 그에게 유의태에 관하여 질문하였다.

"유의태(柳義泰)를 허준의 스승으로 이야기하게 된 근거가 있습니까?"

그는 필자에게

"『양천허씨족보』에서 허준의 가계를 조사하였다. 허준의 조부가 경상우수사를 지냈고, 조모가 진주유씨(晉州柳氏)라는 것을 알게 되었다. 허준이 할머니의 친정 진주 근처에서 어린 시절을 보낸 것으로 추정했다. 평소에 교류가 있던 진주에 거주하는 경남 합천 출신의 한의학자(韓醫學者) 허민에게 전화하여 허준의 가계를 설명한 후 진주 근처의 유명한 명의(名醫)를 문의하였다."

라고 말했다. 허민은 노정우에게

"수백 년 전에 산청에 중국 황제의 병을 고친 유명한 명의 유이태가 있었다."

라고 말했다. 노정우는 전화 통화하면서 들은 유이태를 철저한 고증 없이

"진주 근처의 대성(大姓) '진주유(晉州柳)', 의로울 '의(義)', 클 '태(泰)', 유의태(柳義泰)로 만들어 학술 논문『허준』에 허준의 스승으로 발표하였다."

라고 말했다. 그리고, 그는 필자에게 자신이 고증하지 못한 점을 사과했다.

노정우가 쓴 논문 〈허준〉은 하기와 같다.

그의 생애에 대한 뚜렷한 기록이 적어 이를 다방면으로 장시간을 두고 고증(考證) 답사한 결과 그는 지금의 김포군 양촌면 공암리 능곡동(金浦郡 陽村面 孔岩里 陵谷洞)에서 고고의 소리를 내었고 자라기는 경남 산청군(慶南 山淸郡)에서 였다고 믿어진다.

그의 선대(先代)는 거의 대대로 중선(中鮮)지방을 중심으로 거주하고 활동하였으나 허준의 할아버지가 경상도우수사(慶尙道右水使)를 오래 역임했고 그 할머니가 진주(晋州) 출신의 유(柳)씨인 점으로 미루어 그의 어렸을 때의 생장은 역시 경상도 산청이라고 생각된다. 더욱이 당시로부터 근세까지도 허·유 양씨가 그 지방의 쌍벽인 대성(大姓)이었던 사실과 그 당시 산청지방에 유의태(柳義泰)라는 신의(神醫)가 있었는데 그는 학식과 의술이 뛰어났을 뿐 아니라 인품이 호탕하고 기인(奇人)으로서 많은 일화와 전설을 남기고 있는데 이 유의태가 바로 허준의 의학적인 재질과 지식을 키워 준 스승이었다는 것이 여러 각도로 미루어 보아 부합되는 점이 있어 수긍이 간다.

이 유의태는 의술이 고명하고 박학다재할 뿐만 아니라 당시의 외척전횡(外戚專橫) 정치와 양반계급의 횡포와 노략질 등 부패한 세태에 대한 매도(罵倒)와 의분으로 날을 보냈었다. 그는 풍자와 정론(正論)으로 사회를 통박하고 늘 해어진 옷과 세립(細粒)을 쓰고 산천을 유랑하며, 자유분방한 멋으로 생을 즐겼으므로 당시 경상도 일대의 뜻있는 인사들 사이에 흠모의 대상이 되었었다.

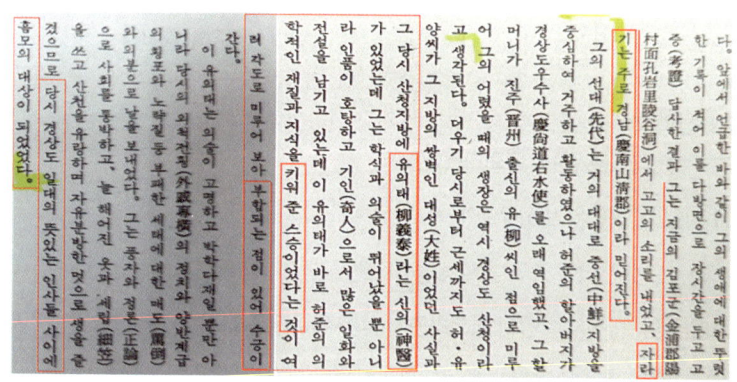

노정우 논문 〈허준〉 : 허준 성장지 산청과 허준 스승 류의태 설명

노정우는 논문에서 柳義泰를

'허준을 가르친 스승이다.'라고 말하지 않았다.

'여러 각도로 미루어 보아 부합되는 점이 있어 수긍이 간다. 허준이 자라기는 경남 산청군(慶南 山淸郡)에서 였다고 믿어진다. 허준의 생장이 산청이라고 생각된다.'

라는 노정우의 논문 글은 산청군청에 의하여 류의태가 허준의 스승이 되었다.

2000년 2월 1일 노정우의 말에 따르면, 그는 산청을 답사하지도 않았다. 그는 허민과 전화 통화하면서 들었던 산청의 전설적인 명의(名醫) 유이태 이름을 柳義泰로 지어내어 허준의 스승으로 만들었다. 1968년 노정우는 허준 성장지 산청, 허준 스승 柳義泰, 허준 조모를 삭제한 논문 〈한국의학사〉를 발표했다.

이와 같음에도 불구하고 산청군청은 태어나지도 않은 류의태의 생몰년도, 출생지, 의술 활동지를 지어냈고, 약수터를 만들었으며, 가묘, 묘비, 동상, 기념비를 건립하였다. 또한, 유이태 사적을 류의태 사적으로 바꾼 책 3권을 간행하였다. 산청군청은 허준이 산청에 와서 柳義泰로부터 의학을 배웠다는 내용을 새긴 기념비를 동의보감촌에 건립했다.

한편, 진주류씨 토계 가문에서 1762년 최초 족보부터 1983년 간행 족보에도 없던 류의태를 2005년에 간행한 그들 족보에 등재하였다. 2018년 그들은 산청군 신안면 하정리 상정 마을에 〈류의태유허비〉를 세웠다.

- 『소설 동의보감』을 쓴 이은성을 찾아서

노정우를 만날 수 없었다. 그래서, 드라마 〈집념〉과 〈소설 동의보감〉에서 柳義泰를 허준의 스승으로 설정하게 된 연유를 알기 위하여 소설가 이은성을 만나려고 했다. 『소설 동의보감』을 간행한 창작과비평에 전화하여 이은성의 집 전화번호를 받았다. 1990년 8월 초순 이은성의 집으로 전화를 하였다. 그는 이미 세상을 떠나서 어떤 연유로 柳義泰를 허준의 스승으로 설정하였는지 당사자의 입장을 알 수 없었다. 이은성의 부인과 전화로 대화를 나누었다. 이은성의 부인에게 허준의 스승을 柳義泰로 발표한 연유를 질문하였다.

"나는 잘 모른다. 『소설 동의보감』을 집필할 때 이은성 선생 곁에서 도와준 중앙일간지 이○○ 편집위원이 내용을 잘 알고 있다. 그분을 만나서 내용을 알아보라." (1990년 8월 초순. 이은성 부인과의 대화에서)

1990년 8월 중순 무더운 여름날 어느 중앙일간지를 방문하여 이모 편집위원과 대화를 나누었다. 필자는 그에게 유이태를 허준의 스승으로 설정한 연유를 질문했다.

"이은성 선생의 부인께서 '소설을 쓸 때 이○○ 위원이 많이 도와주었다.' '만나서 이야기하라.'라고 하여 왔다. 산청에는 유의태(柳義泰)는 없고 명의(名醫) 유이태(劉以泰)만 있다. '구침지희(九鍼之戱)'는 거창유씨(居昌劉氏) 가문에 전해오는 유이태 설화이다. 유이태를 허준 스승으로 만든 연유가 무엇인가? (1990년 8월 중순 중앙지 편집위원 이(李) 모와의 대화에서)

그는 필자에게 이은성이 柳義泰를 허준의 스승으로 설정한 연유를 답변하지 않았고,

"유이태의 의술 활동연대와 허준의 활동연대가 일치하면 柳義泰에서 유이태로 바꾸어 주겠다.『거창유씨족보』를 복사해 오라."

라고 말했다.

2000년 2월 1일 필자는 허준 연구자 김호 박사와 함께 서울시 강남구 선릉역 옆 음식점에서 중앙지 전(前) 편집위원 이(李) 모를 두 번째 만났다. 그에게

"이은성이『소설 동의보감』에서 어떤 근거로 柳義泰를 허준의 스승으로 설정하였는지?"

를 다시 질문하였다. 그러나 그는 柳義泰가 실존했다는 어떠한 근거를 제시하지 않고,

"『동의보감』반포 이후 허준 관련 자료가 모아지면『소설 동의보감』후반부를 쓰고 싶다."

라고 말하였다.

이(李) 모씨를 만났을 때, 그는 '이은성이 柳義泰가 실존 인물이라는 증거'와 '이은성이 柳義泰와 관련된 고증된 자료를 가지고 집필하였다.'라고 말하지 않았다. 그는『소설 동의보감』하권 후반부에 적은『소설 동의보감』의 발문에서도 이은성이 柳義泰를 허준의 스승으로 설정한 배경이나 그 경위를 말하지 않았다.

• 63.7%의 시청률 드라마〈허준〉집필가 최완규를 만나려고

1999년에 방영하여 2000년에 종영된 드라마〈허준〉은 柳義泰를 살신성인의 스승으로 묘사해 우리 국민에게 커다란 반향을 불러오게 하였다. 드라마〈허준〉의 내용에서 허준이 남자,『동의보감』저술, 어의, 양천허씨, 서자 출신 등 몇 가지 내용을 제외하면 역사적 사실과 아무런 연관성이 없는 픽션이다. 柳義泰는 가공의 인물로 산청군 금서면에서 의술 활동을 한 사실도 없다. 또한, 허준이 활동한 시대에 홍역이 발병하였다는 역사적 기록이 없음에도 불구하고 드라마〈허준〉에서는 허준이 홍역을 치료한 것으로 묘사하였다. 드라마〈허준〉에서 묘사된 柳義泰와 태의 양예수의 침술 대결 '구침지희(九鍼之戲)'는 산청의 명의 유이태가 대구를 방문하던 도중 합천의 어느 마을 입구에서 있었던 침술 내기 내용과 장소와 구경꾼이 다를 뿐 내용은 비슷하다.

필자는 드라마〈허준〉이 방영되고 있을 때 역사적 사실과 다르다는 것을 알려주기 위하여 집필자 최완규를 만나려 했었다. MBC 드라마 제작국에 두 번 전화를 걸어 필자

의 연락처를 남겼다. 또한, 최완규가 드라마를 제작하고 있는 MBC 제작국에 편지도 보냈다. 그러나, 최완규는 전화를 걸어오지 않았고, 편지 답변도 없었다. 그 이후에는 연락할 방법이 없어 현재까지도 그를 만나지 못하고 있다.

최완규는 드라마〈허준〉이 종영된 이후에 2000년『문학포럼』가을호〈혁명의 길〉에서 허준의 생애와 그의 스승 柳義泰에 관한 진실 논란에 관한 내용을 발표하였다. 그는

"소설의 내용이 역사적 사실을 근거로 한 것이 아니다. 허준이 내의원에 들어간 것은 과거에 급제한 것이 아니고, 미암 유희춘의 추천이며, 허준의 스승으로 묘사된 유의태는 허준의 사후 100년 뒤에 나타난 유이태를 모델로 하였다."

라고 말하였다.

• 2012년부터 산청군수 이재근과 실무책임자들에게 왜곡된 역사 바로잡기 요구

2012년 산청군청을 방문하여 군수 이재근과 실무책임자들에게

"산청군청에서 족보에도 없는 허구 인물을 산청의 의학 인물로 만들면 안 된다. 산청군청에서 왜곡한 내용을 바로잡아 달라."

라고 요청했다. 산청군수 이재근과 문화관광과장 강순경은

"柳義泰가 서자(庶子)라서 족보에 실리지 않는다."

라고 말하였다.

• 유이태 사적을 도적질한 산청군청에게 책 재간행 요구

그 후 산청군수 이재근은 숙종 어의를 지낸 유이태를 없애기 위하여 유이태의 사적을 柳義泰의 사적으로 바꾼 책 3권을 간행했다. 산청군청을 방문하여 군수와 실무책임자를 만나서

"왜곡된 역사를 바로잡자."

라고 말했으나, 그들은

"전임자들이 만든 것이라 바꿀 수 없다."

라고 말했다. 민원 공문을 수십 차례 발송했으나, 사실과 다른 내용의 답변뿐이었다.

- •신청군수 이승화의 요청, 류의태 동상 철거 집회와 감사원 감사 청구

  민선8기 군수 이승화는 민간인으로 있을 때 산청시외버스터미널에서 동의보감촌까지 차를 태워주면서 "민선 8기 군수가 되면 동의보감촌의 역사 왜곡을 바로잡겠다. 명분을 만들어 달라."라고 말했다. 그래서, 2022년 산청 한방축제 때 산청약초시장에서 역사 바로잡기 집회를 개최했었다. 또, 2022년 10월 967명의 서명을 받아 감사원에 감사를 청구했고, 감사원에 앞에서 감사 촉구 집회를 개최했다.(345p 사진 참고 요망). 감사원에서 산청군청의 역사 왜곡 시정을 권고했다. 군수 이승화, 항노화 과장 하은희는 "바로잡지 못하겠다."라고 공문을 보내왔다.

- 왜곡한 역사 바로잡기 거절한 산청군청 현재 주장

  감사원의 권고에도 산청군청은 바로잡지 않았다. 2023년 산청세계전통한의학엑스포 때 동의보감촌 입구에서 역사 바로잡기 집회를 개최했다. 산청경찰서 정보과장 오선동의 주선으로 산청군수 이승화, 류승주 항노화국장, 계장 민영배, 학예사 박상구가 역사 바로잡기 집회 장소를 찾아왔다. 군수 이승화가 항노화국 직원들 앞에서 "집회를 철수하면 유이태 동상을 세워주겠다."라고 약속했다. 류승주는 엑스포 기간 필자를 별도로 만나 "산청세계한방엑스포 끝난 후 예산을 잡아 유이태 동상을 설치하겠다."라고 또다시 약속했다. 산청한방엑스포 끝난 후 과장 하은희가 '이승화 군수 지침'이라면서 전화 통화하면서 동상 건립 약속을 파기했다. 이승화 군수, 류승주 국장, 하은희 과장은 약속을 지키지 않는 공무원이다.

  2024년 산청한방축제 때 역사 왜곡 바로잡기 집회 개최했다. 항노화국장 오윤환, 과장 정명희, 과장 강채호, 학예사 박상구와 경남 경찰청 권영원 계장이 집회장을 찾아와 집회 중지를 요구했다. 4m 〈홍역치료발상지〉 안내판(동의폭포 앞), 유이태 〈건강관리지침〉 안내판(힐링교 입구) 설치와 역사 바로잡기 세미나 개최 후 역사를 바로잡자는 약속으로 집회를 중지했다. 그러나, 세미나는 개최하지 않았다. 2025년 9월 17일 국장 오윤환은 "〈홍역치료발상지〉 안내판 설치 약속은 지키겠다."라고 전화 통화에서 밝혔다.

  군수 이승화는 필자에게

"20여 년 전에 전임자들이 시행했던 일들을 후임자가 어떻게 바로잡을 수 있느냐?"

라고 말했다.

• 지금의 세대가 다음 세대를 위하여 실천해야 할 책무(責務)

출신 인물이라는 것을 알리기 위하여 허준 숭모제 지내기, 허준 상(賞) 제정, 허준 한시(漢詩) 백일장과 허준 골든벨 퀴즈 등 각종 행사를 개최했다.

전임 산청군수와 실무책임자들과 마찬가지로 현재의 산청군수 이승화, 항노화 국장 류승주, 항노화과 과장 하은희와 정명희, 관광진흥과 과장 민옥분, 생초면 면장 오현기와 진흥식은 조선의 홍역 치료 태두로서 숙종 어의를 지냈고, 역사적 업적을 남긴 산청 출신 명의 유이태 동상과 기념비 건립, 생가(혜민국) 복원과 서실 복원이나 표지석 설치는 제외하더라도 관광객의 유이태 유적지 방문 편의를 위하여 〈유이태기념관〉 진입 계단(3m 높이)과 유이태가 남긴 유적지들을 찾아가는 이정표와 안내판 설치를 요청했으나 모두 거절했다.

산청을 〈홍역치료발상지〉로 만든 선비 의사 유이태 세미나와 〈유이태기념관〉 개관식에 산청군수와 문화관광을 책임지고 있는 항노화국 실무책임자와 유이태가 태어난 생초면 면장을 비롯한 공무원 1명도 참석하지 않았다. 이것이 전,현직 산청군수들과 산청군청 공무원들이 역사적 업적을 남긴 산청 출신 명의 유이태를 박해(迫害)했던 일들이다.

대한민국을 짊어지고 나아갈 후손에게 올바른 역사를 전하기 위하여 우리는 역사 왜곡 흉물들은 반드시 철거해야 한다. 산청군청에서 왜곡한 역사를 바로잡아 주는 것이 지금의 세대가 미래를 짊어지고 나아갈 세대에게 반드시 실천해야 할 책무(責務)이다.

부록 7

2024년 산청한방축제 때
류의태 숭모제 초헌관 김태훈 인사말

▶ 2024년 산청한방축제 때 류의태 숭모제 초헌관 김태훈 인사말

2024년 9월 27일 허구 인물 류의태 동상 앞에서 숭모제를 지냈습니다.

초헌관 김태훈의 인사말은 하기와 같습니다.

〈'2024 신의 유의태 선생 추모제' 초헌관 인사말 전문〉

　오곡백과가 풍요로운 계절에 존경하는 내외 귀빈 여러분,
　신의 유의태 선생 추모제 초헌관을 맡은 김태훈입니다.

　이 뜻깊은 자리에 함께해 주신 모든 분들께 깊은 감사의 말씀을 드립니다. 특히, 아헌관이신 충북회장 오택균님 종헌관을 수임해 주신 유씨문중 대표 류영춘님 두 분께 경의를 표합니다. 또한, 신의 유의태 선생님의 후손 유근모 회장님을 비롯한 문중분들과 불원천리하고 참석하신 대한한약협회 유재광 회장님 한의약계 관계자분들께도 특별한 감사의 마음을 전합니다.

　해를 거듭하며 이 자리에 서게 될 때마다, 신의 유의태 선생님의 위대한 유산을 되새기는 것은 저에게 크나큰 영광이자 책임입니다. 신의 유의태 선생님은 우리 한의학의 선구자이시자 근간이십니다. 선생께서는 단순히 의술을 펼치는 데 그치지 않고, 한의학의 본질을 깊이 탐구하며 그 지평을 여셨습니다.

　특히 의성 허준 선생을 제자로 받아들여 가르치신 선생님의 혜안은, 동의보감이라는 불후의 명저를 통해 한의학의 새로운 장을 열게 했습니다. 이는 단순한 스승과 제자의 관계를 넘어, 한의학 발전의 큰 전환점이 됐습니다.

　이러한 역사적 전환점을 거쳐 오늘에 이르기까지, 우리는 의학 기술의 눈부신 발전을 목격하고 있습니다. 현대 의학의 진보와 더불어, 매년 이 자리에서 신의 유의태 선생님의 업적을 되새길 때마다 우리는 한의학의 심묘한 이치를 다시 한번 깨닫게 됩니다.

　선생께서 보여주신 자연과 인간의 조화를 중시하는 철학, 그리고 생명을 대하는 경외심은 현대 한의학이 나아가야 할 방향을 제시하고 있습니다. 이는 단순히 과거의 유산이 아니라, 현대 의학이 직면한 여러 문제에 대한 해답을 제시할 수 있는 귀중한 지혜의 원천입니다.

　이곳 산청군은 신의 유의태 선생님의 정신이 가장 잘 보존되고 계승되고 있는 곳입니

다. 산청군은 명실상부한 한의학의 성지로, 한의학의 과거와 현재, 그리고 미래가 공존하는 특별한 공간입니다. 매년 개최되는 한방약초축제 또한 선생님의 유지를 받들어 전통 한의학을 계승하고 발전시키는 소중한 문화적 자산입니다. 이 축제를 통해 우리는 한의학의 가치를 재확인하고, 그 우수성을 널리 알리고 있습니다.

이러한 노력의 연장 선상에서 우리가 해마다 이 자리에 모이는 이유는 단순히 과거를 회상하기 위함이 아닙니다. 신의 유의태 선생님의 삶과 철학을 현재에 되새기며, 한의학계가 직면한 도전들을 어떻게 극복할 수 있을지, 그리고 미래 한의학이 나아가야 할 방향은 무엇인지를 함께 성찰하고자 함입니다. 현대 의학과의 공존, 과학적 근거 확립, 글로벌 시장 진출 등 우리 앞에 놓인 과제들은 결코, 쉽지 않습니다.

그러나 선생께서 보여주신 끊임없는 학문적 탐구열, 제자 양성에 대한 열정은 시대를 초월한 가치입니다. 우리는 이러한 가치들을 현대적으로 재해석하고 실천함으로써 한의학의 발전과 국민 건강 증진에 이바지할 수 있을 것입니다.

신의 유의태 선생님의 숭고한 정신이 우리 한의학계에 깊이 스며들어 한의학의 새로운 르네상스를 열어가는 원동력이 되기를 기원합니다. 우리 모두가 선생님의 숭고한 뜻을 받들어 한의학 발전에 힘을 모은다면 한의학은 우리나라를 넘어 전 세계 인류의 건강과 행복에 기여하는 위대한 의학으로 더욱 발전해 나갈 것입니다.

마지막으로, 이 뜻깊은 추모제 행사를 위해 수고해 주신 김종완 산청문화원장과 제관으로 수고해 주신 임원 여러분들, 그리고 유씨문중의 유근모 회장님을 비롯한 문중 분들과 참석하신 모든 분들께 다시 한번 깊은 감사를 드립니다. 신의 유의태 선생께서 우리에게 남기신 귀중한 가르침이 여러분 모두의 삶에 깊이 스며들어 건강과 지혜의 등불이 되기를 진심으로 기원합니다.

(출전 : 신의 유의태 선생 추모제 봉행, 경남연합일보 2024. 09. 29)

김태훈의 류의태 추모제 인사말에 관한 질문을 해보자.

- 류의태가 실존 인물인가?
- 류의태가 누구의 후손으로서 언제, 어디에서 태어났는지?
- 류근모가 류의태의 후손인가?
- 류의태가 신의(神醫)인가?
- 류의태가 한의학의 선구자인가?
- 류의태가 한의학의 근간인가?

- 류의태가 남긴 유지가 무엇인가?
- 류의태가 남긴 업적이 무엇인가?
- 류의태가 자연과 인간의 조화를 중시하는 철학과 생명을 대하는 경외심을 제시했는지?
- 류의태가 현대 의학의 문제에 대한 해답을 남긴 것은 무엇인가?
- 류의태가 제자를 양성했는가?
- 류의태가 남긴 숭고한 뜻이 무엇인가?
- 류의태의 삶과 철학이 무엇인가?
- 류의태가 한의학의 본질을 깊이 탐구하며 어떤 지평(地平)을 열었는지?

김태훈은 태어나지도 않은 허구 인물 류의태를 실존 인물이라고 말했다. 또, 그는 류의태가 ① 신의(神醫), ② 한의학의 선구자, ③ 한의학의 근간, ④ 유지와 업적을 남겼고, ⑤ 자연과 인간의 조화를 중시하는 철학과 생명을 대하는 경외심 제시, ⑥ 현대 의학의 문제에 대한 해답 제시, ⑦ 한의학의 본질을 깊이 탐구하여 지평(地平)을 열었다는 말을 하였고, ⑧ 숭모제를 지냈다.

김태훈, 산청문화원장, 산청군청 항노화과 과장 정명희에게 내용증명편지를 보냈다.

- 질문내용 : 류의태 숭모제 인사말
- 받는사람 : 산청문화원장, 산청군청 항노화과 과장 정명희
  발송일자 : 2024. 10. 28
  발송번호 : 3134604064727호
- 받는사람 : 김태훈(동양당)
  발송일자 : 2025. 09. 01
  발송번호 : 3134604067670호

그들은 전화, 편지 등 어떠한 답변이 없었다.

출전 : 류의태 추모제 기념 촬영한 김태훈, 경남연합일보 2024. 09. 29

부록 8

- 산청군청에 보내는 고언
- MBC에 보내는 고언
- 산청 동양당 약방과 대한한약사협회에 보내는 고언
- 산청군 신안면 진주류씨 가문에 보내는 고언

▶ 산청군청에 보내는 고언

- **드라마가 만든 허구를 진실로 둔갑시킨 역사 왜곡을 중단해야 한다.**

  MBC 드라마 〈허준〉은 시청자에게 큰 사랑을 받았지만, 그와 동시에 심각한 역사 왜곡을 초래했다. 그리고, 산청군청은 왜곡된 역사를 바로잡기는커녕 오히려 적극적으로 조장하여 공공기관으로서 책임을 저버리고 있다.

- **드라마와 소설이 만든 허구를 진실로 둔갑시킨 산청군청:**

  MBC가 제작한 〈집념〉(1975), 〈동의보감〉(1991), 〈허준〉(1999), 〈구암 허준〉(2013) 등의 드라마와 『소설 동의보감』은 허준의 스승으로 허구의 인물 류의태를 창조했다. 드라마와 소설의 영향력을 등에 업은 산청군청은 류의태를 실존 인물로 둔갑시켜 산청의 인물로 만들었고, 경기도 출신인 허준이 산청에 와서 류의태에게 의술을 배웠다는 거짓 서사까지 지어냈다.

  이러한 허위 사실을 바탕으로 산청군청은 동의보감촌에 허구 인물 류의태를 기리는 가묘, 동상, 기념비, 신의정, 해부동굴과 산청에 온 적 없는 허준을 기리는 동상, 기념비, 구암루, 해부동굴, 허준 순례길 등을 조성했다. 심지어 실존 인물 유이태의 전설이 전해지던 약수터 이름까지 류의태약수터로 바꾸었고, 각종 책자와 『백과사전』의 내용까지 조작하며 대대적인 홍보 활동을 펼쳤다. 이는 단순히 관광 자원을 개발하는 행위를 넘어, 역사를 조작하고 후손들에게 잘못된 정보를 전파하는 심각한 범죄 행위이다.

- **실존 인물을 철저히 배제하는 무책임한 행태**

  더욱 비판받아 마땅한 점은 산청군청이 숙종 어의를 지냈고, 홍역 치료의 태두이자 『마진편』의 저자인 실존 인물 유이태에 대해서는 철저히 배제하고 있다는 것이다. 역사적 사실을 지켜야 할 공공기관이 허구 인물을 기리는 숭모제와 행사를 개최하면서 정작 지역의 자랑스러운 역사적 인물 유이태에 대해서는 어떠한 행사도 진행하지 않았다. 심지어 유이태 후손들이 개관한 〈유이태기념관〉 뿐만 아니라 다른 행사에도 산청군청의 단 한 명 공무원도 참석하지 않는 철저히 배제하는 태도를 보였다.

  산청군청은 드라마와 소설이 대중에게 심어준 잘못된 인식을 바로잡기는커녕 이를 이용해 대한민국 역사를 왜곡하고 있다. 이는 국민 혈세를 사용하는 공공기관이 해야 할 일이 아니다. 산청군청은 허구와 진실을 명확히 구분하고, 잘못된 정보를 바로잡으며, 지역의 인물 유이태의 업적을 올바르게 기리는 일에 나서야 할 것이다.

▶ MBC에 보내는 고언

　MBC는 지난 수십 년간 허준 일대기 드라마 〈집념〉, 〈동의보감〉, 〈허준〉, 〈구암 허준〉 등을 잇달아 제작하여 국민적인 사랑을 받아왔다. 그러나, 드라마의 성공 뒤에는 묵과할 수 없는 심각한 문제가 존재했다. 바로 창작의 자유라는 명목 아래 허구의 이야기를 마치 진실인 양 확산시켰다. 이로 인해 실제 역사 왜곡의 빌미를 제공했다는 사실이다.

　드라마는 픽션이다. 하지만 공영 방송사의 역할은 픽션을 통해 대중에게 재미와 감동을 주는 동시에 사회에 미치는 영향력을 깊이 인식하고, 이에 대한 책임감을 가져야 한다. 특히, 역사적 인물을 다루는 사극의 경우, 창작과 고증 사이의 균형을 신중하게 유지해야 할 의무가 있다. 그러나, MBC의 허준 일대기 드라마는 이은성 작가의 소설을 기반으로 허구 인물 류의태와 실존 인물 허준과의 사제(師弟) 관계를 마치 사실처럼 그려냈다. 악화가 양화를 구축하듯이 허구가 실제 역사적 진실을 압도하는 결과를 낳았다.

　그 결과는 참담하다. MBC가 만든 드라마 속 이야기는 산청군청의 무책임한 행정 사업에 동원되었다. 가짜 인물이 실존 인물로 둔갑했으며, 없던 유적지와 행사가 개최되어 졌다. 심지어, 실존 인물 유이태 선생의 역사와 업적이 빼앗긴 채 철저히 배제당했다. 이 모든 사태의 시작점에는 MBC의 드라마가 있었다는 것을 부인할 수 없다.

　창작의 자유는 존중받아 마땅하다. 그러나, 그 자유가 역사적 진실을 훼손하고 대중을 오도하는 수단으로 사용되어서는 안 된다. MBC는 자신들의 콘텐츠로 인해 벌어진 역사 왜곡에 대해 침묵해서는 안 된다. 거짓된 역사를 바로잡으려는 어떤 노력도 하지 않는 것은 지난 세월 쌓아 올린 공영 방송의 신뢰를 스스로 무너뜨리는 행위이다.

　MBC는 자신들이 제작한 드라마가 초래한 사회적 문제를 직시하고 지금이라도 역사 왜곡을 바로잡기 위한 적극적인 조치를 실천해야 한다. 허구와 진실의 경계를 명확히 하고 실존 인물 유이태 선생의 업적을 제대로 조명하는 특별 다큐멘터리나 프로그램을 제작하는 공영 방송으로서의 사회적 책임을 다해야 할 것이다.

▶ 산청 동양당 약방과 대한한약사협회에 보내는 고언

산청에서 벌어지고 있는 역사 왜곡의 중심에 산청 동양당 약방과 대한한약사협회가 있다는 사실은 충격적이다. 지역을 위한 것이라고 해도 역사를 조작하고 대중을 기만하는 행위는 용납될 수 없다. 특히, 전문성을 기반으로 신뢰를 쌓아야 할 단체가 이러한 역사 조작의 주동 역할을 했다는 것은 그들의 존재 이유마저 의심하게 만든다.

드라마와 소설 속 허구 인물 '류의태'를 마치 실존 인물인 것처럼 포장하고, 그를 중심으로 온갖 기념사업과 홍보를 펼치는 행위는 산청군청 단독의 일이 아니다. 산청 동양당과 대한한약사협회는 거짓된 역사를 지어내고 널리 알리는 데 앞장섰다. 한약사로서 마땅히 존중해야 할 역사적 사실을 왜곡하는 것은 자신들의 직업적 양심을 저버리는 행위이다.

더욱 개탄스러운 점은, 이러한 역사 조작을 위해 홍역 치료의 태두이자 조선 최초로 홍역 의서를 저술한 실존 인물 유이태 선생의 업적을 철저히 배제했다는 것이다. 유이태 후손들이 세운 기념관 개관식에 그들이 참석하지 않았던 배제의 역사는 그들이 지키고자 하는 것이 진실이 아닌 허구의 역사였음을 명확히 보여준다.

역사는 돈벌이의 수단이 될 수 없다. 거짓 위에 세워진 명예는 모래성과 같다. 산청 동양당 약방과 대한한약사협회는 지금이라도 자신들의 잘못을 인정해야 한다. 그리고, 두 번 다시 허구의 인물을 숭배하고 홍보하는 일을 중단해야 한다.

진정한 전문성은 진실을 바탕으로 할 때 빛을 발한다. 산청 동양당 약방과 대한한약사협회의 무책임한 행동은 역사적 진실을 훼손했을 뿐만 아니라 그동안 쌓아온 자신들의 신뢰와 명성마저 스스로 깎아내리고 있다. 지금이라도 늦지 않다. 올바른 역사관을 회복하고 정직한 길을 택하기를 바란다.

▶ 산청 신안 진주류씨 가문에 보내는 고언

가문의 명예는 조작으로 쌓을 수 없다. 산청에서 벌어지고 있는 역사 왜곡 사태를 들여다보면 그 중심에 산청군청과 관련 단체뿐만 아니라 산청 신안의 진주류씨 가문이 연루되어 있다는 사실에 참담함을 금할 수 없다. 가문의 역사를 보존하고 후손에게 올바른 뿌리를 전해야 할 가문이 오히려 허구를 사실로 둔갑시키는 역사 날조의 주동자 역할을 했다는 것은 스스로 명예를 훼손하는 부끄러운 행위이다.

산청군 신안면 진주류씨 가문은 드라마와 소설에 등장하는 허구의 인물 '류의태'를 자신들의 족보에 등재하고 유허비까지 세웠다. 또한, 경기도 금천군 서면 출신의 허준 조모 친정을 산청군 신안면 하정리로 지어냈다. 이는 가문 대대로 이어온 족보의 신성함을 스스로 더럽히는 행위이자 후손들에게 거짓된 역사를 물려주겠다는 것과 다를 바 없다.

역사적 진실을 지키는 것은 공동체의 의무이다. 특히, 유구한 역사를 자랑하는 가문이라면 더욱 그러해야 한다. 그러나, 진주류씨 가문은 이 책임을 망각하고 거짓을 사실로 꾸미는 데 가담했다. 허구 인물 류의태를 족보에 올리고, 기념비를 세우는 것이 가문의 번영과 명예를 위한 길이라고 생각하는 것일까? 오히려 이는 한때의 이익을 위해 가문의 뿌리를 스스로 흔드는 어리석은 행위이다.

진정한 명예는 진실과 정직함 위에서 빛날 수 있다. 지금이라도 역사 왜곡에 대한 가담을 중단하고 〈족보〉와 〈유허비〉에 새겨진 거짓을 바로잡아야 한다. 아울러, 스스로 정체성을 훼손하는 행위를 멈추고, 후손들에게 부끄럽지 않은 진실한 역사를 물려줄 용기를 가져야 할 것이다.

질병 없는 세상을 염원한
조선의 히포크라테스 선비 의사 **유이태** (劉以泰)

2025년 9월 25일 초판 1쇄 인쇄   2025년 9월 30일 초판 1쇄 발행

지은이	유 철 호	**감수자**	유 철 호
서 사	유 철 호	**구 성**	유 정 우
꾸민이	민 세 경	**교 정**	유 정 우
펴낸이	유 철 호	**그린이**	유 현 선
펴낸곳	주식회사 삼부시스템	**인쇄소**	동천인쇄소(010-4546-9896)
주 소	서울시 강남구 선릉로82길 13	**전 화**	(02)538-4001
이메일	phdyoo51@gmail.com	**출판등록**	제21-117 (1989. 10. 13)

값 29,000원
ISBN 979-11-957136-3-9

- 이 책의 저작권은 지은이에게 있습니다. 저작권법에 보호받는 저작물이므로 무단으로 전재하거나, 복제하여 사용할 수 없습니다. 이 책의 내용을 재사용하려면 반드시 지은이와 ㈜삼부시스템의 허락을 받아야 합니다.
- 저자와 협의에 의하여 인지를 생략합니다.